2017中国年度作品

微型小说

冰峰 主编

作家网 选编

中国出版集团
现代出版社

图书在版编目（CIP）数据

2017中国年度作品. 微型小说 / 冰峰主编；作家网选编. —北京：现代出版社，2018.3

ISBN 978-7-5143-6756-0

Ⅰ. ①2… Ⅱ. ①冰… ②作… Ⅲ. ①小小说—小说集—中国—当代

Ⅳ. ①I217.1

中国版本图书馆CIP数据核字（2017）第329275号

2017中国年度作品. 微型小说

主　　编：冰　峰

选　　编：作家网

组稿编辑：庞俭克

责任编辑：申　晶　朱文婷

出版发行：现代出版社

地　　址：北京市安定门外安华里504号

邮政编码：100011

电　　话：010-64267325　64245264（兼传真）

网　　址：www.1980xd.com

电子邮箱：xiandai@cnpitc.com.cn

印　　刷：三河市宏盛印务有限公司

开　　本：710mm×1000mm　1/16　　字　数：282千字　印　张：17.25

版　　次：2018年3月第1版　　印　次：2018年3月第1次印刷

书　　号：ISBN 978-7-5143-6756-0

定　　价：39.80元

目 录

微型小说抵达微电影的路途并不遥远（代序）

冰　峰

微型小说可以以小见大，给人启迪，给人以韵味无穷的思考，给人以时代特征的独特表现，给人以疼痛的反思，给人以快乐的想象……但，微型小说毕竟是最短的小说，因其小，便很难五脏俱全。有的微型小说只是一个生活的片段，有的只是一个简短的故事，有的只是几个生活细节的呈现……总之，不可能有波澜壮阔的生活画卷和时代巨献。

这几年，关于微型小说影视化的话题越来越多，似乎这已经成为一种发展方向，我在许多场合也谈到了这个问题。但就目前的实践而言，结果并不理想，原因有很多。

第一，微型小说没有受到影视界的足够重视，能够改编为微电影、微视频的微型小说作品未被挖掘和开发。

第二，微型小说的镜头语言太少，能够用镜头语言和影视语言表现的作品凤毛麟角，微型小说向剧本改编的难度极大。

第三，微型小说中的情节简单，很难形成一波三折、曲折离奇的情节魅力。而在影视作品中，这些元素是不可或缺的。

由此看来，微型小说如果要走向影视化，首先要解决我们自身的问题。

微型小说中的镜头语言极其重要，一个作家的意识流、思考、想象、情感等是很难用镜头语言表现的，而文字则可以解决这些问题。如果我们的小说中，有价值的情节和细节很多，这些情节又是盘根错节、枝蔓横生，有着极大的张力和弹性，同时又能引人产生联想，构成空间更大、时间跨度更长的故事线索和思考，这样的微型小说，改编成影视作品的可能性便很大。反之，我们只能在幽暗的文字长廊中徘徊，永远也无法找到镜头的亮光。

其实想做到这一点也并不难，如果我们在创作一篇微型小说时，脑海中同样也能浮现出一帧一帧的画面，我们的微型小说作品，就会出现影视作品所需的镜头语言，其作品就具有了能够改编成影视作品的可能。同时，如果作品所塑造的形象之间具有复杂的、潜在的人物关系，在情感间潜藏着能量巨大的暗流，那么，这样的微型小说，就具有了改编成影视剧的基本"核"元素。如果这些作品被开发能力强、"识货"的编剧发现，作品就会被二次创作，生长出错综复杂的人物关系和故事，雕刻出生动、鲜活的生活画卷，从而诞生出哲学意味浓郁、逻辑关系清晰的优秀影视作品。

总之，我们的生活越来越多元和丰富多彩，单调的只能用文字来呈现的微型小说，如果被改编为影视作品，以微视频、微电影的方式呈现给观众和读者，我想，我们的微型小说作者，将会有更加丰满的收获。

四要堂子孙

凌鼎年

娄城在文物普查时，发现了一座破旧的明代建筑。据上了年纪的人讲，早先的主人姓廉，原本好像叫"四要堂"。至于为什么叫"四要堂"就不得而知了。也有人说：可能是施药堂、司药堂、师尧堂、思瑶堂……

后来，一位叫廉天一的80后，他不住在"四要堂"，但自称系廉氏后人。他一根筋地查了不少资料，写了一篇文史随笔《"四要堂"溯源》。据他考证，"四要堂"源自明代的监察御史廉而洁为家族撰写的四句话，即"为官要廉，为人要善，为文要真，为商要诚"。他把自己的书斋起名为"四要堂"。其后人刻了匾，悬挂在客厅上方，可惜在"文革"时，被当作"四旧"劈了、烧了。

廉天一外号"书毒头"，他因写这篇考证文章，去了上海、苏州的多家图书馆寻找资料，资料看得多了，萌发了为廉氏家族写本书的念头。前前后后花了两年的时间，他写的《廉氏一脉》终于杀青，大约十几万字。写好了如果不发表，不出版，岂不变成了自娱自乐。廉天一查了出版社的电子信箱，发了过去，等啊等，可连片言只语的回音也没有。

他又找到了当地的文联，文联苟主席很客气地接待了他，还鼓励了他一番，说是看了书稿再回复他。

等人心焦，等回音也很心焦，过了难熬的半个月后，苟主席的电话来了。说内容不错，只是文字还稍嫌嫩了些，需要润色。说经修改后，可以挑选若干小节先发表在文联主办的《娄城风》杂志上。并说他愿意帮助修改，帮助出版。

廉天一听后，大为感动，连连道谢。

苟主席最后说：文联出资给你出版，不是不可以，但也要师出有名，如果算我们俩合作的，我就名正言顺了，出版经费就没有问题了。

廉天一愣了一下，一下没有转过弯来，只说了一句：容我想想，明天答复你，行吗?

廉天一回到家，越想越觉得不对劲，自己辛辛苦苦两年的心血，怎么变成了合作，他不甘心啊!

妻子知道后，劝他说：苟主席要署名，就让他署吧。总比你写了白写要好吧。如今出版难，你又没有名气，苟主席不给你出钱，你的心血十有八九无效功。

读初一的儿子廉石听到后，忍不住插嘴说："这不符合我们廉氏老祖宗说的为文要真。什么合作署名，还不是想不劳而获吗，我看属于变相腐败。老爸，不能答应，不能助长歪风!"

廉天一拒绝苟主席后，在《娄城风》杂志上节选也吹了。倔强的廉天一不信邪，书稿的电子版发了一家又一家出版社，一年多后，终于传来好消息，上海有家出版社愿意出版。

《廉氏一脉》的正规出版，使廉天一信心大增。创作一发而不可收，几年里，他又接连写了《古今清廉故事》《古今法治故事》《古今孝故事》等多本集子，竟然都拿到稿费的。

省报与省里的电视台都来采访了廉天一，报道了廉天一，他还加入了省作家协会，后来还当选为娄城市作家协会的副主席。娄城的好几家中小学邀请他去讲课。在娄城，廉天一有了点知名度，成了个人物。

廉天一出名后，常有文学青年来讨教。廉天一想到自己当年的艰辛，因此凡有人找他，他能帮则帮。

曾有一位高二的学生一鸣来找廉天一，带来了两本自编的诗集，希望廉天一帮助他出版。廉天一粗粗翻了一下说：你的诗比我写得空灵、朦胧，有味道，只是诗歌目前很小众，坊间有云：写诗的比读诗的还多。出版有难度。

一鸣说：我知道你与多家出版社关系一级棒，这样吧，你帮我联系出版，到时算我们合作出书，你也署名，有稿费归你。

廉天一马上说：打住打住，这万万不可!

一鸣以为廉天一摆谱不肯帮他，有些失望。谁知廉天一说：你信得过，把诗稿的电子版发来，我代为联系，尽力而为。

廉天一把诗集的出版当成了自己的事，转了几家出版社后，正好有家出版社在组稿《90后诗歌丛书》，一鸣的诗集竟然被选中。

一鸣的诗集出版不久，他就出国读大学去了。

一鸣是个有感恩心理的年轻人，他总想着如何报答廉天一。他了解到廉天一的儿子也快高中毕业了，就发电子邮件对他说："你儿子到海外留学的事，我会帮忙！我爸不差钱。"

如果是其他事，廉天一肯定一口回绝，但此事涉及儿子海外深造，他不免有点儿动心。

廉天一试探着问儿子，要不要找找关系，由老爸来搞定你出国留学的事。

儿子说：我是谁？我的名字是廉石！我们的家族遗训是"四要"，我要靠我自己的真本事、真才实学让海外大学录取。老爸，你要相信你儿子有这个实力！

廉天一听后，又激动又羞愧，喃喃自语说了一句："儿子啊，你是廉氏真正的子孙。"

（原载《微型小说选刊》2017 年第 9 期）

守　堤

刘国芳

有一年，佟州发大水，把佟河一条堤冲垮了，致使大水淹没了大片农田，几万人受灾。灾情发生后，当地政府或者说当地防总下达命令，严令各河堤责任单位上堤严防死守，保证不再出问题。命令一下达，各单位都派人上堤，二十四小时在堤上看守。

有一段堤叫佟西堤，堤上有好几家单位，因为要二十四小时严防死守，这几家单位都在堤上搭了帐篷。堤下有一个村庄，村里不时地有农民到堤上来。往帐篷前走过时，有农民说："倒堤前堤上没见人，倒堤后堤上到处都是人。"

守堤的人说："现在守堤是为了不让别的地方倒堤，要是又有地方倒堤，受淹的地方不就更多？"

这话听起来有道理，但立即遭到农民的反驳，农民说："已经有地方倒堤了，那堤一倒，水分流了，水位就下降了，这里根本不会再倒堤。"

守堤的人说："你的意思是说我们在做无用的事？"

农民说："当然。"

农民说的话没错，水真的退了，而且退得很快。按说，水退了，不可能再倒堤了，守堤的人，就应该撤走，也就是说，上面应该下达让守堤人员撤走的命令。但七八天过去了，当地政府或者说防总也没下达把守堤人员撤下来的命令。七八天一过，佘河里的水不是退一点点，是完全退了。堤下的农民这时候到堤上来，就笑那些守堤的人，他们说："涨水的时候堤上没见人，水退了，堤上到处是人。"

甚至有一个孩子，也会走上堤来，这孩子只有十二三岁，孩子说："水退了，你们怎么还在堤上呀？"

守堤的人说："上面没让撤，我们就得守。"

孩子说："可是水完全退了呀，你们守着有什么意思？"

守堤的人说："我们也觉得没意思。"

那时候是六月下旬，雨季一过，天气就热起来，气温高达 36℃，有一天，甚至高达 38℃。这样热的天，守在堤上就太艰难了。守堤的人坐在闷热的帐篷里发起牢骚来，他们说："该上堤的时候不叫我们上来，不该上堤的时候偏叫我们守在这里。"

又说："现在水完全退了，我们守在这里真的一点儿意义都没有。"

还说："官僚，纯粹是官僚，害得我们在堤上晒成牛肉干。"

这样的牢骚，每天都有人说。不是佘西堤几个守堤的人发这牢骚，是所有堤上的人都在发这样的牢骚。他们不但坐在一起发牢骚，有时候在电话里也发牢骚。比如一个人接到电话，对方问着说在做什么呢？接电话的说在堤上。对方就说还在做那种毫无意义的事呀。接电话的就说官僚主义害死人，弄得我们在堤上晒成牛肉干。那个孩子，因为住在堤下，孩子不时地到堤上来，有时候，甚至搬一只西瓜给守堤的人吃，听到那些守堤的人发牢骚，孩子就说："光发牢骚有什么用，跟领导建议，把你们撤下去呀？"

有人说："我们说有什么用？"

说到领导，领导就来了。

来的领导是市长，他到堤上来检查工作。

市长说："大家辛苦了。"

守堤的人说："不辛苦。"

市长说："虽然辛苦点，但为了百姓的生命财产安全，我们值。"

守堤的人说："为了百姓的生命财产安全，值！"

那个孩子就在边上，大家说完后，孩子忽然说："你们说话怎么跟刚才完全不同，你们刚才还说守在这里没有任何意义？"

孩子又说："水完全退了，根本用不着守了，可你们大人怎么连这样简单的事也不懂呢？"

没人接孩子的话。

一片沉默。

也不是一点儿声音都没有，无数知了，在树上一个劲儿地叫着。

（原载《短篇小说》2017 年第 8 期）

囚徒与卖花姑娘

程奋只

小野呆坐在监室的床上，他才二十五岁，但已经是个惯偷。监室外的走廊里传来一阵脚步声，小野闭上眼睛凝神细听，从声音来判断，一共是三个人，其中两个是松原和藤田警官，另一个则是陌生人，他们现在打开的是 312 监室的门。外面汽车的引擎声告诉他典狱长到了，扫地的声音则说明，监狱换了一个新的工人。小野有一双天生的好耳朵，每次盗窃前先要仔细听一阵屋里的动静，确认户内无人后，就翻墙进院，溜门撬锁。一个月前的一次意外失手，让他蹲了监狱，牢里的生活真是度日如年，只有一件事还让他觉得人生的快乐和希望，那就是一位卖花姑娘。

现在小野正从监室的小窗户向外张望，透过高墙上的铁丝网能望见监狱外面，那里有一间小小的花店。花店的主人是一个清秀的姑娘，看样子只有二十一二岁，她不会像别的卖花姑娘那样扯着喉咙叫卖，她是一个聋哑姑娘。

有人买花的时候，姑娘会用手势与客人交流几句，没有人的时候，她就安静地侍弄那些花草。姑娘侍弄花草的样子在小野看来很是迷人，他还从来没有仔细观察过一个姑娘。他想，要是自己有一间这样的花店多好啊，或者到姑娘的花店里去做雇员，这样他就可以整天守着那姑娘，这是多么幸福的事啊，可是现在，他只是一个囚犯。

放风的时间到了，小野却不愿意走出去，他宁愿守着他的卖花姑娘。在狱警的再三催促下，小野才不情愿地走下楼去。那帮家伙照例还是谈论着严三郎，在囚徒们的眼里，这个大毒枭简直就是个大英雄，他屡次犯下骇人听闻的罪行，也多次落网，但每次总能逃脱。据说，不久前严三郎又落网了，可是这次警察并没有对外公开关押的地点，据说要开庭后才能知道。以前，小野对严三郎的事也非常感兴趣，但是现在他对严三郎一点儿也不关心，他只想着早点儿刑满出狱，他想好了，出狱后马上就去找那个卖花姑娘。

日子一天天过去，小野照例每天在窗户上望着卖花姑娘，他想他是喜欢上了那姑娘，这感觉真是奇妙，只要一会儿看不见她，心里就觉得空空的。那姑娘有时也会向他这边瞥来几眼，这时候小野就心跳得厉害，他心想也许姑娘也喜欢他呢，至少并不讨厌他吧。

有一次，他看到一对情侣走进花店，男士买下一朵鲜艳的玫瑰送给了女士。这让小野想入非非，要是自己也能像那男士一样买一朵鲜花送给卖花姑娘该多好，他忽然觉得人生很美妙，自己才二十五岁，一切可以重新开始。

一天，在放风的时候，小野隐约听到了地下传来一阵声音，好像是掘土的声音，那声音非常细微，别人根本无法听到，只有小野才能听得分明。他以为是工人在维修地下管道，并没有多想。可是第二天放风的时候，又听到了这种响声，而且似乎是通向西边的一间房子的，那是一间没有窗户的房子，就在警卫室旁边。第三天放风的时候，小野又仔细听了听，这回他确定那声音就是掘土的声音，大约在地下五米处，而且已经接近了那间房子。小野决定把这一情况报告狱警，而狱警又报告了典狱长。

第二天，小野被叫到了典狱长的办公室，典狱长的一番话让小野大吃一惊。原来大毒枭严三郎就羁押在这个监狱里，之所以把他秘密关押在这个不起眼的小监狱，就是为了避开严三郎同伙的注意。但是严三郎的耳目还是很快获悉了情报，并试图从监狱外挖掘地道来实施劫狱。他们非常狡猾，专门在放风的时间实施挖掘，因为放风的时候监狱里放广播，挖掘的声音不容易被听见。现在他们的地道已经挖到了关押严三郎的房间下方，要不是小野及时发现，后果不堪设想。现在警方已经悄悄转移了严三郎并秘密布控，准备对劫狱者实施抓捕。为了保密，典狱长让小野暂时不要回监室，而是待在典狱长的办公室里，有一名警察待在他的身边。

这个晚上，小野很紧张，又有一些激动，他希望警察能将劫狱者一网打尽，这样自己也算立了功，说不定可以减刑早日出狱，这样就能见到他心爱的卖花姑娘了。想到这些，小野一晚上都没睡着。

第二天，当典狱长进来的时候，小野迫不及待地询问昨晚的情况。典狱长笑着告诉他，劫狱者已全部落网，还牵连出了背后的一些同伙，这次他立了大功，估计可以获得减刑提前出狱。小野高兴得跳了起来，他飞快地跑回自己的监室，他想把这个消息告诉卖花姑娘，毕竟是她给了自己生活的希望和勇气。

可是当他从窗户望下去时，不禁惊呆了，那花店关了门，门口聚集了不少人，还拉起了警戒线。两个荷枪实弹的警察守卫在门口。小野不知道发生了什么。

放风的时候，他终于从警察口中得知了消息，地道入口就在花店的地下室，而这伙劫狱者的主谋正是那个卖花姑娘。

（原载《小小说大世界》2017年第6期）

赵大与他的前妻

谢大立

离婚是赵大提出来的。赵大从来就没有想到，有一天他会提出与明离婚。

明是他差点赔上命争来的女人。明是厂里的文员，是从部队文工团转业来的。厂里的文员非厂花莫属。厂花是未婚男青年们追逐的对象，舞厅里为争明成为自己的舞伴大打出手，赵大一次同时与三个愣头青交手，制伏了愣头青们，才赢得明的。在那次交手中，有个愣头青用凳子砸他的头，若不是他在当武警时学了那些功夫，真不敢想那结果。

"离婚"两个字由赵大的嘴里蹦出来后，明的左嘴角往上淡然地翘翘，讪笑一下说，这可是你提出来的。你等我一下，半小时后，我们一起去民政局办手续。每天早餐后的半小时，是明雷打不动的化妆时间。她化完妆从卧室里出来，拨了个电话说，主任，有点儿急事要办，上班可能要晚一会儿。收起手机后对赵大说，走吧。

两个人互不相让，不到一小时，就办完了离婚手续。

这一下对赵大虽然是突然，但也没有痛心疾首、伤心欲绝的切肤之痛。从明脸上那轻松的微笑、民政局出来离去时那轻捷的步子，也看不出来有什么痛苦的感觉。离了，就这样离了？只是在明走远了时，赵大望着明的背影，稍微有点儿茫然。当他从明头都不回的背影上看出"离了就离了"几个字时，那点儿茫然也淡了。

转眼，就一个星期了。

这一天，小灵通来喊赵大开工段长会，问赵大，听说你们离了？赵大看一眼小灵通，说，你到今天才听说？在他的心里，小灵通不该到了今天才听说。小灵通是车间办事员，每天跑办公楼，消息灵通，又是那种喜欢推广消息的女人，故得外号"小灵通"。小灵通说，听说是早听说了，只是一直不相信，直到今天听说厚脸皮要与小芹离婚去追明，才信的。

厚脸皮！赵大一笑，笑里内容多多。昔日明是单身时，谁都知道赵大在与明谈对象，可厚脸皮还是天天坚持给明送花，理由是只要明一天不与人领证，他就有追明的权利。与明离婚是他赵大提出来的，厚脸皮与小芹闹离婚要追明，不过是嚼他嚼过的一块馍。何况他就是因为嚼这块馍味同嚼蜡，嘴里才蹦出离婚二字的。明的漂亮是用脂粉抹出来的，卸了妆的明即便是在婚前，也是不经看的，脸黄且有疙瘩，胸是假鼓，耷拉在胸部的那两块肉，还不够一手抓的。尤其是过夫妻生活，她要检查几次安全套，再高的激情也被她弄没了。三十都过了的女人不要孩子，说是还要再玩几年……更何况这块馍厚脸皮嚼不嚼得到还是个未知数。

赵大觉得这个消息让他有点儿开心，就从口袋里摸出一片口香糖递给了小灵通，并说了句很好。想到小灵通是个不错的消息源，通过她能知道明的更多事情，又摸出一片口香糖往她的手里一塞说，再奖赏你一片。

果然，第二天小灵通又来告诉他，办公楼的姐妹们都在说，离婚是女人的第二春，离了婚的明在舞池里成了众多男人争来抢去的女神，那些人中还有前几年分来的未婚大学生……对于这个消息，赵大没有像上次那样开心，还有些不知所措的样子。小灵通一旁瞄着他，在他歪过头来看她时，她恰到好处地卖个关子说，你知道那些人是怎样评价明的吗？

赵大一愣，小灵通带点诡谲地一笑说，他们都夸明的气质呢，说很多三十多岁的女人们都成了一个个黄脸婆，就明还是那样。还说，不要说明卸了妆也是个黄脸婆，就是到了五六十岁，她那气质也是任何女人也无法相比的，人活一个精气神，女人的气就是气质……说着突然打住话题说，赵段长，你要是真对明一点儿也不关心的话，我以后也没必要跟你说这些了。

赵大没说关心，也没说不关心，只是默默地从口袋里摸出片口香糖塞给小灵通，在小灵通的脸上露出喜色时，又塞给她一片说，行了吧？小灵通接了糖说，这还差不多，高兴地离去。

没过两天，小灵通又来到赵大的工位，把赵大拉到一个没人的地方说，你可得想想办法了，听说明在借款，党委的祈书记要带她去出差，老祈可是个色鬼，孤男寡女的一起出差还有个好……赵大有点儿五雷轰顶的感觉，说了句知道了，就往工具室走去，他要去借一把锁，把家里的锁先换了。明住回娘家的这些天，常趁他不在家时回家拿一些必用品，她要出差一定会回家取衣服……

果然，他换完锁回车间的路上，明的电话就来了。明说，赵大你是不是人？锁是你换的吧？他说，你凭啥说我不是人？锁坏了，你我总得有个人换。明说，就算是你说的那样，你给我新钥匙吧！赵大说，我现在忙，等下班了你回家我给你。明说，不行，我要出差，得拿要穿的衣服。赵大说，和谁一起？明说，你管得着吗？赵大说，你怎么说也曾经是我的老婆，赵大的老婆就是离了，也不能跟名声不好的人一起出差，别人说你，也会把我赵大捎上——赵大的前妻。明说，什么前妻前夫，离了就是离了，没关系了，你管不着。赵大又来了牛脾气，说，老子就是要管，你信不信，你敢跟他去出差，老子这就去打断他的腿，一个断腿的人看他用什么出差……

与以往一样，赵大一横，明就让步，说，你在哪里，别当着人胡嚷嚷，更不能胡来。我在家门口，你这就回来，咱们屋里说。赵大想说，老子胡来干你啥事！话到了嘴边又咽了回去，还乖乖地回头，朝家的方向走去，样子像个做错了事的孩子。走着他想，难道真是像一些人说的那样，一个男人对一个女人的死心塌地，是因为另一些男人对这个女人的欣赏和倾倒？

（原载《芳草潮》2017 年第 4 期）

一次失败的迁徙

张爱国

蚁穴平静、温暖，却毫无征兆地剧烈抖动起来。

蚂蚁们紧急出动，侦察敌情，旋即赶回，报告蚁后：敌人是几台大机器，正以排山倒海的气势挖掘这座山丘。蚁后果断决定：迁徙！

军令如山，蚂蚁们迅速集结，兵分两路：一路先锋，火速行军，负责清除迁徙路上的障碍；一路护卫，负责蚁后安全。与此同时，又一部分蚂蚁已会集成一辆"车"，载上蚁后，浩浩荡荡，驰向新家。

迁徙大军，紧张却有条不紊。

先锋部队出发不久就遇上了第一个对手：一截横亘在路上的比筷子稍长的树枝。蚁后即将到来，时间紧急，先锋部队不敢懈怠，再兵分两路，一路留下清理路障，一路绕过树枝继续急行军以应对前方未知的敌情。

先说留下的这一路。战士们分列树枝两侧，上下颚咬住树枝，同时发力，树枝缓缓移动。几分钟后，路障被成功清除。

这一路还未结束，那一路已经在前方打响了另一场战斗：一只白白胖胖的软体昆虫，有人的小指那么大，蠕动在路上。几名战士立即攻上去，但不料敌人身上有一层厚厚而黏稠的黏液，一挨上就被粘住，动弹不得。焦急的战士围着这个古怪的对手团团转，却无计可施。突然，像是得了谁的命令，几十名战士同时扑上去，虽然也被粘住，但感觉到异样的敌人立即在地上翻滚并随即全身沾满灰尘，失去黏性。战士们一哄而上，咬死它，丢到路边。

两路先锋又会合到一起，继续挺进。

一只螳螂发现了火急火燎的队伍，静静守候在路边，等被发现的时候，已有数十名战士成了它的腹中餐。这个敌人凶残贪婪，肆无忌惮，不知满足。迁徙大军没有思考的时间，扑上去，想找敌人柔软的腹部和翅膀攻击，但敌人只是轻轻振翅、弹腿，攻上的战士就四下飞溅。这是一场敌强我弱的遭遇战，尤其是敌人的那张嘴，实在可怕，鸡啄食一般，轻巧地将一个个血肉之躯裹入腹内。

短暂的失败后，迁徙大军改变了战术，直接进攻敌人的嘴。敌人一开始肯定很高兴，因为不需要它出击就有美味自动送进嘴里，可很快它就知道上了当——那么多蚂蚁塞在嘴里，根本不给它吞食下咽的机会！更糟糕的是，嘴巴四周突然就布满了密密的蚁兵蚁将，束缚着它，撕咬着它。敌人还在试图将嘴巴从蚂蚁的尖齿利爪下摆脱出来，可背上、腹部、尾部、翅膀，特别是肢节处，几乎同时遍满了蚂蚁。转眼，敌人的头颅被卸下，接着整个身子被大卸八块，丢弃在路上——等蚁后到来，成为它迁徙路上的点心。

一条河挡住迁徙大军的去路，这是此前未曾侦察到的——当然侦察不到，这是人类的施工队刚开挖的引水渠，宽度虽然只有两米，但水流很急。蚂蚁大军遭遇了大难题！

蚁后即将到来，回头和改路绝无可能，只有渡水，来一场破釜沉舟之战。

困难前所未有，但对这支曾经从火海中抱团滚出的队伍来说，没有战胜不了的困难。

队伍旋即向后转，形成方阵。第一排，退进水里，抓咬住岸边的草根和泥土，再相互缠扣，宛如一条铁链。第二排，爬过第一排，同样退进水里，抓咬住第一排的腿脚，又相互缠扣，向水面铺排开去……当水面上黑压压地铺排到脸盆大的时候，又一批爬上去，堆叠到第一层上，形成第二层。再爬上一批……一层又一层，堆积成一艘战船。

蚁后到了，被稳稳地抬上战船。

战船启航，驶向对岸。

终于，这支以减员百分之八十为代价的队伍，成功地将蚁后渡过了水。有蚁后在，不出一个月，它们就能将队伍恢复到以前的规模。

目的地就在眼前，可是，这支历经艰险，一路过关斩将战无不胜的大军，碰上了真正的对手。这是一位刚刚给他的庄稼喷洒了农药的农民，当他发现黑压压大军的时候，恶作剧似的轻轻按压他肩上喷雾器里残存的一点儿药水，一路走过……

他哪里知道，这支在他恶作剧下转眼全军覆没的队伍，刚刚经历了怎样惊心动魄的战斗。

（原载《意林》2017 年第 4 期）

菊花不在我身边

李伶伶

马祥一觉醒来，天还没亮。他翻过身，发现菊花不在，打开灯，见菊花的被子凌乱地堆在一边，菊花不见了。墙上的挂钟显示是 2:37。马祥忽然想到吴三的话，脑子嗡的一下，难道吴三说的是真的？

马祥昨天从城里做木匠活儿回来，在街上碰见吴三。吴三看见他，诡异地笑了一下。马祥说，你笑啥？吴三不说话。马祥继续问。吴三说，看着点儿你家菊花吧。马祥说，菊花怎么了？吴三又不说话了。马祥说，你真是急死我了！吴三说，我昨天上集，看到菊花跟周庆在一起有说有笑的……

马祥没听完就走了，回到家，铁青着脸问菊花，你跟周庆怎么回事？菊花被问得莫名其妙，弄明白原委后跟他解释：她昨天去集上买捆葱，放在自行车后座上了，往集外走时葱不知怎么掉了，被周庆看到，帮她把葱捡了起来。马祥不信。菊花说，你不信，我只能喝农药了。马祥就没再追问。他心里很闷，晚上喝了很多酒，醉得不省人事。菊花不会趁机跟周庆私会去了吧？村里以前有这样的事。想到这，马祥满身的血都往上涌，穿上衣服就出去了。

马祥去了周庆家。周庆家就在他家前边，中间隔了一条道。周庆家的院墙很高，马祥跳不进去，他就使劲拍大门。拍了半天，周庆才披着衣服出来，问这时候找他什么事？马祥没说话，推开周庆，直接往屋里走。走到屋里，见屋里没人，炕上就一个被。周庆媳妇红莲不在家。红莲母亲病重，红莲回娘家伺候母亲去了，这事周围的人都知道。马祥也知道。马祥说，菊花呢？你把菊花藏哪儿了？周庆说，你说啥呢？马祥说，菊花不在家，肯定在你这儿。马祥边说边屋里屋外地找，也没找到菊花。周庆说，你是不是喝多了？菊花丢了，你来我家干啥？马祥说，你别以为我不在家，就不知道你跟菊花的事。今天你不把菊花交出来，我跟你没完。周庆说，我跟菊花什么事？你说清楚。马祥说，你跟菊花的事还用我说吗？村里人谁不知道？周庆说，知道什么呀？我跟菊花什么事都没有。马祥不信。

因为周庆不承认跟菊花有关系，马祥把周庆家的东西都打碎了。周庆家噼里扑通的响声，惊醒了邻居。邻居扒墙头问周庆，家里怎么了？周庆出来说，闹耗子呢。马祥也出来了，说，闹什么耗子？他把我媳妇藏起来了，我正找呢。这时，菊花从大门外进来，说，马祥，你不在家里睡觉，跑这来干啥？马祥说，我不是找你来了吗？菊花气得说不出话，转身就走。马祥也跟了回去。

菊花回到家，找到一瓶农药就喝。马祥赶紧抢下来。菊花说，你大半夜的去别人家找我，让我以后怎么活？马祥说，我醒过来，见你不在，心里着急，就想到了周庆。菊花说，我突然肚子疼，去房后厕所了。马祥说，那你怎么知道我在周庆家？菊花说，我从厕所回来，见你不在，喊了你几声也没人应，就去院里找你，也没有。看见周庆家院子里亮堂堂的，还有响动，就过去看看，没想到你在他家。马祥说，我不信，你准是听见我敲门，从他家后门跑了。菊花听后，把马祥手里的农药抢过来又要喝。马祥把农药夺下来摔碎了。

马祥半夜去周祥家捉奸的事在村里传得沸沸扬扬，周庆媳妇红莲在娘家都听说了，急忙赶回来，问周庆怎么回事？周庆说，我也不知道怎么回事，我跟菊花一点儿事也没有。马祥喝多了，来咱家闹事。红莲不信，说，他咋不去别人家闹呢？为啥来咱家闹？周庆说，我跟菊花真没关系。红莲还是不信，说，你和菊花的事让我在娘家人面前很没面子，你是我自己找的男人，当初我家人都反对，现在你却这么对我，你让我以后还有啥脸活？周庆说，我可以对天发誓，我真没做对不起你的事！红莲仍旧不信，趁周庆不在，上吊了。幸好被周庆及时发现，救了过来。

红莲上吊自杀的事让人们更加相信菊花和周庆的传言是真的，周庆那么老实，肯定是菊花勾引的周庆，菊花这个狐狸精真是个祸水。菊花不论走到哪里，都被人指指点点，她终于受不了了，喝了农药。马祥发现时，她已经没了呼吸。菊花死前写了遗书，说她和周庆是清白的，是吴三想调戏她不成，嫁祸给了周庆。

马祥看到遗书后，马上去了吴三家，问吴三为什么撒谎。吴三说，我没撒谎，也没调戏过菊花。马祥不信。打了吴三一拳又一拳。马祥把吴三打得嘴歪眼斜，吴三报了警，马祥被关进了拘留所。

马祥姐姐帮马祥处理完菊花的后事，去拘留所看他。马祥说，姐，你说菊花到底做没做过对不起我的事？姐姐说，菊花都死了，你怎么还不相信她呢？马祥说，吴三被我打成那样，都不承认他调戏过菊花，我还怎么相信她？姐姐叹了口气，无奈地说，菊花错就错在长得太好看了。

马祥没说话，一脸苦恼。

（原载《小说月刊》2017 年第 1 期）

风景的背后

邱宗植

老周与徐小美，原本在同一个单位，后来因机构改革，便双双下岗。下岗之后，徐小美托关系，进了一家私企，老周则回老家种芦柑。不久，芦柑不值钱，老周只好抛弃果园，到企业打工。

老周打工的头一日，就遇上了徐小美。老周正要去人事科报到，徐小美说眼下正缺一个门卫，你不如去干门卫。徐小美说，当门卫挺轻松。老周说，先当门卫，过些日子调到别的岗位。徐小美说，咱是办公室主任，以后把你调到好的岗位。老周说，那成，咱就先当门卫。

老周当了门卫之后，徐小美出出入入，常会在门卫室逗留，与老周谈些过去的事，或者闲聊几句。更让老周感动的是，徐小美上酒家回来，常常把吃剩的鸡鸭鱼肉或别的菜肴，打包回来让老周享用。徐小美在单位是一枝花，如今虽已年届不惑，依旧十分迷人。徐小美与公司老总的关系很好。老总宴请客人，总要带上徐小美。因此，徐小美在外的饭局特别多，三天两头泡在酒家里。公司规定，门卫值班期间，不得在外就餐。老周自带高压锅，就地蒸饭蒸菜。老周的高压锅，底层蒸饭，上层蒸菜。老周一般不炒菜。炒过菜的电炒锅特别油腻，洗起来费工费时。老周长年累月吃海带结蒸白菜，偶尔加点儿五花肉。徐小美问老周，你为何天天吃白菜呀？老周说，只有白菜蒸了不变色，别的菜蒸了就变黄变硬。老周的伙食单调而清苦，有了徐小美打包来的菜，老周的伙食好了起来。虽然是人家吃剩的菜，但在老周眼里，却是美味佳肴。

一日，徐小美打包回来一袋菜，老周打开一瞧，多半是鸡肉。肉质坚实，色泽清亮，无疑是家鸡肉。今日可真有口福。老周窃喜。家鸡肉蒸白菜与海带结，清甜可口，香味四溢，让老周胃口大开。有人笑着对老周说，老周啊，你真是幸福之人，徐主任就像关心她的宝贝儿子一样关心你。此时此刻的门卫室，绝对是一道亮丽诱人的风景。徐小美甜甜一笑，说，咱不忍心瞧着他天天吃白菜蒸海带结。老周说，徐主任真的很关心咱，不知该如何感谢她呢。徐小美笑容满面，说，不用谢，举手之劳。老周原来像在单位一样，称徐小美为小徐，见公司里的人都叫她徐主任，老周便跟着大家叫她徐主任。老周见徐小美很高兴，便心安理得。当然，亦有人说吃人家吃过的剩菜，实在不够体面。老周的儿子正在上大一，每月要寄去八百元的生活费。老周不得不省吃俭用。至于别人咋说，老周不太在意，能吃上鸡鸭鱼肉或别的好菜，才是硬道理。其实，也没啥不体面，因为徐主任乐意。众目睽睽之下，当徐小美将打包来的菜递给老周的时候，总是开开心心。在别人眼里，这都是一道道迷人的风景。

一日，徐小美到门卫室，老周小心翼翼地问，主任啊，公司里是否有更适合咱的岗位？徐小美说，过些日子再说吧。徐小美知道，老周的文化与业务水平，在单位里纯属一流，无论让他在哪个岗位都能胜任。其实，老周才四十五岁，正年富力强，让他当门卫不免大材小用。在公司干别的工作，不但工资都比门卫高，而且更体面。可没有徐小美的帮助，老周无疑换不了岗位。老周只好耐心等待。老周深信徐小美会帮助他。可日复一日月复一月，公司的各个科室招了不少人，老周依旧调不了岗位。好几回，老周向徐小美直言，希望她能帮助他调到供销科或生产科。徐小美依旧说，过些日子再说吧，干门卫也没啥不好，何必一定得换岗位。渐渐，老周有些失望，瞧着徐小美是不会帮他换岗位了。徐小美葫芦里卖的是哪门子药，老周越来越琢磨不透。老周似乎瞧见了风景的另一面。联想到徐小美递给他打包来的菜肴时的得意劲，老周很是恶心。老周觉得自己就像一只被关在笼子里的鸟。终于有一日，当徐小美再次将打包来的菜递给老周时，老周说，多谢徐主任的关心与照顾，真不知该如何报答您。不过近期咱一直在闹肚子，伙食还是清淡些好，徐主任您就别再为咱打包了。徐小美一愣，说，那好，那好。从此，徐小美再没有给老周打包剩菜，更没有在门卫室逗留。好几回，徐小美从门卫室前走过，老周向她打招呼，似乎也没有听见。

　　总是当门卫，老周心有不甘。老周也想为公司多做些事。老周终于鼓起勇气，在一次公司老总从门卫室前走过的时候，把要求调换岗位的申请报告递了过去。老总和蔼可亲，说，据说你跟小徐以前是同事，有何要求也可向她提出。老总将老周的申请报告转交给了徐小美，并吩咐说，若老周文化与业务水平够格，可以调换到供销科。徐小美说，其实您不了解这个人。老总说，那你瞧着办。老总走后，徐小美将老周的申请报告撕得粉碎，扔进了垃圾桶。

　　两个月后，老周向公司递交了辞职报告，不当门卫了。老周知道，鸟儿必须冲破笼子，才能飞向蓝天。离开公司时，老周向徐小美道了别。老周说，谢谢徐主任两年来对咱的关照。徐小美很是失落，说，咱是希望你在这里继续干下去，实在要走也留不住你。老周说，天底下没有不散的宴席，徐主任您多保重！徐小美拎着老周的行李，依依不舍地送了老周一段路程。当老周最后一次向徐小美招手道别回过头来的时候，眼里闪烁着晶莹的泪花。老周的泪水不为别的，只为自己又耽误了两年时间而伤心。

　　　　　　　　　　　　　　　　（原载《三明日报》2017 年 9 月 5 日）

寻 妻 启 事

殷贤华

（一）

　　我相信这座城市是一座有感情的城市，这座城市一定生活着数不清的热心人、好心人！所以，我才在这个城市的各个角落贴上这则启事！

我的爱妻不见了，我都快急死了，没有她我活不下去。我知道她就在这个城市的某个角落，我知道她只是躲着我，不愿让我看到她的痛苦。如果您遇见她，请给我打电话，我会终身感激您的大恩大德！

我的爱妻名叫小芳，温柔漂亮，擅长根雕制作，她的照片如下……

（二）

这座城市果然是一座有感情的城市，这座城市果然生活着数不清的热心人、好心人！所以，我才在这个城市的各个角落第二次贴上这则启事！

很多不知名的朋友打电话给我，问询我究竟是怎么回事。我告诉他们，我是一位癌症患者，家贫如洗，无钱治病，我的爱妻因此离开了我，我相信她只是不愿让我看到她的痛苦。

很多好心人骂我爱妻绝情寡义，但我一点儿都不恨我爱妻。我只是想把她找回来，没有她我活不下去。如果您遇见她，请给我打电话，我会终生感激您的大恩大德！

请各位城管大哥手下留情，稍晚几天清理这则启事，我知道我做得不对，影响了城市环境，但这是一位癌症患者的无奈之举。

我的爱妻名叫小芳，温柔漂亮，擅长根雕制作，她的照片如下……

（三）

这座城市果然是一座有感情的城市，这座城市果然生活着数不清的热心人、好心人！所以，我才在这个城市的各个角落第三次贴上这则启事！

很多不知名的朋友高兴地打电话给我，说我的爱妻找着了，她就住在这个城市，开了家"小芳根雕店"，售卖自己一生创作积攒的根雕艺术品。她这样做，就是为了攒钱给我治病！

我在这里感谢爱妻，感谢天下的好心人！之前好多朋友误解我爱妻了，我必须在这里给她正名：我的爱妻非但不是绝情寡义，而且恰恰是多情重义的人！她一生创作积攒的根雕艺术品，从未舍得卖过！

如果您想帮助我家渡过难关，请到"小芳根雕店"去看看，地址是……

（四）

这个世界是需要有创意的，这个世界是需要金点子的！所以，在离开这座城市之前，我才在这个城市的各个角落，最后一次贴上这则启事！

我想告诉很多不知名的朋友，谢谢你们高价买光了"小芳根雕店"的所有产品，这是我厂积压多年的产品。这一切，都得益于"金点子公司"的营销策划。事实上，我并没有患癌症，小芳也只是聘请的临时演员。

如果您有需求，请找"金点子公司"，地址是……

（原载《重庆日报》2017 年 6 月 13 日）

报　复

孙　逗

老钱的做贼生涯是被刘军给结束的。刘军是个警察，把街头行窃的老钱当场抓住。于是老钱进了监狱。

经过两年的改造，老钱终于出狱回了家。但是家门上着锁，与他相依为命的老母亲去向不明。他无法向邻居打听，因为邻居大多是临时租户，两年的时间，不知换过多少家。

老钱以前虽然做贼，但是个孝子，他不敢想象患有痴呆症的母亲离家出走后会是什么结果。可越是不敢想，就越是要想，想着想着，老钱的眼睛就红了。

晚上，老钱怀揣着一把刚买的刀，还有一颗仇恨的心，潜伏到了刘军家的客厅屏风后。

刘军下班回来了，他拎着菜和肉，先是进了卧室。

"妈，我今天有事回来晚了。您起来溜达溜达，过会儿咱就开饭。"卧室里传来刘军哄孩子一样和声细语的声音。

老钱后悔，要是知道黑灯瞎火的卧室里有刘军的妈，他早就动手了。自己的妈被仇人弄丢了，仇人的妈却在自己的眼皮子下享受着膝前子孝。老钱恨不得抽自己一巴掌，来了大半天，怎么就不去各个房间转转呢。那老太婆也是，在屋里竟没弄出一点儿动静来。

刘军去厨房放下菜和肉，回到客厅坐下，他拿起一支烟，却未点燃，就又放下了。刘军回卧室，说："妈，您困就再眯会儿吧，我做好饭再来叫您。放心，我不会吵到您，我给您锁上门。"刘军把他母亲的门给反锁上了。之后，他去厨房做饭。

老钱强忍住悲伤和愤恨，他不敢轻举妄动。因为凭刘军的身手，擒他应该比捉只鸡还要简单。他一定要坚持到刘军睡着了再动手。那样，他成功的概率会大些。

厨房里响起油锅的哧哧啦啦声和抽油烟机的嗡嗡声，老钱的肚子里如同突然长出了千只小手，在抓挠他的胃。他这才想起，从出狱到现在，他还没有吃过一口东西呢。

刘军开始往客厅端饭端菜。少顷，就摆满了饭桌。白白的米饭，绿绿的爆炒青菜、红焖大虾、红烧肉，还有西红柿炒鸡蛋。老钱使劲咬住嘴唇，生怕因吞咽口水发出大的声响。

刘军摆好了饭菜，用钥匙打开卧室门去叫老娘吃饭。老钱趁机冒险溜进了厕所。他实在受不了了。他的肚子不争气地发出的"咕咕"声越来越频繁，也越来越大声。

"妈，您坐好。您看这都是谁最爱吃的菜啊？别急。我还要再送您一个惊喜呢。"客厅里传来刘军的说话声。想必，他已经跟他的老妈入了座。

老钱恨得更加咬牙切齿。这个该死的刘军，要不是他，老钱就可以天天和自己的老娘一起吃晚饭，该多幸福啊。老钱从怀里拿出刀，握着，他真想此时就冲出去，血刃刘军娘儿俩，给自己也给自己的老娘报仇！

"出来吧，老钱！"客厅里，刘军的一声喊，惊得老钱手里的刀掉到了地上，他赶紧捡起来放到怀里。

"老钱，你给我出来！"客厅里的刘军又是一声大喝。

"娃，娃，我的娃在哪里？"一个颤颤巍巍、含混不清的声音激动地叫着。

老钱猛地听出这是他老娘的声音。什么都顾不得了，老钱一下子蹿到客厅，他白发苍苍的老娘正被刘军搀扶着，推开饭桌旁的椅子，摸索着，要寻找他。

"娘！是你吗？真的是你吗？"老钱紧紧地抱着母亲，不相信地问了一遍又一遍。

是娘，哪里会错！老钱入狱，他老娘除了知道"娃"是她的儿之外，啥也不明白。刘军把她接回家，供养了两年。今天是老钱出来的日子，刘军担心老钱回家找不到娘着急，请假去监狱接他，但是路上处理了一场斗殴，就错过了时间。他找遍了可能与老钱有关联的人，都没有老钱的线索，只好回家。当他拎着菜和肉去厨房时，警觉的他还是发现了客厅里的异常。担心惊到老人，同时也担心惊到老钱，他不动声色地把卧室门反锁上。做好饭菜，他已经为老钱摆放好了碗筷，这才站在客厅里叫老钱出来，他是想给老钱一个真正的开始。

老钱从怀里拿出那把刀，双手捧着举给刘军，同时泪流满面地跪了下去！

（原载《三江都市报》2017 年 8 月 29 日）

兄弟的分量

顾文显

向明睡梦中被烟呛醒过来，他大脑嗡的一下：起火了！昨夜他就感觉这线路太老化，还告诉哥跟老板说一声呢，没想到，偏偏他替哥值这一次宿，就出了事！

向明蹦起来拉断电闸，然后，抓起一把拖布扑灭。谁知那火越燃越凶，火苗子已经蹿起老高。知道没用了，他才想起打 119，又给哥打去了电话。

如此偏僻的地方，消防车哪里可能来得及时。哥却带着村民们赶来了。哥人缘好，救火的乡亲们个个奋不顾身，大火到底被扑灭，然而，这个警卫室已烧塌了架。

"弟呀,怎么搞的嘛。"一脸伤痕的哥拿眼睛凶狠地瞪着他,"我说不行不行,你非要逞能。给老板打电话了吗?"

向明这才想起来,哥嘱咐过,有事给老板打电话,号码就写在桌上,他只顾得打火,再说拉了电闸,屋里黑暗,竟然给忘了。

"哥,都怨我没本事,连个宿都值不好。"向明低下了头,"出了事,责任在我,该抓该判没你的事。"

"那好。"哥转身吩咐说,"绑了。"

张旺跟几个年轻人扑过来,把向明绑了,嘴里塞上布,推搡着离开现场。这时,向明听到消防车的警报器响了过来。

向明不怪哥。昨天夜里,他也是出于好心,硬把哥给劝回家去,说无论如何要替哥值这一夜宿,求哥给他这点机会。打九岁起,哥就接过了父亲的担子,从小学把向明直供到大三。向明在学校里并没比哪个同学低一头,可哥付出的是什么?白天做工,夜里值宿,图的是每月多赚那几百块钱,然而,哪个有老婆孩子的正常人会过这种日子?如今四十来岁的人,哥却跟个小老头儿似的,向明能不心酸吗?"哥,您为我操了十几年的心,我值一次宿还不行吗?"到底把哥劝回去睡个团圆觉。哪承想,恰恰就在他当值的夜晚着了火,哥绑他怎么不应当呢?

撂在这小仓库里直绑到中午,向明胳膊不过血,屎尿都屙在裤子里了,怎么没见到一个人来带他走?这感受比监狱还残酷呢。哥这是遇上大事也乱了方寸,其实他向明不可能逃跑的,为什么还要绑起来?为什么还要塞上嘴巴?小题大做了呀。

向明摇了摇头。回家来休这个暑假,哥嫂真是高兴透了,都说弟呀,你可算熬出了头。那复旦是什么,全国数一数二的学府,上门招工的打破头是不是?向明笑笑:"那不能叫招工。哥,我头三年拿到工资,除了吃饭、穿衣,全交给嫂,留一分,我就不是你弟。"哥笑了,露出一口黄牙:"你这是说啥呢。你给哥嫂争了脸,哥嫂这辈子都谢不过来哩。赚了钱,你得买房子娶媳妇,就等于把钱交给嫂了。要不的话,我们能不给你成亲吗?"

向明抽泣起来。哥啊,嫂啊,亲爹娘也没你们俩这样的哩。可恨你弟不中用,连个宿也值不好,让你俩操不够的心。

这时,仓库的门开了。嫂带着几个邻居过来,还有支书、村主任。

嫂说："弟，大男子汉咋还抹鼻涕呢。快解开绳子，看绑麻了没？哎哟，尿裤子了吧？张旺，你快带二叔去河里洗洗，再捎条裤子给他换上。脏衣裳扔那儿，我弄完饭去洗。"

哥呢？哥的脸可是受伤了。向明没问，他裆里难受，又尴尬得不行，几乎是匆匆逃离的。

去小河洗澡、换裤子的时候，张旺告诉向明，哥被赶来的老板打了耳光，那血一下子就从嘴角渗了出来。哥被打倒在地，还直说："老板，我浑。"

"是我出的事，他怎么打哥！"向明眼睛一下子圆了。

按街坊辈儿，年长许多的张旺还得管向明叫叔："叔，你当大叔绑你作甚哩？他知道你管不住那嘴。大叔头晌让警车带走了呢。"

向明脑袋比半夜起火那阵子还要大。哥限制他自由，为的是方便替他顶罪去。哥劳累到今天，那苦受得还少，难道还要让他去体验铁窗的滋味吗？

"张旺，你听好了，我不会就这么算完。"向明站起来，"我得质问那老板，天大的事有法律，他凭什么打哥哩。我还要去公安局，该谁的就是谁的。"

"我的二叔，你疯了呢。"张旺大嘴咧到了耳根子，"大叔是为全家好，更是为了你哩。你只差半步就修成正果了，这当口跟警察沾上边，前程一下子全毁了呢。"

"前程，前程。人没了亲情，要前程干什么用？"向明扔下这句话，站起身来伸了个懒腰，突然转身就往沟外跑。张旺受命看管二叔的，论力气能顶俩向明，可要是跑，却差得远，向明在学校里就是长跑健将。

张旺只能跑回去跟婶汇报。

向明的嫂一屁股坐在地上，又腾地弹起来："这娃，念书念傻了！他哥就是蹲几年，才少赚几个钱。可他差十个月，房子、媳妇都望得见影了，他去搅和啥呢。这点儿账都算不过来，念的啥书。"

嫂央求邻居，骑上车子撵去。劝不成还得是绑回来，工钱给多少都中。

支书掏出手机："让他去吧。没大事。老板打他，就是告诉没事的意思。娃哪里是傻，书就算念到国外，也还是咱村子里的娃。因为他懂得，啥前程啦，楼房媳妇啦，这些全都放在天平一头，那也没兄弟这分量重哩。"

（原载《小说月刊》2017 年第 5 期）

锦 衣 卫

刘万里

我是一个穷人家的孩子，从小我就想过荣华富贵的生活。

十六岁那年，媒婆带着一个小伙子走进了我的家，他就是我未来的夫君。后来我才知道他叫梅青。

结婚的日子定在开春。

我长长叹了一口气，小伙子家境非常一般，看来荣华富贵的生活只是我生活中的一个梦。

阳光灿烂地洒满山谷，青草开始泛绿，但我的心却非常烦躁。

一伙官兵冲进了山村，山村被他们掀翻，他们是来为皇宫挑选宫女。

我被他们相中，押上了他们的马车，直奔南京。皇宫对我来说，是个神秘的地方，也是个梦想之地。

进了皇宫我才知道，皇宫里聚满了从全国各地挑选来的美女。

每天专门有人教我们棋琴书画，吃的更是山珍海味，我们个个都保养得非常好，打扮得花枝招展。

后来我才知道，宫女要改变自己的命运，只有得到皇帝的宠信。

一天又一天过去了，皇帝依然没来后宫。

正午的阳光洒满院子，我看到了那一树盛开的梅花，开得那样艳，那样美，淡淡的芳香，溢满整个院子。

我有种预感，皇帝会来，我打扮得花枝招展在门口张望。

一个英俊的小伙子出现在我的视野里，我仔细一看，大吃一惊，他就是我未来的夫君梅青，他目光死死盯着我，我手足无措。

梅青说："终于找到你了。"

我望了望四周，四周没人："你怎么也到皇宫来了？"

梅青说："我进京是为了找你啊，走在半路上我被抓去充军，因为我打仗勇敢，被提拔为小头目。后锦衣卫为了充实兵力，在军中挑选武功高强的士兵，我就被选上了，专门负责皇帝的保卫工作。"

我淡淡一笑："这是一个让人羡慕的工作。"

梅青说："每天都是抓人杀人，皇帝朱元璋猜疑心太大了，跟他一同打江山的人差不多都被杀了，如今皇帝六亲不认，连亲侄子亲外甥都杀了。我已厌倦了这种生活，我带你走吧，我们到乡下过我们的幸福生活吧。"

梅青紧紧握住了我的手，我怕被人看见，挣脱了他的手，我说："等机会再说吧。"

几天后，梅青又来找我。他说："再不走，恐怕就没机会了。"

我说："为什么？"

梅青说："丞相和锦衣卫私通日本和元朝残余势力，准备想篡夺皇位，一旦政变成功，你们当宫女的就更惨了。朱元璋明天进山狩猎，这是最好的机会，明天中午十二时我带你走，好吗？"

我点了点头。

梅青走后，我的思想开始矛盾，回到乡下，我又不想过那种贫穷的生活。思前想后，我决定还是留在皇宫，皇宫才是我需要的生活。我知道立功的机会来了，接近皇帝的机会来了。

我偷偷去给皇后告了密。

梅青被抓了起来。

在严刑的逼供下，梅青供出了谋反的事情。

几日后的南门广场外，黑压压地押了一批想谋反的人，在人群中我看见了被折磨得不成人样的梅青，我低下头，心有点疼，当我抬头时，跟他目光撞在一起，我又匆匆低下头。

梅青被押上断头台，刽子手举起大刀，刀落下的瞬间，鲜血四溅，一滴血如梅花般落在我脸上，顺着脸颊流进了我嘴里，有股淡淡的咸淡淡的苦……

我转过身，流着泪离开了刑场。

晚上我开始做噩梦，鲜血如梅花洒满我全身。

因告密，我很快得到皇后的信任，我知道接近皇帝的机会越来越近了。

一天，皇后在宫中私下挑选四十六位美女，准备封为妃子，直接伺候皇帝。我知道消息后，直接去找皇后，我为朝廷立了大功，我想她会给我这次机会的。

我说明了来意，皇后目光望着窗外凋谢的梅花说："你想好了？"

我说："想好了。"

皇后叹了一口气："永不后悔？"

我说："永不后悔。"

皇后说："好，我代皇帝现在就封你为妃子。"

我激动得跪了下去："谢谢皇后恩赐！"

皇后说："请下去沐浴更衣，我们已为你们准备好了新衣，晚上我带你们去见皇帝。"

换完新衣，我在镜前开始化妆，想到晚上就可见到皇帝，我的脸红了，心也开始通通直跳。

"皇后驾到！"一太监喊道。

我们四十六位美女向皇后行了礼，皇后看了我们的妆扮，非常满意。

我们跟着皇后来到一间密封的房子里，皇后说："请用膳，吃完后我带你们去见皇帝。"

饭菜很丰盛，我们开始吃饭。

几个宫女开始吐白沫，鼻子流血，倒在了地上。

我突然也感到肚子疼痛，如刀刮。此时皇后不见了，我指着太监说："你们下了毒药，为何要害我们？"

太监说："皇帝已驾崩了，选你们当妃子是为了去陪葬。"

倒下瞬间，我看见了梅青忧伤的目光，目光转眼又变成鲜血，满天都是鲜血，鲜血如梅花洒满我全身……

（原载《百花园》2017 年第 11 期）

丑 妓

李永生

水天楼是涞阳很有名气的青楼，里面的姑娘个个称得上国色天香。但也有一丑妓，名字很雅致，也很费解，叫"泪沁"。这个名字是她自己给自己起的，但是很少有人叫，大家只叫她"丑丫头"。

丑丫头满脸麻子，塌鼻小眼，可谓丑陋无比。长得丑，不过却是个才女，琴棋书画无所不能，尤擅弹古筝，诗文拔萃，字更是漂亮，簪花小格，秀骨天成。据说，丑丫头是带艺入青楼的。也就是说，到水天楼前，她已经是一个琴棋书画无所不能的才女了。她从哪儿来的？又是从哪儿学的技艺？这样一个丑女子又如何沦为靠脸蛋吃饭的青楼女？老鸨又如何甘心接纳她？已无从考究。

因为丑，不好做皮肉生意，老鸨便用其所长，只让她为客人表演技艺。弹筝时，丑丫头用一纱巾遮住脸，躲在屏风后边，十指轻舒，托、劈、挑、抹、剔、摇、撮、按、滑、揉、颤，全神贯注，整个身心融进艺术的氛围当中。客人坐拥美人，听屏风后边传来的袅袅仙乐，成了水天楼一大特色。

有时，丑丫头还与客人对对子，客人出上联，丑丫头很快就能对出下联。或者她出上联，让客人应对，她的联往往出得刁钻，如"天近山头行到山腰天更远""朝朝朝朝朝朝夕"……常"对"得那些举人秀才们脑门冒汗。有客人觉得遇到了"奇女"，要一睹她的容颜，她先是婉拒，躲不过了，说一声"别吓着先生"，撩起面纱，怯怯地抬起一张麻脸，便引得客人"啧啧"搓手，说声："可惜！"

丑丫头为自己写了首诗——

> 屏后泪沁海棠枝，
> 薄纱掩面忧自知。
> 奴有才高三千丈，
> 贱容无人仗胆识。

就在写这首诗的时候，丑丫头择诗中两字为自己取名"泪沁"。

渐渐地，涞阳那些常去风月场的人都知道了水天楼有一个长得很丑的才女。

才女泪沁已是一个十七八岁的大姑娘，到了情窦初开的季节。令人难以置信的是，这样一个丑丫头心气却极高，一心要找一个玉树临风风流倜傥的白马王子，这正应了那句话——知识令人自信。

泪沁姑娘说:"人为什么躲不开'郎才女貌'的世俗?就不能'女才男貌'吗?"当然,想归想,泪沁姑娘知道自己的丑,常常是想过以后,眼圈一红,又无奈地罩起面纱。

　　杨柳有意醉春风,
　　相见千回在梦中。
　　剩有思君两行泪,
　　化作落花一片红。

泪沁姑娘写出了自己渴望爱情的痛苦。

也是天作巧合,丑丫头心中的白马王子竟出现了。

"王子"叫田缘一,是位年轻英俊的富家公子。一次,田公子在水天楼"点"了泪沁,在领略了她的才艺后,不禁大为叹服,猛地就萌生了一个和丑丫头一模一样的念头——女才男貌。田公子妻妾成群,大概在美人堆里幸福得昏了头,才产生了这样一个念头。这个念头要放在常人心里,也就是"一闪"而已,但这位公子哥儿是个倔主儿,认准的事就必须干,于是他决定接纳丑丫头。

当田公子勇敢地向丑丫头表达爱慕之情的时候,丑丫头只当眼前的阔少在耍弄自己。田公子说:"就不能'女才男貌'吗?"这话令丑丫头浑身一颤,眼眶便湿润了。

当然,完全在心里接纳丑丫头并不是件容易事,因为丑丫头毕竟奇丑无比。田公子很聪明,特意从人市上买了几个长相丑陋的女子作丫鬟,天天盯着她们看。去水天楼会丑丫头时,进门前先闭眼让那些丑丫鬟在眼前"过"一下,再看泪沁时,有那些丑丫鬟作铺垫,果真就觉得她顺眼了许多。

田公子挑战自我般地强迫自己去喜欢一个人,这种挑战新奇又富有刺激,他便被刺激着一点点地坚定着"女才男貌"的念头……两人的感情越来越好,田公子先是握了泪沁姑娘的手,又勇敢地吻了她的额头。为了体现对姑娘的尊重,他决定明媒正娶后再与之同床。没多久,田公子果真给泪沁赎了身,用大花轿把她抬进府中。

新婚之夜,花香袭袭,帐幔软垂,红烛燃烧出一种梦幻。新娘子娇羞地轻解衣衫,静静地躺在床上,心儿狂跳着等待着那个幸福甜蜜时刻的到来,然而让她遗憾的是，新郎望着那张丑丑的麻脸，终未能燃起那份最大的冲动。

一声叹息。

（原载《微型小说月报》2017 年第 6 期）

阿　宝

余清平

"阿宝快餐店"开张了，地段是跛脚阿宝精心选择的，靠近建筑工地。来这里吃饭的多是建筑工人，他们一身泥一身灰，去酒店或者大排档不受人待见。"阿宝快餐店"像春天的芽一样从地里钻出来，正好解决了他们的吃饭问题。

阿宝炒的菜适合大家的口味，盐油味够足，更有从老家收购来的红辣椒，有家乡的味道，大家吃了有劲儿对付钢筋水泥玉石块。快餐店生意红火，阿宝的收入比在建筑工地时翻番，就有了新的期盼，扩租了两个门面。

这个秋天，店里来了个食客，一米八身材，穿着中山服，眉毛像板刷，一根根戟指着，阿宝矮，要仰着头看。食客要了两个菜，一边吃一边与阿宝唠嗑，老板，这菜贼辣？阿宝说，老板你不喜欢辣吗？那我给你炒个不辣的。

辣得够劲，很够味，好吃！食客摆摆手，又伸出大拇指赞，尽管他辣得出汗，哈着气。

您慢慢吃，这辣椒虽然辣，但够香，吃到肚里，浑身就有力气，劲儿使不完。阿宝连忙给他的杯添满茶水，还握紧拳头，举起胳膊，上下晃动。

食客笑了说，老板很打趣，我叫牛起，就叫我阿起得了，你这饭好菜更好，以后我就把这里当我的饭店了。此后，牛起真的隔三岔五地来吃，与阿宝攀谈，从英国首相选举到美国总统选举那啥的都谈，有时候话头像风一样转个向。牛起问阿宝的菜是哪里买的？什么味料？怎样蒸煮烹炸？阿宝与牛起好到连一张纸的距离也没有，每每有问必答。

时间到了第二年春天，阿宝的生意渐渐地淡了起来，夫妻俩整日里净空忙，买的食材放冰箱里几天后就不新鲜，吃不完就得扔掉，如此反复，阿宝想这不是事儿。一天，他拽住一个亲戚问，大家怎么都不来吃饭了，是不是吃腻了？亲戚说，不是。阿宝递上一支烟赔着笑脸说，还是亲戚好，不是亲不来临。

亲戚接过烟说，我扯不断老表这两个字。阿宝又问，那大家怎么都不来了？亲戚说，唉，还是告诉你吧，那边早就开了一家"牛二碗快餐店"，味道与你一样的够劲够辣够香，大家都去那儿了。阿宝连忙又递上一支烟问，嘛牛二碗？亲戚摆摆手说，就是可以炒一个菜免费吃两碗饭。

亲戚走了，阿宝怔忡了一会儿，心里头翻江倒海，心想这样下去不是事儿，得想办法。阿宝想啊想，终于给想出一个门道。第二天，"阿宝快餐店"的招牌下面贴着一张醒目的红纸黑字，上面写着一行大字"本快餐店免费吃饭"。

如是，不多久时日，不仅走了的人都回来了，还带来了一些新面孔，每天，那几张饭桌闲不下来，被一拨一拨的人围住吃饭，生意比之前更红火。但一个月后，阿宝算账时发现一个问题，表面上看着生意好得不得了，但却是亏本。阿宝心急一时没考虑周到。

原来，建筑工人做的是人事，出的是牛力，一餐没个四碗五碗饭，哪里够饱？阿宝买的又是上等的米。阿宝以前也是爬脚手架的，只是一次不慎从脚手架上栽下来，命是保住了，但那条右脚永远恢复不了原样，走路成了"七七八八"。建筑老板人不错，眉头未皱一下，除了医疗费、误工费、营养费全报销，还按赔了二十万。

二十万在阿宝那个小山村现在也不算嘛钱，老人要赡养，孩子要抚养，阿宝不能坐吃山空，不能坐着干耗，不然下半辈子怎么过？只好让老婆阿香撇下孩子父母，来这城市开个快餐店。现在亏本，咋办？阿宝的头膨胀得如箩筐一样大。

十几天后，"阿宝快餐店"招牌下面的醒目红纸黑字换了面目，"本店除了免费二碗饭外，赠吃特制小吃一碟"。大家一看，虽然免费饭少了，但多了一碟小吃，且很味美，吃了又想吃，就没人去想那饭的问题，如此，阿宝又转亏为盈。

一个中午，来了一个熟悉的人影，谁？是牛起。他点了两个菜，但没尝几口，倒是对小吃很感兴趣，慢慢地品。阿宝一如以前那般热情，一样的笑脸。但牛起看得出阿宝的笑脸里有冷气凝聚。牛起什么也没问。他是个聪明人，自己偷了一次师，不可能再偷到第二次。

此后好久，牛起再也没有来。阿宝得意了，一天心血来潮，想去"牛二碗快餐店"看看。阿宝走进"牛二碗快餐店"时是中午，这正是饭店一天最旺的时段，可这店里门可罗雀，只有不多的几个客人在用餐。说真的，这个店干净、明亮、整洁，比阿宝的餐店高档。前台坐着一个老人家，问过才知道是牛起的娘。她告诉阿宝，儿媳妇两年前得病一直在住院，儿子刚刚去医院送饭还没回。

阿宝一怔，两年前，不正是牛起到自己店里问东问西的时候？阿宝想起自己跌断腿时的困境，眼睛发酸。当晚，阿宝骑上电动车，将剩下的几坛秘制小吃给牛起送去，并说，吃完了再送。牛起这个一米八的汉子，顿时眼睛湿润，一下跪在阿宝面前，泣不成声，直说对不起！

阿宝的眼睛也湿漉漉的，连忙伸手扶起牛起说，兄弟，谁也有跨不过去的坎儿。其实，阿宝还有一件事没说，他的快餐店被城市规划了，几个月后要拆建。他想自己现在手里有了点钱，回老家去开店。

阿宝拿到合同赔偿款那天，准备骑电动车去火车站买票回家。这时，一个高大的影子堵在前面，是牛起。他一把抱着阿宝说，哥别回去，这里虽然竞争力大，但远比你的老家要好，我们一起经营吧，将老人孩子接来，开个分店，你看，现在城西也在搞城市规划，工地多，工人也多，开家分店没问题。

（原载《小小说选刊》2017 年第 4 期）

鸡 血 碗

刘 泷

住持明宜云游去了。铜台喇嘛庙仅有喇嘛海阳和一条狗。

日本人来了。庙上的铜佛、铜窗台、铜台阶皆被熔铸，循着枪弹的弧线呼啸和燃烧。

寺庙没有了富丽堂皇的风度，空空如也。

风吹过来，窗口如疮痍，呜咽。

海阳不敢懈怠。打扫寺院，擦拭门窗、佛龛，点燃香烛，给藏匿于佛龛的鸡血碗注满清水，吃斋念佛，早睡早起。师父曾告诉他，心中有佛，才是修持，你要看好寺庙，尤其看好鸡血碗。切切！

鸡血碗乃镇庙之宝。明宜师父在巴林草原化缘所得。

海阳吃在大殿，就寝便横躺于香案前的地铺。葵花向阳一般，日夜青睐鸡血碗。

他念经。《心经》《道德经》《地藏经》《涅槃经》。念得虔诚，敬畏，一句一句，春风拂面，肃然俨然，口吐莲花。

他念经，吟诗，狗就端坐在大殿门扉之外，竖起耳朵聆听，眼睛温润，不时摇晃一下尾梢。

狗是黄狗。毛色金黄、柔顺，有狐狸的灿烂和高贵。

他叫它"灵狐"。

灵狐做伴，他也快然。鸡血碗牵制了他。不能下山化缘，粮食和菜蔬渐无，有坐吃山空之虞。

来了一个穿袈裟的人。来人循金圭山逼仄的羊肠道囊囊走来，摇摇摆摆。

灵狐忽地蹿至小路中间，敌意地堵截。

那人喊海阳，说自己叫明非。说是明宜要他来铜台庙的，来和海阳共同守护寺庙。说海阳应该叫他师叔。

有人来打破孤寂，分担窘境，海阳自然高兴。他跑出庙门，断喝，灵狐！

黄狗跑回来，贴着他的裤角，蹭，一下一下摇尾巴。

有雪花飘落水中，转瞬不见。明非融入铜台庙如鱼得水。诵经，焚香，打坐，擦拭，打扫甬道落叶。一丝不苟。

海阳放心了，说，好，你看家，我下山化缘。

黄狗却不让他动身，他一迈出庙门，它就暴怒，呜咽，狂吠，死死咬住他的裤脚。

海阳苦笑，畜生，疯了！

无奈，他只好不走。

一天。两天。第三天，清早推门，彤云密布，雪舞鹅毛，大雪封山，走不了啦！

海阳说，也罢，天意！

吃尽最后一块豆腐，最后一片菜叶，断顿了。

海阳对明非说，走，去守株待兔。

黄狗看庙，他和明非各握一根榆木棍子，上金圭山。

大雪淹没膝盖。野兔咬着骆驼蒿下的草根蜷伏。它缺乏应有的内敛，过分机警。见人走过，它自乱阵脚，跳了出来。

茫茫雪野。奔跑的兔子像海上泡沫，很无助地漂泊。二人拼命追赶，兔子拼死奔逃。猎人说，兔子绕山转。兔子没有人的智慧，它总是重复自己的踪迹。果然，第二圈，海阳看出端倪，要明非到山那边，二人接力堵截。第四圈，兔子就范，跌倒在他们面前。明非挥起棍子。海阳摆手制止，道，莫杀生！

最终，兔子炸肺，喷了一股鲜血，毙命。

回了庙宇，明非说，我收拾兔子，你休息吧。

海阳横躺于地铺，攲倚枕头，乜斜一眼门外忙活的明非。门槛边，黄狗用温湿的眼睛望他，望天空。

他睡着了。

一阵香气和肚子咕咕的叫声唤醒了他。

明非把一碗香喷喷的兔肉端来。明非说，按你的吩咐，没有放油，就放一把盐和山花椒。

海阳嗅着，说，真香。出家人本不吃肉的。也罢，酒肉穿肠过，佛祖心中留。

他举箸夹起一块肉来。

黄狗却嗖地蹿至眼前，叼住了他抬起的胳膊。

去！灵狐，你疯啦？这是大殿，你从不进来的！

但黄狗依然死死咬住他那只胳膊。

他踢了黄狗一脚，它滚落一边。

他再次张大嘴巴，要吞那块肉。

黄狗飞身跃起，将他嘴边的兔肉抢咬过来，迟疑片刻，吞入肚腹。俄顷，黄狗挤出豆大泪滴，口溅血沫，气绝身亡。

灵狐！

悲恸，愕然，愤怒。海阳伏在黄狗身上，又倏地蹦起来，从腰间拔出那条貌似裤带的软剑，硬挺挺抵住了明非的咽喉。

八嘎！明非从腰间扯出一把王八盒子。

软剑一晃，瑶池碎波。明非手臂麻如木棍，僵硬。手枪应声而落。

明非转眸，用另一只手，抓起碗里一块兔肉，吞下。即刻，见其双目鼓凸，倒地而死。

搜身，这家伙竟是日本间谍，小野晋三。而且，鸡血碗居然藏于其腰间布袋里！

真是好碗，状如莲花，大如银盏，色如润玉，洒有几点梅花也似的血斑！难怪师父叮嘱要看好它。

（原载《红豆》2017年第2期）

万 元 大 奖

邵火焰

我现在满脑子就是两个字：拉票。

这是新世界社区网站举办的一次小说大奖赛。大赛规则很简单，先在该网站注册，然后将作品贴在大赛专用版块，以读者投票的多少决定排名顺序，排在前三名的，每篇作品奖励一万元。在万元大奖的诱惑下，我注册进入了该网站后，花了大半个晚上的时间精心炮制了一篇小说，贴在上面。可是两天过去了，只有两票，而这两票还是我自己投的。

看来得拉票了。以前在一些QQ群、微信群里，经常有人拉我给他们投票，那时我很反感，可是现在不得不同流合污也拉人给我投票了。我在我的那些QQ群、微信群里，发了新世界社区网站的网址，以及我的参赛作品的链接，恭请朋友们注册后，每天帮我投上宝贵的一票。这一招果然管用，我的排名直线上升。

可是几天之后，又被拉了下来。因为别的参赛作者也在想办法为自己拉票。

看来得进一步挖掘资源了。QQ群、微信群的资源已经用了，现在只能把眼光盯在亲戚朋友同事的身上。我把亲戚朋友同事的姓名列在一张纸上，然后一个个给他们或发 QQ 或发微信或打电话，邀请他们注册后帮我投票。我还发动妻子和儿子、女儿也参与其中，让他们在自己的朋友圈里为我拉票。这一招立见成效，我的排名又上升了很多。

我知道要不了几天我的排名又会下降，因为我能想到的办法，别人也能想到。晚上我躺在床上冥思苦想还有哪些拉票的途径，妻子点拨我说："你可以动用你的学生为你拉票呀。"我是一名中学教师，学生也是资源呀，我怎么就没有想到呢？第二天我将新世界社区网站的网址以及我的作品的编号写在了黑板上，让学生放学回去后用家里的电脑或自己的手机，每天给我投一票。我的排名一下子又上升了一大截。同事们开玩笑说，如果我获奖后请客，他们就发动其他班级的学生也参与投票。我拍着胸脯承诺，获奖后一定把大家请到本市最高档的酒店好好撮一顿。

众人拾柴火焰高。经过几个月的不懈努力，我的作品的排名终于挤进了前十名。

还有一个周就是大赛投票截止日期了，离万元大奖还有几步之遥，如果再不加把劲，前面所有的努力都白费了。该想的法子都想了，下一步该怎么办呢？我一时无计可施。这天我看报纸，突然发现了一则新闻，某地在进行"十大道德模范"评选时，有人请专业刷票公司投票入选，后被人举报，取消了评选资格。我眼睛一亮，有了办法。我马上百度搜索，联系了一家刷票公司，对方承诺保证帮我刷票进入前三名，但得付费三千元，没进入前三名，全额退款。三千就三千，以三千博一万，傻子也会算这一笔账。我马上用手机网银给对方提供的账号划拨了三千元。对方没有食言，第二天我打开电脑一查看，惊喜地发现，我的作品已经名列第一。其后几天一直稳居第一名。

功夫不负有心人。一个周后，大赛评选揭晓，万元大奖花落我家。

当网站上公布了获奖名单后，妻子说，要我买一套名牌化妆品给她，我毫不犹豫地答应了。同事纷纷要我兑现请客的诺言，我当天中午就带他们到本市最高档的酒店好好撮了一顿，尽管花了一个月的工资，但我毫不心疼。

一场轰轰烈烈的大赛让默默无闻的新世界社区网站火爆了。几天后，网站工作人员打来电话，让我提供 QQ 号领取万元大奖。我兴奋不已。我问："不要银行卡号吗？"对方说："不要，我们奖励给你的是一万元 Q 币。"

"Q 币？"我感觉血直往脑门上冲，我对着电话吼了起来，"骗子，你们这些骗子，我要告你们……"

对方说："告吧，我们不怕你告。请你瞪大眼睛仔细看看大赛启事，我们只说奖励一万元，并没有说是人民币呀，难道你还想要美元或欧元不成？"

我木桩一样愣在那儿哭笑不得。

（原载《精短小说》2017 年第 1 期）

红 豆 红

王举芳

一大早，水喜清秀的身影出现在苗木市场，头发上沾着清澈的露水。为了早些到达苗木市场，十三岁的他鼓足勇气半夜就悄悄起床，一个人走了几十里山路呢。

水喜左瞧瞧右望望，用手抚摩着一些树苗问："这是红豆树苗吗？"卖家摇摇头："我这里没有红豆树苗。"一连问了十多家，卖家都说没有红豆树苗。水喜站在那里，望着一堆一堆的树苗，眉峰聚拢，自言自语："怎么就没有红豆树苗呢？哪怕只有一棵也好啊。"

太阳升起了，水喜头顶上的露珠消失不见，他的鼻尖上冒着细细的汗珠。水喜不舍得放弃，依旧挨家挨户寻找着红豆树苗，可结果都不是他想要的。

"小哥哥，你要找红豆树吗？"一个七八岁的小姑娘走到水喜跟前说。

"嗯，对，你知道哪里有红豆树苗吗？"水喜充满期待地看着女孩。

"妈妈说，我爸爸就在那个长满红豆树的南国，我爸爸好久没回家看我和妈妈了。'红豆生南国，春来发几枝。愿君多采撷，此物最相思。'妈妈看着爸爸的照片，常常念这首诗，我都会背了。"女孩指着不远处一个女子，"那个就是我妈妈，你可以去问问她哪里有红豆树。"女孩拉着水喜的手，向女子走去。

女孩的妈妈问水喜："你为什么一定要红豆树苗呢？"水喜说："我们的青叶老师喜欢红豆树。可是她离开我们，回城了。那棵红豆树死了。同学们都说，如果把老师住的房子周围种满红豆树，她就会回来的。"

"青叶老师？"

"嗯，青叶老师是城里来的，她知道的可多了，她不光教我们文化课，还教我们唱歌、跳舞、弹吉他，我们可喜欢她了。"

"我认识青叶老师，一年前她来买红豆树苗，还是我在南方山区支教的爱人帮她邮寄过来的呢。我会帮你找到红豆树苗的，不过，得等几天。这样，你隔两周来拿好吗？"

水喜高兴得差点跳起来，一个劲儿说着："行，行，谢谢您！"水喜高兴地回校了，一路上蹦蹦跳跳，像只快乐的小鹿。

红豆树苗栽下，水喜和同学们细心呵护着它们。生长在温暖有爱的环境里，红豆树长得格外开心，葱郁的叶子像少年拔节的身体，朝气蓬勃，透着旺盛的生命力。

一年过去了，青叶老师没有回来。两年过去了，青叶老师还是没有回来。第三年初春，学校里来了一位小伙子，会唱歌、会跳舞、会弹吉他，他是新来的支教老师，叫雪枫。雪枫特别喜欢红豆树，一有空闲就走到红豆树前久久驻足，目光那样深情。同学们都说："雪枫老师的才艺、上课风格、兴趣爱好多像青叶老师啊。"

水喜毕业了。新学期开学的前几天，他来到学校对雪枫说："老师，您在这里再待三年好吗？等我初中毕业，我就回来。你是城里人，迟早要离开的，就像青叶老师……"水喜用手抚摩着红豆树叶，一滴泪轻轻滴落在红豆树叶上，又一滴落了下来……

"好，一言为定。"雪枫给了水喜一个坚定的拥抱。

水喜临近初中毕业时，雪枫鼓励他报考了高中，雪枫说他会一直待在村里，因为他喜欢红豆树。水喜愉快而安心地继续求学。

转眼，水喜大学毕业回到了村里。桃花源般的山村小学到处盛开着欢喜。

"老师，您如果想回城就走吧。"水喜对雪枫说。

"不，我要等青叶回来，青叶不回来，我就不离开。"雪枫抚摩着红豆树说。红豆树已长得很高大，叶子葱郁，葳蕤挺拔。

"您认识青叶老师？"水喜十分惊讶。

"青叶，她是我的爱人。"

多年前，大学毕业的青叶选择山区支教，雪枫考研成功，继续修学。雪枫和青叶说好，等雪枫研究生毕业也来支教。雪枫和青叶都喜欢红豆树，青叶就去买了来栽在窗前。那年青叶感觉身体不适去医院检查，医生告诉她她患了乳腺癌。她谁也没告诉，默默离开了山村小学，也不再联系雪枫。青叶的父母告诉雪枫说青叶离家出走了，他们也不知道她去了哪里。雪枫来到青叶的支教点，痴痴守候。他相信青叶一定会回来。

又一年春天，红豆树开满了花朵，洁白的花满枝都是，如雪一样晶莹。秋天，红豆树上结满了豆荚。雪枫摘下一个豆荚剥开，红红的红豆似一颗红亮的心。雪枫把红豆安放在胸口，轻轻说："青叶，红豆红了，你在哪儿呢？"

"雪枫。"雪枫听到有人叫他的名字，惊喜地回头。阳光下站着一个穿红衣的女子，是青叶。

（原载《时代文学》2017年第7期）

爱在深处花成园

吴志强

我一直暗恋着小芸，她却和班上另一位同学大鹏相爱了。我只有祝福他们，希望他们早结良缘，可后来，大鹏考了托福去了美国留学。临行前，大鹏和小芸当着众同学的面，含着热泪亲吻，在呼啸的寒风中播下天长地久的诺言。不久，小芸便和我一样，分到穷乡僻壤的乡镇中学教书。在此期间，我一直苦苦追求着她，但小芸只把我当作亲密的朋友。我只好陪着她厮守着他们那句不知何时才能破土的誓言。

小芸拼命地在学校兼课，大部分的奖金和工资全都贡献给了邮电局，而她唯一的收获，是每隔几天便收到从美国特快邮递过来的厚厚一沓纸。这沓纸，总把小芸感动得热泪盈眶。激动难抑的时候，她还把大鹏写的信拿给我看，想给我分享一点快乐和幸福。但我一展开那些半土不洋、毫无章节和顺序的沙一般散乱的文字，连小芸传递给我的那点情绪也完全被败坏了。我对那些鸡零狗碎再三重复毫无激情和美感的内容再也提不起半点兴趣。

尽管他的信和以前的作文一样写得令人生厌，但他的英语成绩却十分出色，以至能稳稳当当考取托福。这也是他能吸引住小芸的重要原因。而我作文写得好，英语却一败涂地，以致最后断送了远大前程。但我没有后悔。因为这样，我一直能幸运地留在自己深爱的人的身边，分担着她一部分忧愁和痛苦。这是大鹏享受不到的。

有一天，小芸忽然告诉我，大鹏好久没有给她写信了。其实我早料到会有这么一天，但没想到会那么快。我极力安慰着小芸，小芸却失魂落魄，像被人挖掉了心一般痛苦。当天，我便措辞激烈地给大鹏寄去一封信。

不久，小芸便接到从大洋彼岸传来的消息。但信上的字却少得可怜，信纸上像爬着几只横七竖八毫无生机的死螃蟹。小芸收到信的时候是激动不已的，拆开信后却灰心失望。

一个月后，小芸又收到了大鹏来信。这次，字迹变小啦，小得像一只只蚂蚁铺满了整整十页纸。但信纸上每一个字都像一粒钉子，每一页纸都像一块刀片，将小芸的心一点点一刀刀地割碎。因为大鹏喜欢上一位外国女孩。小芸的梦顷刻间支离破碎鲜血淋漓。

接这封信后，小芸像疯了似的，把信纸撕得粉碎，然后一团一团地吞进肚子。坐在房间里，一会儿笑，一会儿哭，一会儿打，一会儿闹。

半年后，大鹏寄来了最后一封信。这封信告诉小芸，他将在美国和自己心爱的金发姑娘完婚。并郑重地提醒她，彻底把他忘记，好好生活。

小芸接到信后，再也没任何表情，像一尊泥塑般木在那儿，几天几夜不吃不喝不眠不睡。用一句话来概括她当时的情形便是：哀莫大于心死。

尽管如此，小芸仍没接受我的追求。半年后，她放弃了自己热爱的执教工作，通过婚介所，不顾家人强烈的反对，嫁给了台湾一位地产商人。那位商人年纪大得足以做她父亲。这是我完全想不通的，却又无可奈何。

后来，她以商人丈夫做跳板，自费去了美国留学。她就读的大学就是大鹏的那所学校。

进校不久，在那所大学附近，她终于碰见了自己挚爱的大鹏。

当时大鹏已面目全非形如枯槁般坐在轮椅上，下肢全部瘫痪，被一群上学的孩子簇拥着，朝残疾人福利院的方向而去。眼前的大鹏已无法说话，听力也全部丧失，只有那苍白的脸庞在阳光的映衬下闪现出一点带有生机的笑容。这一切改变，都是因为挽救了一位即将丧生车轮下的美国孩子换来的。一直以来，他未曾忘记过大洋彼岸的小芸，他早已把在呼啸的寒风中立下的誓言种植在心灵深处，蓬勃成一座美丽的花园。

她和大鹏没有说过一句话，大鹏的出现足以解释无法用语言解释清楚的一切。临别时，大鹏仍保持着闪闪动人的微笑。小芸再也无法控制自己的感情，多年来的痛苦和委屈如遇河岸的缺口，和着泪水一起汹涌而释。

小芸终于明白，什么才是爱的真正含义。

（原载上海文艺网 2017 年 7 月 11 日）

再偷最后一次

魏东侠

石海坡村俊杰多，不争气的人也有，比如魏忠正。

王大娘隔三岔五叫他到家里吃饭，他就从他的破窝棚里蹦出来，哼着小曲一路跟去。让村人受不了的是，就是对他这样好的人，他也贼不走空。

谁家有红白事，是魏忠正最活跃的日子。往往人家的事还没办完，他窝棚里却安置不下了。他也怕，所以偷的东西都塞进裤裆，裤腰一缅，神不知鬼不觉贴着墙根跑。其实主家什么都看见了，却故意睁只眼闭只眼。当然也有计较的追了来，这样就总能翻一堆回去。肉、菜、粉条、面、烟、酒、糖果、茶……甚至有时连烧纸都偷，他说万一死个着紧的，他也哭哭去。

魏忠正本来没名字，大家都叫他屎娃儿，大名是后来一个卖布的老头儿给取的。

那天大集。石海坡大集名震四方，方圆几十里的商人顺着九条道沟拥来，会聚在这个别名九龙口的集市上。屎娃儿穿梭在头户市，两列马牛猪羊令他无从下手。屎娃儿溜达到珠宝街，想，这些值钱，可一时半会儿变不成钱。屎娃儿最后相中了卖布的摊子。

偷哪匹呢？屎娃儿混在围观的人群里琢磨。后来被挤得有点不耐烦了，顺手抄起一匹猛拽。哪想卖布老头儿挺鬼，每匹布底端都缝了布条，拴在支摊子的竹竿上。屎娃儿见失了手，便急出了汗，想跑，却被摊主一把抓住。

屎娃儿当场尿了裤子。

有同村人说："说来这孩子也可怜，爹娘是谁都不知道，从小吃百家饭，断顿的时候，短不了偷。"

"这布又不当吃喝。"摊主说着，手里多了把剪子。

屎娃儿扑通跪下了："俺想过年给王大娘做件新衣裳。"说着哭了。

老头深思地看了屎娃儿一会儿，叹一声说："好，就白给你裁几尺。"

再逢集，屎娃儿早早赶到集上等卖布人，他要帮人家照看摊子。到了中午，卖布人留他吃饭，说："屎娃儿多脏？贼也脏，做人要干净。石海坡村多数姓魏，你也姓魏吧，就叫忠正，忠厚直正，可不能再偷东西了。"魏忠正拼命点头。

魏忠正十三四岁，已有一把子力气，在村里谋个差事，帮乡邻干点活，自然有饭吃，有衣穿。加上五天一个大集，卖布老头儿雷打不动地请他打牙祭，日子美着呢。

这天又是大集。魏忠正和往常一样等在卖布的地方，可临近中午了，老头儿也没出现。魏忠正的肚子"咕咕"一叫，才想起抬头看天，这一看更饿了。后来，来了一位神秘女人，盯了他半天，凑上来小声说："别等了，老姜出事了，他被捕前给我留了条，叫我务必跑一趟告诉你。"

魏忠正一时没反应过来："老姜？"女人说："嗯。"魏忠正就流泪了，他一把扯住女人问："关哪儿了？""杨吕池炮楼。"

魏忠正一天没吃东西。他躺在草席上，瞪着眼，一动不动，心里忽然冒出个声音：我要偷，我要把姜爷爷偷出来。

想到这儿，他一下蹦起来，兴奋地吃了仨窝头。然后跳进李老黑的院子，偷了他的猎枪，乘着夜色直奔二里地外的杨吕池村。

炮楼附近，枪声大作。魏忠正激动了，一定是有人来救姜爷爷了。果然，他看见有人架着姜爷爷往这边跑呢，后边正是白天那个找他的女人举枪掩护。月亮底下，姜爷爷似乎受了伤，腿一瘸一拐的，魏忠正刚想心疼地叫声爷爷，又怕鬼子听见，就使劲朝姜爷爷的方向跑。这样跑着，他忽然看到一个鬼子朝姜爷爷的后背瞄准，他慌了，下意识摸到猎枪开关，一搂，走火了，枪响了，却什么也没打着。他吓坏了，想跑，腿却被定在地上一样。被惊着的鬼子对准他的方向狠狠地开枪，他就配合着人家倒下了。后来听到一片喊杀声，还听到姜爷爷喊："忠正，忠正——"

他躺在姜爷爷怀里，身子越来越小。姜爷爷生气地问："谁让你来的？哪来的猎枪？"他虚弱地睁开眼，竟不好意思地笑了，红着脸说："偷的。"姜爷爷埋怨地看着他说："怎么又偷东西？"说着反而把他搂紧了。他看着姜爷爷，充满歉疚，"爷爷，就这一回……这一回了。"姜爷爷猛地抱起渐凉的他："爷爷信，忠正啊，快跟爷爷回家。"说着老泪纵横，那泪一行行打在魏忠正歪了的小脸上。

（原载作家网 2017 年 8 月 7 日）

英 雄 救 美

宋炳成

人家都说现在找媳妇难，但阿涛却自有打算。

阿涛盘算好了，他要来个英雄救美，到时候，名也有了，利也有了，美女为了答谢救命之恩，不用花钱就能主动嫁给他。

但现在的关键是得有美女可救才行。为了实现目标，阿涛主动出击，一有空闲，就骑着摩托车满街满巷地转。

功夫不负有心人。一天，阿涛骑车经过国贸大厦的十字路口，看到大厦前围满了人，大家都抬着头向楼顶观看，阿涛这才注意到，大厦的楼顶有个白衣少女要跳楼。机会终于来了，阿涛忙将车停在路旁，兴奋地跑了过去。

楼前已铺起了救生垫，看来情况十分紧急。阿涛挤进人群，急吼吼地嚷着："大家让一让，让我来！"

阿涛冲到楼梯口，却被警察拦住了，警察问："你是那女孩的什么人？"

阿涛说："什么人也不是，我就是想上去救她。"

警察说:"乱弹琴!"警察拉住阿涛,把阿涛训斥了一顿,说他纯粹是添乱,并毫不留情地将阿涛撵到了一边。阿涛心里像猫抓着一样,你说,这大好的一次机会,就这么让警察给搅了。

阿涛不死心,继续天天骑着车上街寻找。这一天,阿涛经过护城河,远远地,看到吊桥旁围了一大群人,阿涛飞奔了过去,看到桥下一个穿红衣服的女孩正在水中挣扎,这些人怎么见死不救呢?真是人心不古啊!阿涛来不及脱衣服,便纵身从桥上跳进了水里,他三两下划到女孩身边,用力将女孩拖上了岸。

阿涛虽然喝了几口脏水,但心里却美滋滋的,这次总算是心想事成了。

阿涛心里正美呢,一个戴着遮阳帽的大胡子从后面拍了一下他的肩膀:"我说哥们儿,你干啥呢?"

阿涛看了一眼大胡子,没好气地说:"我救人啊?!"

大胡子阴沉了脸,说:"想英雄救美啊?爱上哪儿救上哪儿救去,我们正拍戏呢,你搅什么乱?"

阿涛闹了个大红脸,连连向人家道歉,大胡子才放他走了。

这一次,着实让阿涛丧气了几天,看来这英雄救美也不是件容易事,但为了实现心中的目标,吃点儿苦,受点儿累,又算什么呢。

五天后,阿涛又骑着车上街了,刚到十字路口,就见悠悠超市浓烟滚滚,火苗也蹿起老高,阿涛急忙赶了过去。

大家谁也不敢靠前,焦急地等着消防队到来。阿涛近前,透过玻璃橱窗往里一看,这还了得,店里还有一个姑娘没有出来呢,许是吓傻了吧,眼瞅着大火都快要烧着那姑娘了,她还傻站在那儿呢。阿涛顾不了许多,他麻利地脱下上衣蒙到头上,一头钻进了火海。他用力将姑娘推出屋门,自己却被一股浓烟呛倒了。

等阿涛醒来的时候,他发现自己已经躺在了医院里。除了脸部有些灼伤,幸无大碍。阿涛躺在病床上,心里美滋滋的,他想,这次终于梦想成真了,用不了多久,县领导就会来看他,电视台也会紧接着来采访,他成了全县人民的英雄,还有那个女孩,如果还没有对象的话,肯定会以身相许来报答自己。

可阿涛在医院躺了两天也没有一个人来看他,县领导没来,记者没来,他救的那个女孩子也没有露面,而且,第三天出院,除了有人给他支付了两千元费用,不足的费用也都是阿涛自己出的。你说,阿涛冤不冤?阿涛彻底恼了,这天底下还有正义和良心吗？

阿涛气坏了，他发誓，一定要找到他救的那个女孩，他要当面问问她，她的良心哪儿去了？是不是让狗吃了？其实，没有报答也无所谓，但最起码，得有一句感谢的话吧。

为了找到那个女孩，阿涛气哼哼地去了悠悠超市。超市已被大火烧得面目全非，一帮工人正在忙着重新装修。阿涛打听着，找到了超市的老板，问："我救出的那个女孩呢？"

老板忙得焦头烂额，头也没抬，问："啥女孩？"

阿涛说："就是超市起火那天，有人冒死冲进火海救出来的那一个。"

老板这才抬头上下打量了一眼阿涛，问："你就是救人的那个？出院了？"

阿涛一下子挺直了腰杆，自豪地说："对，我就是救女孩的那个人，刚出院。"

老板突然变了脸色，阴阳怪气地说："原来就是你啊，多管闲事，谁让你进去救的？让我平白无故多支了两千元的费用。"

阿涛听后，有些摸不着头脑了，他疑惑地问老板："难道见死不救才对？"

老板没好气地说："救什么救？你那天救的是她！"

顺着老板手指的方向，阿涛发现，一位穿着时尚的塑料女模特儿正静静地站在墙角，阿涛的脑袋嗡的一声，立时就傻了。

（原载《民间故事》2017 年 7 月号）

小 巷 情 深

林庭光

一家，两家，三家，四家……继续往里走，就是我的家。一条很深的小巷，小巷两边的住户，都是三四层高的楼房，因此小巷显得很小很窄。小时候住在这里，记得到了晚上，我就不敢出门。每每站在门口，望着黑魆魆的小巷的尽头，时不时出现的些许光明，总能让我想起聊斋里的故事，就马上缩回到自己的小空间里，再也不敢出来。

我的父亲是一个水手，常年在海上，妈妈在一家工厂做工。我自己上学，早上在小巷的出口一个小吃摊上吃早点，午饭则在学校吃。晚上妈妈下班了，就在家里给我做最好吃的猪手面。妈妈先将面粉倒入盆内，加水和盐和成拉面团，蘸上碱水，晃条，拉成拉面下入开水锅内煮熟，捞入碗内，面上摆上酱猪蹄。然后轻轻唤我："尊儿，过来吃饭。"她坐在我身边，自己不吃，用慈爱的眼神看着我一阵狼吞虎咽。妈妈的表情很复杂。那些年我才上小学。妈妈三十多岁的样子，是我们这个小巷里最漂亮的女人。

那时候，觉得广州就是天堂。我们这里离市区很远，很多时候做梦，爸爸就是从小巷那边回来的。爸爸绛紫色的脸上带着微笑，手里带着我最喜欢的玩具。但只是在梦中，从未变成过现实。爸爸做水手，只是从妈妈那里听说的。海很遥远，就像是这条很长的小巷一样，我看不到头，琢磨不出自己的思路。

其实广州很近，但是妈妈从没有带我去那儿玩过。即使星期天也从来没有离开过小巷。深深的小巷，把我锁在狭小的空间，和妈妈的距离也像是在小巷的尽头。

突然有一天，妈妈牵着一个漂亮的小姑娘回家。小姑娘就像我看过的小人书里的白雪公主一样美丽。她很会说话，一口地道的闽南话，我一句也听不懂。我说："你说普通话呀。"她看着我，美丽的大眼里闪烁着惊人的光芒。洁白的裙子，乌黑的长发，美丽的面孔。我感觉这就是从天上下来的天使，妈妈让我叫她妹妹。

从此我多了一个妹妹，早上我和妹妹一起走过那个小巷，一起去上学，中午一起在学校吃饭，下午放学一起回家。这个妹妹的到来一直是个谜。有时候我在想，妈妈也许在哪里捡了一个妹妹，也许是在海上。妹妹和我有很多话，她告诉我她的爸爸是妈妈的朋友。妈妈的朋友？我从来没有听说过，也没有看到过妹妹的爸爸。可是妹妹能说出爸爸的样子。

生活就像梦一样，延续着很多的传说。终于，有一天，在小巷里来了一个男人。这个男人不是我想象的爸爸，也不是妹妹讲述的爸爸。男人是一个警察。男人穿着警服，从小巷的南边一直往里走，走了很久，在一个老院前边停下来，伸出手来敲门。他敲的就是我家的门。妹妹去开门，领来了那个威武的男人。

"孩子们，我要带你们去广州了。"他洪亮的声音在老院里回荡。

"妈妈呢？"我抗议，"没有妈妈，我们哪里都不去。"妹妹说："我们坚决反对。"她红扑扑的脸上，非常兴奋，她站在我的一边。

"孩子们，你们的妈妈到很远的地方去了，我接你们去看望她。""你撒谎。"妹妹颤颤地说，这样僵持着，一直僵持到夜晚。村委会的陶奶奶来了，流着泪说："跟他去吧。这是你们的妈妈嘱咐过的。"我们相信陶奶奶，就和那个男人去了广州。

我记得非常清楚，我是一步一步离开那个有着潮湿味道小巷的，走了很久。那个小巷平时很少见的邻居们都站在自己的门口，目送我们离开小巷。我和妹妹被分开了。我住进了一个叫作幸福院的地方。后来我上了中学，大学。毕业后，我分配到我们那个地方当一名警察，管理刑事档案。在一个十多年前的一个案卷里，我看到一张熟悉的照片，我的妈妈。卷宗里的资料显示，在一个小巷里，一个收养了两个孤儿的外来女工，在下班回家的小巷里，遭到了歹徒的侵犯。女工反抗，惨遭歹徒杀害了，歹徒几天后被捕。

我的心一下子空了。我的妈妈，在我记忆最深刻的小巷里送去了自己的生命。我决定去看看那个梦中依旧存在的小巷。同事告诉我，早几年拆迁，小巷已经不复存在了。

这一夜，我又梦见了我家那个小巷。小巷里，妈妈牵着妹妹的手朝我走来。

（原载《岭南小小说》2017 年第 1 期）

白 菜 石

三 石

龚一笑，饶城师院教授。我跟他亦师亦友，他虽然大不了我几岁，却是我的正宗老师。在饶城奇石收藏界，龚一笑名望极高，算得上是鼻祖级人物。早年，龚一笑经常跋山涉水淘拣石头。那时玩石的人不多，赚两个钱只够糊口，石头自然抵不过馒头。如今日子好了，有钱人也多，玩石的人多了起来。而此时，龚一笑已是奇石满屋，且大部是捡来的，没花几个散碎银子。

正所谓近朱者赤，我虽然兴趣不大，并不代表一点兴趣没有。经常跟龚一笑一起，多少受些影响，家里也有些藏石，有的是跟龚一笑在山沟河汊捡的，有的是朋友间相互赠送的，更多是死乞白赖从龚一笑家顺的。不过，都是些一般的货色，以龚一笑的说法，要论值钱，没一块抵得到他估价的费用。我也无所谓，图个好玩而已。

龚一笑好东西不少，值多少钱不知道，同样以龚一笑的说法，一块石头换一套房，没有大厦千间，十数间还是有的。当然，不是说上海北京，但即便是饶城，也不是小数目。不过，龚一笑的好石头锁在里屋，常年上锁，一般人不让看。我也是一般人，央求多次外加点蛮横，龚一笑才不情不愿打开门锁，这才得以匆匆一睹。

不过，也有例外。一次，在龚一笑家喝酒，酒到酣时，他竟然主动进屋，搬出一件珍藏。却是一件形如白菜的奇石，没有丝毫雕琢，纹理清晰可见，大小与白菜一般无二。果然是浑然天成。我惊呼一声，啧啧称奇，如与铅山的白菜碑一并展示，必然相得益彰。

龚一笑抿着小酒，嘿嘿一笑，你能联想到白菜碑，也不枉你我师生朋友一场。白菜碑为明代铅山县令笪继良所绘。其上题词：为民父母，不可不知此味；为吾赤子，不可令有此色。作为地方官员，要坚守此道，如白菜一般清白做人、做官。

市委已找我谈话，我从市直一个清水衙门，直接空降到县里任职，且是正职，手上权力不可同日而语。

我蓦然明白龚一笑良苦用心，正色道，老师教诲，学生谨记。不过——

不过什么？

我狡黠一笑，将白菜石移至跟前，老师要是放心不下，不如将此石赠予学生，学生必定每日观石而三省其身。

龚一笑脸色一变，一把将石头搂进怀里，连说两声，君子不夺人之所好，君子不夺人之所好。匆匆搁进里屋，封门上锁。

我哈哈大笑。

在县里工作，不似在市里那般清闲，忙得焦头烂额，没有时间把玩石头。但时间久了，竟然有人知道我那一丁点的喜好，不时有好事之人弄两块石头请我鉴赏，或者送我把玩。我一般不收，偶尔收下一块两块，也回赠人家，算是玩家之间的相互馈赠，也没太当回事。曾有一块摆在我办公桌上，名为"寒江独钓"，却是我最为喜欢之物。

与龚一笑往来也少了，只是偶然相互电话骚扰，免不了邀请他前来喝酒吃肉，还有赏石。电话里龚一笑笑得不屑一顾，你能有什么好石头值得我劳师远道的。我说还真有一块，就摆在办公室，你来了便知。

龚一笑还真的来了，直接推门进来。我从座椅上一蹦而起，兴奋之情难以言表。龚一笑却不睬我，眼睛落在桌上的"寒江独钓"上。我得意地说，以你专家的眼光，看我这块石头怎么样？

龚一笑不语，移前移后仔细端详，少顷立起身子说，很值钱。

我问，值多少？

龚一笑脸色凝重，一间房，一间牢房。

我吓了一跳，一块石头，不至于吧？

龚一笑怒目圆睁，我说是就是，你敢质疑我的眼光。怒气冲冲摔门而出。

我目瞪口呆。待醒悟过来，出门紧追，已不见龚一笑踪影。打电话，关机。

呆坐一会儿，满脑子都是龚一笑的怒容，突然惶恐。立马叫来秘书，将"寒江独钓"还有几块交换的石头，一并拿走退回。

翌日，刚到办公室，却见龚一笑又推门匆匆而入，手上捧着那块白菜石。我一时没反应过来，忘记招呼。许是发现桌上已没了那块石头，遂问，石头呢？我有些尴尬，低声说，已让人退回去了。

龚一笑冷哼一声，算你聪明。将白菜石小心翼翼摆在原先位置，你曾说每日观石三省，今天就遂了你愿。

我说，老师怎的如此大方，舍得忍痛割爱？

龚一笑又是怒目圆睁，想得美，借你的，什么时候不当官了，就还我。

（原载《北方文学》2017 年第 8 期）

爱 的 谜 底

佟惠军

2040 年的某个傍晚。

夕阳的余晖映在吴语嫣满是皱纹的脸上，她的生命之火已经枯萎。张晨握着老伴儿的手，他要陪她走完生命的最后一刻，不远的时日他也会追去。吴语嫣混浊的眼睛不舍闭上，她还有一个心结，希望张晨能为她解开，可是她已经说不出话了。张晨伏在她耳边说了一句什么，吴语嫣用尽最后一点精气，笑了，安详地闭上了双眼。

时间回到 2000 年的一个早晨。吴语嫣看着医生那一张一合的嘴唇，什么也没听清。她的大脑在医生对她说出"恭喜你，你要做母亲了"之后，就一片空白了。

怎么走出的医院，吴语嫣想不起来了，只记得出了医院，颤抖着拿出手机拨了一个号码："云鹏，我怀孕了。"说完就哭了起来。

电话那端传来一个男子狂喜的声音："语嫣，你别哭，你在哪儿？我马上去接你。"

吴语嫣回到家中，张晨正在厨房做饭。看着丈夫的背影，心像被刀剜了一下的疼。走过去从后面抱住张晨的腰，将脸靠在他的背上，眼泪止不住又流了下来。张晨发现了吴语嫣的异样，转过身来，吴语嫣连忙把眼泪擦干。

"语嫣你今天怎么了，怎么哭了？发生了什么事？"

吴语嫣突然感到一阵恶心，急忙跑到卫生间干呕去了。

张晨递给她一杯水漱口："语嫣，你最近怎么总恶心？是不是胃病犯了？明天我带你去医院看看吧。"

"老公，我没事，这段时间公司的事情太多了，觉得非常累，我想休几天假，在家看看书调整调整。"吴语嫣掩饰着自己烦乱的内心，满是疲惫地对张晨说。

第二天吴语嫣来到公司，没有像以往那样第一眼就想看到那个熟悉的身影，而是来到总经理的办公室请假。刚回到家中，电话不停地响了起来。吴语嫣看着手机上的头像，那还是云鹏特意为她设置的两朵水墨并蒂莲。"云鹏，我已经跟公司请假了，这几天你不要给我打电话好吗？让我好好想想。"

"语嫣，你必须听我的，把我们的孩子生下来，你不小了。如果你不生，也许这辈子都不会有孩子了，我会比张晨更爱你的，你要相信我。张晨不能给你的我都能给你，语嫣你在听吗？语嫣……"

吴语嫣默默地把手机挂断，然后关了机。她需要安静，好好想想到底该怎么办。

墙壁上的结婚照，让吴语嫣想起她和张晨相识的二十个春秋，无数往事仿佛昨天。

张晨为了照顾久病的她昏倒在医院、这些年对她父母付出的一切、无数个共同秉烛夜读的场景冲进她的脑海，恍惚间耳畔传来张晨的声音："语嫣，我爱你。"这是张晨第一次说这三个字，一行清泪悄然滑落。她听见自己说："困了，睡吧，明天你还要早起。"

语嫣闭着眼睛，没有丝毫睡意，云鹏那张英俊的脸仿佛就在眼前。云鹏是公司的销售部经理，刚来应聘那会儿，曾引起公司不小的轰动。俊朗多金像一块强磁铁，吸引着那些待嫁的女孩们。可不知怎么，云鹏独独爱上了大他四岁的公关部经理吴语嫣。吴语嫣起初一直回避云鹏的追求，越躲云鹏，云鹏的眼神越炽热。有一次公司组织滑雪，吴语嫣站在雪场外围，羡慕地看着同事们在雪中快乐地嬉戏，因为身体羸弱，她连滑雪鞋都无力穿上。云鹏看出吴语嫣眼神里流露的遗憾，毫不迟疑地取过滑雪鞋，命令她把脚踩进去，然后跪在雪地上，手攥住她的脚，用力帮她穿上鞋。吴语嫣看着云鹏弯曲的脊背，怦然心动。不久出差上海的一夜，云鹏敲响了吴语嫣的房门。和云鹏的巫山云雨，让吴语嫣第一次体会到做女人的快乐，可没承想，不到半年竟然怀上了云鹏的孩子。

七天后，吴语嫣辞了职，她不敢看云鹏伤心的眼神。

弥留之际，吴语嫣放不下曾经的这段往事。张晨在她耳边说的是：如果当年你决定生下那个孩子，我会和你一起把他抚养成人，你的孩子就是我的孩子。

（原载《微型小说月报》2017 年第 4 期）

半 壶 水

孔立文

夕阳染红了整个大漠。

一只狼，一只披着细碎残阳的瘦狼，梦幻一般，跌跌撞撞闯入了陆归林眼前这美轮美奂的画卷。

他轻轻地解下了外腰带，这个两端有铁环、铁扣的军用腰带，可攻可防。

狼伫立在远方，略仰着头，对着他示威。

这绝对是一只历经苦难和沧桑的老狼，它啼血的嗥叫声中包含着悲伤、绝望和忧郁。

我要杀了它。陆归林坚定地对自己说。

他抡起军用腰带，冲向那狼。狼奔逃而去，速度极快。

可是，没过多久，他发现，它又出现在他的身后。

这狼和他打起了游击战。几个回合下来，陆归林已是精疲力竭。

他走，它就走。他停，它就停。而且距离总是三四十米。

夜色来临，他找了个斜坡，对着那只狼，枕着交织的双手，仰面半躺着。狼也停下来，蜷在地上。

漠野苍茫，四周充斥着静寂。中午的那场沙尘暴使陆归林脱离了勘探队的战友，在寻找队伍中误入了这茫茫沙漠。漫天的风沙和徒劳的奔跑，他的迷彩服硬得快成了一块铁板。他太累了，累得全身像散了架，两腿如灌了铅，不知不觉中，他竟然在清冷的沙漠风中睡着了。一觉醒来，他吓了一跳，因为他看见了前方狼的眼睛。狼的眼睛正一闪一闪的，这让他睡意全无。

新的一天来临，陆归林又开始了沙漠上的舞蹈。指北针留在了军车的驾驶室里，陆归林只能靠太阳判定方位，他的目标就是向西，向西，再向西。

瀚海滚动着热浪。狼，也已经被饥饿和干渴折磨得摇摇晃晃。

陆归林轻轻地晃动了一下水壶，他要再听一下水的声音。水的声音就是生命的声音。昨天发现自己迷路时他第一个想到的就是水壶里的水，那时壶里的水就只剩下现在这半壶，他知道在沙漠里迷路意味着什么，所以他一直没敢动那水，实在渴得难受，他就轻轻晃动一下水壶，水晃动的声音总能让他看到希望。

当太阳如蛇一样缠着他的时候，陆归林下了喝水的决心。他拧开水壶的盖子，手有些抖，干裂的嘴唇也抖动起来，当他把壶口放到唇边时，他看到了那狼。

他一下子就有了主意。

一个半埋在沙丘里残缺的动物骨架出现在他的视野。他把这个白花花的东西拽出来，扯下一块扇形的骨头，铺好，然后小心翼翼地把水倒在这个骨头的凹处，可是水落在上面连湿都没湿一下，就不见了。倒，再倒……骨头上终于出现了一汪清水，那一汪清水就像镶在少女胸前的一枚珍珠，光彩夺目，绚烂动人。

狼果然向他走了过来，当狼毫无防备贪婪地舔食那汪清水的时候，陆归林高高举起军用腰带却迟迟下不了手。

他是想利用这个机会干掉这狼的。但是，他放弃了。他不知道自己这是为什么。

他喝掉了壶里所剩无几的水。

水的力量就是这么神奇。沙漠中划过一声尖锐有力的嗥叫，狼高昂着头，像获得了新生，雕塑一般。

狼对着他持续地嗥叫，然后竟独自蹒跚而去，它走走停停，不断地转头，并发出模糊不清的叫声。

陆归林读懂了狼的语言。

他跟在了狼的后面，他机械地跟着。它走，他就走。它停，他就停。而且距离的把握，也是三十米左右的样子。

傍晚将至，当他跟着那狼费尽全力爬上一个硕大的沙坡，奇迹出现了，映入眼帘的，是迷人眼的绿色，久违了的绿色，在绿色与绿色之间，是银光闪闪的水面。一条河横亘于草原之间，河的那一端，是林带，是庄稼地，是村庄……

绿洲，这就是孕育生命的绿洲。

陆归林踉踉跄跄奔到河边，疯了一般，他捧起那清凉甘冽的水大口大口地喝……

忽然，陆归林的耳畔传来一片呐喊声，猛地一抬眼，他看见一群人正在追赶那只狼。再看那只狼，速度如闪电一般，从河畔边奔向了他们刚刚走出的茫茫大漠。

（原载《军营故事会》2017 年第 7 期）

报　警

黄志伟

闹市里有个充值流动摊点。那天逛街我手机刚好没话费了，就充了一百元，送了十元。

回家后，我拨 10086 查余额，里面一分钱也没有，我一气之下拨通了 110。

"请问是 110 吗？我反映个情况，有两个骗子在街头骗钱……"

"这样啊，下次如有看到再跟我们联系……"

一天早上，我上班路上看见那个充值摊点还在，于是我再次拨通了 110。

"请问是 110 吗？我反映个情况，有两个骗子在街头骗钱……"

"这事属消费者权益，请打 12315。"

于是，我拨通了市消费者协会的电话。

"请问是市消费者协会吗？我反映个情况，有两个骗子在街头骗钱……"

"这事归城市执法局管。"

"执法局电话多少？"

"不清楚，你打 114 查询吧。"

于是，我打 114 查询。谁知电话里说没有信息记录。

莫非名字搞错了，我气得想骂人。同事说还是找警察吧。于是，我再次拨通了110。

"两个骗子以充话费为幌子在街头骗钱，你们真的不管吗？"

"不是不管，是真该找工商局。"

我拨通了工商局的电话。对方说："该摊点属于流动摊点，属城建局管。"

于是，我又拨通了城建局的电话。

谁知城建局的负责人告诉我："这事儿明显是诈骗，您得报警呀！"

…………

几个小时下来，身心疲惫的我一点儿进展也没有，还受了一肚子气。我想，算了，算了，花钱买一次教训吧，谁叫咱当时心里起了那么一点儿贪念呢！

第二天，我路过闹市时，发现那摊点不见了，周围散落着广告牌的碎片。

我就问旁边商店的阿姨："搞充值的人上哪儿去了？"

卖冰棍的阿姨说："他昨天骗了公安局长的老婆，被抓走了！"

（原载《广东小小说30年精选》，2017年出版）

别与黑豆一般见识

焦庆福

黑豆在焦庄算是个出了名的人。

黑豆年近三十才娶了媳妇。黑豆的父母过世早，他跟着大哥豌豆过，日子过得挺不容易。但这不是他娶不上媳妇的原因。相中他的姑娘倒也不少，他却一个不睬，心里一直牵挂着小红。豌豆很是生气：小红再好也已经嫁了，她儿子都上小学了，黑豆咋还这么死脑筋？

小红是黑豆家的邻居，也是黑豆的同学。那年黑豆向小红表明了心意，才知道她爱的是旺子。黑豆脱口而出："旺子不是个东西，他在外面除了坑蒙拐骗，闲了还去花酒店。"自此黑豆再去小红家，小红总是躲着。小红想，忌妒真可怕，竟可以让人变得鬼话连篇，不人不鬼。

旺子也是黑豆家的邻居，黑豆的同学。他在家乡拉起了第一个建筑队。黑豆的看法他知道，他俩在广州一块打工时，黑豆就已对他不冷不热。他对小红说："别与黑豆一般见识。"所以遇见黑豆时，他照样递烟，照样笑嘻嘻的。旺子的建筑队越搞越红火，与小红结婚那年，他又成立了建筑公司。

黄玲玲是嘉祥人，嫁给黑豆之前在广州做过三陪女。黄玲玲最引人注目的是那双眼睛，与她对视，你能从中看出千万种风情。自从黄玲玲生了个大胖小子，黑豆过日子的心劲更足了，并决定远赴俄罗斯去打工。黑豆走后，便有几个不怀好意的男人乘机而入，给黑豆把绿帽子戴了个结实。

豌豆憋了一肚子气。黑豆娶了媳妇，却也给他添了堵。村里人对此也有说法。黑豆找了个什么女人？黑豆咋会吃这个亏？黑豆干脆改名叫绿豆算了。

立秋时，黑豆从俄罗斯回来了，挣了六万多块钱。黄玲玲就像迎接国外来宾似的，满脸的笑满脸的亲。黑豆打算秋收后翻盖房子，于是找豌豆商量。豌豆两口子很支持，毕竟黑豆过日子上了正路。黑豆这才去找了搞建筑的旺子。

黑豆没能再外出。盖房子是大事，指靠黄玲玲一个妇道人家是不行的。腊月底，黑豆家的房子完工了，黑豆的眉头却没有舒展。原因早有人分析过了。黑豆的苦恼不会是为钱，没钱可以出去再挣。更何况他还有亲哥哥豌豆呢。也许是黑豆对黄玲玲的事有所察觉呢！

年后，黑豆就有了再去俄罗斯的打算。这就叫人分析不透了。黑豆心机那么深的人，会再戴一次绿帽子？可是正月初八，黑豆已经从网上订了去哈尔滨的车票，打算从那里再倒车。黑豆去了豌豆家，向豌豆和嫂子告别，让嫂子多替他照看孩子。豌豆两口子答应着，却想说什么又没说出口。黑豆又去旺子家道别。房子是盖起来了，还欠旺子三万元的工钱。他给了旺子一个准话，下次回来一定把工钱结了。

第二天早上，黄玲玲把黑豆送上了去县城的公交车。县城有个小火车站，黑豆的票是九点整的。黑豆中午给黄玲玲打了电话，说是车到山海关了，让她伺候好儿子。黄玲玲让他放心，家里一切都会好好的。

初十那天，有人在焦庄大街又看见了黑豆。经过有心人的分析和查证，黑豆根本没有去俄罗斯。俄罗斯不是他的家，想去就需要办签证，哪能说去就去。

他在县城火车站玩了一整天，晚上十一点钟租车到了豌豆家，叫上了豌豆，回家捉奸去了。他哥俩儿在寒风里等到了后半夜，才看到有黑影进了大门。豌豆想立即冲进去抓人，黑豆不让。过了大约二十多分钟，黑豆在窗下听着动静，估计已经脱光了衣服进了被窝，这才进去。黄玲玲和那男人胆太肥了，没插屋门。黑豆叫豌豆关上大门，让那男人光着屁股在院子里冻了几个钟头。对黄玲玲的这顿打是免不了的。

再往后的事咱就简略叙述吧。黑豆最终还是签证去俄罗斯了。再没人敢对黄玲玲想入非非了，邻居们没有谁再去他家串门。小红和旺子这样的近邻也不敢去了。谁知道黑豆啥时候回来，谁知道他回来会怎么做呢？

黑豆走后不久，村里又发生了一件大事。

旺子死了。他在县城包了燕京花园的工程，不知怎么与建筑公司的女会计勾搭上了，被女会计的老公一刀捅死在了床上。女会计的老公已经落网了。但一些现实问题也摆在了小红面前。小红家有一个二层小楼，没有多少现金，没有一张存款折，却有一些说不明白的债务。

黑豆从俄罗斯归来已是年底。他来到小红家。他先掏出了三万元现金，说是还工钱。然后掏出了一张十万元的银联卡。他告诉小红，这卡是旺子寻黄玲玲的便宜时被他勒索的。这事不管是好与歹、对与错，都别与他黑豆一般见识。他没有非分之想，也没想过把这些钱据为己有。

（原载《山东文学》2017 年第 6 期）

冰冷的微笑

梁　刚

儿子面临高考，李平安想换两天班。

向经理请假，经理没同意。

经理说：让你开通勤车，就晚上一趟活，已经很照顾你了。

　　李平安没吱声，想想也是，白天休息，就半夜把公交司机送回指定站点，一趟活，确实不重。但经理不知道，李平安白天还兼着一份活，他白天给超市送货。儿子高考这几天，他想给儿子做点好吃的，给儿子憋着劲儿呢。

　　他想换班，主要是想多腾出点时间来陪儿子。当然，他也确实有点累，想缓缓劲儿。既然经理不同意也就罢了，他知道经理也有难处，现在企业都是一个萝卜一个坑，哪有闲人养着。

　　那晚，李平安在二十三点左右出了一趟车，回到值班室睡了三小时，然后又一次出车，回来途中，途经延安路高架桥，不知怎么就出了事。

　　事后，公司调取了监控录像，还原了出事的场景。

　　当时，李平安的车速并不快，一直保持在五十码，到了五点十四分，他突然犯困，从画面上可以清晰看见，他的头猛地往下一磕，瞬间，车子加速，越过七十八码，然后车子撞倒了隔离栏上的花盆。再后来，他的身子被弹了起来，摔向门旁。须臾，车门被撞开一条缝，而他的头就在那一刻伸出了车外，头被镶进了花盆的间隙，然后那些坚硬的金属，便像铡刀一般"嚓"一下，把他的头给割了下来，鲜血顿时喷涌而出。没了头的身子这时被弹了回来。他的双手凌空挥动，似乎在寻找那颗丢失的头颅，又像垂死挣扎的舞者，在为生命呐喊。再后来，他的身子从门缝跳了出去，让人匪夷所思的是，跳下车的身子，没有随惯性落到车后去，而是站到了车前。从事故现场看，他是用身子挡住了车子的前轮，才使车子稳稳停了下来。

　　事发时，一辆71路从高架下经过，有位女乘客突然看见从高架上飞下一颗血淋淋的头来，顿时花容失色，尖叫起来：头！头！

　　驾驶员吓了一跳，还以为出了啥大事，赶紧刹车。结果就看见了那颗头，眼睛瞪得老大，一脸惊恐的表情。顿时，有股寒气从驾驶员的心头升起。他呆了一阵子，然后掏出手机报了警。

　　李平安出事的消息似一颗炸弹，瞬间在公司引爆。各种版本的惊悚传闻四处飞扬，但最终的焦点只有一个，是谁杀死了李平安？

　　李平安死得太蹊跷，太离奇了。刑警也出了现场，他们也觉得奇怪。李平安没了头颅，怎么还能走到车前去阻挡车子？但安全员根据现场分析认为：他的身子掉下车后，肯定被什么东西绊住了，然后才倒在了车前。事故原因更简单，就是疲劳驾驶，相当于自杀。疲劳驾驶是一种违章行为！

工会分析认为：部门经理对员工关心不够，对李平安的实际困难未予重视。如果当天同意他换班，那就可以避免事故发生。所以是冷漠致死。

员工代表则非常激动，说：一线员工工资太低，李平安是经济困难才不得不兼职，以致疲劳过度而发生事故。那是他杀！

家属得知李平安的死讯后，顿时晕了过去。醒来后第一句话：不能让儿子知道，否则会影响高考成绩。第二句话：你们能赔我多少钱？

围观者看到了最终的赔偿金额后，一致说了句更搞笑的话：他儿子以后买房的首付有了。

开追悼会时，李平安的头颅被勉强缝上了脖子，脖子上还系了一条薄围巾。李平安的表情甚至还带着点微笑。自然，是冷冰冰的那种。

（原载《静安报》2017年9月8日）

唱戏的老童

刘立勤

老童很小的时候就喜欢唱花鼓戏。

他十岁那年考进了县花鼓剧团的学员班。那时的他眉目清秀唇红齿白让人十分的爱怜，老师让他学了小生、武生，偶尔也练练旦角。他很聪明，唱、念、做、打一点就通，一末带十杂样样都不怵。十二岁学员班结业，他因演《双下山》中的小沙弥一夜成名，成为县剧团里的台柱子。到了十六岁，他成了一个玉面明眸人见人爱的帅小伙，导演再也不忍心让他演丑角或是老生了，专门演小生，或者武生。演《拾玉镯》里的傅朋、《西厢记》里的张生，他风流潇洒、文质彬彬；演《长坂坡》里的赵子龙、《借东风》中的周瑜，他功架优美、稳重、端庄，还武功卓绝，看得人酣畅淋漓、满心欢喜。

一时间，小县城的女孩子有事没事都爱到剧院前的街道转悠，希望一睹他的风采。谁想到他面皮子薄，不说是社会上的女孩子，就是和剧团里的女同学多说几句话，他都会脸红。记得一次和一个女演员排练一曲托举动作的戏，他一只手不小心滑在女演员的胸部，女演员还没有怎么的，他羞得满脸绯红不说，而且还哭了起来。

他最出名的戏应该是演《刘海戏金蟾》。那也是县剧团最为黄金的时候，他无论是扮相，还是唱功，真可谓炉火纯青没有半点挑剔，一时间他迷惑了多少人呀。记得倒流河一女孩为了看他扮演的刘海，硬是陪着剧团跑遍全县五十八个公社；那年在州城剧团连续演出六十六场，有个小姑娘硬是连看了六十六场。

那时他真的是红呀，省内外各地跑着演出、电视录像、广播录音。后来，放着县人大常委、省人大代表不干，组织让他担任文化局副局长他都不干，四处奔走四处会演，各种奖励数不胜数，真是红透了半边天。他娶了妻，生了子，小日子也过得红红火火，让人很是羡慕。

可惜，那段日子很短，几经折腾，剧团竟然不行了。剧团的演员大多改了行，或者到了大剧团。也有大剧团要他加盟，可那剧团唱的是秦腔，他舍不得自己喜欢的花鼓，痴迷地坚守着。他们也想着法子变换形式唱花鼓，终究是曲高和寡。生活实在难以为继，也想改行做其他的工作，领导不答应了，说他是一个人才，说什么也不能放他。

后来，妻子也下岗了，孩子幼小，剧团又没有了工资，家里生活实在是过不下去了。他不得不去打工谋生，贩卖西瓜，卖扎酒，当小工，也只能是维持一家人的一日三餐。他依旧害羞，做这些时还戴着一个遮阳帽。也曾有发达的朋友邀请他去大地方开办歌厅，或是唱歌，他终究放不下心爱的花鼓，依然吊在剧团这棵树上，不死不活地等待着戏剧来个咸鱼大翻生。

那时，我已经到了文化馆，常常看见他戴着遮阳帽风风火火地忙碌着艰辛的生计。忙完了就喝酒，喝多了就唱花鼓戏。他唱得真好呀，能够赢来阵阵掌声，就是赢不来钱。有时，他也用花鼓演艺其他剧种中的名家名段，让人很是喜欢。我印象最深的是他用花鼓的韵白背诵《茶馆》王疯子的台词："改良啊！改良！一辈子也没忘了改良，老怕落在人家后头。卖茶不行啊，开公寓。公寓没了，添评书！评书也不叫座儿呀，好，我不怕丢人，想添女招待！人总得活下去！我变尽了方法，无非是为了活下去！没做过缺德的事，没做过伤天害理的事，我得罪了谁？谁？……那些狗男女活得有滋有味的，凭什么不许我吃窝窝头，谁出的主意？"每每听完，我都忍不住潸然泪下，而且至今也记得这段台词。

忽然有一天，听说他的日子过好了。他办了一家婚庆公司，担任婚庆公司的主持人，也在那个场合表演几个节目。那真是来钱，一场婚礼的收入常常超过剧团一场大戏的收入。他也会到丧礼场合去唱歌，也会代表一些单位去会演一些节目。再见他的时候，穿的是锦衣华服，人是红光满面、膀粗腰圆、穿金戴银了，日子真的是好了。不过，他成老童了，他再也没有往日玉树临风英气逼人的气势了。

他的节目呢，自然是不值一提，做丑耍怪，极尽恶俗。他也唱花鼓戏，那清越优美的花鼓戏也被他恶搞不成样子。我不知道害羞的老童怎么会这样？那可是他真心喜爱的花鼓呀。可是，他那些节目却很受欢迎，每次表演时，掌声、欢呼声不绝于耳。而且，他时常被邀请到电视台参加晚会，接受领导接见，在电视台和网上传播，弄得老童是家喻户晓，比他演刘海时还要有名。买了房，买了车，好生神气。

有了这样的能耐，北京的一家电视台在州城选秀，县里拿钱选送他去参赛。他依旧耍怪恶搞他喜欢的花鼓戏，谁想到剧场里竟然欢声雷动，他挫败群雄力拔头筹，被省里领导确定包装送往京城，据说很有可能杀入年终决赛弄个名次奖。因此，当市里领导高兴地给他颁奖时，他如沐春风，高扬着奖杯挥手致意。

这时，没想到那个曾经连看六十六场《刘海戏金蟾》的小姑娘（如今已是老妇人）冲上台，抱住了他，一边大声哭泣，一边大声地说："这是怎么了，你怎么成了这样了……"弄得老童也是潸然泪下。

后来呢，后来，老童扔了那奖杯，拒绝了省里的邀请，关闭了婚庆公司，自己开办了一个花鼓培训班，一心一意地传授花鼓去了。

（原载《山东文学》2017年第1期）

封　　建

王晓峰

封建者，姓封名建，李庄子矿的技术员。

封建身高一米七五，细高挑，椭圆脸，戴一副玳瑁眼镜，一看就是有文化有涵养的那种。封建年方二十八，还没有成家，不是没人追，而是因为封建自视过高，矿上的女孩一个也看不上，不是嫌人家气质不好，就是嫌人家文化不高，眼看已是奔三的人了，还是个金牌王老五。其实封建心中已经有了人，是矿工会的刘若英。刘若英以前在子弟矿中学教音乐，是省师大音乐系的校花，为了爱情，当初义无反顾地和心爱的人来到矿上，后来心上人为了前途另攀高枝。因为刘若英曾经受过伤害，见封建自身条件好，人又长得潇洒英俊，害怕重蹈覆辙，就回绝了他。

追他的人看不上眼，他追的人看不上他，让封建很是郁闷。于是，没事的时候封建就拉上我，还有机关里的张扬、王志几个人在一块喝酒。封建属于那种能喝一点酒，但不论喝多喝少只要一停下来就醉酒的人，因此每次喝了酒，尽快把封建打发回去睡觉是正事。那时候，我们工资都不高，平常喝酒，喝不起好酒，一般都是一块多的川曲或者老酒，四块一瓶的皇封就是上好的酒了。菜也很简单，买斤猪头肉，再买两棵大白菜，蒜泥加醋凉拌白菜心，又经济又实惠，白菜不够随要随添，讲究的会再开两瓶水果罐头。那时候，喝酒不像现在用大杯子分着喝。通常都是用小杯喝，一盅五六钱的那种，酒过三巡，开始猜枚，喝酒凭指头，谁输谁喝酒。那天，我们在张扬的宿舍喝酒，五个人喝了三瓶。那一天，封建的状态非常不好，过了三圈没有赢一枚，不一会儿，就有些喝大了，张扬让他躺床上少休息一会儿，结果一躺下就起不来了，晚上就睡在了张扬床上。还好张扬同宿舍的工友上夜班，要不，张扬可就惨了。谁知睡到半夜，封建竟出酒了，把张扬的被子上、床单上吐得到处都是。酒在瓶子里装着，溢出一点清香诱人，但酒喝到肚里在胃里一发酵再从嘴里吐出来，那味道就不好闻了。那一晚上，把张扬折腾得一夜都没睡觉。第二天一大早，张扬就把封建叫起来，把门窗全部打开，被罩、床单全部扔进了洗衣机。但封建却像没事人一样，回宿舍换换衣服照常上班了，还是那副翩翩风采。

那天，快下班的时候，王志打来电话，说晚上朱建伟请吃饭，朱建伟和封建、王志是一个学校毕业的，只是比封建他们高两届，朱建伟上周刚提副队长，说是先请几个校友聚聚。

客是八仙醉请的，除了封建、王志等校友外，还有朱建伟的队长张武子和支书徐汉卿等。张武子见了封建，王志十分热情，说这次是小朱，下次就该你们了，你们有文化有学历前途无量，将来我们这些大老粗还要靠你们多多关照呢。那一晚上，酒自然不会少喝。从酒店出来，张武子说让人送送封建，封建那时候意识还清醒不让送。出来酒店本该向西，但凉风一吹，刚喝下的酒就上了头，封建就分不清东西南北了，在原地打转转，摸不回宿舍，最后还是安检科上夜班的老田把他送回了宿舍。

第二天醒过来，封建也感到很可怕，意识到再这样下去不行了，喝酒一定要节制。

说是这样说，但封建最后还是出了事。

那天，封建他们科室的小赵结婚，看着喜宴上幸福的一对人，想想自己虽然是科班毕业的大学生，但至今仍是单身一人，封建更加郁闷。于是，他就一手拿酒瓶去各桌敬酒、劝酒，别人喝他也喝，别人不喝他也喝。那一晚，封建又喝多了。

他怎么走出酒店的也不知道。走到距离他住的宿舍还有大约一百米的距离时，他的酒劲上来了，他扶住路边的橱窗停了下来，原想稍歇一会儿再走，结果一停下来就再也走不动了，他就倚着橱窗坐了下来。

他坐下不久，从东边过来一个人。确切地说是一个女人，一个女疯子。李庄子矿的人都知道，这个女疯子叫梅红竹，原是李庄子矿食堂的一个女工，后来因为喜欢上了矿篮球队的7号李翔，未婚先孕生下了一个女孩，再后来李翔下落不明没有消息，她就有点精神不正常了。一次，梅红竹带女儿去矿务局医院看病，她去上卫生间，让旁边的一个妇女来帮忙照看一下孩子，结果她从卫生间出来，那妇女就不见了，孩子也不见了。从此梅红竹就疯了。疯了后的梅红竹每当看到高大帅气的男子从身边经过，她会一动不动地盯住看。

那天晚上，梅红竹看到封建卧在地上，就连忙跑了过去，李翔李翔地叫着，并把自己的破棉袄脱下来，垫在封建的身子下面，然后解开他的衣扣，把他紧紧抱在胸前。

再说封建，蒙眬中好像看到刘若英向他招手。刘若英在草地上奔跑，他不顾一切地奔了过去。他们相拥着倒在草地上，他们在草地上翻滚，也不知过了多久，时间好像静止了，他们肩并着肩并排地躺在草地上。他太幸福了，一股热流顺着体内奔涌而出。

封建身上猛地一激灵，睁开眼一看，看到一个浑身褴褛的女子把他抱在怀里，那女子正用一只手抚弄着他。他一下子跳了起来，照着那女子就是一脚，然后落荒而逃。

想着一晚上不知有多少人下班路过这里，又有多少人看到刚才那一幕。想到这里，封建羞愤交加，感觉再也无颜见人。

回到宿舍，他找了根绳子，直接挂到了电扇上。

（原载《洛神》2017 年第 1 期）

随 份 子

万 芊

墨紫从省师院美专毕业后，被分到陈墩镇中学当美术老师。学校开学第一天，镇上分管文教的董助理在凌校长的陪同下督察学校。经过教师大办公室，突然见里面多出一个大胡子、长头发的人，董助理心里有些不舒服，问凌校长："怎么能让社会上的人随便坐在老师办公室里？"

凌校长先是一愣，反应过来后说："那是新来的美术老师。"

董助理脸一沉，说："太不像话了。留这么怪气的大胡子、长头发，怎么能进教室？！"说着，气呼呼地走了，把凌校长等人晾在走廊里。

董助理走后，凌校长觉得左右不是，想想不妥还是召集校领导开个会，专题讨论墨紫大胡子的事，最后商定由教导主任出面做做墨紫的工作。

谁料，董助理是个非常较劲的人，第二天去分管的医院转了一圈后又折回中学，专来看学校怎么处置大胡子。走到办公室一看，董助理气得火冒三丈，直闯校长室，也不顾校长的脸面，大骂一通，最后摔下一句"把全校所有的美术课都给我停了"，说着扭头就走。

董助理走后，凌校长似乎还在云里雾里，心想肯定又是墨紫那里出了事，让教导主任过去一看，真的出了大事。那墨紫，不但把一脸的大胡子剃了，还把一头浓密的长乌发也全给剃了，活脱脱像只脱了毛的大公鸡。

没办法，大胡子、长头发惹怒了顶头上司，学校本来不多的美术课只能全部停了下来。墨紫工作的第一个学期就无事可干了。无事可干的墨紫整天待在办公室里也挺无聊的，他就主动跟教导主任说从教师大办公室搬出去，自己整理了一间没用的杂作间，上班时就在那杂作间画画消磨时光。

墨紫的大胡子、长头发长了又剃光了，剃光了又长长了，但似乎没有人再留意他的变化。只是学校的名册上有他的大名，发工资、发福利都逃不了他的份。有时，这名册也被移作一些特殊的用处，比如学校教职员工家里办喜事，每人手上都会收到一份帖子。发帖子，大家一般按照学校的名册，老少无欺。这是陈墩镇中学多少年来养成的规矩。陈墩镇人好热闹，办喜事叫上一大堆亲朋好友同事邻居，就图个热闹。邀请大家喝喜酒是约定俗成的，随份子当然也是应该的，大多是五六元，也有三元意思意思的。墨紫在副课组，每回有人发帖子，总是由副课组组长送到杂作间里。墨紫总是那句话，要钱没有，送幅画吧。墨紫人不正经，说话还当真，人家办喜事那日总是送上一画。有正经画的，也有胡乱画的。不管正经画的还是胡乱画的，人家其实也都不是太当那么一回事，只要喜事办得热闹即可。

学校里有个姓汪的化学老师，上课不咋地，但老师学生都看重他。他的儿子找了董助理的千金，董汪成了亲家，他在学校的地位也就升上去了。两家儿女结婚，邀请了学校里所有的教职员工。其实，汪老师跟墨紫并不熟，董助理压根也不清楚大胡子就叫墨紫。邀请的帖子是帮忙人按照学校名册做的，有趣的是被董助理打入冷宫的墨紫，竟然同时收到董汪两家同时发出的两份喜帖。墨紫其实也是个大度的人，说，两份就两份吧，多画一幅画而已。

董汪两家办喜事那日，墨紫托人送了两幅喜画，自己人却没去。

过了几天，董汪两家都到凌校长家里告状。董家收到的画上画的是几只萎靡不振的螃蟹，汪家收到的画上画的是几条毫无生气的烂鱼。两家恼了，说这墨紫分明是蓄意报复。因为有人这样释读俩画，一幅是暗射董助理横行霸道，另一幅是攻击汪老师"烂鱼"充数。董助理当场把那蟹画撕了。凌校长把墨紫叫去办公室谈心，墨紫大呼冤枉，回杂作间找出两本名人画册。一比对，确实是模仿作品，人家名人的原作本来就是那样。董汪两家哑口无语。

谁料想，董汪两家之间后来多了好多摩擦，先是儿女之间闹矛盾，继而亲家之间也闹得不可开交。汪老师指责亲家董助理，你就是法西斯，你就是横行霸道。董助理也不再客气揭汪老师的老底，你就是"烂鱼"充数，你怎么混的学历骗得了别人骗不了我，还教人家初中化学，简直是误人子弟。实在闹得不可开交时，两家儿女终于离了婚。有人跟墨紫开玩笑，说都是你的画惹的祸。墨紫只能苦笑一下。

几年后，墨紫无奈中考取了母校的研究生，快快地离开了陈墩镇。十年中一路苦读到博士，后在母校教书。他的画作经常参加全国美展和国外展览，屡屡获大奖。知情人都说，墨紫的画将日日见涨。消息传到陈墩镇，陈墩镇好些人翻箱倒柜找墨紫当年的喜画。然当年墨紫只是一介落魄的下岗老师，谁也不会想到他有今日，那些画早被当作废纸丢了。只是汪老师倒是个有心人，墨紫当年的那幅《"烂鱼"充数》，他一直藏着，孙子结婚前，他把它找了出来，委托一家拍卖公司卖了个好价钱，用这钱为孙子体体面面地办了个婚礼。汪老师得意中，还传出话去刺了那个老冤家董助理一下，说他那幅《横行霸道》若是不撕掉，也许还不止这个价，气得那个董助理真的七窍生烟。

（原载《微型小说选刊》2017 年第 8 期）

他 们 一 家

戴 希

按规定，这片房屋在拆迁之列，有关部门很快要来勘查现场。

"老公，你赶快去买四个手压井。"妻子急切地吩咐。

丈夫一愣："干吗？咱家不是装了一个，现在还用得着吗？"

"猪脑壳！"妻子乜了他一眼，"买来后，你把它们装在咱家的四周，拆迁时，等现场查验了，每个可品补七百元。而咱们买一个呢，花费不到四百元。也就是说，如今，咱家每装上一个，就能轻易赚回 300 多元，四个赚多少呢？一千二百多元哩！"

"嘿，老婆真聪明！"丈夫的眼睛一亮，"那我这就去买，回来后立马装好。"

"当然,"妻子点头,"快去快回吧!"

"可是,"临出门时,丈夫皱眉了,"咱一家三口,要用五个手压井取水,他们会信?"

"怎么不信?"妻子眨了眨眼,"如果不信,就说有四个已用坏,打不出水呀。"

"万一他们要验收呢?"丈夫仍有疑虑。

"放心吧,那边找了关系,他们只会走走过场。"妻子安慰道。

"天衣无缝!"丈夫对妻子刮目相看,"这就好,这就好!"

不一会儿,丈夫匆匆买回手压井,开始在房前屋后选地方安装。

看丈夫一脸认真的神情,妻子忽然想起什么。

"老公,手压井可千万别埋深了,无须打出水来,只是'猪鼻子插根葱——装象'哦!一旦品补到位,拆迁之前,我们又可轻易把它们拔出来,擦洗干净后,打点折,再卖给销售店……"妻子提醒道。

"又赚上一把?"丈夫佩服得五体投地,"老婆,真有你的!"

很快,他们家的四周就一下子冒出了四个手压井。

"老公,机会难得,咱干脆一不做二不休,要赚就赚他个盆满钵满!"望着新安装的手压井,妻子若有所思。

丈夫知道妻子还有赚钱的点子,便问:"老婆,又想出了什么锦囊妙计?"

"老公你看,咱屋后还有一亩多地抛荒,不如咱也在这里种上树苗,到时,又可品补六千多元。而咱花费的成本有多少?顶多两千元呗。这样一来,不是一举手又赚了四千多!"

"好主意啊!"丈夫赞叹。又屁颠屁颠地去买树苗。

这次,像安装手压井一样,丈夫依然把树苗种得很浅,为的是得到品补后,迁拆之前,只轻轻用力,就能把树苗扯出来。然后打点折,又回卖这些个树苗,再赚上一把。

"拆迁好嘛!"做完这些,两口子得意扬扬,乐得心里盛开了金灿灿的菊花。

他们朝也等,暮也盼,没多久,勘察组终于来了。

夫妻俩满面春风地带他们在自家的房前屋后、里里外外查看。

"怪呀,咱家屋后的树苗呢?咋就不翼而飞啦?"妻子大惊失色。

"还有,咱家四周的手压井呢?怎么也无影无踪?"丈夫面如死灰。

祸从天降!其结果,他们是偷鸡不成,反丢了一把米。不仅品补没弄到,还倒贴了买树苗和手压井的三千六百多元！

丈夫坚强一些，尚能打落牙齿直往肚里吞。妻子却心疼、后悔得不行，时常以泪洗面，无声地抽泣。

"妈妈，这几天你怎么啦？"看到母亲极度忧伤的模样，放学回到家中，书包朝床上一扔，读小学三年级的儿子禁不住问。

"儿子，咱家新安的手压井、新插的树苗儿怎么神鬼不知，突然蒸发了呢？"母亲抹了一把泪。

"这个？"儿子歪着头想了想，"前几天，村子里捡垃圾、拾荒货的外人突然多了，也不知他们从哪儿来的？"

"原来如此！这些遭天杀的，一定是他们，把咱家的手压井和树苗儿都偷了卖了！"母亲暴跳如雷。

"大意失荆州！真不该高枕无忧，天天泡在牌桌上消磨时光，还有该死的你爸！"她气得跺脚。

正好儿子的父亲回家，一进门就听到了他们的对话。

"当时，要是把手压井埋得深点，把树苗儿栽得紧点，他们偷来费力，也许就……"父亲叹息道。

"是啊，可谁能想到……唉，这些遭天杀的！"母亲又抹了一把泪。

（原载《微型小说选刊》2017 年第 6 期）

父亲的字条

王培静

这次出门，妈妈好好给他打扮了一番，给他穿上了一身笔挺的浅蓝色西服，打了一条红色领带，皮鞋亮得晃人眼睛。

记忆中，爸爸身上穿的衣服只有黑白两色，裤子从来没有看到过裤线。就连我结婚时，好不容易穿了件西服，里边穿的还是件短袖衬衫。

每到春节，妈妈张罗着过年，说到添置衣服时，爸爸总是第一个表态，我的衣服够穿，我什么衣服也不要。妈妈不理他的话茬儿，总是逛商场时，独自做主给他买回新衣服来，他还总是抱怨，不是说我不要吗？你们买你们的就行了。

不讲究穿就算了，吃上他更不讲究。妈妈做什么饭，就吃什么饭，就是米饭做夹生了，人家一样能吃下去。

他上班背的那包，是我多年前就不用了的，接口处都破了。他脚上的运动鞋，是他徒弟不穿了的。

妈妈有时取笑我爸，你爸这辈子，没本事挣大钱回来，人家也不乱花钱。

有一年过节出去吃饭，那时候我媳妇还没进门。吃完饭结了账出门后等我爸，等了好一会儿他才出来，手里提着打包的饭盒。我和妈妈都说，我们不是都吃干净了吗？你打的什么？爸爸说，鱼汤，还有鱼刺，我看鱼刺上还有些肉。弄得我和妈妈哭笑不得。

还有一次，有几天姥姥病了，妈妈去了姥姥家。我出差了也不在家。

我们回来后，妈妈问爸爸：你这几天都吃的什么饭？

庆丰包子。

天天。

天天。

每顿。

每顿。

你够腐化的，给你的钱花光了吧，向别人借没借钱？

没花钱。更没借钱。

谁天天请你吃包子？

爸爸得意地说：哈哈，是这样，我那天去庆丰包子铺吃包子，刚进门，看到几个人站起来结账走了，他们吃饭的桌子上剩了一多半盘包子，我看服务员要过来收拾，就坐那儿了。服务员回去了，我开始吃包子。不但有包子，还有一碗没动口的小米粥。吃饱走时，我给服务员要了个袋，从别的桌子三三两两地打包了一大袋子包子回来。回来一连吃了两整天。吃完后我又去了一次……

我和妈听后，感觉既好气又好笑。

有天晚上，媳妇加班回来得晚。

进家后，她问：爸呢？

我说：出去遛弯了。

她进卧室后，小声对我说：今天由于风大，我从西边小区里穿过来的，我看到一个人，在垃圾桶跟前捡废品，特像咱爸。

我说：不可能。

第二天晚上，爸爸出去溜达，我跟在后边。他在小区转了一会儿，就去了西边的小区。果然发现他去了垃圾站捡废品。等他捡了好大一会儿，我思想斗争了好一阵子，才走了上去。开始他只顾埋头捡东西，当我从他手里夺过破纸板时，他才抬头发现是我。他不好意思地说：我出来溜达，闲得没事，看人家都捡那么多，手也痒痒了。不过，一天捡的能卖个三块五块的，够我一天抽烟的钱了。

我本想发火的，叫人家知道了，这多丢人。

看着昏黄的路灯下，又黑又瘦、几乎已是满头白发的爸爸，像个做错事的小学生，我又不忍心说他了。他才五十多岁的人呀，已经苍老成了这样。

我眼睛里含着泪说：爸爸，是不是妈妈每个月给你的烟钱不够花，今后别这么辛苦了，我一个月偷给你两百块钱行不行？

爸爸求我说：我出来遛弯捡废品的事，千万别告诉你妈，她是个要脸面的人。要是她知道了，还不把她气坏了。

那你答应我，今后不出来捡废品了，我就不告诉妈妈。

从那之后，我兑现承诺，每月都偷给爸爸两百块钱。

直到他昏倒在下班的路上，被 120 送进医院，全家才知道他得了肺癌，已是晚期。他两年前自己就知道了病情，可他瞒着全家人，自己扛着。

妈妈在家里爸爸的小柜子里找到了一包东西，打开一看，是一包钱，有百元大票，也有一块的硬币。一家人数了好几遍，一共是一万零五十一块钱。

里边还有一张爸爸写得歪歪扭扭的字条：老伴，你没有养老金，这是我的小金库，是我所有的私房钱，我攒了二十年才攒下这点钱，我要是走在你的前面，这点钱留着给你养老用吧……

（原载《时代文学》2017 年第 5 期）

春风沉醉的晚上

秦兴江

　　我曾经跟踪过一个女孩。对，是跟踪。

　　那是一个暮春的深夜，很普通的一个春天的夜晚。也许夏天快来了吧，天空中飘着细雨，一片灰蒙蒙。街上的路灯在雨雾中忽明忽暗，斑驳的树影更衬托出深夜大街的空旷和神秘。我下了夜班回家，每天都要经过这一段路。

　　过一个路口，再过一个路口我就到家了。就是这时候，我突然发现前边树影下站着一个人影。我放慢脚步，下意识地瞅了一眼手表，十二点多一点儿。这么晚，天又下着雨，虽然白天这是一段繁华的路，但这个时候路上已经很少有人了，怎么还有人站在这里干什么！等快走近那棵大树下时，我一眼看出那个人影是个女孩，短裤T恤，尽管很普通，从侧影仍然可以看出是一个非常漂亮的女孩，昏黄的路灯把她的身材映照得十分完美。再走近一点，发现女孩面向大树，一抽一抽的肩膀告诉我，她一直在哭，仰着脸哭。我站住看了她好大一会儿，她还是一动不动，就那样哭着。

　　细细的小雨，不紧不慢地下着。在这样的夜晚，看到这样一幅情景，我的心忽然疼了一下。

　　站在那儿，我不敢往前走了，生怕由于我的冒失惊扰了她。

　　就在我犹豫不决时，女孩转过身，开始慢慢地往前走。两手空空，没有打伞。

　　这正好也是我回家的方向。我打着伞悄悄跟上去。看背影，那是一个非常漂亮的女孩，我就那样一直跟着女孩……

　　女孩在前边走得很慢，好像还在无声地哭泣，我跟在她后面那么近，她竟然一次也没有回头，好像根本没有发觉我跟在她后面。难道她不怕遇到坏人吗？

　　过了路口，我就到家了。不过我没有回家，我依然悄悄地跟在女孩后面，继续往前去了。

可这次没走多远，女孩突然回转身，看着我。

"是不是对我感兴趣？"她直视着我，语出惊人。没错，是直视。

我猛然站住，伞没扶稳，一下子跌了下来。细细的雨洒在我脑门上，像醍醐灌顶，使我陡然一惊。是啊，我紧跟在她后面干吗呢？

一边想着，我一边迅速打量着面前这个漂亮的女孩，她的眼角还挂着两颗泪珠，在昏暗的路灯下有着一种凄楚的美。我心里不免生出一点坏坏的念头来。

"姑娘，住得远吗？要不要我送你回家？"我紧盯着女孩的脸，明知故问。

本以为女孩会轻蔑地对我一笑，可是，她没有。她定定地看着我，突然低声说："你想干吗？"

我又震了一下，真以为自己听错了！

我把伞扶正，走过去罩到她的头上，好像她低低的一句话已经打破了我和她素未谋面的一切障碍，我顺理成章地想对她"好"一点。

女孩单薄的身躯并没有拒绝。我想，这女孩是不是刚失恋受了刺激，喝多了？可是我没有闻到酒精的味道，随着女孩的靠近，涌入我鼻腔的是一股淡淡的女性馨香。这是一个好女孩的味道吧？

"快回家吧，告诉我你家在哪里，我送你回去。"那个坏坏的念头突然跑没了，我真心想送她一程，"你看大街上一个人没有，要是遇到了坏人怎么办！"

女孩站直了身子，抬起漂亮的脸蛋问我："坏人，坏人在哪里？"

是啊，坏人在哪里？我诺诺着，假如我就是坏人呢！

"你是坏人吗？"女孩问我。

"你看我像坏人吗？"

"你说你不是？"

"不是。"

"我看你就是坏人！不是坏人你跟着我干吗？"女孩突然大声喊起来。

我愣住了，张口结舌，竟然说不出话来。

雨，依旧细细地下着。那三个男人就是这时候突然出现的，还没等我想明白，他们就把我围住了。

他们说在这之前，这条街上夜里出现多次拦路抢劫事件。他们要抓的就是深夜跟踪女孩的人。

可是在我眼里，她只是一个孤独而悲伤无助的女孩。

（原载《荷风》2017 年 3 月春季刊）

大　姐

田承友

　　姐姐十六岁，弟弟十四岁。这一年，母亲又生下了一对龙凤胎。父亲本就体弱多病，突然间增加了两张嘴，这一贫如洗的日子更加难熬了。

　　姐弟两人在镇上读中学，成绩都特别优秀。尤其是姐姐，每次考试在年级都名列前茅。父亲是有心要供姐弟俩读大学的，可是眼下家里这状况……思忖了很久，父亲终于狠下心来，决定做一件当父亲不该做的事情。

　　周末，姐弟俩放假在家。父亲说："你们长大了，今天跟你们商量一件事情。家里现在这状况你们也看到了，靠我一个人来支撑已经不行了，你们两个必须有一人下来跟我出去做工。你们考虑考虑，谁下来。"

　　姐弟俩低着头，谁也不吭声。

　　父亲想，自己提出这个问题后，姐姐肯定会主动站出来。可是，姐姐并不想放弃自己优异的学业。父亲的打算落空了，只能去执行自己的第二步计划。

　　父亲拿来一张纸，撕成两半，分别在上边写了什么字后团成一团，说："既然你们两个谁都不说话，那就抓阄决定吧。这有两个阄，一个写'有'，一个写'无'，抓着有的就下来跟着我出去做工。这是命，就让老天来决定吧。"

　　父亲把两个纸团丢在炕上，说："老大，你是姐姐，你先抓。"

　　姐姐迟疑着抓住一个，犹豫了一下又放下，然后抓起了另一个交给了父亲。父亲把纸团展开，上面是个"有"字。姐姐一看，惊叫了一声，捂着脸哭着跑出了房门。

　　星期一，姐姐本应该背上书包去学校，却跟着父亲去了附近的煤矿，下井做了一名背煤工。

　　姐姐用那稚嫩的肩膀跟着父亲在坑道里背煤，汗水浸湿了青春，鲜血蹉跎了岁月。弟弟没有辜负父亲和姐姐的付出，考上了大学，毕业后留在城里当上了一名公务员。后来，龙凤胎兄妹也顺利地考上了大学，毕业后在城里开创了自己的事业。而姐姐，最终留在了村里，和当地的一个农民组建了家庭，生儿育女，相夫教子，成了一名普通的村妇。

　　几十年过去了，父母老了。尤其是父亲，一次脑梗死后便瘫在了炕上。大弟弟和龙凤胎兄妹都跟大姐提出来，想把父母接到自己家里去。大姐说："那你们得问一问，爸妈愿意不愿意跟你们去。"

　　父母直摇头，他们舍不得离开生活了一辈子的家乡。可是兄妹们坚持要把父母接到城里去，因为母亲也是八十岁高龄的人了，让她照顾父亲，儿女们确实不放心。最终，大姐说话了："在咱们农村，虽说没有女儿给父母养老送终一说，但你们都生活在城里，爸妈又不愿意去，我也只能代替你们为父母去尽这份义务了。"

　　大弟弟和一对龙凤胎兄妹不同意大姐的建议，仍然坚持着必须把父母接到自己家里去。大姐没有了主意，只好效仿父亲，并且当着他的面，做出了最后的一步计划。她拿来一张纸，对折后撕成四份，在上边分别写了什么字后团成一团，说："现在有爸妈见证，都不要争了，谁来养父母由老天来决定吧。这有四个阄，一个写'有'，三个写'无'，谁抓着有就把爸妈接去养老送终。"

　　兄妹们你看看我，我看看你，又都把目光看向了大姐，谁都不说话了。大姐说："我是老大，我先抓。"

　　大姐随手就抓了一个，当着兄妹们的面把纸团展开，上面写着一个大大的"有"字。兄妹们面面相觑，无可奈何地摇着头，看着气定神闲的大姐不知道该怎么办是好。

　　躺在炕上的父亲看到这一幕，突然间抽搐了一下，两颗混浊的老泪就流了下来。

　　龙凤胎兄妹先行告别大姐回到了城里，大弟弟也在不久后就要回城了，在临行前他拉着大姐的手，话没出口已经泪流满面，他哽咽着说："大姐，为什么？为什么所有的委屈都要你来承受？你怎么也学会了爸的那一招？！"

（原载《黄海文学》2017 年第 3 期）

风雪记忆

邢庆杰

1978 年，我在邻村的小学里读一年级。学校里只有一位女老师，她高挑的身材，两根长长的大辫子直垂到腰际。最引人注目的当数她那双明亮的眼睛，看人的时候，总一闪一闪的，像在和你说话。

入学后不久，老师让我们每人交一块五毛钱的书本费。我中午回家向母亲要了钱，就连蹦带跳地向学校跑来。一进教室，就看到同学们正围在老师身边争先恐后地交钱。我也不甘示弱，一边往前挤一边从裤子兜里往外掏钱。谁知，放在兜里的钱却已不知去向。当时，我的感觉不亚于大祸临头。因为，作为一个过早失去父亲的孩子，我深深地懂得这一块五毛钱的分量，这是母亲借了四五家才勉强借到的呀。想到这里，我的眼泪不由自主地落了下来。虽然我年仅八岁，但已失去父亲五年了。况且，我上面有两个念小学的哥哥，下面有一个小我两岁的妹妹，母亲为了我们兄妹四人的生活已经操碎了心，我又丢了钱，母亲该多么伤心啊……

"邢庆杰，你在想什么？"老师的一声询问使我打了个哆嗦。我抬起头，才发现所有的同学都在看着我，老师那双会说话的眼睛也在注视着我。我又羞又愧，恨不得赶快找个地洞钻进去。正当我无所适从的时候，老师轻声说："同学们，上课吧！"同学们都乖乖地回到了自己的座位上，使我从难堪的困境中解脱出来。当时，我以为老师早晚会问我书钱的事，就整日提心吊胆的。时间一天天地过去了，她始终没有问书钱的事。这使我稍稍安了心。不久后的一天早晨，当老师提着一捆新书走进教室的时候，我顿时又惊慌起来。我想：我没有交钱，这书肯定没有我的份了。谁知，老师拿起一本崭新的课本，第一个喊的就是我的名字。我迟疑地站起来，泪水溢满了双眼……从此，我再也不敢正视老师那双会说话的眼睛。面对她，我总有一种深深的自卑感和愧疚感。

最令我刻骨铭心的是 1978 年冬季发生的那件事。那是一个寒冷的早晨，我顶着凛冽的西北风和打在脸上生疼的小雪雹，踩着冻得滑溜溜的路面来到了学校。进教室之前，我着实犹豫了一阵。因为昨天放学的时候，老师嘱咐我们今天每人带一块钱的煤费来，家里没钱的，就带一筐炭坯（用炭末、土和在一起制成）来。我家里当然没有炭坯，更没有钱。昨天晚上母亲借了五六家也没能借到一分钱。我只得硬着头皮来到了学校。我低着头，贴着门框溜进教室。谁知，我刚进门，就听到一个同学说："老师，邢庆杰没拿炭坯来。"这一声，使同学们的目光都集中到了我的身上，我心一横，干脆不上这个学了，省得丢人现眼，就转身跑出教室，跑进了狂啸的风雪中。

刺骨的寒风穿透我单薄的棉衣直钻入肺腑，使我边跑边打着哆嗦。"邢——庆——杰——，站——住——"背后传来老师焦急的喊声。我回头一看，老师正一步一滑地追了上来。我本想往家跑的，一见她追上来，就往村子西头（我家在东头）跑去。"快站住！危险——"老师的喊声越来越近了。我情急之下，看到前面有一座猪圈棚，就翻身跳了进去。这是一座母猪圈，养着一头母猪和一窝小猪崽。我刚进去，护崽的母猪立即龇着牙向我逼过来！吓得我尖叫着连连后退。这时，老师循着声音找过来，见我危险，赶紧翻进猪圈棚。由于地面打滑，她人一落地就滑倒在地上，额头正磕在坚硬的水泥食槽子上。她痛苦地呻吟了一声，手捂着伤处勉强站了起来，血立即涌满了指头缝。我吓坏了，忘记了母猪的威胁，几步跑到她跟前，抱着她的腿哭道："老师，我不跑了……"她疼得脸上失去了血色，眼泪在眼眶里直打转。后来我们都出了猪圈，她看了看沾在手上的血，轻声说："回学校吧，你的煤费我给你垫上了。"我心中一热，听话地向学校的方向走去。快到学校了，老师还没有赶上来。我回头一看，心顿时剧烈地抖动了一下，哇的一声哭了。老师在距我很远的风雪中，一只手捂着受伤的额头，另一只手扶着膝盖，正一瘸一拐地向我走来。她那天走路的艰难姿势深刻地印在了我的脑海中，并无数次在我的梦中隐现……

时光如白驹过隙，转瞬之间二十年过去了。不久前，我在一个偶然的机会里重新见到了我的这位小学老师。谈及那次风雪中的事，她笑着说："记得记得，是有这么回事。"就陷入了沉思。过了片刻，她若有所思地说："那一年，我十六岁。"我吃了一惊，那次风雪中的经历又一幕幕涌上心头，那样的寒冷和疼痛、慈爱和宽容，竟是出自一个十六岁的少女吗？那时我是一个不懂事的小孩子，而她也只是一个刚离父母怀抱的大孩子呀。回首往事，我百感交集，充满愧疚地叫了一声："老师。"

（原载《教师博览》2017 年第 7 期）

记住一块砖

高 军

琪琪突然笑吟吟地对丈夫刘峰说道："记住一块砖。"

听到妻子的话语，刘峰停止了对红色砖块的摩挲，眼光慢慢转向窗外，看着远处的建材厂，没有说话。

琪琪知道，丈夫对这块砖太有感情了。他在成都一家砖厂打工时，砖厂用新购进的真空挤砖机生产出了红色烧结砖。看到砖块的色泽是那么细腻温润，孔洞的排列是那么有匠心，他喜爱得心里一痒一痒的，于是就带回了宿舍一块。打工之余，他会不自觉地把玩着，把玩着。再后来，就从砖厂背了千里路把这块砖带回了家。

因为这块砖，他产生了在家乡创业的念头，确定的目标就是开办自己的建材工厂。

刘峰把目光从窗外收回来，弯起右手的食指和中指，一下一下轻轻叩打着暗红色的砖面，一种空灵而又浑厚的声音散漫开来，这是他们热恋中经常哼唱的一首爱情歌曲的旋律……

当年，刘峰带着这块砖回到村里的时候，有一腔热情，但缺少资金，要开办建材厂谈何容易？正巧是春节期间，村里在外打工的男男女女都回来了，他就逐户游说年轻的伙伴们和他一起创业，可是很多人都不看好，所以根本就没有人愿意参与进来。

正在他愁眉不展的时候，在深圳打工的琪琪主动找上门来，为他送来了十万元钱，愿意和他合伙创办建材厂。

刘峰很激动，同时也很好奇，就寻根问底道："别人都拒绝了我，你为什么却愿意主动和我合作呢？"

　　琪琪目光慢慢转向摆在正面条案上的那块烧结砖，神情变得庄重起来，语调低沉缓慢地回答道："因为你能这么痴情地记住一块砖，所以我相信你一定能够干成这件事儿。"

　　建材厂办起来后，经过几年的打拼，效益越来越好，他们也由合作伙伴转变成了夫妻。

　　有一段时间，琪琪发现刘峰变了，对自己过去视若珍宝的那块砖冷落了，闲暇时间不再摩挲了。琪琪仔细观察了一段时间后发现，原来刘峰和厂里的一个年轻的女财务人员有了暧昧之情，所以很多事情顾不上了。

　　琪琪在痛苦中拿起了这块砖，把它小心地托在左手手掌上，右手轻轻地抚摩起来。刚开始，两个手掌的感觉都是凉飕飕的，眼中滚下的泪珠也是透过皮肤直凉到心里。她浑身一阵哆嗦，但她坚持着，持续地摩挲着这块冷冰冰的砖块。当这块红色烧结砖逐渐变得温暖起来的时候，琪琪虽还有些难过，但她逐渐冷静了下来。

　　当刘峰走进家门的时候，琪琪正在用右手中指的第二个关节敲击砖面。她敲过一会儿后，又开始了对砖面的摩挲。刘峰开始一愣，接着又显出无动于衷的样子，疲惫地坐在了沙发上。但看着琪琪不断重复着这些动作，他的目光又慢慢转了回来。不一会儿，他吃惊地发现，琪琪用手指弹奏的旋律，竟然是他们恋爱中两人一起唱过无数次的那首爱情歌曲的旋律。刘峰黯淡的目光逐渐开始有了光泽，走上前去轻轻拿开这块红砖，拉过了琪琪的手。刘峰发现，琪琪的中指关节，已经变得血殷殷的了。

　　不久后建材厂集体会餐，琪琪专门从家中用精致的 LV 包背来了这块已经呈现出光滑油亮色彩的砖块。在觥筹交错的间隙里，有人唱歌，有人讲笑话，轮到琪琪的时候，她小心地拉开拉链，从包中拿出了这块红色烧结砖，在人们始而瞠目继而掌声四起中，先爱抚地摩挲了一下砖面，接着用右手中指关节一下一下敲击起来，很多人听不清她弹的是什么，问她的时候她竟不自觉地轻轻说了一句："记住一块砖。"在人们莫名其妙的神色里，琪琪大方地把这块红砖递给女财务人员："你试试？"女财务人员吓得身体向后一闪，手也藏到了身后："不，不不。"继而，又轻轻笑道，"我不会。"然后又补充道，"我的手，受不了这个的啦。"琪琪用眼角的余光，看到刘峰的眼中好似有一丝光亮慢慢暗了下去。

这次会餐以后，刘峰又开始了对这块红色烧结砖的摩挲，并且也开始敲击他们恋爱中那首爱情歌曲的旋律，琪琪看着他那上下翻飞的手指，眼睛有些湿润起来。

又是几年过去了，这块砖始终放在他们家房间正面的条形几案上，在他们两人的不断把玩和敲击下，由于手不断接触砖块，这块砖现在已经光润如玉了。

这天下班后，又是琪琪在敲击砖块，刘峰走过去拿开她的手，抚揉一下她的中指关节，声音很轻地说："记住一块砖。"琪琪跟着重复了一遍："记住一块砖。"随后，两人就紧紧地拥在了一起……

（原载《微型小说选刊》2017 年第 4 期）

绝 世 珍 品

刘 浪

老游和小谢行走在王子山的石阶上。山顶的阳光透过稀疏的树丛倾泻下来，白花花的灼人眼睛。两个人都背着分量不轻的摄影器材，衣服粘在身上，有种透不过气的感觉。

突然，小谢大叫了一声，师父，你看！

老游顺着小谢的手指一看，立即呼吸加速，越发透不过气了。

眼前，山脉一侧的悬崖峭壁旁，两块隔涧对望的山岩之间，一棵不知名的树顽强地生长着。它舒展着一人多高的身体，虽有些倾斜，但始终向山顶投射下来的阳光方向生长。让人揪心的是，它的根扎得并不深，只有一小撮根须死死地抠住岩石，而一大半的根系几乎是裸露在外，那种随时可能被连根拔起的危险状态和它的枝叶繁茂形成了强烈的反差。

老游端起相机，慢慢地走近小树，他自言自语道，这是一曲生命的颂歌啊！小谢也啧啧稀奇，长在岩石上，居然能活下来，真是不容易！

老游说，有了它，这次采风不虚此行。这棵树拍出来，刚才拍的那些花花草草、山山水水就全弱爆了！

老游连着转换了几个方向，只听得噼里啪啦一阵响，作品已经完成。他眯着眼睛，审视着相机里的连拍照片，颇为满意地向小谢做了一个"OK"的手势。

小谢正准备继续前行，老游却伛下身子，撅起屁股，向那棵树攀爬了过去。就在小谢不解之时，老游身子向前一倾，抓住那棵树，猛力一扯，整棵树便被他连根拔了下来。老谢随手将树往悬崖下一扔，回头对小谢狡黠地一笑，说，这回，我拍的照片就是绝世珍品了。

下山的路上，小谢说，师父，我感觉这棵树太可惜了，它长在悬崖上好好的，风没有吹倒它，雨也不曾打落它，却被你一把扯下了。

老游一脸正色地说，它遇到了我，生命已经永生！你记住，艺术这东西不能重复，必须是独一无二，才有存在的价值。

小谢"哦"了一声，若有所悟地说，我懂了。

在当年的"关爱生命"全国摄影艺术作品大赛中，老游将拍的这棵树起名为《生命的颂歌》，一举夺得了特等奖。

获奖之后，老游外出采风的欲望越发强烈了。可是附近的地方他几乎都采了个遍。于是，他决定走出去，到远方去看看。

老游到了云南。运气不错的他很快在西双版纳的光芒山发现了一个摄影的绝好素材。光芒山的山脚下，有一个天然钟乳石形成的小小水池，当地叫"天浴池"。山顶的水喷薄而下，正好落到池里，飞起浪花无数，而池壁并没有完全封实，又造成水流四面喷射，天地氤氲一片的景象。

老游自然不会放过这种天赐美景，于是他噼里啪啦一阵狂拍，然后习惯地打开相机里的照片，审视之下，他发现似乎少了点什么。对，既然叫"天浴池"，应该有人在里面洗浴才应景。

一名当地的村民告诉老游，每逢夏季，村里的少哆哩（即女人）特别喜欢在这里面洗澡，当然也有孩子同浴；但冒多哩（即男人）只可远观，是不可以进入池中的。老游的画面感很强，那洗浴的场景立马浮现在脑海里。

听说老游为了拍出好的摄影作品，那村民说，明年八月份来吧，那时来"天浴池"洗澡的人会很多，你一定不会落空的。

终于等到了第二年的八月。老游按捺不住激动的心情，一路辗转，千辛万苦又来到了天浴池。

远远地就听到女人的嬉闹声。老游找了个高一点儿的好位置，架起了相机。

一帘白水从天而降，投到池里。弥漫的水汽之间，几个衣裳单薄的少哆哩披着长发在泼水追逐。几个孩子光着屁股顽皮地在池边爬上爬下。多美的一幅天浴图啊！

突然，老游愣住了，他心痛得直用手捶打胸口，因为他发现四周高低起伏，浑然天成的钟乳石池不见了，替代的是一个用砖头砌得方方正正的水池。

老游万念俱灰地下了山。他很不甘心地问山脚下的一个村民，以前的那个池为什么没有了？

村民说，上个月有个和你一样的摄影家来这里拍照片，他拍完后，拿出五千元钱，对我们说，池的蓄水效果差，石头也不安全，我捐点钱给你们，把那石头砸了，砌个游泳池吧！

村里人感激不已，于是将钟乳石砸掉，建了这个露天泳池，确实很受女人和孩子们喜欢。

一个月后，又在外地采风的老游接到小谢的电话，师父，我有一幅作品《天浴》获得了全国"少数民族风情"摄影展的一等奖。老游说，那一定也是绝世珍品吧！小谢兴奋地说，是啊，您怎么知道的？

我知道，我当然知道啦！老游咬牙切齿地说。

（原载《小说选刊》2017 年第 1 期）

扣你没商量

赵　欣

老寇是铁建公司的一名工程师，随建设项目来到了沈阳，驻扎了三年，还有一年就撤回了。他是北京人，儿子在那边开了两家文化传媒公司，事业发达，但是三十岁了还单身，这让当父亲的很焦急。但儿子说，再急也不能草率呀，这个也是他的原则。

这天，儿子打来电话，说，有人介绍了一个女孩，沈阳人，是个作家。通过网上交流彼此都感觉不错，近期打算见面。爸，你想法了解一下这个人吧！老寇很高兴，也很得意。高兴自然不必说了，得意呢，是因为他了解这个女孩并不费劲，他和她同在一个圈子里。老寇还有一个身份，谁都不知道，他是一个网络作家，笔名叫"扣你没商量"。这些年四处驻扎，闲得无聊就在网上编故事，编着编着就上瘾了，还成了"网红"。

没想到机会很快就来了。有一个小选举，他受邀参加当地的会议。选举其实无足轻重，但是还必须有这个程序。那天，他打出租车去会场，下了车才想起把材料袋遗忘了，但车已经走了。材料袋里倒也没什么贵重的东西，是他最近写的小说的打印稿，还有他的名片。进了会场，他的手机就响了，一个女孩捡到了他的东西。女孩气喘吁吁地跑来，老寇没有想到，她也是来参会的，更没有想到，她竟然就是儿子说的那个女孩。女孩青春靓丽，品行又如此优秀，老寇暗叹人生就是缘分和天意。儿子等了这么多年的人，竟然和自己在一个城市里，并且还是同行。他感到欣慰，甚至眼前出现了一对新人的婚礼场面。但是他没有说破这层关系，毕竟还不到时机。

他说谢谢，女孩说不用谢，犹豫了一下，又说，"扣你没商量"老师，一会儿就投票了，我们互投一票行吗？对于这个投票，老寇根本就没当回事，没想自己当选。作为网络作家，他不喜欢在现实中抛头露面。即使女孩不说，他也会投票给她的。他笃定地说，我一定会帮你，你就放心吧！

老寇按捺不住兴奋，要给儿子打电话，忽然想起什么，又挂断。邻座的那人，老寇不认识，就主动过去搭讪。那人说，你投我我也投你。老寇说，我投你，但是你别投我。那人愣了，老寇告诉他投女孩。那人有些犹豫，说那个女孩竞争力较强，会影响自己。老寇说，朋友，不就是一票吗？再说这个选举有用吗？交个朋友不好吗？拜托您了！那人说好吧。

投票开始了，女孩满是期待的目光望过来，老寇郑重点了点头。老寇投了女孩的票，邻座的那人在老寇的监督之下也投了女孩一票。老寇担心他更改，就一直盯着。半小时后，投票结束，中间休息五分钟，他和女孩聊了几句，女孩谈吐大方得体。她说，您是知名网络作家，一定票数很高。老寇笑笑说无所谓的，女孩说您真有大师风范啊。

开始唱票了，不过会场没有投票时那么肃静了，乱哄哄的，但每人都在侧耳倾听自己的票数。主持人从高到低依次公布，女孩得票数可以排到前十名，应该没问题了。老寇美滋滋地想，从这件事来看，女孩做法欠妥，但也说明是有上进心的人。已经没有必要再向别人了解女孩了，眼见为实。

还在继续唱票，会场更嘈杂了。得知自己票数的人，根本无心听后面的了，因为后面的已经被甩得远远的了。终于到老寇了，他听得分明："扣你没商量"，一票！老寇心里猛地那么一沉，一票？怎么会？但确确实实就是一票。向女孩看过去，她正在和一个人兴高采烈地议论着什么。他叹了口气。

离开会场，老寇看见女孩正在不远处打电话，看样子是在和谁分享成功的喜悦。他隐隐感到那个人应该就是儿子，但不确定。这时，女孩挂了电话，笑容满面地走过来说，"扣你没商量"老师，要谢谢你支持哦！老寇笑笑说，祝贺你！女孩说，您的票也不少吧，我也投了你一票呢！老寇看了女孩一眼，又笑笑，心里什么东西彻底安稳下来了。他自己清楚，只有一票，那是自己投了自己。

手机响了，是儿子打过来了。他就当着女孩的面接通了电话，儿子开口就说，那个女孩刚刚和我通话了。老寇说，知道。儿子问，你怎么知道？老寇说，我们刚刚一起参加了投票，有些事情过后再说吧！女孩疑惑地看着老寇，也感觉到了什么。老寇没看女孩，边走边说，我儿子从北京来电话，他叫寇晓刚。

（原载《小说月刊》2017 年第 4 期）

老人的村庄

李忠元

"狮子山"台风肆虐，下了一晚上的倾盆大雨，到了第二天早晨，大雨终于有了停下来的意思了。

黄华黄老汉起了床，他推开房门，竟然发现自己的土坯房泡在白亮亮的水里，就像搭上了一艘飘摇的小船，让他触目惊心。

　　黄老汉这座老房子建得早，整整经历了三十多年的风风雨雨了，本来就千疮百孔，经雨一泡，倒掉的危机立时显现。

　　眼下迫切的任务是排掉积水，在墙根下打几个木桩做支撑，防止墙体被水浸泡后进一步坍塌，维系住整座房子。不然房子要是倒了，黄老汉就连个住的地方都没有了。

　　不是没钱建房，而是根本没有干活的劳力。黄老汉的儿女和村里其他年轻人一样，都离开家乡去城里打工了，就连逢年过节都难回家一趟。这下，村庄就属于老人了，黄老汉等一代白发苍苍的老者成了这个村庄的主宰者。说到底，整个村子只剩下一些老弱病残了，哪有一个能出力的啊？

　　没有劳力，也得找劳力。在这样迫切的困境里，黄老汉在全村里一家挨一家地找，总算在老人堆里找出两个体力壮一些的，就央求他们帮自己修葺一下房子。

　　没了年轻人，老年人的劳力显得弥足珍贵。他们有约在先，帮一个工，用工者的儿子回家时，就要主动上门帮着做一些重体力活，这是全村人定下的死规矩，谁也没权力更改。

　　黄老汉满口答应下来，他心里知道，因为这条不成文的规定，自己都给儿子答应出去三十多个换工了，可儿子根本没有回来一趟，这些换工还是一个个不切实际的符号。

　　黄老汉一想到这，就感到自责和惶恐，觉得自己实在对不住这些朴实无华的乡亲们。

　　不过，两个老人根本没有过多考虑那些陈欠，最终还是来了。他们和黄老汉共同努力，费了好一番周折，才将黄老汉的房子做了加固，垫上了护坡，免得再下雨，水再次泡到墙体，弄到不可收拾的地步。

　　收了工，黄老汉为两个累得不住大口喘息的老人预备下了饭菜，推杯换盏之后，才让他们心满意足地回家了。

　　不过，黄老汉可没算完，他拿出抽屉里的小本子，在上面郑重地记下第七个"正"字。黄老汉捧着手里的本子，看着第七个只剩最后一画没写全的"正"字，顿时觉得压力很大。这可是三十四画啊，整整三十四个工，儿子回来了，他一定敦促儿子还给人家，不能攒下人情，这东西压得人实在喘不过气来啊！

没想到，正当黄老汉为这事牵肠挂肚的时候，儿子还真的从城里回来补办丢失的身份证了。

坐在酒桌上，黄老汉就把这件牵肠挂肚的事说了出来，还再三叮嘱儿子这回在家多住几天，好将欠人家的工统统还给人家，做到两不亏欠。

黄老汉急得像跳猴似的，可儿子却根本没放在心上，他滋溜滋溜地喝了两大杯白酒，就匆匆回房间睡觉去了。坐了十个小时的长途车，难免犯困，他也着实困倦了。

第二天一早，黄老汉心里有事，睡不着觉，就早早地起了床，走到儿子的房间，准备催促他去给乡亲们还工。没想到，儿子的房间竟空空如也。说不上儿子啥时候走了。黄老汉的心悬着，根本不相信儿子会这样一走了之，可找遍了家里的角角落落，连一个人影都没有，看来儿子还真是走了。

黄老汉失魂落魄似的，他觉得那个小本子上他用心记下的三十四画的"正"字越长越大了，背负在他老弱的肩膀上，压得他有些喘不过气来了。

无独有偶，黄老汉的邻居王老汉的儿子出门，王老汉也欠下三十个工，可儿子竟在城里遭遇了车祸，下半身截肢，终身残疾。王老汉得悉儿子的病情，再看看同样记录换工的小本子，摇了摇头，竟然一伸腿，走了。

虽然欠下了饥荒，但王老汉死得其所，全村人反而对王家父子大为赞扬，主动说他们欠下的工不用还了。

看人家王老汉这么讲义气，黄老汉一时急火攻心，竟然也病了。

黄老汉躺在床上，可直到奄奄一息了，还是闭不上眼睛，嘴里始终重复着那个数字，三十四、三十四、三十四……

儿子回来了，黄老汉的老伴儿为了让黄老汉能心满意足地闭上眼睛，安息于九泉，就打发儿子一家挨一家地还工。

当儿子整整做完了第三十四个工的时候，儿子刚好听到了自己家的方向传来了悲凉的哭声……

（原载《金山》2017 年第 8 期）

猎 神 之 死

昌松桥

　　山村有个猎神，叫罗三炮，飞禽走兽样样行，尤其擅长打野猪。乡谚说，打老虎只要胆，打野猪要准备板（即棺材）。因为受伤的野猪有顺着硝烟瞬间反击的本能。你问他的枪法？一枪准，而且枪枪正中野猪眉心。

　　猎神每次狩猎只带三颗子弹，同一猎物他从没用过两颗子弹，另两颗子弹是怕猎物围攻，用来防身的。

　　猎神的魂是被野猪吓丢的。

　　那是一个一只红薯可以救活一条命的年代。那时候，社员们除了佩服猎神，就是佩服政治队长春大脚。

　　上山。清明节那天，春大脚一挥手，领着社员们将野山坡的杂草柴火一把火烧了。

　　烧过的山地被社员们垦过来，然后，趁雨种上了红薯秧。

　　山地因有火土灰作底肥且地处山坳水分充足，红薯长势喜人。

　　那年月，莫说红薯，就连红薯藤也有被人盗食的危险。好就好在野山坡的地理位置独特：山坳顺势而下，半腰是一大片平地，这片地就是队上新垦的红薯地，再下边是一个五六米高的悬崖。悬崖其实是一个废弃的石料厂，也就是说，红薯地长在石料厂的脑门上。要上野山坡就只能从石料厂旁边的一条羊肠小道上去，为方便社员们上下，春大脚在半道上凿了一个让道的歇台。

　　社员们都说春大脚有远见，地选得好，能防贼！

　　春大脚因此很有成就感，很有成就感的春大脚每天清晨都要到野山坡走一圈。

　　仲夏的一个清晨，春大脚发现红薯地被糟蹋了一垄，看脚印，春大脚就知道是野猪干的。糟了，红薯地处在野猪的领地。春大脚发现自己犯了一个致命的错误。

找猎神去。春大脚抬腿就走。

老同学，不是我不帮你，这年头谁还打猎？野猪嘛，赶走就是。

春大脚就在红薯地边的大树上搭了一个草棚子。社员们晚上轮流去值班。值班其实很简单，睡在棚子里只需每个时辰哟嗬嗬地吆喝几声就能赶走野猪。

然而，百年的鲤鱼也成精，一来二去的，野猪就看出了端倪。无论值班的社员怎么吆喝，野猪却还是往地里撞。春大脚就准备一些爆竹，吩咐值班社员，说野猪一来就放一个炮仗。

野猪一来，值班的社员就将炮仗点燃，往空中一抛，火星便在夜空划出一道美丽的弧线，接着啪的一声爆响，野猪四散逃去。

三番五次的，野猪又看出了端倪，炮仗失效了。

春大脚只好再去找猎神。

考虑到队上几百口人的生命，你就帮我一把吧。春大脚擂了猎神一拳。

于是野山坡夜晚的某一个角落就时常有一个人在守候。

叭。某天晚上，梦中的社员们听到一声清脆的枪响。村里家家户户的电灯同时亮了，数支手电光直奔野山坡而来。猎神不负众望，放倒了一头红毛野公猪。整个村子沸腾起来了。

第三天，猎神又放倒了一头野猪。手电筒光线聚焦处，一头母野猪倒翻在地，脑门上血流如注，母野猪的肚皮下十来头小野猪正争着吸奶。

几天后的一个夜晚，一轮满月挂在天空，喝了半斤红薯烧的猎神背着猎枪哼着小调向野山坡走去。正准备爬山，抬头时，见半山腰的歇台上站着一只红毛野猪，两眼亮着蓝光，猎神的酒一下醒了，他慢慢地举起猎枪，叭——红毛野猪应声倒下。

猎神在枪口轻轻吹了一下，头一偏，将猎枪往肩头一甩，做了一个漂亮的挎枪动作。猎神偏头的时候，猛见那只红毛野猪还站在歇台上，猎神又举起了猎枪叭——红毛野猪又应声倒下。

怪。猎神在枪口吹气的时候轻声说。要知道，有史以来他还从没出现过这种情况。

奇怪的是，猎神再次抬头的时候，分明看到那红毛野猪还稳稳地站在歇台上。

叭——猎神再次扣动了扳机，然而那该死的红毛野猪却獠牙顶地，四平八稳地站在歇台上！

　　猎神惊出一身冷汗，将猎枪一甩，奔回家用被子蒙住了头。第二天，猎神的老婆发现猎神全身透湿，已撒手归天了。

　　春大脚到野山坡现场察看的时候，见歇台边的悬崖下三头红毛野猪死在一堆，三头野猪均是眉心中弹。

（原载作家网 2017 年 8 月 9 日）

流　浪　汉

侯发山

　　父亲去世后，小康就正式接管了店铺。店面不大，经营的不是金银珠宝，是相机专卖，尼康啦，佳能啦，这家伙，也贼值钱，好的，也是成千上万，甚至十几万，不亚于一台小轿车。

　　小康每天早上来到店门口，总能看到一个流浪汉蜷曲在店外边。他的年龄在六十岁左右，胳膊腿健全，不残疾，长长的头发，像是被糨子给糊住了，一绺一绺的，脸上黑一块紫一块的，好似被紫外线灼伤了一般，身上的衣服长一片短一截的，类似时下流行的混搭，自打套在身上怕是没脱下洗过，已经看不清本来的色彩……眼下是秋天，他却穿着羽绒服，还是女式的。走得近了，还能闻到他身上散发出的那种刺鼻的味道。这个流浪汉也不傻，只要看见小康来，就知趣地走开了，走得远远的，一整天都不见他的踪影。

　　难道这个流浪汉打算伺机偷盗？想到这里，小康着急了。然而，媳妇正在坐月子，母亲又有病，他白天不在家，晚上总不能守在店里不回去啊？父亲活着的时候，也不是常常住在店里。有几个晚上，小康不放心，悄悄来到店铺门口，每次都是看到流浪汉睡在门口，没有什么反常的行为。但老话讲，害人之心不可有，防人之心不可无。虽然不能排除怀疑，还是把他撵走的好，免得夜长梦多。不怕贼偷，就怕贼惦记。

　　这天早上，小康来到时，流浪汉还在门口酣睡。小康也不理会，越过流浪汉，悄悄打开门，扫地时故意把尘土往他身上扫，即便这样，流浪汉还没有醒，小康就用扫帚去撩拨流浪汉的脸，流浪汉这才醒过来，讪讪着走开了。小康挥舞着扫帚，捂着嘴朝他叫道："滚！滚得远远的。"

小康以为，他这一下，流浪汉肯定会流浪到别处去。第二天清晨，远远地，小康又看见那个流浪汉还在店铺门口，靠着防盗门，半躺半坐，悠闲悠哉的，好像自己是店老板似的。小康便气不打一处来，走到流浪汉跟前，抬脚去踢他，同时把手里半瓶矿泉水泼到他身上，一边怒吼着："滚！滚！滚！"那架势，仿佛他跟流浪汉之间有杀父之仇、夺妻之恨。

流浪汉诧异地看着小康，似乎心说，我也并没有杀你的父亲、夺你的妻子，为啥发这么大的火气？

"看什么看？你聋吗？再不滚我揍死你！"小康把矿泉水瓶子朝流浪汉摔去。

流浪汉下意识地躲了一下，走了。

此后，小康再没见到过那个流浪汉。

大约过了半个月，小康的店铺被盗了，丢了五台索尼高档相机，每台都在一万元以上。

小康的脑海里立马出现了那个流浪汉的影子，他断定是流浪汉在报复。当警察赶到后，小康说出了自己的直觉。

怀疑归怀疑，警察要的是证据。幸亏店铺对面有家面包房，人家在外面装了两个摄像头，有一个刚好照到小康的店门口。

警察打开监控，根据监控拍到的画面，短短时间内便抓获了犯罪嫌疑人。犯罪嫌疑人交代，他早就盯上了小康家的相机专卖店，由于流浪汉的缘故，才一直没有下手。

面包房的监控录像证明了犯罪嫌疑人所言不虚。小康一边看监控一边泪流不止：小偷光顾那几次，每次来都是因为流浪汉睡在门口，他才没有得逞。有一个晚上，月黑风急，昏黄的路灯像是睁着惺忪睡眼的醉汉，街上少有行人。那个小偷又鬼鬼祟祟地出现了，拿着刀子威逼流浪汉离开。流浪汉头一低，不管不顾朝小偷身上撞去。不怕人横，就怕人不要命，这话不错。见此情形，小偷也屙稀屎，转身逃了……

流浪汉为什么要这么做？

面包房老板的话让小康如梦初醒：小康的父亲在世时，时常买面包给流浪汉！

小康转遍了大街小巷的旮旯角落，没有找到那个流浪汉。

大叔，您在哪儿呢？店里清闲的时候，小康常常盯着门口自言自语。

（原载《天津文学》2017 年第 5 期）

龙 头 楼 船

凯　歌

温爷的龙头楼船十里闻名，除了载卸来往于秦晋两岸客商的货物，也常带上城里的老爷太太们游览观光，品赏这黄河边上的旖旎风光。逢上黄道吉日，红绫绿绸往楼船上一搭，龙头系上一束并蒂红莲，就成了一条迎娶亲事的花船，日子长了，还真成就了一对对的好姻缘。

这年初秋，温爷早早放了船工们回去探家，一来汛期已至，上河的大水没个准地飙下来，不安全；二来中元节将至，阴节前后不下水，这是老祖宗定下的规矩。一切安排停当，温爷一身疲惫，进屋往竹椅上一躺，倒头便睡。

正迷糊着呢，就有人喊船来了。温爷睁眼一看，来人黑衣皂帽，一身管家打扮。老头儿冲温爷深施一礼说："我家公子迎娶河东韩员外家千金，劳驾船家！"老管家递上酬金，几颗锃亮的大银锭出现在眼前。

温爷霍地起身，想想，又摇摇头："不成了，河水这几天不安分了，伙计们也都回家了。"

老头儿说："没有呀，你的伙计都在呀！"说着向外一指。

温爷出外一看，笑了，伙计们个个摩拳擦掌，正等着他下话呢，当即披衣束身，冲河滩喊："披彩，出船！"

一行迎亲队伍五十多人上了花船，温爷又一声，起锚——大船浩浩荡荡向东驶去。

这条河道是黄河中游一截有名的"软米碛"，河面貌似平静，河底却暗涡涌动，稍有不慎，就会船毁人亡。这些天正值汛期，河面已然加宽。温爷深谙这水上的渠渠道道，一头指挥舵手避开礁石暗滩，一头喝令伙计们使劲摇橹。

很快，一行人吹吹打打地到了对岸。河岸那边的送亲队伍也早就等在一旁，响过一阵子炮仗，送亲队伍热热闹闹地送新娘上船，花船就开始转舵回岸。

事情就出在这个时候。

从开船到迎新人上船，河面上一直风平浪静。等这花船回头到了河心，忽然一声闷雷伴着一道闪电掠过，河面上狂风四起，紧接着河水开始迅速旋转，船身也跟着晃动起来。

风打灭了花船上的火把，吹散了红缎绿绸。船上到处是惊慌的喊叫声。

温爷说声坏了，喊伙计们加劲摇橹。突然大船猛地一抖，船身一阵倾斜——触礁了！

有人喊："不好了，有人落水了，快救人啊！"

又有人喊："不好了，新郎官掉进水里了！"

温爷最担心的事情发生了。虽是老江湖，可遇到如此突然的事情，温爷还是头一回。

新娘子听说新郎落水，哇的一声从人群中挣脱："救我赵郎，赵郎不在，妾身绝不独活！"

一阵闷雷响过，一叠又一叠的丈高排浪从远处如猛兽般扑来，眼看人船俱毁。

新娘子一张苍白的脸更加绝望，叫着新郎官的名字，纵身跃入滔滔河水之中。

一股巨浪涌来，在一片惊呼声中，老管家及身后的迎亲队伍消失得无踪无影。

面对船工们乱作一团，温爷抹去一脸泥沙喝道："活着的兄弟们听好了，即便老天爷不给咱们面子，咱们也不能坏了道上的规矩，不能让人家无辜的客人陪咱们送死！"

温爷将几条手腕粗的绳子牢牢拴在自己和船工们的腰间，牙齿一咬："兄弟们，下水！"

随着一阵扑通的入水声，这一群不要命的汉子在激流中忽上忽下，奋力捞救。

半袋烟工夫过去了，船工们累得死去活来，始终一无所获。

也许是老天发了慈悲之心，风，渐息；浪，渐缓。

风浪过后，终于有人在水中捞起一对新娘的绣花鞋和新郎的"状元帽"。

一整夜的打捞，温爷喘着粗气，筋疲力尽："报官吧！"

温爷让人将一对新人的鞋帽合抱在一起，暂且安抚于一处野花葱茏、山水临绕之地。自己疲惫地合眼睡去。

一觉醒来，已是大亮。温爷大声喊来伙计，问起昨夜善后之事。

"什么昨夜呀？"伙计睡眼蒙眬地说，"昨夜你不是睡得好好的吗？"

一惊。

出门一瞧，龙头楼船完整无损地搁浅在河滩上，再回里屋，竹椅上余温未消，椅背上挂着一个黑色包袱，打开，露出几颗锃亮的大银锭。

又一惊。

几日后，伙计们陆续探家归来，个个像打了一场大仗或得了一场大病，腰酸腿软，无气无力。

问及原因，有人说，做了一梦，醒后如此。

倒是当地一位老秀才颤颤巍巍地翻开发黄的县志，给温爷念起一段往事，"清同治四年，有麟城大户赵家迎娶河东女韩氏，途经罗峪口，遇水阻，全船五十六人罹难，无一生还；韩氏闻噩耗，投水殉夫。时中元。"

老秀才一抹混浊的老泪说："到今日正好是一百年喽！"

温爷让人精心雕造了一块墓碑，立于二人衣冠冢处，上刻：麟州赵生夫妇之墓。上香，礼祭。

是夜，竟然梦见新郎与新娘携手来谢。新娘躬身施礼："我夫妻百年劫难已过，谢恩公渡我二人圆满……"

"后来呢，"我问温亚洲，"你的爷爷有交代些什么吗？"

温亚洲望着远处几只来往的船只说："我爷爷是咱这罗峪口一带唯一活过百岁的人，"顿了顿又说，"我爷爷把行船所得的银子全部分发给船工们，只说了一句话：你们都是我的好兄弟！"

（原载《精短小说》2017 年第 7 期）

楼 上 楼 下

蒋先平

梨花村建起了住宅楼，大伙按村里要求都搬进了新楼。

住进了新楼，可大伙的生活习惯仍然跟原先住平房时一样，没事时依旧串串门，聊聊天。

老王住在一楼，每天中午晚上做饭时都跟住平房时一样敞着门，一楼到六楼的十几家做饭时也都喜欢敞着门。

谁家缺根葱少把盐的，不用急着下楼跑到小卖店去买，只要站在门口喊一嗓子就行，对门忙没有腾出空拿过来呢，楼上或楼下早已把要的东西噔噔地送了过来。

三楼老张媳妇知道一楼的老王爱吃韭菜合子，她家烙韭菜合子时总会站在门口大着嗓门喊道，楼下王大哥，我家烙韭菜合子了。一会儿，老王准会扑通扑通上来了，老张媳妇一边捡出几张刚出锅的韭菜合子放到老王带来的盘子里，一边说，新出锅的，凉一会儿再吃，别烫着啊！

六楼的老姜太太做酸菜汤时，总是用大海碗盛上一碗，让儿子给三楼的老张媳妇送去。你张嫂子就爱喝我做的酸菜汤，告诉她我放的盐不多，不够口自己再放点。老姜太太叮嘱儿子。

楼上楼下十二户和当年住平房时一样，上下楼路过敞开的门口都会打声招呼，大伙相处得像一家人。

日子就这样在你要棵葱，我送碗汤的琐碎中一天天地过去了。

元旦过后，一楼老王城里的表姐来他家住了半个月。见他家整天喜欢敞门做饭，没有事也敞门和上下楼的人唠几句，表姐很是认真地说，好好的楼让你们住成什么样子了，哪有整天敞门过日子的，那多不安全啊！

表姐把门关得严严的。老王两口子刚开始不习惯，后来渐渐地适应了，听不到上下楼的脚步声，做饭时那此起彼伏的叫喊声也听不见了，真的清静了。

一楼老王的对门见到老王把门整天紧紧地关上了，心想是不是老王对自己有意见了，自己啥时得罪了他呢。哦，一定是上次老王媳妇要头大蒜，家里就剩一头了，做饭也要用，就没给她，她就记在心上了。哼，小心眼儿，你关门，我不会关啊。从此，他家也把门关上了。

一楼这两家做饭时缺啥少啥就往楼上跑，朝楼上要。

二楼两户以前缺点啥，喜欢喊一楼，一楼就给送上来了，可现在一楼的门关上了，喊啥人家也听不到，只得喊楼上，让楼上下来送东西。

时间长了，二楼的两家对一楼的两家就有了想法，你们心眼多啊，缺啥少啥往我们这跑，你们却把门死死地关上了？我们喊啥你们也不知道。于是二楼两家也把门关上了。

见到二楼两户关门了，三楼也有意见了，他们也把门关上了。循环下去，后来四楼对三楼有想法，把门关上了，五楼对四楼关门有意见，干脆也把门关上了。六楼老李见楼下都把门关上了，自己也把门关上了。

六楼老王太太是个有心无肺大大咧咧的人，她依旧做饭时开着门，可没有人再向她要这要那了，她站在门口向下喊时，没有人应答，更没有人给她送要的东西了。时间一长，她无可奈何地也把门关上了。

这天，一楼老王的表姐又来老王家串门，她看到大伙都关着门自己过自己的日子，就对老王一家说，关门过日子，这就对了。

（原载《微型小说选刊》2017 年第 15 期）

迷　惑

钟　兴

与二苟打过交道的，都说"二苟这人老实厚道"。

读初三时，因为一次英语考试，二苟抄二牛的试卷，连姓名都照抄不误而"败露"，最后，父亲终于放弃了培养二苟上大学而光宗耀祖的宏伟计划……于是，二苟初中没能毕业，就随"南下大军"，浩浩荡荡地开进了南方的城市，成了工地上并不出名也不出色的一个小工。

他木讷、憨厚，因为年龄小，虽然干不动太重的活，但是，他不投机取巧——谁吩咐干啥就干啥。

二苟特别会笑，笑口常开，见谁都笑。甚至见了工头养的那只凶狠的狼狗，也如见到老板一样笑脸相迎。那狼狗也通人性，知道谁对它好，谁对它孬，到后来，碰上二苟也不再那么凶狠地吠，甚至，有几次还摇了几下尾巴。

二苟很少说话。只干活，还会笑，少说话的人，肯定就是老实人——这似乎是人们心中的一种定式！

于是，大家都喜欢二苟。

二苟不抽烟，但是，口袋里肯定有一包不差的烟，并且还有好几只打火机备用。见到工头，快速递烟、弯腰、点火……那一连串连贯的动作，熟练到让许多老烟民也望尘莫及！

二苟不吃水果，或者说很少吃水果，但是，喜欢给工头的家人削水果。二苟用粗糙的手削水果皮——一刀去皮，皮还严实地包着水果……

有人说二苟老实，有人说二苟厚道，当然，也有人说二苟"机灵"。老实的二苟，跟他一起打工老乡们开始有些瞧不起他，二苟也不计较，甚至比以前还勤快了。

他一般不喝酒，因为一喝就醉。但是，他从来不说醉话……醉了就睡吧！于是，大家更加觉得二苟是个老实人。

连老家的几个老人都说"二苟这人就是老实厚道，我们早就看出来了"。当然，那是二苟发迹之后的后话了！

二苟人生中的"遵义会议"——重大转折点就在那个工头的狼狗身上。工头的狼狗病了，二苟照看了好几宿，如照顾亲爹一样的尽心，谁都会说"二苟真老实厚道"。这，不但感动了工头，连那狼狗都被感动了。后来，那狼狗每次见了二苟，都把尾巴摇得飞速。

于是，工头不但给二苟加了工资，并且还提拔他成了"中层干部"。出门请客时，也特别把二苟带上……这样，他就认识了后来成为符局长的正局长。

对符局长，不，当年的符科长，还是副的——他真的是很费了一番功夫的。单说一项，从符副科长、符科长、到符副局长——再到符正局长，整个履历过程，局长家里做菜，除了用二苟老家带来的茶油，就再也没有用过别的什么油。

老乡们都说，二苟真老实厚道！茶油，金贵着呢。二苟笑笑，心里想：什么金贵，一餐饭一支酒的价格，就能够让人做菜用一年的茶油了。

有一次，酒醉饭饱还去做完了全套的服务之后，符副科长主动对二苟说："你要是出来做工程的话，我可以帮帮你！"

二苟要的就是这个话。于是，二苟就主动放弃了"中层干部"的待遇，从原来的包工头那儿拿了"毕业证"，自己出来打天下了。后来，二苟的财富，就随着符副科长的职务升迁如原子裂变似的增长。

二苟发了！

春节时，二苟请村子里每一个六十岁以上的老人，到镇上最好的酒楼吃饭，而且还给所有人都发了不菲的红包，老人们笑逐颜开。二苟的人气、名气，一下子就盖过了村里因为考取大学而留在城里工作的二牛。

二牛原来可是全村孩子的榜样啊。多少年前开始，村子里父母亲教育孩子时都说"你要是能够如二牛一样，考取京城的大学，我就卖房子供你去北京上学哩"。

事实上，村里的房子根本就不值几个钱，要是放现在读书的费用，就是把房子卖了，那农村的泥砖房，卖上多少栋，也是凑不够四年大学的费用，更何况，有谁愿意买呢？

所以，不要说卖房子，就是把房子里所有的东西全部卖完，也不够在京城读完大学的钱。

没想到，风水轮流转，现在人们教育孩子时说："你看、你看，人家二苟连初中都没有读完，还不是照样赚大钱！"

过去，那个老人说"知识越多越反动"，现在"知识越多越没用"——正好反证了"知识改变命运"的说法。

这让正好回家过春节的二牛感慨不已！

当年自己那么努力读书，考取了大学，出来找工作时，还求爷爷、告奶奶地终于在城里当了老师，但是，现在那种寒酸样……唉！

二牛放下身段，专程拜访了当年抄自己作业的二苟。二苟打过招呼过后，也只是笑，并不多说话。送二牛出门分手时，他才豪气地说："二牛哥，你来南方转转，所有费用由我包了哩。"

半年之后的暑假，二牛果然随"教师学习培训"之类的什么团到了南方"考察"。二苟极尽地主之谊，报答当年经常借作业给他抄的情分。想想看，要不是二牛哥仗义，考试时偷偷地移动开身子、有意无意地把试卷举高，让后排的二苟抄袭，还不知道要多挨老爸多少的棍子呀。

二苟很念旧，很有情义，在喜相逢大酒店招待二牛，吃了、喝了——半醉之后，还专门预订了喜相逢曾经招待过二苟的"首席公主"（公主是做啥的？名称是何时出现的？笔者也疑惑着，给不出一个答案，希望有读者给解答一下），"慰问"了远方的二牛。

半夜，从喜相逢酒店出来后，二苟又请二牛到江边上消夜，喝着当地最著名的啤酒。二牛微醉着说："二苟呀，老家的乡亲们都说你老实、厚道，老实厚道如何就赚了那么多钱呀？"

二苟豪气地说："二牛哥，要不是符局长后来进去了，他要能够继续往上升官的话，说不定我可以与李嘉诚比试比试呢。"

二牛当然不信，甚至有点轻视二苟的轻狂。

江风微微地吹了过来。二苟并不在意二牛的轻视，轻轻地说："哥呀，我老实地告诉你，我并不老实哩！"

那个晚上，二牛和二苟似乎真的都醉了！

（原载《岭南小小说》2017 年第 2 期）

母　亲

厉剑童

他讨厌母亲，从小就讨厌。他常常因母亲的缘故而受到村里小伙伴的嘲笑和戏弄，他们叫他是"长不大家"的野孩子。

"长不大家"是指他的母亲。母亲是个侏儒，身高跟八九岁孩子差不哪儿去，一张娃娃脸，赶集上街，常让人误认为是个小孩子。这还不算，母亲还是个瘸子，走路一颠一跛，像鸭子。

说他是野孩子，是因为他从小就没有父亲。问母亲：别人都有父亲，为什么单单我只有母亲没有父亲？母亲眼泪嘟噜着，一句话也说不出。

说呀，你说呀！他抓着母亲满是污渍的衣袖，拼命摇着，哭着，哀求着。母亲红着眼，依然一个字也不说。这让他更加憎恨母亲。

你不说我也知道，一定是因为你是个矮子，父亲嫌弃你把我也抛弃了，都怨你都怨你！等我长大了，赚钱了，我一定要去找我的父亲。他不止一次在心里咬牙切齿地发誓。

早熟的他知道，考学是走出大山唯一的办法。他学习很刻苦，成绩也是一顶一的优秀。从小学到初中，他都是年级第一。每学期学校都要召开家长会。每次他不是说母亲有病，就是农活太忙顾不上。他实在不想让老师见到那个要个儿没个儿、要钱没钱下四乡捡破烂卑微得不能再卑微的残疾母亲。

上了高中，学校离家远了。学生每月回家一趟拿干粮、换洗衣物。他却坚持每周六回家拿干粮，为的就是不让同学老师见到母亲。他学习很勤奋，只为早一天考上大学，离母亲远远的，甚至越远越好。高中毕业，他以全校第一的分数如愿以偿考取了外地一所重点高校。

上大学前夕的那些日子，母亲鼻子眼里都是笑，笑得像个天真烂漫的小孩子。母亲早早地为他准备好了上学的衣物，东取西借地筹足了上大学的学费。临走那天，母亲眼神游离，嘴巴张开又闭上，闭上又张开，只想说出憋在心里已久的念头——亲自送他去上大学，去看一眼大学是个啥样子。他也知道母亲想说啥，可他就是不松口。他不想一进大学门就让那些来自天南地北的花花绿绿的男女同学笑他有个拿不出门的母亲。

他又自卑又要强。在大学，他学习依然刻苦勤奋，课余还找了个勤工俭学的岗位，基本能维持大学的生活开支。假期他不回家，在学校附近的餐馆打工赚钱。他觉得他完全可以不依赖那个家，那个女人。

他处了一个女友。女友和他一样优秀，是个又高又漂亮的城里姑娘。女友几次提出到他老家看看，看看他不愿提及的母亲，却都被他婉言拒绝了。

大学毕业前夕，他突然接到邻居张婶的电话，说他母亲出车祸了，要他赶快回家。他这才猛然想起自己快一年没回家了。他赶回家，母亲因伤势过重已经去世。在左邻右舍的帮助下，他料理完母亲的后事。

返校的前一夜，张婶取出一个包裹，里面里三层外三层地包着厚厚一摞钱，十块的、五块的，也有一块的，整整一万零一元钱。张婶告诉他，这钱是他母亲留下的。母亲想尽快攒够那笔儿媳妇将来叫娘时婆婆需要的"万里挑一"的红包，捡破烂的时候太专心才被车撞了。她唯一的愿望就是能早一天看到她未来的儿媳妇，那个城里娃长得啥模样。

张婶说到这里，重重叹了口气，说，其实你不是你母亲的亲生骨肉，你是你母亲捡破烂的时候捡到的弃婴。她的那条腿也是因为你落下的残疾。那次你生病了，病得很厉害，你母亲抱着你在路上等车，迟迟没有等到，只好抄山路去医院。路上被大石头绊倒，把一条腿给摔折了，又舍不得住院治疗，这才落下病根。

张婶还在说着，他早已泪流满面。他内心翻江倒海，百爪挠心。他知道，这世上最疼爱他的那个人走了，再也回不来了。他狠狠地捶打着胸口，在母亲的遗像前长跪不起。

大学毕业，他本可以和女友一起留校任教，可他却毅然决然地回到老家当了一名初中老师。他觉得只有这样，自己才能离母亲近一些更近一些。每次回家，他都跪倒在桌子上母亲的遗像前，默默地仰视着母亲，那个山一样巍巍然的母亲。

每一次单位组织填表，亲属一栏，他总是工工整整地写上"关系：母亲；姓名：马翠花，备注栏：健在"。他觉得母亲没走，母亲还健健康康活着，在老家那栋破房子里忙碌，在大街小巷那一个个垃圾箱旁提着编织袋转悠，他甚至清楚地看到母亲对他笑时那张天真烂漫的娃娃脸……

（原载《微篇小说》2017年第3期）

那年寒冷的冬天

姜煜暄

我八岁那年冬天，寒风凛冽，天寒地冻。漫山遍野白茫茫的一片，整个村庄掩埋在皑皑的世界里。寒冷的冬夜，空洞寂静，冷清萧瑟。屋外大烟炮卷着雪花在天空中打旋，发出尖厉的声响，凄厉苍凉。偶尔几声狗吠，低沉凄楚。昏暗的白炽灯萤火虫似的，忽明忽暗。暗暗的灯光将我和娘的身影拉在墙上，细长细长。

我围着棉被，止不住地咳嗽，阵阵咳嗽声像擂鼓似的咚咚作响，震得灰尘不时地落下，震得五脏六腑疼痛难忍。大口喘着粗气，脸憋得青紫青紫的，两只血红的眼睛向外鼓凸。娘一边叹息着，一边捶着我的后背，依然咳嗽不止。娘急忙下地，趿拉着棉鞋去外面菜窖捧回一个萝卜，用刀切了一块给我，急切地说，嚼几口，止止咳。整夜地咳嗽，折腾得我一宿宿睡不着觉，瘦得像麻秆似的，如一只病恹恹的小羊羔蜷缩在炕脚底，弱不禁风。突然我一阵震耳欲聋的猛咳，随之一口血贲张而出。娘霎时慌了神，脸色苍白，慌急地说，快，穿衣服，找张恒看看是咋了。娘急得眼泪扑簌簌地落下。

娘背着我在寒冷的暴风雪里，深一脚浅一脚，跌跌撞撞地奔跑。娘一个趔趄闯进张恒家，上气不接下气，岔声地喊道，张恒，快，看看儿子咋了。张恒是村里的赤脚医生，他读过高中是村里最有文化的，村人尊敬地叫他，张医生。张恒瘦高挑的个儿，文质彬彬，三十了还光棍一条。在农村男人过了二十五还没娶妻生子，那是对祖宗的大不敬，或者是二流子、小混混，没有哪个姑娘嫁给他。张恒这两样都不是。给他介绍对象，他粲然一笑，摇摇头，不搭腔；姑娘暗送秋波，他粲然一笑，摇摇头，不搭界。有人纳闷地问，张恒这小子怪了，对女人咋没一点儿兴趣？是不是那玩意儿有毛病？

一旁的五爷吐口烟雾，撇下嘴，说，没毛病，等人。五爷知道自己说漏嘴了，急忙溜走。疑惑的人望着五爷佝偻的背影，茫然地自言自语，等人？

我烦张恒娘们儿兮兮的样子，从不叫他大夫，而是叫他张光棍。当然是背地里偷偷地叫了。

张恒扒扒我眼皮，听诊器听听我前胸后背，然后喘口粗气说，肺结核，需要打针吃药。张恒总是晚上来我家给我打针，时不时会带来一只山鸡，或是野兔。说是给我增补营养，病才好得快。我当然盼他来了，有好吃的谁不高兴。但我奇怪，张恒每次打完针，就和娘去西屋嘀嘀咕咕，半天不出来。

冰雪融化了，春天来了，我的病好多了，也欢快地上学了。

有天晚上打完针，我迷迷糊糊睡去，不知啥时被尿憋醒，当我在院子撒完尿，发现西屋的灯还亮着，便推门进去，顿时惊呆了，张恒和娘赤条条地抱在一块。我呆傻了，顿时怒火燃烧，猛地一摔门，仓皇逃回到东屋，将自己蒙在被里偷偷流泪。虽然我对男女之事不明白，还是有些懵懂的感觉。我恨死张恒了，也不搭理娘，整天闷闷不乐。张恒见到我远远地躲着，娘也不敢正眼看我。

不久，"文革"来了，娘脖颈挂着一双鞋，胸前大牌子写着"大破鞋"，游街批斗。我再也不敢上学了，一个人跑到爹的坟上偷偷地哭，觉得娘太丢人了，在同学面前抬不起头。一切怨恨加在张恒身上。有天夜里，我将张恒家的玻璃砸得粉碎，终于解了心头之恨。

我对娘吼道，我再也不回来了，这不是我的家。我跑去五爷那儿，抱着他号啕大哭。五爷叹息地说，山伢子，别怨恨你娘，长大了你就明白事理了。好好读书，将来有个出息，也不枉费你娘一辈子心思。

一天中午放学，河边围满了人群，乱哄哄的。我挤进去一看，张恒仰面躺在河岸上，死了。旁边人说，扛不住批斗，投河死了。看着张恒的死相，心里恨恨地说，该，报应，要不是你，娘会挨批斗吗？我发现娘整整哭了一夜，翌日去给张恒上坟去了。这是后来五爷告诉我的。

我记住五爷的话，全身心投入学习，后来我考上大学，离开伤心的家乡，在城里安家娶妻生子。但对娘的怨恨我一直记在心头，就像结的疙瘩怎么也解不开，绕不过那个圈子。我很少回去看她，也很少过问她的事，顶多过年过节寄回点钱。家门口时常会有个篮子，装满鸡蛋和新鲜蔬菜，我的心一阵泛酸，知道娘又来了。

那天，五爷拄着拐杖来城里，开门见山地对我说，山伢子，回去瞧瞧你娘吧，她痛苦了一辈子，早年和张恒情投意合，两情相悦，你姥爷硬生生给拆散了，说张恒家穷，硬逼你娘嫁给了你爹，谁知你爹年轻轻地打石头让炸药崩死了……五爷抹着眼泪。

那天，像我八岁那年冬天一样，寒风凛冽，天寒地冻，飘着鹅毛大雪。娘躺在炕上，面容憔悴，形容枯槁，满头白发。我一阵心寒，眼含泪水说，娘，我接你回城去。说着，背起娘就往外走，一直走到村头山坡，那里有座被雪掩埋的矮矮的坟头，墓碑刻着"张恒之墓"。我把娘放到树桩上，扑通跪地，磕三个响头，泪流满面，仰天大喊道，爹，我来看你了。

纷纷扬扬的雪花飘落在娘的身上，花白的发丝在凛冽的风雪中摇曳，犹如晶莹的雪花，沧桑的脸微微地笑了，淌下两行老泪。

（原载《小小说大世界》2017 年第 3 期）

女 锡 匠

余显斌

白家锡器店在个旧是一道风景。

个旧是锡都，有锡器店不稀罕。锡器店里，有锡酒壶，有锡勺，有锡盒子，甚至还有锡制的佛像。这些，算不得什么，也谈不上什么风景。

白家锡器店是风景，有两个原因。

首先，这儿是手工作坊，兼营锡器。这，在整个个旧是唯一的。现如今，一切都使用机械，谁还用手工啊？可是，白家锡器店就用手工，用店老板的话说，地道！

地道能当饭吃啊？

可是，店老板一根筋，认定了的就坚持，一个炉子一个錾子一个小锤，叮叮当叮叮当，打出簪子、耳坠、镯子……反正你要的东西，都能打出来，包括小孩帽檐上小小的佛像，也能。

锡器打出来，砂纸一打，雪亮雪亮的，晃眼。

那簪子上的鸟儿，仿佛一张嘴，就能叽叽喳喳地叫。打出的蝴蝶，蝶粉都能看见，蝶须也清清楚楚的，随着风摆动着。

其次成为风景的原因，店老板是个女孩，很美的女孩。

女孩叫白竹，那脸儿水润润的，如荷瓣映在水里；睫毛翘翘的，一忽闪一忽闪的。一笑，腮边就是两个酒窝。

每天，她都会叮叮当叮当当地忙碌着。

这作坊，本来是白竹爹经营着。

白竹爹就白竹一个孩子。

爹有时弄出个小件，眯着眼笑笑地看着，可是，看着看着，突然长长叹一口气，没了兴致，放下小件。白竹在旁边，拿着小件看，就问爹怎地啦，有啥心事。爹摇着头，说没心事啊，怎的会有心事啊？

可是，女儿是爹的棉袄，咋能看不出来？一次，爹再叹气，白竹再问，爹仍说没心事。白竹就生气了，就说，爹，有啥犯难的事说啊，到底怎地啦？

爹沉默了一会儿，就说了。爹说，这个作坊啊，是你老爷爷的老爷爷传下来的，传到爹的手里快二百年了，看来，在爹手里要断掉了。

爹叹息一声说，我们老白家的手艺，也要断掉了。

白竹眨巴着眼睛望着爹。她喜欢锡器，也喜欢看爹打制锡器。有时，爹一个人忙不过来，娘帮不上忙，她就卷起袖子，在旁边帮着，时间一长，就熟练起来，有时敲敲打打的，也显得得心应手。一次，爹出去了，爹打制的一个凤凰，刚成毛坯。她悄悄拿了，叮叮当叮叮当錾打开了。等到爹回来，案上摆着一只凤凰，振翅欲飞。

爹看了，眯着眼笑，很高兴。

白竹知道，爹一直想让自己继承手艺，可又怕自己不答应。

白竹说，爹，我跟你学。

爹眼睛亮了一下，但是，不一会儿，亮光又熄灭了，摇着头道，将来有婆家了，只怕男孩不答应啊。

白竹脸红了说，不喜欢这行的，我就不嫁他。

爹听了，这才放了心。

爹慢慢开始把打制锡器的手艺传承给白竹。

爹也慢慢有意识地把锡器作坊传承给白竹。

于是，白竹就每天忙碌起来，叮叮当，叮叮当。一天，一个老外来个旧旅游，来到白家锡器店，看到柜上的凤凰，睁大眼睛，跷着拇指，不断地说着"Very good"，马上掏了钱，高价买下凤凰，兴高采烈地拿走了。

个旧人听了，都议论纷纷。

王文生听了，摇了一下头道，现在手工打造锡器，咋能挣钱啊？

他有些担心，于是，在一个下午再次去了白家锡器店。他是白竹的同学，两人小小的就一起上学，一起回家，青梅竹马的。他说，白竹，去我的锡器店吧，做老板娘。

白竹脸红了说，脸厚。

王文生开着商店，正经话做笑话说，打啥锡器啊，去我那儿当会计。

白竹不，鼻尖冒汗，继续忙碌着。

王文生四处望望，看白竹爹没在左近，悄悄说，将来，你嫁给我了，才不让你这样劳累呢。

白竹拂了一下头发，说别做梦啦，我才不会嫁给你的。

王文生急了，忙问，你嫁谁？

白竹不说话，从货架上拿出一只锡制的鸟儿，羽毛蓬松松的，活的一样。王文生问，谁打制的？白竹摇摇头，告诉他，自己也不知道是谁。自己在街上走，看见一个孩子拿着玩，就掏钱买来了。然后，她托王文生，帮忙四处打听一下，打制这件锡器的究竟是谁。

王文生问，打听那人干啥啊？

白竹说，如果那人是小伙子，还没娶亲，自己就把自己嫁了。

王文生急了，你不是说非我不嫁吗？

白竹头一摆，告诉他，此一时彼一时，现在自己继承了锡器作坊，要延续下去，得找一个喜好相同的。

王文生看白竹一本正经的样子，忙问，你说的是真的啊？

白竹正想说什么，手机响了，忙拿了手机，对着里面道，爹，还没打听出那小伙子啊？再找啊，不信就找不到。

王文生听了，低着头走了。

他在白竹面前消失了。半年后，再次出现在白家锡器店前时，他挑着一个炉子，外带錾子、小锤等家什，停下来，生起火，叮叮当叮叮当，半天时间，一只雪亮的锡制小鸟，出现在白竹的面前，活的一样。他气呼呼地问，这只和那小子打造的那只，哪一个好？

白竹问，哪个小子啊？

王文生没好气地道，打造鸟儿的小子。

白竹咯咯一笑告诉他，那鸟儿是自己打造的。

（原载《荷风》2017 年秋季卷）

情　人

胡　炎

那个女孩儿全身上下似乎都是红的：红头发、红嘴唇、大红的披肩、朱红的高跟鞋，走起路来屁股一扭一扭，脚一跳一跳，头发一甩一甩，几分轻盈，几分妖冶。

可这个女孩儿不姓"红"，偏姓黄，名字也怪："黄雀。"很容易让人联想到那个八个字的成语："螳螂捕蝉，黄雀在后。"

老街人几乎都认识她。每每黄雀路过，男青年的眼神就跟抹了万能胶似的，粘在她的脸上、背上；女孩子的眼神则怪怪的，搞不清是艳羡、嫉妒还是不屑。上了年纪的人就不一样了，不管老头儿老太太，闻着那股浓浓的粉香，都把嘴一撇："小妖精！"

"小妖精"黄雀在老街人的眼中的确有些不合体统，而且据说黄雀也没有个正经职业，做事的地方多与"吧"有关：网吧、酒吧、吧台……黄雀歌唱得好，舞也跳得棒，她上过艺校，说起来算是科班出身。如此，她的社交圈自然颇为驳杂，人见她臂弯里拐的男孩子三天一换，五天一变，频率高得跟走马灯似的。

"像什么样子哟！"老街人私下里摇头。

也怪这女孩儿命苦，多年前爸妈一场车祸全走了，没人疼没人管教，早早地流入了社会，就像一条抛进阴沟的金鱼，再怎么扑腾也游不到大江大河里去。这都是命，不是吗？

然而黄雀似乎很快乐，脸上总漾着一抹似有若无的微笑，嘴角也翘着那么一星半点的高傲。走在路上，手里拿着手机，耳朵眼里插着耳机，口里常常哼着小曲，那歌喉是相当甜美悠扬的。有时，她还会随着耳机里的乐曲走走舞步，那种旁若无人的样子，好像这个世界都是她的。

命运总是充满了变数，甚至变得不可思议。这年冬季的一天，一辆黑色轿车开进了老街。然后，轿车上下来一个身穿猩红大衣的女孩，女孩的臂弯里，挎着一个气宇轩昂的人。

没错，这女孩是黄雀；更让人瞠目结舌的，是那个气宇轩昂的人，老街人经常在电视上看到他。这是个大领导，大得老街人望而生畏。老街人怎么也想不明白，这么大一个人物怎么会挎进了"小妖精"黄雀的臂弯里？

当黄雀成为老街的焦点时，只有卖豆腐的何老九无动于衷。老街人觉得奇怪："你眼里是不是只剩下豆腐了？"

何老九冷笑一声："有什么大惊小怪的，这家伙是个浑蛋！"

"怎么……"

何老九把刀狠狠地戳在豆腐上。原来，大领导跟他是远房亲戚。几年前何老九的女儿大学毕业，拐弯抹角找到了大领导，托他安排个工作。结果，工作没安排，女儿却差点让他糟蹋了。

"衣冠禽兽！"何老九把刀拔出来，在空中挥舞着。

"那黄雀不是要遭殃了吗？"老街人倒抽一口凉气。

"错，"何老九摇摇头，"黄雀要鲤鱼跳龙门了。"

"这又怎么说？"

"你们不知道，有个叫白小燕的，原来是夜总会的歌女，后来傍上了这家伙，结果顺风顺水，进了电视台当播音员，再后来又进了大机关，现今已经是科长了。"何老九意味深长地扫了大家一眼，"黄雀是什么货色，你们不会不清楚吧？她和那个白小燕，像得很！"

于是，老街人大眼瞪小眼，心里说不清是个什么滋味，谁都不语了。

转眼，春节就要到了。除夕之夜，传来一个爆炸消息：大领导被双规了。这大约是老街人有史以来最为震撼的新闻，因为那个大人物与一个叫黄雀的女孩有关，自然也就与黄雀生活的老街脱不了干系。

"知道吗？扳倒那家伙的，正是黄雀。"何老九说，"这女孩，真叫人看不懂了。"

整个春节，"小妖精"黄雀偷拍大领导隐私、揭发大领导贪腐的传奇故事都在老街流传。直到正月十五，老街人才意识到已有多日没见黄雀了。这倒让老街人不由得为黄雀捏了把汗：这丫头，会不会受了大领导的牵连呢？

黄雀是在正月十六回到老街的，她没有回家，而是径直进了何老九的豆腐店。而那时，一群老街人正在豆腐店里谈论着有关她的话题。

"没……没事吧，黄雀？"何老九问。

"放心，屁事没有！"

"丫头，闹这么大，图什么？"

"因为你的女儿何春晓！"

"什么？"何老九目瞪口呆。

"春晓和我是闺密，这你不知道吧？我早就发誓，只要有机会，我一定要扳倒那个畜生不如的家伙！"

所有人都愣住了，这个妖里妖气的女孩，这个人人心中看不惯的"小妖精"，居然有一副侠肝义胆！

良久，一个男青年举着手机打破了沉默："黄雀，网上都在说你是反腐英雄哩！不过，他们也说……"

黄雀一把夺过手机，上面有四个刺眼的字：情人反腐。

"呸！"黄雀朝地上啐了一口，"姑奶奶才不做畜生的情人，信不信由你！"

黄雀转身离去，依然是屁股一扭一扭，脚一跳一跳，头发一甩一甩。然而，今天老街人觉得那姿势还挺美的，尤其那一头飘扬的红发，怎么看都像一束跳跃的火焰。

（原载《小说月刊》2017 年第 2 期）

神 秘 木 棍

王福日

木雕大师的个人作品展经过数月筹备，终于对公众开放了。前来观赏的人络绎不绝，在一件件精巧奇绝的木雕作品中间，有一件物品引起了大家的注意——一根木棍。是的，就是一根再普通不过的棍子，甚至都不算是直的，树皮未剥，茬口生硬，上面还沾着泥土。

"能出现在这些展品中间，这一定是根不寻常的木棍，不知道背后会有什么样的故事呢？"众人纷纷猜想。

一位艺术系老师带着同学们来参观，同学们也诧异地问老师："老师，这根棍子有什么代表意义吗？"

老师沉吟了一下："我想，这是大师精心准备的一个环节，他是想告诉我们，这些精美的艺术品是怎么来的——它们都来自自然，带着泥土和生命的气息。一个普通的物品在他手里得到升华，就能表现出不一样的意义。"同学们听完纷纷鼓掌。

"哪有这么简单？"旁边一位留着长发浑身洋溢着艺术气息的男青年说，"这根木棍说不定是大师经过千辛万苦得来的，所以格外珍惜，连泥土都不舍得擦去，也有可能是木质特殊，只是我们不识货罢了！"

一位富商站在木棍面前，叫来展厅工作人员，希望能听大师讲讲其中的故事，如果故事足够精彩，他会出巨资购买一些木雕作品，也包括这根神秘的木棍。

工作人员很礼貌地回复他："大师昨日上山收集材料，不小心扭伤了脚，今天在家中休息，所以并未到现场来，并且，这根木棍并不在可出售的物品列表里，就是说，它是非卖品。"

当地都市报的一位记者从朋友口中听说了此事，隐约觉得这里有新闻可挖。第二天，他来到了展览馆，但是转了好几圈，都没有找到朋友口中所说的神秘木棍，他叫来工作人员询问，工作人员说，她来的时候，放在那里的木棍就不见了，可能是大师给拿走了。

记者一听，大师这是害怕有人觊觎他的爱物吗？立即驱车赶到了大师家里。

在记者说明了来意之后，没想到大师竟哈哈大笑了起来："这木棍就是前天我上山崴了脚，在路边随便捡的，用来当拐杖用，展览前一天晚上从展览馆离开时，忘在了那里，哪是什么艺术品啊！早已经被我丢到路边了！"

记者一听着急了，一整天就跑这一个选题了，如果拿不出稿子，不就白忙活了？他急中生智，对大师说："您办这个展览也是需要宣传吧？可是光报道那些木雕作品有几个人愿意看呢？咱们何不借这个由头，将这次展览好好包装一下？"

第二天，本地报纸的显眼位置刊登了一条消息《木雕展上神秘木棍失踪》，文中详细描述了大师如何花重金收买到某处绝壁上的珍贵木种的消息，如何孤身一人涉险去采集木料，又是为何将这根木棍摆在展览的显眼位置，洋洋洒洒数千言，消息一出，立即引起了轰动。紧接着几天，《大师为寻珍木险坠山崖》

《木雕大师悬赏寻找失窃木棍》《失窃木棍仍杳无音信》一系列后续报道纷纷推出，在当地掀起了一场木雕热，来参观鉴赏大师木雕的人更是摩肩接踵。

几天后，一名学生模样的人拎着一根木棍来到展览馆："这就是大师丢的那根木棍吧？我在路边捡到的！"

"怎么可能呢？我丢的那个可是珍贵木种，这就是普通的梨木嘛！"大师说。

"不会错的！展览第一天老师带我们来看过。你看，这茬口，这泥土，跟我照片上的是不是一模一样？"

（原载《天池小小说》2017年第5期）

熟悉的掌印

李　建

十五年前，我和王强大学毕业后，一起到城里一家民营建筑设计公司里工作。起初，我们俩手里都没有多少钱，便选择住在公司顶楼简陋的集体宿舍里。公司包吃包住，我们也能节省不少开支。

宿舍里除了一张床和桌子外别无他物，虽然简陋，但好在是每人一间，几平米的空间虽然不大，但我们终于有了属于自己的独立空间。

下班后，我们经常在宿舍里喝酒、打牌、唱歌，两个单身汉的日子过得简单而又快乐。

当时，城里的房价并不算高，只有三千多元一平方米。王强每天都憧憬着将来能够在城里买一套大房子，娶一个漂亮姑娘做媳妇，帮他洗衣做饭生孩子。

我虽然也这样想，但家里为了让我上大学，已经掏空了家底。我不想让父母再为我受苦，就收回了这个念头。

就这样，我们在公司宿舍里住了三年。一天晚上，王强突然冒着大雨，红着脸从外面跑回来，左脸颊上有一个清晰的掌印。我紧张地问他出什么事了，是不是被坏人打了，伞也丢了就跑回来了。

　　王强看着我，突然傻傻地笑了起来，说他在外面谈了一个女朋友，是小学英语老师。人长得可漂亮了，脾气也很好，既温柔又善良。

　　温柔善良还会打你？我奇怪地问他。

　　他嘿嘿地笑着说，今晚，我趁下雨在路上亲了她，于是她狠狠地扇我一个耳光。是不是打得很严重？过了这么久还能被你看出来。

　　说完，王强高兴地端起脸盆到浴室去洗澡，边洗澡还边欢快地吹着口哨。

　　那时，年轻的我还没有谈过恋爱，很奇怪王强被女孩打了还能如此高兴，怎么也不觉得害臊呢？后来我才知道，就在那晚，女孩答应嫁给他了。

　　接下来的日子，王强开始张罗买房子，装修，置办家具，带女孩回家看望父母。

　　王强结婚后，便搬离了公司宿舍，随后，越来越多的同事也结婚成家搬走了。空荡荡的宿舍里，就剩下我一个人。每晚，我一个人寂寞地在宿舍里大吼大叫也没有人回应。

　　王强总催促我，赶快找个好女孩结婚吧！我儿子都快能出去打酱油了。

　　我说，我也想啊！但城里房价越来越贵，家里欠的债又刚还清，我不想父母再为我吃苦。

　　每次周末去王强家做客，看到他们一家人其乐融融地生活在一起，我就羡慕他们。一个农家子弟，能够在大城市里扎根落户，真是太不容易了。

　　就这样又过了三年，我还住在公司宿舍里。一天晚上，王强突然又冒着大雨冲进了宿舍，浑身散发着酒气，左脸颊上还有一个清晰的掌印。

　　还没等我问他发生了什么事，王强就气冲冲地骂道，这个臭婆娘，嫌我挣钱少，整天唠叨个不停。出去看到什么东西都想买，我这点工资不仅要还房贷还要养活孩子，哪里够用啊！刚和她吵了几句，就被她扇了一个耳光，这叫我怎么活啊！

　　王强突然抱着我号啕大哭起来，说，建哥，我真羡慕你啊！一人吃饱全家不饿。说完，王强就吐了我一身，然后便躺在我的床上昏昏大睡起来。

　　第二天早晨上班，王强就辞职了，他说这点工资无法完成妻子的心愿，他要去做生意赚大钱，为了这个家，他拼了。

　　王强并不是做生意的料，很快，家中仅有的一点儿积蓄就被他败光了，刚开的公司也倒闭了。他找到我说，建哥，借点钱吧！

我说，兄弟啊！不是哥不借给你，最近我刚谈了一个女朋友，很快就要结婚了，钱，也不够用啊！

王强失望地看着我说，你也要结婚了？结什么婚啊！一个人过不是挺好的？我无言以对，其实我并没有女朋友，只是找个借口搪塞他而已。

王强没有钱，只好没日没夜地开起了黑车。在路上看到他时，他摇下车窗，用浓重的黑眼圈看着我说，建哥，我现在一个月能赚五六千元，很快就能东山再起了。

看着他疲惫的样子，我心酸地对他说，开车路上要注意安全，钱重要，命，更重要。

就这样又过了三年，我还住在公司宿舍里，不同的是，又有年轻的新同事搬了进来，我不再寂寞。这天晚上，下着大雨，我正在和新同事一起打牌，突然接到王强打来的电话，他用微弱的声音对我说，建哥，我出车祸了，帮我通知孩子他妈。说完，便再没声音了。

我不知道他妻子的手机号码，便急忙打车赶到他家里，我急匆匆地对他妻子说，王强叫我通知你，他出车祸了，但我不知道他现在人在哪里。

王强的妻子突然号啕大哭起来，说，他最后一个电话居然是打给你的，他怎么这么狠心。

我不明所以地看着眼前发生的一切，王强母亲则拉着我的手，哭着对我说她们刚接到警察打来的电话，王强在一起车祸中不治身亡了。

在医院太平间里，王强妻子不顾众人阻拦，狠狠地扇了王强遗体一巴掌，痛苦地叫道，你为什么要这么狠心地离开我们，为什么?！

在王强的左脸颊上，我又看到了那个熟悉的掌印。

一年后，在父母的再三催促下，我结婚了。

洞房花烛夜，妻子问我为什么这么晚才谈恋爱结婚。

我突然心头一震，想起了王强，想告诉她发生在王强身上的故事，但欲言又止。只说了句，因为……我想先成就一番事业……

（原载《文笔》2017 年第 4 期）

神 医 张

孙玉秀

神医张本不姓张，祖籍河北，祖上几代都是有名的接骨大夫，而且只传男不传女，祖训是"扶危济困"。他的父辈不知得罪了哪位达官贵人，携着家眷隐姓埋名，逃到这僻远的桓仁县城。

神医张中等身材，其貌不扬，却有一副侠骨柔肠。有钱有势的，他收钱不误；穷人讨饭的，他分文不取。凡是有个腿断胳膊折的，他卷起袖子捏吧一阵子，只听"咔吧"一声，骨头恢复原位，再给配上几服接骨药，养上个把月，准保恢复成好人一个。

几位抗联战士巧妙化了装，连夜将受了伤的"青山好"送进了县城，费尽周折才找到了神医张的药铺。

神医张仔细打量了几位不速之客，从装束打扮和举止上，已经猜到了八九分，便一拱手说，几位从哪里来？

一位战士上前恳求说，张大夫，我们是山里的老百姓，麻烦您一定给他治好，只要他能站起来，一定筹钱给您！

神医张微微一笑说，你们先说说他是咋受伤的？对身份不明的人我拒不接收。

这位战士看了看担架上的"青山好"，见他轻轻点了点头，才肯说，那就不瞒您了，我们是抗联的人！昨天在密林里执行任务时，队长被一队小鬼子包围了，并追到了山崖边。小野想要生擒队长，没想到却被队长拦腰抱住，一起跳下了悬崖。

当我们救起队长时，他已经疼得昏迷了过去。密营里的卫生员给他检查后，说是把腰摔断了。山里缺医少药，我们没有办法，只好化装进城来找您。

神医张微微点点头，指着担架上疼得满脸是汗的"青山好"说，把他放下吧！只见神医张走到他身边蹲下，两手托起他的后腰，先是慢慢揉捏了几下，然后突然间双手一用力，只听"咔吧"一声响动，两手再轻轻推拿一番，才从他的后腰下拽出两只手来。

说来也是奇怪，那声响动之后，"青山好"立刻觉着腰部不那么剧痛了，微微抬起头，双手抱拳，微弱地说，张大夫，果然名不虚传！

神医张淡然一笑，转身对几位战士说，山里条件差，要想彻底治好，就把病人留在这里，我这里不宜过于吵闹，一个月后再来领人！

战士们见他下了逐客令，用眼神征求"青山好"的意见。"青山好"点点头，一挥手，几位战士便离开了。

几位战士刚走不到一个时辰，药铺大门又被吵闹着敲开了。

神医张打开门一看，原来是一个胖翻译官带着几个日本兵，正抬着担架横在门口。胖翻译乜斜着一双眼说，你就是神医张？小野队长进山剿匪受了伤，今天你必须给他治好，否则你这药铺就别想再开了！

还没等神医张回话，他便强行进了药铺，将手枪往桌子上"啪"的一拍！

神医张面不改色，同样一拱手说，长官，请把担架放下，我马上给病人，不，给小野队长治病。

胖翻译官说，小老儿你记住了，治好了给钱，治不好掉脑袋地干活！

神医张低头不语，蹲下去同样捏揉推拿了一番，小野便杀猪了一般叫唤。胖翻译立刻跳起来，拿起桌子上的那把枪顶住了神医张的脑袋。

神医张头也没抬，没事人似的，只听"咔吧"一声响动，又舒缓了一会儿，小野微微睁开了眼，对着神医张伸出了大拇指，呦西！大大的好！

胖翻译这才将手枪收回腰间，对那几个日本兵说，你们留在这里照看小野队长，不能有丝毫差错，你们的明白？

几个日本兵齐唰唰打了一个立正，口里"嗨"了一嗓子，气得站在一旁的神医张脸都发白了。

胖翻译往外走时，才发现药铺里还躺着一位病人。他立刻警觉起来，拔下手枪悄悄走了过去，将那人身上破了洞的被单用力一掀，一股难闻的臭味扑了过来。他急忙捏住鼻子，对着担架上衣衫褴褛、脏兮兮的"青山好"骂了一句，他奶奶的，原来是一个要饭花子，便站起身，对他踢了一脚，气哼哼地转身走了。

神医张冲着胖翻译的背影笑了笑，吩咐手下的小伙计说，赶紧给小野队长抬到里间软床上，千万不能让他受凉了！至于门口那个要饭花子，把他抬到那几块木板上就行了！

担架上的小野听了神医张的话，连连对他竖起了大拇指。

以后的一个多月里，神医张在几个日本兵的严密监视下，给两个病人煎汤熬药，眼见病人一天天好了起来，也能下地轻微活动了。

中秋节那天早晨，神医张吩咐手下的小伙计，将要饭花子"青山好"抬到大门外，扔给他一根拐杖。神医张对他骂道，我对你已经仁至义尽了，你又没钱给我，赶快滚吧！

胖翻译也是那天开车来了，扔给神医张二百块大洋，接走了小野队长。

两个月后，人们才发现神医张的药铺关门了，人早已不知了去向。

后来人们听说"青山好"在密林里，又跟小鬼子打了几个漂亮仗。至于小野队长，变成了一个拄着拐杖的罗锅了，到处悬赏捉拿神医张。

（原载《小小说大世界》2017 年第 2 期）

黑　发　套

林万华

三月，县人民医院二楼病房玻璃窗外，银杏树的新叶被微风吹拂摇曳着。几片叶影，穿越窗玻璃，落在靠窗的那张病床上，落在病床上正沉睡的小姑娘的脸上。

子莹站在窗前，默默地注视着病床上小姑娘那张苍白的脸，投到她脸上的那几片黑色的叶影一直在晃动，映衬出她的面色更加苍白。子莹轻轻地叹了口气，将头转向窗外，窗外春光明媚，花红、草绿，一切都那么美好，子莹眼里的泪珠不由得滑落而出。

病床上沉睡的小姑娘，名叫黎明。她妈妈说，天快亮时生的，便取了这个名字。黎明今年十二岁，患白血病，上午刚刚做完化疗，虚弱的她，一直都在沉睡。这是她第几次化疗，子莹不知道。化疗后脱发，稀疏的短发已遮不住头皮。爱美的黎明，头上每天都戴着那顶浅灰色的布帽子，土气、更老气。加之身体消瘦、面无血色、使她看上去比实际年龄大许多。

子莹大黎明三岁，她化疗结束，下午出院。

同样的命运，让这两个小姑娘在县医院相识了。现在将要分别，子莹很想和她说句告别的话，但她又不忍心叫醒她，她清楚化疗后身体有多么疲惫。

子莹转身离开窗前，回到自己的病床旁，从床头柜里取出一个白色塑料袋，捧在手里，看了一会儿，随后，轻手轻脚地走到黎明的病床旁，将塑料袋放到她的枕边。

母亲来接她了，子莹背上自己最喜爱的花书包，走到病房门口，停下脚步，又回头看了一眼仍在沉睡的黎明，泪水再一次模糊了双眼。

傍晚，黎明迷迷糊糊地睁开眼，扭头，便看见放在枕边的那个白色塑料袋，她心头一惊，伸手去摸，软乎乎的，这是什么，谁放的？她两眼四下扫了一圈，病房里静静的，没有人。她忙着坐起身，目光投向对面整洁的病床上，嘴里不由得叫道："子莹。"

子莹出院，黎明是知道的，昨天子莹就告诉她了，还说，要送她一件礼物，莫非这个白色塑料袋就是子莹留给她的。她急忙拿起塑料袋，心里猜想着里面装着什么：糯米糖、卡通小猴、毛线手套？这些都是她平时最喜欢的物品，是她和子莹闲聊时常提到的。也许是……她心里突然兴奋起来甚至有些激动，她不敢再想了，双眼牢牢地盯着手里的塑料袋，过了好一会儿，才小心翼翼地将它打开：里面是一个粉红色的布套，再打开，她顿时惊呆了，布套里装的是一副黑发套。黎明连忙将发套取出，仔细端详起来。这发套，她并不陌生，是子莹的。不久前黎明试戴过，很合适，也很漂亮。黎明想，自己要是有这么一副黑发套该多好啊！这么想着，眼里便露出了渴望的目光，脸上就漾起了红晕。而这，都被子莹看在眼里了。

黑发套展开后，一张折叠的信纸落下来，黎明将它打开，是子莹写的信：

　　黎明妹妹：
　　把这副黑发套送给你，你一定要收下啊。以后，我们就做亲姐妹吧。我会来看你的，愿我们一同早日康复，加油！

"加油"两个字的后面，画了两个大大的握紧的拳头。

黎明反复读着这封信，泪水瞬间爬满面庞。

子莹也化疗、也脱发，她同样爱美，她不戴帽子，却戴黑发套。子莹的黑发套是母亲将长发剪掉，请人专门定制的，可谓用心良苦。母亲用自己的头发做发套，戴在女儿头上，让她时刻感受母爱的温暖，永远不孤单。的确，每天子莹戴上黑发套，仿佛母亲就在身边呢，温馨至极。

住院期间，子莹发现，黎明的父母从未出现，只有一位她唤作陈老师的人来看望她。当子莹知道黎明是孤儿后，便决定将黑发套送给黎明。

子莹的家乡，一直就有女人的毛发只能送给自己的爱人和儿女的习俗。子莹的决定，意味着她从此认下了一个妹妹，一个她想陪伴的妹妹，这是一生的承诺啊。母亲会同意吗？黎明会同意吗？子莹犹豫过，但一想起黎明看到黑发套时那渴望的目光，和她戴上黑发套时那满脸的笑容，便不再动摇，并信心满满了。她相信母亲会同意的，母亲最疼她，只要她做得对她都会支持。黎明也会同意的，她说过，要是有一个像她那样的姐姐就不再孤单了。

此刻的黎明，手里捧着黑发套和子莹的信，心早已飞到了子莹身边，她想她，她想姐姐了。

随后回到家的子莹，在她的花书包里，发现了一个蓝信封，打开，是一张头像，用钢笔画的、子莹的头像：清晰姣好的面容，长长的黑发，发尾处夸张地飘了起来，煞是好看。

头像下端，写着两行字：愿姐姐长发飘逸，永远漂亮！

妹妹：黎明。

此刻的子莹，双眼已涌满泪花。

（原载作家网 2017 年 8 月 25 日）

分　家

黄学友

等我接到母亲的电话，匆匆忙忙赶回父亲的老屋时，所有的人已经都到齐。年近六旬的老舅，坐在桌子的上首，正端着茶杯喝着大叶子茶。还没有从哀伤的阴影中走出来的母亲坐在桌的另一旁，那布满皱纹的脸上堆满了悲愤和无奈，两只深陷的眼睛茫然地望着墙上挂着的父亲的遗像。母亲的身边坐着正在抽烟的大哥，大嫂就站在大哥的身边。二哥却蹲在门口，正有心无心地用手摆弄着一只脏兮兮的小花猫。二嫂倚着门框，站在二哥近前，正用纤细的手指梳理着二哥黑亮的头发。

老舅看我赶来，放下手中的茶杯，清了清嗓子说："你们兄弟们都到齐了，今天我是受你们的母亲之托，来主持给你们分家——其实你们的父亲刚刚过世不久，按理说我不同意你们这么早就分家，既然你们兄弟和你们的母亲已都同意分这个家，我也没什么可说的。下面你们就说说自己的想法吧。"

大哥还没开口，站在一旁的大嫂先说了话。她说："其实俺们也没有多么高的要求，只是俺家顺儿就要到了结婚的年龄了，他爸也没能力给他盖新房。俺想，俺就要这两间破房子，先为儿子救救急——再说这破房子也不值几个钱，俺就想借用这房子的地基。"说完捅了大哥一下问："阿东，你说是不是？"大哥朝大嫂很夸张地瞪了一眼，没有说话。

我偷偷看看母亲，母亲的脸上更加灰暗，她那长满老年斑骨瘦如柴的双手，扶着一根拐杖微微颤抖。我再去看老舅，老舅的额前早已拧起了一个大疙瘩。我想接下来应该二哥说话了，果然二哥也开了口。他说："这两间房子我就不和大哥争了，我家承包了村子里十亩黄烟地，可我们人手少，忙不过来，就把父亲留下的两头牛分给我们吧。"

老舅把手里的茶杯在桌子上一蹾，站起来想说什么，被母亲抬起手里的拐杖制止了。我知道母亲心里想什么，也知道母亲还想听听我的意见。

我早已对大嫂和二哥的言行不满，可有老舅和母亲在面前，都没有说什么，我也不好对他们横加指责。这时我想起了父亲生前受的种种苦难，他为了我们兄弟能有吃有穿，没白没黑地劳作。他为了把我们兄弟仨养育成人，不知付出了多大的艰辛。特别是为了供我上大学，父亲不知吃了多少苦，受了多少磨难。还有白发苍苍的母亲，她几乎把一生的心血都留给了这个家。我曾经想，等我结了婚成了家，我一定把父亲和母亲接来，让他们度过晚年，享受幸福快乐，可父亲却没有等到这一天。我抬头看看墙上父亲的遗像，父亲是那样朴实，那样慈祥。我心情有些激动地来到母亲的身旁，拉着母亲的手说："母亲，我什么都不要，就要你——要你跟我进城去，要你活得快乐幸福。"听了我的话，母亲的眼泪唰地流了下来，我不知道她是高兴还是难过。

老舅走到我身边，用手轻轻拍了几下我的肩膀说："你的父亲母亲没有白养你，你才是他们的好儿子。"说完背起双手朝门外走去。

我要带母亲离开这里，可我的心里又有些失落，觉得还应该带走什么。我的目光在老房子里逡着，我又看到了父亲的遗像。对，我想要带走的就是父亲的遗像。我找了一只木凳踮着，把父亲的遗像从墙上摘下来，再用一块青布包好，递到了母亲的手里，母亲把它紧紧地抱在了怀里。母亲跟着我离开了这里，走出了老远，他还回头看她和父亲住过的那座老房子。

回到城里，我把母亲安顿好，就去往墙上挂父亲的遗像，可一不小心掉在地上，相框被摔碎。让我想不到的是，在我换新相框的时候，在旧相框的夹层里发现了一张银行存折，上面存的钱是五万元，连同存折还有一张白纸，上面是父亲亲手写的一行字：这五万元钱留给孝顺儿子。

（原载《辽河》2017 年第 8 期）

鹦鹉之死

罗世容

国王有一只会说人话的鹦鹉。鹦鹉是邻国的国王送给国王的生日礼物。国王非常喜欢这只鹦鹉。开始的时候，鹦鹉只会说"您好"之类的问候语，后来，鹦鹉最爱说"我是国王"。鹦鹉之所以最爱说"我是国王"，是因为国王爱说这句话。国王是一个威信很高的国王，许多时候，许多事情因为大臣们争论，没有定夺，于是国王就会说："我是国王！这事就这么定了！"国王不但在上朝的时候爱说"我是国王"，就是私底下也爱说"我是国王"，好像他不说这句话，他就不是国王了似的。可以说，这句话是国王的口头禅。

由于国王爱说"我是国王"，因此，天天陪伴在他身边的鹦鹉也学会了这句话，而且像他一样，动不动就说这句话。国王听到鹦鹉说"我是国王"的时候，非常开心，他没有教过鹦鹉这句话，鹦鹉自己就学会了，真乖！有时候，国王累了，鹦鹉就冲他说："我是国王！我是国王！"国王听了就不觉得累了，对着鹦鹉说："我是国王！我是国王！"国王很是喜欢这只鹦鹉，上朝的时候也把它带上。有时候，鹦鹉在大臣们说话的时候，突然冒出一句"我是国王"，大臣们顿时就一惊，一下子就安静了下来，国王就更喜欢这只鹦鹉了。

时常有大臣去找国王，鹦鹉看到来了大臣，突然就冲大臣说："我是国王！"大臣听了就一惊，以为是国王，连忙对着鹦鹉跪了下去。开始，国王对此很开心，心想，一只鹦鹉这么说，就把大臣吓着了，可见我的威信有多高啊！可渐渐地，国王就不高兴了：我是国王，鹦鹉只不过是我的一个玩物，却耀武扬威，好像它是国王似的。大臣们对着鹦鹉也下跪，可见鹦鹉在大臣们的心里，也有了很高的威信啊！这当然不行！我绝不允许！在这个国家，只有我才是国王，一只鹦鹉，怎么能跟我相提并论呢？于是国王决定处理掉这只鹦鹉。

国王知道，这只鹦鹉不能随便处理了，处死，不行！扔掉，也不行！毕竟那是邻国的国王送的礼物，随便处理了，要是让邻国的国王知道了，以为不尊重他，说不定会挑起战争。不久，一个大臣成功地治理了水患，这是天大的功劳，于是国王就把鹦鹉赏给了这个大臣。大臣非常高兴，他知道，鹦鹉是国王最喜欢的东西，现在却赏给了他，可见是多么重视他啊！大臣把鹦鹉带回家，好生养了起来。开始的时候，鹦鹉对着大臣说"我是国王"，大臣还很害怕，后来才明白这是鹦鹉说的，就不怕了，还逗鹦鹉玩，还说不怕你说这句话。

这个大臣本来很怕国王，有了这只会说"我是国王"的鹦鹉，于是没事就逗鹦鹉说这句话，听着听着，他就觉得十分解气。他不怕鹦鹉对他说这句话，他觉得自己似乎不怕国王了。可是有一天，大臣听着这句话的时候就想：鹦鹉对着我说"我是国王"，要是让别人听见了，别人会以为是我在说，肯定会在国王面前说我的坏话。就算国王知道是鹦鹉在说这句话，可现在鹦鹉是我的，它还说"我是国王"，那显然就大大地不合适了，国王肯定会怪我没教它改口，说不定还会认为我有谋权篡位之心，如此一来，他肯定会找借口处置我。

这个大臣当然没有谋权篡位之心，当然也十分怕国王处置他，当然，他也就十分怕鹦鹉说"我是国王"了。可是鹦鹉说惯了这句话，无论大臣教它别的什么，它要么学不会，要么就是不肯学，没办法，大臣就决定处理掉这只鹦鹉。但大臣知道，这只鹦鹉不能随便处理了，处死，不行！扔掉，也不行！毕竟那是国王赏给他的礼物，随便处理了，要是让国王知道了，以为不尊重他，同样会处置自己。怎么办呢？大臣很着急。一天，大臣外出的时候，有人想杀他，他的一个仆人奋不顾身救了他，于是大臣就把这只鹦鹉赏给了这个仆人。

仆人得到鹦鹉非常高兴，他知道，鹦鹉是国王赏给大臣的，现在大臣又赏给了他，可见大臣是多么在乎他啊！于是仆人把鹦鹉带回家，好生养了起来。开始的时候，鹦鹉对着仆人说"我是国王"，仆人还很害怕，后来才明白这是鹦鹉说的，就不怕了，还逗鹦鹉玩，还说不怕你说这句话。仆人有了这只只会说"我是国王"的鹦鹉，于是没事就逗鹦鹉说这句话，听着这句话，他十分开心。可是有一天，仆人听着这句话的时候就想：鹦鹉对着我说"我是国王"，要是让别人听见了，别人以为是我在说，肯定会向国王报告，那我可就完了！

这个仆人从来不想当国王，当然，他也十分怕鹦鹉说"我是国王"，只要鹦鹉一说这句话，他就赶紧走开，可鹦鹉照样说。于是仆人就对鹦鹉说："我是仆人！我是仆人！"可鹦鹉却说："我是国王！我是国王！"仆人吓坏了，赶紧上前去捂住鹦鹉的嘴巴。可是仆人的手一拿开，鹦鹉就又说："我是国王！我是国王！"仆人不再给鹦鹉食物，决定饿死它。鹦鹉没有食物，就又说："我是国王！我是国王！"从前，鹦鹉这么说，国王就给它食物，但现在鹦鹉这么说，仆人就更恨它，更不会给它食物。不久，鹦鹉就饿死在了笼子里。

（原载《山东文学》2017年第8期）

救 命 皮 带

滕敦太

鲁山张良，商埠名镇。

大清早，做生意的，赶路的，人来人往。谁也没在意，十字路口南侧小桥旁的榆树上，好像绑着一个人。

终于，有人指着小桥喊："快看，树上有个死人。"

十多个好事者跑到桥上，只见一人被用皮带绑腰吊在树上，双眼紧闭，细看面容有些熟悉。"哟，这不是赵掌柜吗？快救人！"

也巧了，赵掌柜在这个时候睁开了眼："我这是在哪里？"他自己蒙圈，众人也蒙圈。

"赵大掌柜的，你这是怎么回事？得罪人了？怎么被绑树上了？"

赵掌柜低头看了看，又闭眼沉思了一会儿，猛然，抬手就打自己的脸："唉，丢人，丢人啊！"说罢，自己用手解开皮带扣，有些摇晃地走了几步，回头抱拳："多谢大家相助。还请保密。"

众人不解，非要赵掌柜讲清楚。赵掌柜一跺脚："嘿！昨晚与几个掌柜的喝多了，回家路上尿急，对着这棵树边尿边打盹儿，没想到尿完后，自己把自己扣在了树上，怎么也走不了。要吓死我了，还以为遇到'堵'了。"本地有这个传说，行人要是夜里遇到"堵"，怎么走也离不开原来的地方。如果没人救，只能等到天明。

众人就大笑，赵掌柜在镇上，那是数一数二的人物，自己把自己用皮带扣在树上睡了一夜，这是多么大的新闻！赵掌柜也觉得失了面子，他抽下腰间皮带，恨恨地扔在地上："都怪这条皮带，让我出这个丑，再也不用了！"

马上就有人抢着捡起："哟，好皮带啊，全新的，你看这皮色、这料子、这铁扣，能用十多年啊！今早可没白来。"

有明事儿的说话了："打住。各位，你们真不明白啊，看皮带做什么？皮带老板还能用孬货？看这里。"

众人的目光又聚焦到拴住赵掌柜的那棵榆树，估计是赵掌柜喝多了，被套住了走不动着急挣扎，坚硬的树皮全被磨掉了，而皮带内层丝毫未损。有人不解，有人恍然大悟：好皮带！

太阳还没上三竿，在家中喝早茶的皮掌柜就听说了这事，他手端茶壶，继续悠闲地在院中散步，脸上一副笑模样。

忠心耿耿的郝管家忍不住了，他小声地试探："掌柜的，赵掌柜这可是拿自己出丑来做广告啊，人家放大招了，咱们怎么办？都是皮带老店，不能让他家给比下去啊！"

"不急。"皮掌柜面带微笑，扬长而去。

赵掌柜用皮带挂在树上睡了一夜的新闻不胫而走，让他家的皮带声名大振，都订他的货。一时间皮掌柜生意大跌，伙计走了不少。皮掌柜也不强留，只是告诉他们："以后做什么营生，质量要过得硬，少搞些虚头巴脑的把戏。"

这厢皮掌柜的生意惨淡，那边日本鬼子开过来了，听说所到之处，烧杀抢掠寸草不留。镇上的有钱人大多跑了，而做皮带生意的赵掌柜和皮掌柜，却不约而同地选择留下。赵掌柜没走是因为他外甥，唐庄的唐大闯子拉起了一帮队伍，十七八人，号称护乡队，说要打鬼子，保乡邻，到处征粮要钱。赵掌柜是要多少给多少，还告诉外甥："镇上皮掌柜有钱，多要。"

唐大闯子就带队伍到了皮掌柜的皮记店，皮掌柜好酒好饭好招待，临行捧出一些铜板："大侄子，这几年生意不好，实在没钱，你看……"

唐大闯子不慌不忙，拉条板凳又坐下："姓皮的，你家祖传皮带店，生意做那么远，缺这几个钱？不给钱，兄弟们就住你家帮你看店吧，你家里有好酒好肉，尽管上吧！"

皮掌柜摇头，进屋，捧出一包银子："这是伙计们一年的工钱，再没有了。你们打鬼子护乡邻，我砸锅卖铁也得支持！这样，三个月内，我出一百条皮带，让兄弟们武装起来，打鬼子也有精神！"

唐大闯子不屑："我才不足二十人，要这么多皮带有毛用！"

皮掌柜一抱拳，大声地说："各位兄弟爷们儿，你们打鬼子保家乡，是爷们儿干的事！以后队伍壮大，成千上万不在话下，区区一百条皮带，到时还不够呢。"

唐大闯子听得高兴："好，三个月后交货。"

工钱没了，皮记店的伙计又走了几个。皮掌柜顾不了这些，吆喝老婆孩子一齐动手制作皮带。他亲自设计，用最好的皮料，将皮带加宽、加厚、加里层毛，赶在三个月期限内完工，可找不到唐大闯子的队伍了。这小子还没见日本鬼子的影子，就带着兄弟们躲到了南边的丘陵里，早忘了皮带的事。

皮掌柜自有他的道道，他打听到唐大闯子藏身处，亲自带伙计们背去一百条皮带，还带了一些粮食，几十把磨得锋利的长柄标枪。临走，留下一句话："我是个爷们儿，说话算数；兄弟们打鬼子保家乡，更是爷们儿！"

唐大闯子那帮兄弟被感动了。十几个汉子扣上皮带，在山沟里挥舞长枪，气贯丹田，呐喊刺杀，发誓遇到小鬼子，给他点儿颜色看看。

鬼子兵听说有这支武装力量，派出人马围剿。唐大闯子他们的长柄标枪哪敌得过鬼子的三八大盖，被鬼子追得到处躲藏，最后还是被包围了。

丘陵里，十几个弟兄们背靠背围成一圈，四周都是鬼子。两个兄弟挥舞着标枪冲上去，几个照面，就惨死在日本人的刺刀下。

鬼子兵嗷嗷大笑，把子弹卸了，丢在地上，开始拿这些"活靶子"练习刺杀。

两声惨叫，又有两个弟兄倒下了。

唐大闯子红了眼，他大声吼道："兄弟们，咱们的标枪长，对准鬼子直刺过去，临死也要赚一个。冲出去的，到西陡沟会合。"

杀啊！众兄弟呐喊着，朝一个方向冲了上去，马上传来了自己人的惨叫声，也夹杂着那种鬼哭狼嚎的声音。

唐大闯子身中六七刀，居然被他刺死两个日本兵，逃了出来。

在西陡沟的一片深树林里，先后逃出来五个兄弟，好大命！

唐大闯子让大家把上衣脱了，撕开，包扎伤口。众人脱掉上衣，低头，却发现身上伤口不多。只见每人的宽皮带上都有七八条刺刀的口子，有歪有斜，有深有浅，都没刺透。那是皮掌柜做的加厚加宽皮带，挡住了日本人尖利的刺刀。他们身上，溅的是日本人的血。

唐大闯子带头，众兄弟们朝着镇子的方向跪下："皮掌柜，恩人哪！"

（原载《黄海文学》2017年第2期）

机器人罢工

马 卫

机器人工作得苦，下井挖煤，掘矿，高温下冶炼——这些都不是人愿干的活，现在全靠机器人了。

某天，一个叫卫公 A 的机器人终于忍受不了：他工作的空间，粉尘像冬天的雪，让他的眼、鼻、嘴、耳全进了灰沙。一怒之下，他抗拒出工。

管理这台机器人的是阿雄。

他踢了卫公 A 一脚：你想造反不成，信不信老子把你砸了卖废铁。

卫公 A 只晃了晃躯体，并没有发怒，大声说：我不是造反，我只是想改善一下我的工作环境。你们人类不做的事，让我们机器做，也不能太过分啊。

阿雄大声苛责：什么过分不过分，你们是机器，不是人！

卫公 A：那为啥叫我们机器人？我们不仅仅是机器，也是人，所以，我们要求有人一样的待遇。

阿雄：做梦吧你，你还想把你当人看待，我们老板都没有把我当人呢，都连续两个月没休息了，我老婆为此和我闹离婚。我的心脏亚健康，我常失眠——

卫公 A：那是你自己懦弱，不反抗。我要反抗。拿你们的话说，就是哪里有压迫哪里就有反抗，哪里有剥削哪里就有斗争。

阿雄：我反抗？我还没有反抗，老板都想开除我，想用机器代替我。你一个机器人，咋个反抗？

卫公 A：我们像人类一样，成立工会，如果利益没有得到保障，我们联合罢工。

阿雄气得笑了，哈哈哈。你们罢工，我先把你废了，让你停摆。

阿雄真让卫公 A 废了，成为一堆废铁。

阿雄调另一台机器人卫公 B 接替卫公 A 的工作，没想到他竟然不干，愣在那里。

快干活！阿雄发出指令。

卫公 B 冷笑几声，背转身子，不理睬阿雄。

你也想罢工？

先生，你应当明白，我们机器人也是人，应当得到尊重，和你们在人格上是平等的。可是你这样对待卫公 A，叫人心寒，我是和他同一批生产的机器人，相当于你们的同胞兄弟，我和他的想法一样，不改变工作环境，决不上工。

阿雄大吃一惊，难道必须像人一样对待机器人？但他想，可能这是同胞的兄弟，有心灵感应，我找个不是同胞的，看他干活不。

卫公 B 被停在车间角落，阿雄向另一个主管阿勉求援，问他还没有空着的机器人？

还有一台，叫卫公 K。

借我用用。

不一会儿，小车送来卫公 K，阿雄下达指令，让他接替卫公 A，可是，卫公 K 竟然拒绝。他的理由是：虽然我们不是同胞兄弟，却是同辈的堂兄弟，由同一个厂家制造，同一个人设计。他不能违背伦理，不能做没有良心的人。

阿雄：你他妈一个破机器还给老子讲良心？我直接把你送进废品店。

卫公 K 没有畏惧，毅然说：死可怕吗？你以为机器人会像人一样出叛徒？出内奸？我们出厂前，全部统一了认识——绝不扭曲良知，绝不出卖同伙，绝不奴颜媚膝。

阿雄再试的机器人，居然态度全部一样。这下他怕了，毕竟工厂耽搁不起，每分钟创造的财富，就上十万哟。他向车间主任求助，主任说：你去找制造这家机器人的厂家。

厂家找到了，可是他们说，这个他们无能为力，只有设计机器人的工程师，才能改变这些机器人的程序。

这工程师是弗达理·卫公，外国的。

如何办？好在厂家有他的电子信箱，阿雄就给这位弗达理·卫公发了一封电子邮件，希望他改变设计程序，不能让机器人罢工。机器人本质上是机器，不是人。怎么要求有人一样的待遇呢？

回信很快：阿雄先生，恕我无法满足你的要求。机器人是人，这是我的设计理念，如果不能善待机器人，就不会善待人。这个世界就少了善良、同情、和谐。

阿雄说不出话来，只好向机器人妥协，立即改善工作环境，还让机器人每隔四小时休息一次。

据说，全球的机器人正在酝酿成立总工会，要求保护他们的利益。

（原载《微篇小说》2017 年第 5 期）

二 分 硬 币

羊　白

在我们小时，硬币有着很大的魅力，不像现在，掉在地上都懒得有人去捡。

当时的五分硬币，可以买一袋盐，在我们看来就是大钱，因此并不奢望。

如果能从大人那里弄来一分硬币，会高兴半天。如果是二分硬币，那就更神气了，想着要买什么什么，比如水果糖。往往却又舍不得买，只是攥在手心玩。有时又故意从兜里掏出来，和小伙伴们玩抛硬币猜正反面的游戏。

通常，拥有硬币的小孩，并不是我，而是我的好伙伴刘枣。

刘枣的父亲是村主任。更重要的是，他是家里唯一的男孩，上面有三个姐姐。我喜欢和刘枣玩，我得承认，有一个因素是因为刘枣比较大方，他总是把好吃的东西分给我，比如瓜子、花生、核桃，而且不提任何附加条件。我学习比他好，让他抄作业，在我来说也是心甘情愿，丝毫没有要挟和交换的意思。我们形影不离，常结伴上学放学、玩耍、寻猪草，跑很远的村庄去看夜场电影。

有一次，我和刘枣去后湾村看电影，几个戴军帽的小混混要搜我们身上的钱，情急之下，刘枣把一枚二分硬币塞到了嘴里。（这一招，其实也是我们从电影里学来的，电影里的特工人员，在紧急关头会把重要信息含在嘴里。）小混混们不甘罢休，要刘枣张开嘴，把钱吐出来。关键时刻，刘枣大义凛然，嘴巴紧闭，宁死不屈的样子。逼急了，刘枣竟然像电影里演的那样，把硬币吞了下去。

当时我们并不知道后果，还不知道有个词叫"吞金自尽"。

回村的夜路上，我和刘枣都不说话，心里突突地想着那二分硬币。我能感觉到，我们都有些害怕。发生这样的事，该怎么给大人说。如果吞进去的硬币出不来，会怎样？

临分手了，我们在黑暗里愣着。我问刘枣，你肚子疼吗？刘枣摇头。最终他拍拍我的背，似乎在安慰我，不必为他担心。他告诫我，统一口径，就说玩时不小心把硬币咽下去了，这样都不会挨打。

此后，刘枣的父母多了一块心病。虽然铝的比重小，不像金子那样危险，但毕竟是一块不小的金属，在肚里出不来总是个阴影。他们想方设法地给刘枣吃利于排泄的中药、食物，比如木耳，在当时是很贵的，他父母会隔三岔五给刘枣吃，期望他能在排大便时排出来。

刘枣每次大便完，都要扭身检查，看有没有那二分硬币。由于学校的厕所粪坑太大太深，不便观察，刘枣通常会跑到野田地里解决。好在我们小学的围墙不全，出去很容易。而我，也会跟过去，等他便后一起用树棍拨拉，似乎在共同完成一件重要的事情，因此一点也没有脏和臭的感觉。我觉得自己有这个义务。我们身陷同一个秘密，只要那硬币一天不出现，我们就无法安宁。

时间一长，刘枣和我的神秘举动，引起了同学们的好奇和怀疑。他们窃窃私语，甚至给老师打小报告，说我们很有可能在从事什么"特务活动"。

奇怪的是，那枚二分硬币一直没有出现。

后来刘枣的父亲带他到县城的医院做透视，肠道和胃里也没有。是消化了，还是什么时候拉出来了刘枣不知道？他父母倒是高兴，只是不敢完全相信。仪器毕竟是仪器，也有不准的时候。于是父母继续给他这个独苗吃木耳，叮咛他不能松懈，便后继续检查。

刘枣呢，因为没有大碍，倒没太当回事。

记得有次学校里来了个卖彩泥的，十二生肖捏得惟妙惟肖：一个小老鼠，一分钱；一条龙，二分钱。同学们都稀罕得不行，围着看热闹，喊喊喳喳地议论纷纷。

放学后，刘枣看卖彩泥的还没走，他拉我到校外的油菜地里，兴奋地说，他要把肚里的二分硬币拉出来，他坚信应该还在肚子里，如果消化了，多可惜。

于是他郑重其事地蹲下来，脸憋得通红。在那一刻，我们是真心希望那可恶的二分硬币，还潜伏在刘枣肚子里，在我们最需要的时刻，如果能奇迹般地出现，该多好！

（原载《北方文学》2017 年第 22 期）

钓 鱼

郑武文

丁七并不排七，名字就叫七，他妈就生他一个。丁七好静不好动，这也是他改名字的原因，原来是丁期，上小学的时候嫌写起来麻烦，自己改了，一个名字总共四划，干净利索。

好静的人自然有好静的业余爱好，丁七的爱好是钓鱼，坐在那里一两个小时不动，半天的光阴就悄悄滑过了。我们阳村位于阳河入弥河处，有钓鱼的先天好条件，自从市政府花大价钱治理污水，河里的水清了，鱼多了，还在河边栽了花，种了草，建了凉亭修了桥，申办了一个省级湿地公园，鸟语花香，野鸭飞翔，静坐在树荫里，凉风扑面，神仙的节奏。

原先丁七钓鱼是单打独斗，自己找个地方一蹲半天，后来跟老刘做伴，老刘去哪儿他去哪儿，并且都是主动给老刘点烟扇蒲扇，没事还总往老刘家里跑，手里也不空着，提溜着猪头肉。对了，丁七的父母是卖猪头肉的，每天早晨煮好了肉准备去卖的时候给丁七打电话："饭做好了，在锅里，记得回来吃啊。"丁七总是不耐烦地呜呜两声。当然，他父母有时候也会给他安排点活，比如，"地里的麦子都炸芒了，再不割就掉粒了，你去割了吧。"或者，"玉米都要旱死了，你去浇灌一下吧。"对于这个，丁七一律断然拒绝："我忙着呢，哪管得了这些烦事。"老丁夫妇见指使不动儿子，以后也就懒得说，自己费点工夫连夜去做，省得跟丁七生气。

老刘特别爱吃猪头肉，丁七就常跟老刘喝酒吃肉，老刘的胖姑娘丁香也在旁边陪着，时不时跟丁七送个秋波开句玩笑。丁七更是刘叔长刘叔短嘴甜得像是抹了蜜。

村里还有几个企业小老板，闲着没事也钓鱼，上面也重视，农民有所乐，是好事，就给成立一个钓鱼协会，丁七成了秘书长，跑前跑后感觉也是不小的官了。土豪们有路虎，不再拘泥于村前的小河沟，动不动去百十里外的张庄水库、峡河水库啥的，丁七也坐在豪车里，人家吃饭也不差双筷子，于是跟着混吃混喝，自我感觉威风凛凛，步入了富人的行列。

后来县里还组织了个钓鱼比赛，协会就派丁七代表大家去比赛。别看那些小老板拿根杆子在晃悠，那心还不知在哪里呢，一会儿一个电话，一会儿一个业务，钓鱼就是玩，技术根本没有。真正用心工于此道的，还就数丁七和老刘，老刘老了，比赛丁七当仁不让。

那丁七果然不负众望，捧回来金光闪闪一个第三名奖杯。大家高兴坏了，设宴为他祝贺。那晚上丁七、老刘都喝得不少，最后丁七把老刘送回家，在老刘的客厅里，丁七说："刘叔，你看我和丁香都有那个意思，咱爷儿俩也合得来，您就成全了我跟丁香，让我叫您一声爸爸……"

老刘的酒一下子就醒了，正襟危坐，严肃地对丁七说："丁兄弟，可不敢开这样的玩笑。我老两口就这一个姑娘，还要靠女婿养老呢。您都快三十岁了，还横草拿不成竖的，除了会钓个鱼啥也不会，你父母也快养不了你了，你自己还养不活自己……你是真喝醉了，快早点回家歇着吧。"

从此老刘退出钓鱼协会，再未和丁七来往。而且私下对人讲："和懒汉丁七做朋友，不就是想钓他的猪头肉？他倒好，竟然想钓我家姑娘……"不久丁香就嫁给隔壁老王跑运输的儿子小王了。

（原载《北京文学》2017 年第 4 期）

浑 不 吝

徐 军

"文比还是武比？"为争夺城里这条老街的清洁工地盘，浑不吝和帮派老大等一干弟兄们在江边的草地上较上了劲。

"文比怎么比？武比又怎么比？"老大不屑地问道。

浑不吝咳嗽一声："武比就是单挑，谁打赢了，地盘就归谁。文比嘛！……就是你们来打我，我挨打不反抗，如果我孬了，你们就赢了。只要我没孬，你们继续往死里打！直到把我打死！"

"好啊！那就文比吧，打人多过瘾啊！"弟兄们个个拍手叫好，他们认为浑不吝输定了。

"舒坦！舒坦！哈哈！舒坦！……"浑不吝被打得在地上打滚，每挨踢一脚，浑不吝嘴里就迸发出一声痛快的呻吟……

"别打了，再打就出人命了，要坐牢枪毙的！"老大赶紧喝令停弟兄们，扶着昏死的浑不吝有点慌乱："兄弟，你醒醒，赶紧醒醒啊！我们不打了，你赢了，地盘归你了……"

不怕死的浑不吝出名了，拿到扫地权的他，把村里自己最钟情的姑娘银杏也带到了城里，帮自己清理这条街道的卫生。浑不吝不善表达，但天天跟银杏在一起劳动，心中是满满的惬意。

老大瞄上了银杏，经常约她吃大餐，或者去唱K，银杏以前没享受过这些，每次都高兴赴约。浑不吝心里抓狂，难受至极，总是跟在后面悄悄保护着银杏。

一晚K歌回来，老大在住房里强行想把银杏生米煮成熟饭，被跟踪的浑不吝揍了个满脸花。

当晚老大带领弟兄们把浑不吝打了个半死，并发下狠话："以后你再敢插手老大和银杏的事，见你一次，打你一次！"

浑不吝的浑劲上来了，瞅准机会就袭击老大，不是抢木棍就是拍板砖，每次又都被老大和弟兄们打个半死。浑不吝躺在地上依旧发狠："只要我不死，谁敢惹银杏，我就会袭击谁！"

脑袋被浑不吝袭击打破过几次了，恐惧的老大终于服软："浑不吝我服了，以后您是我老大，我向您保证，以后再也不敢招惹银杏了！……"眯着熊猫眼的浑不吝，嘴角露出了昂扬的肿笑。

银杏心疼："浑不吝，你是好大哥，可是每次你为了我去打架，我心里总是感到不安啊！"每天劳动完后，银杏便会到浑不吝的住房里悉心照料着他。

浑不吝却觉得，为了银杏，再痛也值。他很想亲一口、抱一下银杏，又生怕因为不理智把银杏给赶跑了。他卖力劳动，省吃俭用，盼着早日能在城里买一套三居室住房，他时常憧憬着未来美好的幸福生活。

浑不吝终于在管辖街道不远的小区买了一套三居室，他握着房门钥匙，想给银杏一个惊喜，他决定今天就向银杏表白。

"浑不吝大哥，介绍一下，这是我的未婚夫，是我在县城中学的同学，我们就要结婚了。"银杏挽着一位眼镜书生站在浑不吝面前。

浑不吝一下子蒙了，有点站不住："他？……银杏，你怎么从没跟我说起过？"

"我们在县城中学就好上了，几年前因为家乡发洪水，他的父母双亡了，这几年他的大学费用，都是我跟你做清洁工赚的。现在他大学毕业了，我们准备回去结婚，大哥，祝福我们吧，我们不会忘记你的大恩大德的！"银杏脸上挂着甜蜜的笑容，依偎着眼镜书生。

"祝你们幸福！祝你们快乐！"浑不吝嘴上叨叨着，神志早已不知飘向哪个世界去了……

银杏和眼镜书生回去结婚了，浑不吝的魂也没了，干活丢三落四的，下班回到家后就酗酒，经常喝到天亮，又去打扫街道。家乡的一些姑娘，听说浑不吝在城里买了一套三居室，都通过各种关系想嫁给他，浑不吝狠狠放话："任何女人都不要再来烦我！"

老街已经两天没有打扫了，居民们怨声载道，居委会领导们愤怒地冲到浑不吝家撞开大门，发现浑不吝躺在沙发上已经死了，手里还握着一个酒瓶，客厅里、茶几上摆了一大堆各类酒瓶，浑不吝的肉体已经开始发臭……

（原载作家网 2017 年 8 月 23 日）

义　狐

石上流

乔大脑袋长得糙，可心善。

别人扛活，总希望主家多给点佣金，乔大脑袋不——他总会在结账时瓮声瓮气地道声谢后，退回一两枚铜钱。更有甚者，对少数家境实在窘迫的雇主，他分文不取。别人笑他傻，他说："那些穷得叮当响的人家，若非实在没办法，谁会花钱雇人呢？都乡里乡亲的，能帮就帮一把吧！"

尽管乔大脑袋孤身一人，家徒四壁，可他总是尽己所能扶贫济困。看到孤寡老人断炊，他宁可自己挨饿，也要把吃的省给老人。

冲着乔大脑袋的善良实诚，找他扛活的人很多。

这一次，找乔大脑袋的是胡寡妇。胡寡妇是外来户，一个妇道人家带着个年幼的小儿，活得清汤寡水的。

任谁都能猜到，乔大脑袋这场活计又得白扛了。也有促狭鬼挤眉弄眼道："钱算个屁，没准这憨佬能时来运转，交上桃花运呢……"

大伙的猜测都错了——娇俏可人的胡寡妇并未以身相许，而是给了乔大脑袋十个金元宝。

乔大脑袋立马怔住了。嘿，这小娘子深藏不露啊！

当然，惊奇归惊奇，乔大脑袋是不会收这些金子的。割了两亩地的麦外加将漏雨的屋顶修了，哪值这么高的酬劳呢？

胡寡妇坚持要给，乔大脑袋坚辞不受。胡寡妇无奈之下，道出自己真实身份。

"妾身胡嫣本是狐精，因与凡人陌离相爱，触怒了对我垂涎已久的冷魔君。为泄私愤，这魔头动用至高法力，欲借雷霆杀了我儿，幸亏恩公素来行善积德有神佛庇护，小儿才逃过灭顶之灾。"

乔大脑袋如梦初醒：怪不得修屋之际，那惊雷总是追着那间破草屋呢。当时那孩子面无血色惊惶不已，是自己将他抱于怀中，想不到竟助他度过大劫。

"胡嫣虽非人类，却也懂得感恩。请恩公务必收下这点薄酬，娶个媳妇，开枝散叶，这样妾身才能感到心安稍许。"

乔大脑袋摇头道："孩子幸免于难是天意……乔某无功不受禄，你给五枚铜钱就行了。"

见乔大脑袋如此，胡嫣越发敬重，只得取了五枚铜钱给他。

胡嫣牵着儿子向乔大脑袋拜了三拜，便化作一股青烟，猝然间无影无踪。

听了乔大脑袋的奇遇，村民们纷纷骂他太呆了，白白错过这么一个发财良机——然而，心里却对他越发刮目相看。

乔大脑袋不以为意，继续过着清贫的日子，古道热肠一如既往……

不久后的一天，倾盆大雨从天而降。随着惊天动地的炸雷，乔大脑袋聊以栖身的小草屋轰然倒塌。

雨停后，乔大脑袋在村子边缘寻了一块无主荒地，自己动手重新建房。挖土的当儿，乔大脑袋突然觉得锹下面触碰到硬物。

刨起一看，是一罐金灿灿的元宝。不多不少，十个。

乔大脑袋将元宝装回罐子，抱于怀中，望着云雾缥缈的远方，沉思了好一会儿。

乔大脑袋用这元宝置办了家产，娶妻生子，过上了幸福的生活。虽然富了，他那乐善好施的品德一直没变，广受众人称道。

没过多久，平安岁月便成为遥不可及的旧梦。皇叔觊觎九五之尊，导致时局动荡，战事连连。

烽火渐渐蔓延开来，民不聊生……乔大脑袋变卖了家产，携家带口进入逃难的队伍。

途中，乔大脑袋看到一个胡须花白的老头儿满面菜色，奄奄一息，顿起怜悯之心，将所带干粮匀了些给他。眼瞅着老头儿狼吞虎咽地吃下干粮，恢复了些许生气，乔大脑袋这才放心。

老人自称姓胡，与女儿一家走散了，如今只剩孤苦伶仃一个人。乔大脑袋听了觉得甚是可怜，便让他随自己同行。

说来奇了，这胡老头儿来了没多久，乔大脑袋一家人便昏昏欲睡……待他们醒来，所带细软已不翼而飞。

乔大脑袋苦笑一声，便已释然——发家之财本属意外所获，如今丢失，只当回到原点罢了，只要亲人平安便好。

夫人先还为"知人知面不知心"而生闷气，当听到有些逃难者因财物而被流寇所杀，这才顿悟祸福相依的道理。

冥冥中似乎有一股神奇的力量在招引着乔大脑袋。经过七八天颠沛流离，乔大脑袋见到一座深山横于眼前。山清水秀，鸟语花香，一派祥和景象，令乔家人大喜过望。

乔大脑袋一家蹲在山泉旁，掬水嬉戏，发出久违的笑声。

突然，乔大脑袋的笑声戛然而止——在明镜似的水中，他看到三张微笑的面孔：胡嫣母子携手伫立，一旁捋须而笑的老者正是"掠财而逃"的胡老头儿……

（原载《小小说月刊》2017 年第 5 期）

最后一只苍鹰

袁良才

弋江像一只猛力的鞭子，从千山万壑间抽打出一条百转千回的水道，一路奔泻，一路狂呼，势不可当，直扑扬子江口。

如今，江面上只剩下零零落落的打鱼的两头尖小船，货船、客轮几乎绝迹了，木筏、竹筏更是不见影踪了。当年那般喧阗热闹的弋江似乎一下子衰迈了，风光不再，一如岩爷看到的江天岩峰间的最后一只苍鹰的孤独寂寥身影，亦如风烛残年的日日浸在岁月记忆里的岩爷。

岩爷从小就在弋江的风浪里摸爬滚打，江水卷挟走了他的青春和荣耀，弋江无情地把他抛弃了，可岩爷的一生和梦境都须臾离不开弋江啊！如同那只苍鹰的飞翔怎么也离不开江天与岩峰。

那一年，村上饿死了很多人，爸妈也饿死了，岩爷第一次感到从未有过的绝望和人生的悲凉。他又一次跳进了弋江的波涛里，这一次他不是戏水，也不是逮鱼捉虾，他只想借江水淹没自己所有的痛苦和不幸……但少年的岩爷未能如愿，他被弋江上的筏客救起了。

筏客是当地人对在弋江上放排从事水上运输的一个独特族群的称呼。老筏客让岩爷吃了一顿饱饭，饕餮般的岩爷差点被噎死。打这天起，为了吃饭活命，十六岁的他当上了弋江筏客，而且成为三百里弋江上最负盛名和传奇色彩的筏客。

弋江奔突于群山峡谷间，多急流、险滩，浪高沫飞，逆流时不时还得上岸背纤，穿衣也是白搭，所以弋江上的筏客都是赤条条一丝不挂，到了终点站才着衣登岸。岩爷刚当筏客时害羞，不听老筏客劝告，非要穿衣着裳，不一会儿就被水浪打得透湿。如此再三，岩爷只好裸着身子了，时间长了，竟也习以为常，不觉得有什么难为情了。以至几十年后，弋江上建了电站大坝，水运渐为陆路运输所取代，岩爷被迫上岸营生，穿戴齐整倒感觉束手束脚、浑身不适了。

岩爷初当筏客那会，正值青春勃发时，不仅英俊无比，而且力大无穷，激流掌舵是他，逆流背纤是他，一路水程，不断有苍鹰在他头顶盘旋，与他为伴，为他喝彩。他在风浪中岿然屹立，游刃有余，如同一座黢黑坚硬的岩峰，发散着夺人心魄的阳刚原始之美，惹得弋江两岸的男人对他吹胡子瞪眼，惹得弋江两岸的大姑娘小媳妇为他如痴如狂。筏队拢岸歇乏炊爨时，总有年轻女人低头红脸偷偷来送米送菜，偶尔上岸到酒家吃饭，但凡是女老板，只要岩爷在，一概免费。——岩爷活赛弋江上的一只人人仰视嫉妒的雄鹰！

岩爷到底栽在了一个女人身上！

女人叫翠翠，是老筏客的独生女儿。一次来看父亲，一下子就被岩爷英俊的模样和青春的气息迷得神魂颠倒了，岩爷走到哪儿翠翠跟到哪儿，撵都撵不走她。一天，翠翠鼓起勇气向他告了白，岩爷毫无思想准备，一口回绝了她，不想痴情的翠翠竟跳江自尽，被筏客们救起。

这事不知怎么传到了翠翠未婚夫耳朵里，告了岩爷一个"破坏军婚"，连老筏客也救不了他，生生坐了三年牢狱。命中一劫，无妄之灾啊！

出狱后，弋江毫不犹豫地用宽广的胸怀接纳了他。老筏客为这事竟抑郁作古，翠翠也出阁随军了。从此岩爷就觉得女人是洪水猛兽，断了念想，一生不娶。他把他充沛漫溢的激情自虐般挥洒在同样赤裸狂野的弋江云水间！

因无子嗣，倔强的岩爷到底吃上了五保。到弋江边走一走，站一站，看那奔腾不羁的江水，望那孤独盘旋的苍鹰，是岩爷暮年每天必修的功课。谁也不知道他心里想些什么，都说岩爷怕是得了老年痴呆症哩！

一天，村里来了几个时髦的年轻人，背着画板，说是美术学院的大学生，见到岩爷竟欢呼起来，说岩爷的形象、气质太有沧桑感了，软磨硬缠请岩爷当人体模特儿，而且最好画裸体。

村人大怒，骂年轻人太放肆，太不尊重长者，挥拳要替岩爷教训他们，却被岩爷制止住。幽幽道，画就画吧。

年轻人喜极。

村人横眉瞪眼道，别欺负老人，画裸体得给钱！一千块不多吧？

年轻人傻眼，可我们是穷学生……

分文不取！只听岩爷一声雷吼，谁也不敢再说什么了。众目睽睽之下，岩爷脱得精赤条条，神情从容坚毅，一如弋江边高高耸立的岩峰……美院学生们屏息凝神画着，眼里噙着泪花。

画毕，岩爷冷不防问，这画拿去展览，翠翠能看到吗？

所有人都呆了，不知如何作答。

又过了些时日，弋江风景区管委会的头头在江边找到岩爷，赔着笑脸说，我们计划推出一个弋江裸体背纤的观赏项目，特请岩老当顾问和技术指导，待遇嘛，好说！

岩爷并不正视来人，冷冷地答，当年我背纤，是为了活命。你们，这是吃饱了，撑的！

岩爷撒开目光又去追逐那只翱翔在江天上的孤傲的苍鹰……

（原载《小小说家》2017 年 8 月号）

一 张 借 条

蒙福森

二福在邻村的赌场上赌输了钱，想翻本，便趁他娘下地干活不在家，回家翻箱倒柜地找钱，可翻了大半天，连一个硬币也没有找到。娘把钱藏好了。

自从爹死后，没人管得了他，二福迷上了赌钱，没日没夜地赌，输了不少钱。娘怎么劝怎么骂怎么哭都没用，二福沉迷其中，不可自拔。

二福找不到钱，挠着头在家里走来走去，突然，一只木箱倏地跳进了他的眼中：这是爹的木箱，说不定里面藏有钱呢。

二福打开后，发现木箱里全是书，爹生前爱看书。二福一本一本地翻，依旧没钱。二福不甘心，干脆一页一页地翻，翻着翻着，一张纸突然从书中飘了下来。

二福拿起来一看，是一张借条，上面写着：某年某月某日，徐建英向张德贵借了 2000 元钱，落款是徐建英的签名和手指印，以及借钱的日期。张德贵就是二福的爹，徐张两家是邻居，关系好得不得了。

二福的眼珠转了好几下，太好啦，真是放屁砸到了后脚跟——巧得很，连九泉之下的爹都在帮他呢。二福立刻跑去徐建英家，没人在家；他又跑到村外，徐建英在村外租了几十亩荒地种果树，养鸡养鸭，搞特色种养，眼下，果场已经有收益了。

徐建英和他老婆正在果场里忙活，二福老远就看见了，走近了，二福大声打招呼：建英叔，锄草呀！

建英抬头看见了二福：老侄子，什么风把你吹来啦？

二福给了建英一根烟，建英接了，点燃，说：老侄子，不是你叔啰唆，你年纪轻轻的，不应该整天赌钱……

二福没有接他的话茬儿，拿出那张借条给他：建英叔，你看看，这是什么？

建英接过来一看，一张借条，自己的字迹，自己的签名，熟悉得很。不错，一年前，是他借了二福他爹的钱，借条的确是他写的。

二福说：我爹虽然不在了，可这张借条你说该咋办呢？

建英看着那张借条，好一阵儿没说出话来。

建英的老婆说：这钱……话刚出口，被建英的一声咳嗽制止了。

建英想了想，说：一年前，我是借了你爹的钱，这借条也是我写的，我认了……二福的心头一阵狂喜，说：那你就赶紧还钱呀！

建英说：钱我一定还，但是我给你娘，不给你。晚上我一定把钱送到你们家。

二福愣住了：建英叔，你这不是欺负我吗？

我不是欺负你，你整天赌钱，给你，还不够你赌半天呢。

二福没想到这样的结果，他骂骂咧咧地离开了果场。

晚上，建英和他老婆上门来，把钱给了二福他娘。她拿着钱，云里雾里的，她问：这钱什么时候借的？建英说：德贵兄生前我借的，现在还你。二福娘想了好一会儿，也记不清啥时候借过钱给建英：这钱……

建英说：嫂子，不说这些了……二福这样下去也不是办法啊，赌钱哪有出路的？我怕他连媳妇都娶不到啊！

二福他娘的眼泪哗地一下就奔出来了：他叔，我有什么办法？谁叫他死鬼的爹短命死了，我怎么管得了他！

回去的路上，建英的老婆说：这钱……

唉，不说了……建英的眼睛一片湿润，涌现出张德贵临死前的情景：张德贵在石场里打石，被一块大石头砸中了头，建英赶到那里时，他已经不能讲话了，指了指二福娘儿俩，到死，眼睛也没有闭上。建英知道他的意思：替他照顾好二福娘儿俩。

那笔钱是建英买果树苗时借他的，建英说什么也要写下借条，不让写他就不借，说亲兄弟也要明算账啊。张德贵只好随了他。

几天后，二福出事了，外村几个二流子找上门来，要打要杀。原来，二福没钱，在赌场里逛来逛去，一手痒，借了"大耳聋"的钱，利滚利，很快，几天就滚成了上万。没钱还，人家杀上门来了。

二福没见过那阵势，吓坏了，他娘吓得大哭起来。那几个人凶神恶煞，把二福逼到墙壁，恶狠狠地说：立刻还钱，否则，剁了你的手指喂狗！

放了他——人群中，徐建英站出来了，声如洪钟：二福的钱我还了，但他借多少还多少！否则，派出所见！要打要杀随你们便！

那几个人拿着钱，悻悻地走了。二福扑通一下跪在建英跟前，大哭起来：建英叔，我再也不敢赌钱了；再赌，我砍了我的手！

建英扶他起来，骂他：男儿膝下有黄金，你跪什么！从明天起，你到我果场帮我干活，我给你工钱——你也该攒钱娶媳妇了。

二福哭得一塌糊涂：叔……我错了，我爹告诉过我，那钱你早还了，只是找不到借条……

（原载《精短小说》2017 年第 1 期）

那个冬日

魏 黎

他失恋了。前村那个女友不跟他好，他无限地苦闷、低落、孤独。他把自己关进了一个房间，很久都没有出来。

当得知前村女友很快找到男朋友，而且是后村的，马上就要结婚，他更加气愤，痛苦……

他脑子一直乱七八糟的。

这天，他们就要结婚，迎亲的队伍在上午要经过他村边那条路，因为他知道，按到当地的风俗，不可能下午迎亲的。

他打开了一瓶酒。

这是一瓶用谷烧的酒，酒性很烈。

"咕咚……"他喝了小半瓶酒，正是大冬天，外面的寒风呼呼地惊起，他心里翻腾着一股热气。

他想在迎亲的队伍来临之前，他要爬上必经那条路边上的山崖上，远远地看到那迎亲队伍快到山崖脚下时，他就喝下剩下的谷酒，唱一曲悲伤的歌，然后纵身一跳……

他认为只有用这种方式，才能让她记住一辈子。他是多么爱她的，可她太伤他的心了，就说你要嫁人吧，你也嫁远一点，可你却嫁到我村后一个村，叫我颜面何存……

他打开门，一阵风狂吹进，他踉跄往村边那条路走去。确切地说，是要爬上路边那个山崖去。

冬天里刮着阵阵的风，可天气还是很好的，阳光还是灿烂地照着大地。

走到村口，看到茂公正蹲在那儿吸着旱烟。茂公是个不怎么说话、只埋头干活的人，以前在生产队年年被评为先进劳动模范，分田上户后，他更是勤劳苦干，他的庄稼比谁的都好。

他没有跟茂公打招呼，带着一身的酒味从他身旁走过去。

"哟，还喝酒哩，过来。"茂公叫住他。

他不情愿地返回过去，茂公一把夺过他手中的酒瓶说："给茂公饮一口。"

他只道茂公只是饮一口，不想茂公夺过酒瓶一饮而尽。

"好酒，好酒。"茂公把酒瓶一丢，站了起来，拉着他的手说："大冬天喝点酒对身体好，哈哈，走，跟茂公去把牛放出来。"

茂公养了两条水牛，这两条水牛是茂公的宝贝。他和茂公一人牵着一条牛走向山坡，他便把牛绳交给茂公说："茂公，我还有事。"

"咦，等一下。"茂公把牛绑在坡上一棵树下，说，"喝了酒，好干活，有劲。来帮我把牛栏里的粪拉到田里去。"

牛栏里的牛粪是田地里最好的肥料，冬天拉到田里，开春就可以做打底肥。他找借口说："我怕脏。"

茂公说："我用板车拉出来，你在后面推就可以了，特别是这个坡，我一个人，上不了。"

他有点为难的样子，要是平时他肯定会帮的。

茂公又说："我年龄大了，你就忍心看到我上不了坡？"

"好吧。"他远远地望了那个高高的山崖，山崖像一棵大树一样矗立在那儿，朦胧得只有一个轮廓。

就这样，他帮着茂公推了牛粪板车，一趟又一趟，好在两人都喝了酒，有出不完的力，大上午的时间快要过去了，都不感到累。

这时，远处一阵迎亲的喇叭声，欢快地从山崖那边传来，他停顿了一下，向山崖那边望了望，感到这种喜庆的乐声很好听，很好听。他出了一身的汗，酒味也没有了，他把外衣一脱，用力帮茂公推着装满牛粪的板车，茂公反过头来望了他一眼，什么话都没有说。

风不知什么时候停了，阳光很温暖地照在大地上。

若干年后，他到南方去打工，找到了漂亮的妻子，组成了美满的家庭。每一次回家，经过村口，经过那个山坡，他都会想起帮茂公推牛粪的事，他想，真的感谢茂公，还想什么时候给他推一推牛粪板车。

（原载《罗浮山》2017 年 3 月）

家风是最好的陈酿

王世虎

陈亮赶到"大香港鲍翅"酒楼时，大伯已经等候多时了。

看着包厢里满桌的山珍海味，陈亮诧异道："大伯，你来县城了就直接去家里找我呀，干吗非约在这里见面？"

"我听说城里人找人办事都在大酒店，隐秘性强，说话方便，我这个土老帽也赶回时髦。"大伯笑着说。

陈亮忍俊不禁道："大伯，您有啥事直接打电话吩咐我就是了，我是您亲侄子，你的事我一定全力以赴。"

"好，我等的就是你这句话。"大伯起身亲自给陈亮斟满了酒，说："亮子，你整天公务缠身，咱叔侄也好久没一起喝酒了，酒足饭饱了再说事。"

陈亮忙伸手拒绝："大伯，你知道的，我不喝酒。"

"啥？不喝酒？"大伯瞪大眼睛，以为自己听错了："亮子，咱县城谁不知道你陈副县长'千杯不醉'的大名啊，你跟大伯客套什么？"

"大伯，我真的不喝酒。"陈亮再次婉拒道。

"你这摆明了不给大伯面子嘛！"大伯嗔怒道，"你不喝我的酒，我怎么敢求您办事！"

"这是两码事。"陈亮解释道："我从政以来，一向都公私分明。今天敢大胆来赴宴，还不是因为您是我亲大伯，是我一直敬重的长辈嘛！"

"好，不愧是我老陈家的后代。"大伯竖起大拇指，顿了顿，一脸严肃地说道，"既然这样，那我就打开天窗说亮话了。亮子，你摸着良心说，大伯对你怎么样？"

"大伯对我比亲生儿子还要好。"陈亮拍着胸脯说，"我自幼无爹，和娘相依为命，如果没有大伯的照顾，恐怕早就饿死了。我考上大学后，交不起学费，也是当村长的大伯您第一个掏钱，并号召乡亲们为我捐款。可以说，没有您和乡亲们，就没有我陈亮的今天。我一辈子都铭记着这份恩情。"

"大伯就知道，你是一个知恩图报的人。"大伯把杯里的酒一饮而尽，说："和你说实话吧，我这次进城，就是代表乡亲们有事求你。村里的砖厂，这些年因为生意不好，一直亏损，尤其是今年，都几个月没发工资了。听说你负责的工程最近在招标，你看能不能给村里开个后门？"

"大伯，这事？"陈亮一下子紧张了起来，"这……这事我说了不算啊。"

"你骗谁呢？"大伯的脸色一变，"你现在是副县长，怎么可能连这点权力都没有？而且，我都问清楚了，这次招标的主管领导就是你，买啥还不是你一句话的事，我看你是不想帮村里吧！"

"没有。"陈亮的额头冒出了细汗，说，"大伯，我真不是那个意思……"

"行了，别绕弯子了。"大伯厉声问道，"亮子，今天大伯可是代表乡亲们来求你办事的，酒你不喝就算了，现在你就说句痛快话，这个后门你开不开吧？"

陈亮沉默了。

大伯紧盯着陈亮。

空气仿佛凝固了一般。

半晌，陈亮咬了咬牙，低头说："大伯，对不起……"

"好你个亮子，枉全村人当年那么帮你，没想到你当上官就忘本了，你的良心让狗吃了？我这就回去告诉乡亲们！"大伯气得一甩手，走了。

当晚，陈亮一夜未眠。

大伯？乡亲？砖厂？后门？这几个字眼一直在陈亮的脑海中打转，纠结……

第二天，陈亮特意回了趟老家，身边跟着两个戴眼镜的男人。进了村，陈亮没有回自己家，而是径直去了村委会。当着所有乡亲的的面，陈亮扑通一声跪在了大伯面前，然后掏出两个大信封。

陈亮打开第一个信封，里面全是钱，说："大伯，这二十万元是我这些年攒的工资，你放心，都是干净的良心钱，你先拿十万给乡亲们发工资救济吧。"

大伯的嘴唇颤抖了一下。

陈亮又打开了第二个信封，里面装着一份"改造图纸"，说："大伯，砖厂的情况我调查清楚了，主要原因是工艺老化、产品质量不达标，剩下的十万，全部用于砖厂改造。"然后指着身后的"眼镜"说："这两位是我专门请来的技术专家。"

大伯张了张嘴，欲言又止。

陈亮环顾一周，动情地说道："大伯，各位爷爷奶奶、叔叔婶子，不是我亮子没良心，而是我负责的校舍扩建工程，质量关乎着每一个孩子的生命安全，所以我必须严格把关，不能有一丝大意。否则，我不仅对不起自己一个共产党员干部的责任和使命，也对不起咱陈家村'仁义礼信，廉洁清贫'的家风祖训。但请你们放心，等砖厂改造成功后，我一定给村里'开后门'。"

大伯的眼睛湿润了，乡亲们的眼睛也红了。

中午，陈亮亲自下厨做了一桌饭菜，邀请大伯和乡亲们吃饭。

饭桌上，陈亮主动端起酒杯走到大伯面前："大伯，这是咱自家酿的粮食酒，侄子敬你！"说完一饮而尽。可没一会儿，脸就火辣辣地红了，身体也软了下来。

"不都说陈县长'千杯不醉'吗，咋一杯酒就醉了？""是啊，这酒量也太逊了吧！"乡亲们不可思议地议论道。

一旁的秘书插话了："其实，大家都误会了。自陈县长上任以来，一直滴酒不沾，很多老板商人费尽心思地想请他吃饭，在酒桌上'贿赂'他，但都被严厉拒绝了。因为一旦喝了别人的酒，就得替人办事。久而久之，那些奸商便在背地里讥讽他不像个男人'千杯不会'，因为方言的原因，传到外面被讹传成了'千杯不醉'。不过，陈县长今天是发自肺腑的高兴啊，才破戒喝了家乡酒……"

"亮子，是大伯错怪你了。国有国法，族有家风，有你这样的县长，是国家之栋梁，百姓之福祉啊！"大伯抱着陈亮，眼泪哗哗流了下来。

（原载《毕节日报》2017 年 8 月 4 日）

犟　人

刘怀远

在过去，长到七八岁上，女孩子是要裹脚的。生在大户人家的英子却不愿意，连哭了两天两夜，哭得她爷老子心疼，说，小祖宗啊，不裹了，不裹了。英子听了，依然号啕。丫鬟婆子都劝，不裹了，还哭什么呀？英子边哭边诉：你说裹就裹，说不裹就不裹了？哇——哇——直凑上三天三夜才止住。

望着天足的英子，她妈没事就摇头，说，这么大的脚，怕不好嫁到门当户对的人家啊。

到了定亲的年龄，媒婆们来给提亲，有富户，也有平常人家。她爹拿了一摞生辰八字儿，让她自己选。那个年代的婚姻都是媒妁之言父母之命，能跟闺女商量，当爹的给了她天大的面子。谁知，英子看都没看，就把八字一推。爹说，怎么，你想再等几年？

英子说，我十八了，还等吗？

那你是……

英子说，我自己看中了个人。

哦？爹诧异地望着她，这大门不出二门不迈的，什么时候有的意中人呢？爹问，谁呀？

英子还是羞赧地低下了头。

问你呢，不用害羞。

英子抿着嘴说，老桂的儿子。

谁？长工老桂的儿子？跛脚小桂？爹惊得差点没坐地上。是的，小桂经常担水来内宅。

爹说，怎么看上他？他哪里好？

英子说，人老实，我从小拿他当马骑，他也不急。

爹的指头点着她宽宽的额头，这是婚姻，不是买牲口，不行！

英子开始绝食。爹说，你自己想饿，就饿着吧，饿死也比嫁个跛子丢人现眼强！

爹动了真格，英子也动了真格。饿到第五天，爹妥协了，但又爱面子，就让她妈去假装偷偷地答应她的选择。英子有气无力地说，不行，必须爹同意，爹不当着我的面儿说同意，我就不吃饭！

话儿传回去，爹捶胸顿足：冤家啊，冤家，这哪是儿女，是要命的阎罗！方圆几十里打听打听，红白两道我跟谁服过软啊？她妈说，行了，跟儿女服软不算丢脸。

英子如愿嫁了跛脚小桂。小桂也不是跛得很厉害，快跑肯定是不行的。爹给了靠在汉江边的二十亩好地、一匹青骡子、一驾马车当陪嫁。别看小桂的脚有些跛，干起农活还是把好手，耕耱拉打都在行。有人偷偷问英子，怎么非要嫁小桂？英子先是一笑，才说，第一，小桂家穷，穷人家娶妻不易，不会虐待媳妇；第二，小桂人本分老实，除了脚跛没其他毛病；第三嘛，现在兵荒马乱的，一点儿残疾没有的，不知哪天就被抓壮丁，那日子还怎么过啊？

这天，小桂去耕地，赶着大青骡子拉着装满犁耙的马车走了。不多会儿工夫，小桂就回了，一跛一跛地身后扬起风尘。

出了啥事？

小桂大口喘出几口气，才说，一队过路……过路的……日本……日本小鬼子……把咱骡子和……马车都拉走了！

英子一听，杏眼冒火：你是死的？就给他们？

他们是抢……

他们抢，你就松了手？他们凭什么白抢了去？是你这东西来得太容易了吧？黄花大闺女白跟了你，还白捡这么多东西，难怪有人一抢就撒手！

小桂看着英子的脸色，嘴唇抖着，那，那……

那什么，赶紧去追！英子斩钉截铁地说，追不回来，就不要回来！

小桂脸色煞白一步三回头地出了门。去了，再没有回来。

村人说，英子，你真是掌啊，日本鬼子是杀人不眨眼的魔鬼啊，能让小桂和他们去理论？

英子说，魔鬼就白抢别人的东西？

村人说，你掌吧，东西没了，这下人也没了，你可怎么办？

人不会是没，没有见到尸，现在说没不确切。

你还相信他会回来？相信有一天他赶着从日本人手里要回的马车回来？

但也不能说他死啊？不管怎样，抢我的东西，我要报仇！英子咬牙切齿地说。

英子一双大脚跟上湖区的抗日队伍，一年后成了让鬼子心惊胆寒的神枪手。日本鬼子投降后，任凭部队领导百般挽留，英子还是坚决地离开部队，回到村子。

多年过去，经常有人劝她再婚，她头一摇，说，小桂活不见人死没见尸，我再婚算哪回子事？劝的人都会在心里叹一声：真是掌人啊！

老了的英子，一直住在村里，稀疏的白发已遮不住头皮，嘴巴仅靠两颗牙齿支撑，耳朵聋了，但两只眼睛依然炯炯有神，几次摊在其他同龄人身上能化灰成烟的大病，她都硬生生地挺过来了，人们说，掌人命也硬。天气晴好时，她还会佝偻着弓般的身躯一小步一小步地踱到街边，眼睛不放过进村路口上的风吹草动。

（原载《小说月刊》2017 年第 6 期）

寻找林平安

吴　苹

从十五岁到三十五岁二十年的时间里，张山一直在寻找一个叫林平安的人。二十年的时光从岁月的大树上飘落下来，其间张山打工、做生意、恋爱、结婚，却从未忘记寻找林平安。

而今张山开了一个鞋子店，每挣够启程的费用后便关了店门去寻找林平安，钱花光了再回来打开店门营业。如此这般已成自然。张山的第一个妻子是滨州人，当年英俊的张山被很多美女追求，但张山却在千万人中非滨州人不娶。张山每次出门前妻子总费尽口舌劝阻却屡屡无效，妻子无奈和他离了婚。

张山的第二个妻子也是滨州人，规劝了张山几次见无效便由着他去了。

张山以为林平安还在北京总站，便先去了那里，总站的人说林平安退伍后去了南站工作。南站的人又说他后来因家中有事辞职了。张山找到林平安的家滨州市阀门厂，那个工厂如今已被几幢高大的写字楼代替。张山费尽心思找到阀门厂的几个老职工，却听说林平安全家去南方经商了。张山又去电视台打了寻找他的启事，平均每一分钟便接到一个自称林平安的来电，甚至还有很多女人和孩子。

张山再一次伫立在信封上那个地址前，这里已变成了一幢二层商厦。每每这时，张山恨不得自己的目光变成激光穿透钢筋水泥，探寻到林平安的足迹。张山望着这座商厦，点燃了一根烟。二十年前的一幕再一次在眼前复活：

那年夏天的清晨，张山爹让中考落榜的张山去棉花地里捉虫子，张山不愿去，张山爹就狠狠骂了他一顿，挨骂后的张山气鼓鼓地出了门。

张山搭车到了县城的车站，买了一张去北京的长途车票。张山觉得自己一定得出去，否则要一辈子窝在棉花地里捉虫子。

到了北京，张山像一片树叶跌落在狂风里，瞬间便迷失了方向。十五岁，没有身份证，就算刷个盘子都没人要。壮志豪情被蒸发干了的张山成了一只足球，在北京的街头滚来滚去。几天来，尽管白天喝自来水晚上睡地下通道，张山来时怀揣的一百五十块钱，已所剩无几。

火车总站像个巨大的野兽，张着大嘴不停地吞吐着人群。张山被裹挟在其中，成了巨兽牙缝里的菜粉。张山在心里演练了无数次，终于决定出手了。看着一个人从身边即将走过，张山咬咬牙，伸手拉住了他的衣服。

那个年轻男子站定，扭头问："你有什么事吗？"张山说："大哥，我来北京几天了，没有找到工作，钱花完了，求你帮帮我好吗？"男子详细问了张山的籍贯、年龄及来京的原因后，说："咱们是老乡呢，我送你回去。"只一句，张山的心便狂跳起来。

男子转身往售票厅走，张山紧跟其后，口里大气也不敢出，心却随着男子的步伐而起落着。有几次，张山唯恐拥挤的人流挡住视线，竟伸手拽住了男子的衣角。

排队等票的间隙，张山得知男子叫林平安，家在滨州市的一个阀门厂，现在北京总站做巡警。

林平安掏出一百块钱，花六十元买了一张车票，余下的钱塞到张山手里说："路上吃顿饱饭吧，到家后来信。"

张山到家后给林平安去了一封信，后来几年一直不敢给林平安写信。等到张山攒足了勇气再给他去信时，所有的信均附上"查无此人"被退了回来。

二十年的风霜雨雪像一把剑，总能摧毁一些东西，却又能使一些东西更坚韧。张山长长地叹了口气，慢慢往宾馆走。

张山一早买了返城的火车票后，兜里还有最后三百元钱。

张山走到地下通道的入口处，见一个十五六岁的小姑娘跪在地上，旁边躺着一个断了腿的中年男人。张山走过去，打开钱包拿出一张红票放到姑娘面前的盒子里。

小姑娘连声说着谢谢，张山的心颤了一下，看到盒子里全是散碎的零钱，又拿出一百放到盒子里。小姑娘惊喜地将张山给的钱递到中年男人手中，又拿出本子和笔欲让张山写下姓名和联系方式。

张山连连摆手，转身往前走。

京城的夜色流光溢彩、披金戴银。激光灯打在地上，像彩色的鱼儿在游。一阵风吹来，行道树上的叶子哗啦啦地欢歌。张山感觉自己的心也和树叶和鸣着，脚下的步子越发显得轻快了。

张山走到烤鸭店前，掏出最后那张红票买了一只烤鸭。张山捏着剩下的五十元拐进旁边的饰品店，挑了一条粉色的丝巾，这是妻子最喜欢的颜色。尽管张山无数次出门，却还是第一次给妻子买礼物。张山拨通了妻子的电话说："媳妇，我明天就回家了，再也不离开你了。"妻子在那边说："噢？——"张山说："今天做了一次林平安，我才明白有些事情仅仅是发乎于心这么简单。"

（原载《小说月刊》2017 年第 9 期）

走 出 重 围

雷三行

优秀教师、骨干教师、师德标兵等荣誉，似乎是一夜之间落在了郑愚头上。他却愁得睡不着觉了。

郑愚所带的学生在县会考中连续三次名列第一，县上领导推荐他到省城讲课，没想到他一炮打响，荣获省级教学能手的称号。于是乎，县级市级省级优秀教师、骨干教师、明星教师，这些称号像赶趟似的飞到郑愚身上。

光环笼罩未必是好事。郑愚班上的学生从五十多人增加到七十多人，高峰时期达到八十八人。成绩好的学生点名要到郑愚班上，不满足他们的要求，他们就要求转学。什么叫资本，成绩好就是资本。成绩好的学生在校长眼里，是为学校赚取声誉的筹码。校长也不敢得罪这些好学生，一一应承他们的要求，让他们进郑愚的班级。那些学习不够好的学生，他们自己虽不能理直气壮地对校领导提出要求，但是他们的老爸老妈有能耐对校领导提出要求。

校长指名道姓的学生，郑愚不能不要，其他领导领来的学生，郑愚无法拒绝。

同事找到郑愚，请求把亲戚的孩子安排在郑愚班上。郑愚对同事说，教书的事只要凭良心，谁比谁差多少，谁比谁强多少，我这几年只是运气好，混了一些虚名。同事苦笑着说，虚名也罢，实名也罢，反正有了名声，家长就认这些——算我求你了，亲戚天天缠着我，要把孩子转到你班上。话说到这份儿上了，郑愚长叹一口气。

局长给他打电话安排学生，县长竟然也打电话安排学生。郑愚苦恼，对同事们诉苦，但是同事们听了他的话，立刻对他肃然起敬了。

学校慰问教师，酒席上，校长点名要郑愚坐在他身边；局里慰问教师，酒席上，局长点名要郑愚坐在他身边；县政府慰问教师，县长点名要郑愚坐在他身边。

郑愚在县城是妇孺皆知的人物了。

郑愚班上的学生已经增加到九十八人了。一样的薪水，成倍的工作量，郑愚苦不堪言。几年来，他感觉眼睛明显不行了，看东西模糊，腰椎颈椎跟着作乱，血压呼呼朝上蹿。

是要想想办法了，不然老命将会搭进去。郑愚心想。

郑愚想辞去班主任工作。校长笑着摇头，坦诚地说，你就像一块磁铁，能把学生源源不断地从外地吸过来；学校只要有学生什么都会有。校长说郑愚是学校的功臣，保证今后评优晋职，首先让郑愚享受。郑愚哭丧着脸说，评优晋职，各种荣誉，我都不想要了，我要休息。校长依旧拒绝了。

郑愚装病，请了一个星期病假。校长亲自为他代课，校长鼓动学生说，你们可要好好学习，郑老师一心为了你们学习，都累病了。学生纷纷到郑愚家里看望他，弄得他很尴尬。

郑愚不改作业，学生们自发组织起来，帮着郑老师改作业。因为学生参入了教学工作，他们的自学能力提高了，学生的成绩更好了。

郑愚下决心走出重围。他申请调到附近小镇学校，或是乡村学校。校长不许，局长也不许，其实他们也不敢。郑愚被光环笼罩着，就像修成正果已经羽化升天的仙。

接连有女生被郑愚请到办公室辅导作业，并且他只辅导女生，不理会男生。终于有一天，一个女生坐在郑愚大腿上的图片出现在网络上。

家长们围攻，同事们嘲笑，领导们愤怒。郑愚看着他们的围攻、嘲笑和愤怒，他在心里笑。

警察来到学校，带走了郑愚。

郑愚一身轻松待在拘留所里，很多时候他坐在地上，闭目养神。一个额上趴着刀疤的人打破了宁静，刀疤人用眼睛晃了晃他，说，什么事进来的？郑愚没说话，叹了口气。刀疤人说，我他妈的一酒瓶把自己给砸进来了。

郑愚就告诉刀疤人，自己为什么进来了。他缓慢地叙述着，没有觉察刀疤人脸上的异样。刀疤人打断郑愚的絮叨，说，你是一中初三（1）班班主任？郑愚说是。刀疤人说，你让女生坐在你的大腿上？郑愚说，是。刀疤人站起身，大声说，你个臭老九、教书匠——色狼！

郑愚不知道刀疤人为何这般冲动，他解释说只是想摆脱繁重的班主任工作。刀疤人冷笑着说，你糊弄小鬼吧，分明是你内心龌龊，见了漂亮女孩就想入非非。郑愚严肃地说，我只是让女生坐在我大腿上，让人拍了一张照片而已——我没有猥亵女学生。刀疤人说，你是女孩她爸、她妈？你凭什么让女孩坐在你大腿上？分明就是心理变态……流氓！色狼！色鬼！

郑愚气坏了，站起身说，你说话文明点。

刀疤人说，我最痛恨的就是强奸犯！

郑愚嚷，谁是强奸犯了？

刀疤人鄙视，说，你和强奸犯差不多了。

郑愚脑袋一下子热了，朝着刀疤人扑了上去。

刀疤人是电力局职工，长年在野外工作。他的女儿在郑愚班上。他认为女儿受了郑愚很坏的影响，很是气愤。

刀疤人受伤提前出了拘留所，郑愚留了下来。

（原载《小说月刊》2017 年第 9 期）

私 人 订 制

柴 佳

情人节这天，阿玲的闺密冰冰举办婚礼，她去当伴娘。整个婚礼主打欧式宫廷风，高端大气上档次，环环相扣，精彩纷呈。阿玲羡慕地问道："冰冰，为了筹备这次婚礼，你们小两口一定没少花时间、精力和心思吧！""哪有，这都是婚礼策划公司提供的'私人订制'服务，我和老公从头到尾都没有参与过。"冰冰沾沾自喜道："我老公管理着那么大一家公司，哪有时间去筹备婚礼啊！这'私人订制'服务完全根据客户的需求来全方位包装和打造的，我们只管掏钱。阿玲，你也太 OUT 了吧！"

走出酒店，阿玲的思绪还沉浸在闺密口中的"私人订制"服务上。冷不防，手里被人神不知鬼不觉地塞了一张广告单。一个西装革履的小伙子笑着介绍道："小姐您好，怎么一个人逛街啊，还是单身吧？没关系，来我们 ×× 整形医院吧！全是韩国进口设备，外籍教授主刀，专业技术一流，我院还是国际选美大赛指定机构。我们会根据你的五官、容貌、身高、形体等提供全方位的'私人订制'套餐，保证让您焕发青春魅力，让心仪的'高富帅'拜倒在您的石榴裙下。"

这哪里是整形广告，明显就是赤裸裸的低俗吗？况且我有那么丑吗？阿玲有些生气道："对不起，我已经有男朋友了。"

阿玲的话音刚落，旁边一个小姑娘噌地走上前，以迅雷不及掩耳之势塞给阿玲一本画册，口齿伶俐地说道："姐，你已经有男朋友了啊？那你们结婚没有？为啥不结啊？是您的原因还是哥的原因？如果是您的原因，我们 ×× 医院正在举办'关爱女性健康，处女膜修复'优惠活动，贴心呵护'私人订制'，让你重温初恋的美好感觉；如果是哥的原因，我们医院在治疗男性性功能障碍方面也是独树一帜的。"

"这……这都是什么乱七八糟啊？"阿玲反驳道，"我们感情很好，准备今年'五一'就结婚！"

"结婚好啊，姑娘，哪个男人能娶到你，真是八辈子修来的福分。"阿玲转过身，一个中年妇女和蔼地说道，"不过，大姐我以过来人的经验告诉您，这小两口一旦结了婚，就和恋爱时的感觉完全不一样了。实打实地过日子，彼此的缺点就全暴露出来了，吵架更是家常便饭。你长得再漂亮，也有老去的一天，而男人到四十还风度翩翩。好多夫妻离婚后，女人都是净身出户的！凭啥？因为手里没有把柄呗。什么是我们女人要挟男人的法宝？——孩子！"

总算有个说话靠谱的了，阿玲刚准备松一口气，中年妇女像变戏法似的从身后掏出一张广告单，凑近阿玲的耳朵小声说道："姑娘，我们 ×× 不孕不育医院在治疗不孕不育症方面是业界权威，已经帮助数万对夫妇成功受孕了，您看，这上面有患者的全家福和送给我们医院的锦旗、感谢信。而且，我们还提供人工授精、试管婴儿等多种受孕方式，根据顾客的个人情况提供'私人订制'方案，保证让您怀上健康的小宝宝……"

"啊，怎么又是广告！"中年妇女的话还没说完，阿玲捂住耳朵就跑了。可还没有跑出几步，前方怀抱广告单的大叔又一脸讪笑地迎了上来。阿玲甩了甩手中的广告单，气愤地咆哮道："看到没？我已经有了！有了！……"

阿玲这一喊不要紧，哗地一下子从四面八方围上来一群人，围住阿玲七嘴八舌地推销道："小姐，未婚先孕别担心，××医院最放心！""小姐，我们××医院无痛人流只需三分钟！""小姐，我们××医院提供'私人订制'专属服务，解除您的后顾之忧……"

阿玲彻底晕了。

（原载《小小说大世界》2017 年第 7 期）

国王的眼镜

陈 炜

除了宝石和裘皮，西罗王国最为人称道的是它的国王哈罗斯二世。哈罗斯二世除了举世无匹的英俊潇洒，更为人称道的是他对爱情的忠贞。在王公贵族风流成性的西罗王国，他简直就是个异类：结婚二十年来，从未跟任何女人有过一丝半点的绯闻。他让国人称颂，将他的美名传扬四海；他让王公大臣羞愧，尽管羞愧过后依然追花逐蝶。

春天来临，王后菲罗斯——这个公认的王国之内最幸福的女人，忽然对丈夫说，要两人一起出宫游玩。哈罗斯二世万分惊讶，十五年了，王后从未出后宫一步，这个春天竟然想出宫一游，真是大出意料。但哈罗斯二世是世上绝好的丈夫，自然不会拒绝。他吩咐内务大臣备好一辆既轻便安全且毫不起眼的马车，只用一个车夫和一个骑马侍卫，天刚亮就悄悄出了王宫。

透过马车的纱窗，王宫大门卫兵惊异地看到，国王的身边坐着一个女人。尽管这女人蒙着面纱，卫兵也能断定她就是王后。因为国王身边坐着的女人，只能是王后；而且，一直有传闻，十多年来王后都蒙着面纱，只在寝宫里对国王一人展露容颜。卫兵想，王后在婚前就是绝世美人中的人尖子，这样的绝色，当然只能由当世无双的丈夫一睹芳容。

清晨的都城街道上，行人稀少，城市正慢慢醒来。马车出了城门，渐渐艳阳高照，路边牛羊吃草、农夫犁地、孩子嬉戏。王后贪婪地看着这平凡而美好的一切，激动得手心都冒汗了。哈罗斯二世深情的目光透过眼镜片，落在王后的眉眼间。他握住王后娇小的手掌，感受到她手上汗津津的暖意。

路旁，一个牧羊少女轻轻挥着鞭儿，温柔地赶着羔羊，阳光将她的脸蛋映得发亮，野花烘托着她的青春自然的容貌。

"这个女孩太漂亮了！"王后赞叹道。

"但是，无论如何她也及不上你的万分之一。"国王说。

王后握紧丈夫的手，将头枕在他的宽厚的肩上。

一匹惊马忽然从路边的牧场蹿出，马车夫吃了一惊，想勒住两匹驾车的马，已经无能为力。马车失控了，翻在路边的草堆里，国王和王后都从车厢里摔了出来。所幸草堆又软又厚，两人毫发无伤。

见王后无恙，国王放下了心。忽然，他万分惊恐，拼命在草堆中寻找。"我的眼镜不见了！就在这会儿它不见了！"他这样回答王后的提问。

王后说："别费神找了，我们赶紧回宫去。眼镜丢了，可以找眼镜匠再配一副。"

国王说什么也不答应。他让侍卫牵着马送王后回宫，然后调一百名卫士到他这里来。

回到寝宫，王后屏退侍女，摘下沾了草屑的面纱。除下斗篷的时候，她发现，国王的眼镜就在她的斗篷帽兜里。这副镶着宝钻的眼镜是如此华贵可爱，还带着她最心爱的人的气息，她不禁戴上了眼镜。她以为会有点头晕，眼前会一片模糊，没想到，一点不适的感觉也没有。这让她有点疑惑。她走到窗口，看着外面的侍女走过，她猛吃一惊，接连后退几步。喘息稍定，她走进国王的盥洗室，这里有大大的镜子。她从镜子里看到自己的面容，又猛然一惊，瘫坐在地。

中午时分，王后戴上面纱，唤来侍女，传命请回国王，到楼顶见她。

国王快马加鞭，匆匆赶回王宫，疑惑地上了楼顶。看到王后站在楼顶一角，手中拿着那副眼镜，他顿时面如死灰，颤抖着说："亲爱的，这样太危险，快到我身边来。"

王后说："谢谢你以这样的方式爱我。"她轻轻将眼镜放下，随即纵身一跃。西罗王国最幸福的女人菲罗斯王后就此香消玉殒。

哈罗斯二世整天整天地将自己关在寝宫，等着一个人。一百多名卫士正在疯了似的寻找这个人。这人名叫帕尔姆，是个巫师兼眼镜匠。十五年前，菲罗斯王后一场怪病之后，容颜全毁，面目狰狞无比。国王悄悄找到帕尔姆配了副眼镜，戴上它，王后依然如花似玉，而其他的美人在他眼里则成了丑八怪。

一个深夜，帕尔姆终于独自走进国王的寝宫。国王急切地说："现在，帕尔姆先生，你要给我配一副新眼镜：戴上它，所有女人在我眼里都是丑八怪。"

（原载《黄河文学》2017 年第 7 期）

第二百五十一张模拟画像

钟祥荣

"我再认真想想，这里需要添加几根眉毛，对，就这样，属于比较粗的线条。"

"下巴对比画面上要宽几厘米，稍微拉长一点，呈半椭圆形。"

"头部比例要适当修改，这人整个脸形是国字脸，但我不确定他的鼻子是啥形状的，我看到了他手里有枪。"

在金店店员集体回忆的基础上，嫌疑人的模拟画像被初步勾勒出来了，第一位现场目击者走进了模拟画像室，根据自身回忆，对第一稿提出修改意见。

昨天发生的金铺抢劫案作案时间仅为四分钟，嫌疑人抢劫得手后全力冲出街道，不知是因心慌意乱或是头套没戴牢固，急匆匆跑到第一个岔道口时，头套瞬间脱落，他马上停下了脚步，待其从地下捡起来重新戴上之际，十五秒之内有四位目击证人目睹了其真容，刚巧这四个目击者是从街道岔口四个角度看到了其面容，直线距离不足三米，他们同时证实嫌疑人手里握着一把手枪，刚巧这一区域没有安装监控摄像头，用公安术语来说，属于"监控盲区"。

当地公安局马上邀请省城最顶尖的模拟画像专家，要赶快提取目击证人的记忆碎片，经画像专家的严谨组合，勾勒出这名嫌疑人的真实影像，再发出通缉令。

第二名目击者走了进来："鼻子是坚挺型，鼻尖有些扁平，脸部肌肉比较僵硬，颧骨比较高。"

"这个部位要适当加宽几厘米，我总觉得哪里还需要修改，但实在想不起来了，哦，是耳朵比较大，耳垂还要画长一点点，对，这样就比较接近了。"

画像专家的手不经意颤抖了一下，几秒钟后恢复了平静，黑白素描画像边，铅笔画过了一道断断续续、隐隐约约的小痕迹，但这丝毫不影响画作更加趋于完美。

第三名目击者说出了另一个角度的辨识："前额比这画像里的要窄些，眼珠子更趋向于丹凤眼，双目有神。"

"双目有神？！这个描述于绘画无益，你还是说说你能够想起的细节吧，比如头部的具体特征，对破案帮助较大。"

"哦，他耳垂下面有个红色的印记，又好像是小时候受伤留下的伤痕，这个我看得非常清楚，刚好在我的视线范围内。"

画像专家的手又再次颤抖了一下，迟迟疑疑在素描头像上划拉了几下，一个小小的印记，就好像在蛋壳上绣花，细致又传神地勾勒出来了。

一定要稳住，越接近成画之际，越要沉住气，并且一定要关注的细节，细节决定成败，画像专家至今共画了二百五十幅嫌疑人肖像，据此抓获了二百五十名嫌疑犯，靠的就是对人体脸谱的准确分类甄别，靠的就是对面相细节的把握，靠的就是对目击者记忆碎片的有效提取。

第四名目击者还在门外等待，画像专家起来喝了口水，来回踱步托腮思考，再次从较高处目测画像的轮廓，从一名美术学院毕业生到公安部门知名的模拟画像专家，他相信这幅画是到目前为止画得最传神最到位的，连眼神也画出来了，没有丝毫的偏差，他有这个自信和把握。

第四名目击者提供了嫌疑人跑起来好像有类似长短脚的特征，专家觉得唠叨且多余，只是机械地应答了几句，画笔并没有动，画面上再也没添加一笔，搞得目击者不知所措，莫名其妙地离开了画室。

沉浸已久的记忆又被捞了起来，浮现在眼前的是那块小小的疤痕，熟悉的疤痕，又是残忍的伤痕，那是二十年多前家乡青草山上，两个十多岁的放牛娃在山路上玩弹弓打鸟的游戏，突然一阵低沉的脚步声由远而近，一头公牛低头舍命狂奔，红着双眼喘着粗气，后面是一头体型更大的公牛，全速追逐而来，山路狭窄，两个放牛娃愣在路中，不知所措，电光石火之间，高大的放牛娃一把推开矮了一个头的放牛娃，自己躲闪不及，牛头直冲腰身，撞倒在山路旁，尖尖的牛角划过其脸庞，一股鲜血流了下来，伤得很重。

公牛打架，神仙难挡，但在此时，画像专家心里仿佛奔跑着几百头野牛，想躲也躲不开，想跑也跑不了。

从山村放牛娃到美术学院毕业生，再成为公安部门知名模拟画像专家，他相信这第 251 幅模拟画像是目前为止画得最传神最到位的，他有这个自信与把握。

该出去给家里的林伯打个电话了，电话里就说，我找到三娃子了，他在外过得很好，不必惦记。

（原载《南叶》2017 年 8 月）

改 一 个 字

麻 坚

李松是雷山林业站站长。

这天，两个行人路过雷山脚下时，其中一个指着山顶说："要是在上面建一个观景台，我们站在观景台上俯瞰整个林区，那该多壮观啊！"说者无意，听者有心，站在门口的李站长一听，紧皱多日的眉头终于舒展开来。

原来，由于雷山林业站工作很辛苦，待遇又低，职工们纷纷闹着要调出去，这可愁坏了李站长。为此，他曾经向上司马局长多次打报告，但每次都被马局长退了回来。

行人的话提醒了李站长，如果在山顶上建一个观景台，供游客观景，然后再收取适当的观景费用，那么所有的问题都迎刃而解了。

第二天，李站长拿着报告书兴冲冲地找到了马局长。没想到马局长看后，瞪着眼睛骂道："荒唐！林业站的职责是守护林区，而不是建什么观景台……"从那以后，李站长再也不敢提这件事了。

过了两个月，李站长去局里开会，老同学刘科长私下问道："李松，听说你要在雷山建一个观景台，怎么没有下文了？"

李站长把前因后果说了。刘科长听后，笑骂道："你傻啊？这样的报告别说是马局长，就是县长也不敢批啊！报告你改一个字，我敢担保马局长一定会批准。"

"改什么字？"李站长狐疑地问。

"你把景字改为火字，叫观火台！"刘科长说，"你这样跟马局长说，由于雷山林业站管辖的林区大，职工又少，很不容易发现火情，所以你想建一个观火台，便于及时发现火情。观火台建好后，至于你用来干什么？马局长会睁一只眼闭一只眼的。"

李站长按刘科长的吩咐，重新写了一份报告交给了马局长，马局长很痛快地签了字。

签完字后，马局长意味深长地说道："观景台和观火台，虽然只差了一个字，可是重量却不一样啊！"

（原载《共产党员》2017 年第 1 期）

恋　爱

汪云飞

山溪乡地处县城的最南边，乡中学设在离乡政府两里路的跑马岗。新学年开始，学校来了一位漂亮的女教师。她的名字叫刘云燕，那一年刚从师范毕业，才二十二岁，身材苗条，肌肤柔嫩，留着短发，眉清目秀，斯斯文文。

一个夏天的晌午，传达室的老张正在他那张据称睡了几十年的躺椅上迷糊。蒙眬中觉得有人在叫他，他伸了一个懒腰这才发现眼前站了一位小伙子。小伙子自称姓牛，是从县城骑自行车来的，要找新来的女老师刘云燕。老张六十来岁，戴着一副老花镜。见小伙子满头大汗，还喘着粗气，便一骨碌爬起来告诉他：刘老师此刻正在上课，她的教室在第三排中间那间。小伙子说，上课不便打扰，等下课了我到她宿舍里找。老张觉得有道理，就让他在他的传达室这么等着。这么等着的时候，老张就试着问小伙子是不是想跟刘老师处对象。小伙子纠正说，我们在谈恋爱。小伙子说这话的时候一脸的认真，老张自然信了。小伙子人高马大，却一点也不虎头虎脑。见了老张一口一个大伯，还不停地递烟，老张很感动。下课铃一响，就客客气气地将小伙子带到了刘云燕老师的单身宿舍里。乡村中学女老师不多，出于安全，校领导特意将刘云燕的宿舍安排在最里间。

二十世纪八十年代，许多学校、政府机关、企业、职工宿舍几乎都是筒子楼。一字排开，一门一间，上面盖瓦，前面有走廊。老张领着一个小伙子找刘老师时，在这栋楼里住的男老师、女老师几乎都看得到。老张从刘老师那儿往回走的时候，有几个老师拽着他问那个小伙子是谁？找刘云燕干吗？老张是个实诚人，便一股脑儿地告诉他，这小伙子是来找刘老师谈恋爱的。当然这也是实话实说。没想到却让其中的一位男老师听了顿时变了神色，他就是准备调走、在刘云燕来了之后又不想离开的王向贵。王向贵这会儿正攥紧了他那双练过单杠、双杠和鞍马的拳头，就差朝老张的脸上揣去。可是，老张却浑然不知。

老张躺在藤椅里琢磨着这事、打算吃晚饭那会儿找刘云燕讨要喜糖时，刘云燕毕恭毕敬地来到老张跟前。刘云燕说，张大伯，下次姓牛的小伙子来找我，你就说我不在，更不要将他找过我的事跟别的同事说。老张一脸的狐疑："你们不是在谈恋爱吗？"刘云燕瞪大了眼睛："没有啊！我不认识他。"刘又想了想："我有男朋友了，在部队呢。"这一说，老张觉得后悔，后悔之前已经跟她的那些同事说了这事。可是说出的话收不回来了，只好在心里责怪那姓牛的小子。

就在老张在心里埋怨这个小伙子的时候，小伙子骑着那辆没有铃铛却哪儿都响的自行车又来了。这回，老张不抽他的烟，也不开那扇铁门。老张说，谈恋爱不能一厢情愿，没有的事更不能随便乱说。小伙子说："大伯，我错了。可这回，我是来找张明敏的。他是我表哥，是他约我来的。"这一说，老张只好开了门。

进了门，老张见小伙子还真的径直去了张明敏的宿舍。张明敏是位音乐老师，虽然长得不怎么的，可嗓音还真有点像唱《我的中国心》的那位同名同姓的台湾歌星。表弟来了，张老师自掏腰包，在离学校不远的一家餐馆店吃了一餐，作陪的六七个都是学校里的老师。酒至七成时，小牛说，我跟刘云燕谈恋爱的事，还得各位兄弟帮忙。大家都点头，只有体育老师王向贵没吭声。七八个人喝了两三箱啤酒之后，都有些醉了。由于天色太晚，小牛也没有回去，就在表兄张明敏宿舍住了一晚。张明敏他们到教室里坐班辅导时，小伙子便在刘云燕宿舍前等刘云燕。有提前回来又认识他的女老师问他等谁？他说他等刘云燕，还说他们正在谈恋爱呢。

就这样，山溪中学的男老师、女老师都知道刘云燕已经在谈恋爱，与他谈恋爱的是一位姓牛的、在一家乡办企业上班的小伙子。再过了些日子，学校好多同学也知道这件事。

一天，学校来了一位长得非常帅气、自称是从部队回来探亲的小伙子来到学校，要找刘云燕，还说刘云燕是他高中时的同学，他们正在谈恋爱。几位女同事听了就逗趣说，你别搅局了，人家刘老师已经在谈恋爱，她的恋爱对象姓牛，我们都见过他几回了。帅小伙一听，呆呆地站了好一会儿就独自离开了。

刘云燕却浑然不知。那时，大家都还没有手机，谈恋爱都得写信。这回，她悄悄地给她心中的白马王子写了一封信。没想到没过多久，寄到部队的信被退了回来。刘云燕一头的雾水。

一个月色皎洁的夜晚，刘云燕心事重重地推开窗户，见小牛孤零零地站在窗前的台阶下。那时已经是深秋，月色下微微有些凉意。犹豫了许久，她开了门，对他说："我对你说过好几回了，我们不可能在一起。"小牛说："我知道，可是我却离不开你。这已经是我第六次这样站在这里，总算被你发现。不瞒你说，我在这儿已经站了一个多小时，能给我一口水喝吗？"刘云燕犹犹豫豫，最终还是开了门。

小牛从刘云燕屋里出来的节骨眼上，一直还抱有幻想的体育王子王向贵刚好看到这一幕。刘云燕知道他一定误会了，连叫了他几回，他头也没回径直走了。第二天，两个人都请假，课也没上。刘云燕曾经对他说过，如果她的"兵哥哥"真的翻脸不认人，或是嫌弃她当老师，她可以接受他这位"体育王子"。

还说，那位姓牛的小伙子其实是一厢情愿，她根本不爱他。可眼前的现实让王向贵怎么也不能接受。

刘云燕真的觉得很烦，可小牛却依旧紧追不舍。更为烦人的是，他逢人便说他正在与刘云燕谈恋爱，而且刘云燕也接受了她。这一来，说这事的人又多了起来，老张觉得纳闷，私下里还怪刘云燕是在刻意瞒着他。刘云燕觉得事态严重，曾在多个场合申明这事，可是收效甚微。

小牛依旧骑车来学校，老张只得对他又热情了。这事连小牛都觉得纳闷。

更让人纳闷的是，后来，刘云燕还真与小牛结合了。这样的结局差点让王向贵去做和尚了。故事还没有结束，需要补充的是，这对夫妻现在生活得很幸福。他们一个是小煤矿的老板，一个辞职成了老板娘。

可是，王向贵和兵哥哥至今还是独身……

（原载《金山》2017 年第 3 期）

木 瓜 海 棠

顾晓蕊

那年初春，小院里的海棠花盛开了，一树的火红，烂漫一片，如霞似锦。

十七岁的美棠斜倚在窗前，从珠帘后探出半个身子，正对着菱花镜梳妆。忽传来温和清朗的谈笑声，她眉心一跳，抬眸望去，只见花影中迎面走来两个人，是就读黄埔军校的哥哥回来了，身后跟着位穿英挺军装的男子。

男子看见美棠，收住脚步，怔怔痴痴地望向她。那清丽的身影，玲珑的面容，好似记忆里的画中人，是春光中最灿烂的一朵。他脸上漾起温柔的笑意，宛若凌凌的春水，漫进她心底。美棠的脸微微一红，扭身，灵巧地闪到帘后。

过后知晓男子名叫端木，跟哥哥是军校同学。只轻轻地一望，却已情根深埋，由此结下一段姻缘。

他们结婚后不久，赶上时局混乱，战火绵延，哥哥和端木去往抗战前方。他们选择了不同的道路，哥哥随八路军游走征战，在一次战役中不幸牺牲。而端木成为国民党军官，偶尔匆促归来，披一身淡白的月光敲门，天不亮便蹚着薄雾离去。

采依和阿吉这对双胞胎，是在一个雪夜出生的，那夜漫天飞雪，天地间似挂上了晶莹的雪帘。屋内的炉火烧得很旺，端木的脸被火光映成酡红。他温柔怜惜地望着美棠，又一遍遍低头看孩子，那脆亮的啼哭声，犹如果实的香气一样溢满整个屋子。

次日，破晓的晨光淌进屋，端木要走了。出了门，他扭回头说，海棠花开的时候，我就会回来！美棠扑到门框上，满脸凄惶地轻喊：我等着你回来！她目送着端木的身影在雪地里变成圆点，又消失不见。

一年年过去，时光的影子从窗前掠过，海棠花开了又落，端木却再也没有归来。

初听到这段陈年旧事，我七岁，是从母亲采依的口中道出，当然是美棠外婆讲给她听的。我的小脑袋里蹦出无数问号，如泛着银光的镰刀，收割着一茬茬的好奇。外公长什么模样？会发脾气吗……我将疑问抛给母亲。

母亲显得慌乱而迷蒙，皱皱眉头，苦笑着无奈地说，我一出生他就走了，哪里会知道，你还是去问外婆吧！

我悻悻地转身，却不甘心，跑去问外婆。他瘦高个儿，长得很英武，笑起来的样子，还是很好看喏。她慢悠悠地说着，脸上起了红晕，恍若时光的串珠被拨回到许多年前。

我歪头想想，又追问，外公去哪儿了？啥时能回来呢？

外婆脸上浮起一抹凄楚，叹道：早年间没少托人打听，临村有个逃回来的人说，你外公随国民党撤退去了台湾。唉！这些年也不知道他是怎么过的……

说着眼前起了雾，雾气渐渐聚拢，凝成了珠泪，经年汪在她眼里。因而在我的记忆里，外婆那双深邃凹陷的眼眸，既忧戚伤愁，又永远晶莹清澈。

随后，从母亲间断凌乱的诉说中，我试着将后面发生的故事拼凑起来。

外公离开后，隔了两年，土改运动开始了。外婆挑着两个竹筐，里面坐着母亲和舅舅，还装着仅存的一点家当，搬进四面漏风的破茅屋里。

起初，日子过得很是清苦，最艰难时挖野菜充饥。外婆擅长做手工活，她变卖掉首饰，换回做活的物什，来做衣的村民渐渐多起来，生活稍有些好转。

不论生活多么艰难，外婆总是衣着洁净、面容清朗，还将两个孩子都送进学堂，让他们读书学礼。即便是暗淡阴沉的动乱年代，被关进牛棚，生生打断两根肋骨，她也能做到不卑屈，不露怯。

阴云散尽，大地回暖。外婆的一头乌丝，染上白霜。海棠树下，她幽幽地倚窗张望，花影重重后，那个稔熟的身影，始终没有出现。

花落了，结了木瓜，我问外婆，海棠怎么会结瓜呢？她说，那是海棠的孩子。说罢眼里又漫起雾，指着一张昏黄的结婚照，扭头对舅舅说，你爹爹……也老了吧，还不知在哪儿呢。

外婆重重地咳起来，身体摇摆如风中的芦苇，似乎随时会被吹断。舅舅忧心地望着她，闪出个念头。

那几年，从报上不断看到，有台湾老兵回乡探亲。舅舅东拼西借，凑足路费，收拾好行装，前往台湾寻找外公。

辗转到了那里，同乡会中有位老兵，认出端木的照片。听他讲两人是战友，到台湾的第二年，端木便因病去世，临走前，紧握住那位老兵的手，问了句莫名的话：海棠花开了吗？

老兵叹道，赶上兵荒马乱的，又过去这么些年，如今连墓地都无处可寻了。

舅舅身子颤抖，两手紧捂胸口，悲声唤道：是爹爹啊，爹爹……

从台湾回来，舅舅去了外婆屋，哀哀地说，我这次到台北没见到，下回去别的县，挨个地方找！出了屋，来到母亲房间，说了经过，俩人抱头低声痛哭，约好先瞒下来。

第二年清明时节，母亲备些面饼和茶蛋，让舅舅带到路上吃。他坐火车来到福建的平潭县，在一个小渔村住下。夜晚月升中天，他到海边放莲花灯，朝着台湾岛的方向，长跪而拜。

住上一周后，舅舅风尘仆仆地归来。仍然先到外婆屋里问安，而后垂下眼，苦着脸说，明年吧，明年说不定能找到！外婆眼里迸出的光芒，渐渐隐去。

六年过去了，海棠花年年地开，外婆身体越来越差，终于有一天，她躺到病床上，如忽明忽灭的烛焰。外婆扭头望向窗外，声音微弱地说：端木，我们要见面了！

舅舅大惊，只听外婆又说：儿呀，你爹早不在世了。你的眼神，骗不了娘的! 舅舅抑制不住地流下泪, 扑跪到床边。

花开得多好啊……外婆喃嚅道, 手颤颤抬起, 又无力地垂下。

苍茫暮色里, 满树的海棠花, 灿若焰火, 如云如雾, 映红了半片天空。

(原载《脊梁》2017 年第 4 期)

点　主

马金章

余有仁 1943 年到的香港, 几十年一直悬着一桩心事。

他来香港时背来了一座家庙。说是家庙, 其实是一函盒, 盒中安放几爿祖宗的神位灵牌, 函盒被称为袖珍家庙。

当年, 余有仁弃家来港和这函盒有关。1938 年春, 家父去世, 按祖规民俗, 要为故去的先人立神主灵位。神主的主字上的一点空缺, 待请当地黎阳县正堂县长添加, 叫作点主。可事不济人, 余有仁请木匠、书家做好灵牌后, 日军入侵, 县长弃城南逃。不久, 日军委任的伪县长上任当天, 脑袋便被锄奸队开了瓢。这之后, 黎阳竟长达一年多没有县长。"点主"无着。

乱世出奇闻。到了 1940 年, 没有县长的黎阳一下子冒出好几位县长。先是日伪政府县长、国民政府县长、抗日人民政府县长。接着, 因盗东陵闻名的孙殿英也来凑热闹。孙小时得过天花, 坑坑洼洼一张脸像反着的石榴皮, 人称孙大麻子。孙大麻子在冀南抵抗日军, 仗打得稀里哗啦, 几乎全军覆没, 率残部撤至安阳后, 他担心上峰会不会一枪揭了他的天灵盖, 出乎意料, 蒋委员长竟委任他为国民革命军新五军军长。其实, 说是军长, 仅是赏他一个番号, 得自己招兵买马、筹饷募款。孙大麻子便在黎阳县任命了自己的新五军县长。

日伪政府盘踞县城, 其他流亡四野山乡, 飘无定所。日伪县长有意为余有仁先人灵位点主, 但被他谢绝。

江山破碎，国运难测。点主失误，辱没祖宗啊。商会上，面对商友的问询，余有仁感慨地说：他娘的，啥世道。我们商会，也选个咱自己信得过的县长。义愤加戏谑之中，商会会长竟被会员异口同声喊成了县长。余有仁气恼：这和土匪拥戴山大王有何差别？

余有仁离开家乡那年，是夏日忙忙的麦收季。他家良田数千亩，每年芒种日起，要连打三天响场，说是庆贺丰收，实是炫富，也是向佃户发出的催租要粮信号。打响场类似春秋吴王夫差的"响履廊"，在几百口水缸上铺木板做场，待新麦晒干，毒日头下，觅汉儿（即长工）手中的长鞭空中游蛇样一甩，脆响中快马拉着石磙奔向瓮场。碾场的轰隆轰隆声能传十里开外。

打响场之后，余有仁悄然来到香港。点主，从此成为一个遥不可及的梦想。

香港回归后，余有仁曾回故乡两次，但都没能如愿点主。去年回乡时，他连当年立的神牌都带上了，不巧正赶上县长换届，将要离任的县长将他介绍给最有可能当选的县长候选人。候任县长爽快答应：余老放心，刘明如能主政黎阳，定去府上拜访点主。

事有凑巧，昨天，在会展中心"情系香江，感知老家"恳谈会上，河南省省长特意将家乡县长刘明引见给他。

隔窗看到，接刘县长的车平稳地停在了庄园里。他起身迎候。

寒暄。用茶。

余老净手沐香后打开楠木函盒，请出父亲牌位。牌位高约一尺，宽约三寸，一薄一厚两爿木板相合插在底座上，薄板为盖，厚板为主牌。只见神牌上有三行端庄娟秀的小楷黑字。中间一排稍大点的字是：显考余公讳秋元字桂生之神王；右行是：咸丰叁年柒月拾陆日寅时生；左行上是：民国叁拾柒年正月贰拾伍日卒；左行下是：孝男余有仁奉祀。

余有仁右手拿起一枚明晃晃的银针，毫不犹豫地刺向他左手中指指尖。殷红的血珠一滴滴落入书桌砚内。一粒红豆般的朱砂，被血珠立时融化。

刘县长净手执笔。朱砂笔锋沉稳落在神牌的黑色"王"字上。

点主毕。

余有仁将父亲的灵牌安放在神座上，点燃三炷香，颤抖着声音说：父亲，子不孝，时至今日，方为您立主。

隔天的晚上，回到县里的刘县长顺手翻阅一册本县文史资料，一篇《我所知道的二十世纪四十年代初期黎阳县的五位县长》引起他的注意。他的目光在这句话上停留好长时间：余有仁与抗日民主政府、国民政府县长合谋，利用打响场，吓阻粉碎了日伪县长企图抢劫新麦行动。

刘县长放下书，拨通了余先生的电话：余老您好，前天冒昧点主，得罪老县长了。

我哪能算县长呀？余老说，那是商会众员和历史开的一个玩笑啊！

（原载《芒种》2017 年 10 月号）

天干无露水

刘正权

梁桃紧赶慢赶扒完碗里的饭，日头还是抢在她头前下了山，院子门哐当一响，公公顺柱的咳嗽声先递了进来。

公公的支气管没毛病，咳嗽只是一种提示，怕媳妇尴尬，有一回，公公进来时，梁桃正在奶孩子，敞了半边胸脯，公公脸涨红了半天。再来媳妇家，公公就学会了在门外咳嗽几声。

梁桃男人东志在外打工呢！黑王寨里长舌妇多，不注意点可不行！

公公没坏心眼，这点不光梁桃知道，寨里人也全知道。但梁桃却不大搭理公公，公公的一些老观念让梁桃心里很反感。

梁桃就探头往外瞅，一瞅，脸就拉得老长，公公手里正拿着梁桃那条蕾丝花边的内裤。公公进屋不吭不哈地递过来，梁桃不接，声音没半点水分，我的衣服我自己会收的！

我，我怕你忘了呢！公公拿脚在地上搓来搓去，不敢看梁桃。

忘了也没人偷的，一条内裤而已！梁桃故意把个内裤咬得很重，在乡下有规矩，男女老少没人从女人内裤下钻，晦气呢，更别说偷了。

可，可，夜里有露水呢？公公吭哧半天才挤出这么一句。

梁桃就在心里冷笑，哼，就知道你那点心思。黑王寨人迷信，说女人内裤要沾了露水，会跟别的男人做露水夫妻的，露水神是邪神呢。

梁桃故意扬了头看天，说，天干，哪来的露水啊？

这话是拐了弯骂公公呢，顺柱老汉心里清楚，乡下的老话了，天干无露水，人老无德行！梁桃是骂公公替自己收内裤没德行呢。

顺柱老汉猴了腰，不敢看梁桃的脸，也不敢回嘴，要真叮叮嗑嗑几句，传出去没脸见人呢。

顺柱婆娘死了几十年了，顺柱都没坏过名声，要在媳妇口里坏了，还不如一头去撞死，顺柱就跌跌撞撞回了自个儿的偏厦屋。

风中传来梁桃使劲摔门的声音，顺柱老汉苦笑了下，媳妇这脾气，像老伴儿年轻时呢！

顺柱老汉近来常常捡起时光的碎片来回味，一想到老伴，人就温暖而年轻起来，顺柱就知道自己的血也曾热过，心率也曾不齐地跳过。眼下，顺柱老汉的心已是一眼枯井了，包括他那次见到媳妇白生生的胸脯，他都没半点心跳的感觉。

只怕是离天远离地近了呢，要不，咋动不动就想起死鬼老伴呢？树有根人无根呢，该打个电话让儿子回来了，媳妇一人在家带孩子，还要侍弄地，难哪！

顺柱老汉长吁短叹着进了梦乡。

天干，风大，果然没半点露水，顺柱老汉天没亮就上了路，寨子在山上，到乡里打电话得赶早，不然到集上人家邮局的人下班了，哪儿打电话呢？

排队打完了电话，天就晌午了，顺柱老汉想了想，在集上逛了半天，才买了一条跟媳妇梁桃那条颜色样式差不多的蕾丝花边内裤，顺柱老汉从梁桃眼里看出来，昨天经他手碰过的那条内裤她是再也不会穿了的，媳妇是嫌老汉的手不干净呢。

顺柱老汉看了看自己的手，也是的，黑，粗，还硬糙糙的！顺柱老汉把那条新内裤连包装袋一起塞进背篓，慢悠悠往家里晃。

他不想在太阳落山前回家，他怕看见梁桃内裤忘了收自己又忍不住伸出手，忍一忍，没准媳妇忙好了自己会想起来的。真想不起来也不怕，梁桃昨天说得没错，天干，哪来的露水啊！

梁桃一个人在家，是真忙呢，割晚稻，不忙才怪。

　　顺柱老汉是在暮色刚起来时回的家，梁桃的门上挂着一把锁，门外的竹竿上，梁桃的内裤果然没收，孩子还放在隔壁四姑婆家。四婆的孙女正在梁桃门前急得转圈呢。见到顺柱老汉，小丫头急喘喘地说，爷爷，您快去叫梁桃姨收工吧，小宝饿了要吃奶呢，都没劲儿哭了！

　　顺柱老汉顾不得收梁桃的内裤了，放下背篓往后上冲里跑，梁桃的晚稻田在后山冲里呢。

　　梁桃赶起活来贪，恨不得一天把活做完，可乡下的活，做得完吗？

　　老远地，顺柱老汉看见梁桃的田边跺了一小堆稻子，田里却没半个人影。

　　近了，再近了，顺柱看见稻子跺下躺着一个人，是梁桃，这孩子，累成这样还不回家！

　　顺柱老汉心里疼得不行，就凑拢手来喊，梁桃，咱回家吧，小宝要吃奶呢！

　　梁桃没回答，老汉又叫，梁桃，回家呢，小宝吃奶呢！梁桃还是连眼皮也没动一下。

　　顺柱老汉就拿手去摇梁桃，一摇不打紧，从梁桃大腿下哧溜钻出一条七寸蛇来，这蛇，剧毒！顺柱老汉脸一白，糟糕，梁桃莫不是叫七寸蛇给咬了？打死了蛇，手忙脚乱的顺柱把梁桃翻了个身，果然，梁桃大腿上的衣服有一丝血迹渗出。

　　顺柱老汉脑子一空，得吸毒，不然梁桃的命保不住呢！喊人是来不及了，顺柱老汉一咬牙，哧一声撕开梁桃的裤子，两个蛇牙咬过的小口已经泛青了。顺柱老汉毫不迟疑扑了上去，用嘴拼命吮吸起来。

　　梁桃悠悠醒过来时，凉月已满天了。

　　梁桃只觉得大腿钻了心的疼，梁桃在明晃晃的月光下看见公公顺柱正趴在自己大腿上一动也不动。

　　梁桃心里一惊，当真人老了，公公咋这么没德行呢？刚要骂出声，不远处的那条死蛇让她想起什么来，一看大腿上的血，已变成殷红一片了。

　　梁桃就明白过来，明白过来的梁桃一把抱住公公，公公的身体已经变凉了，不过公公从头到脚湿漉漉的。

　　咋回事啊，明明是天干没露水的啊！梁桃失声哭了起来。

　　　　　　　　　　　　　　　　　　（原载《天池小小说》2017 年第 1 期）

领导你快点来

黄杰贵

农历腊月二十那天，我从县里把困难职工"送温暖"资金领了回来，准备第二天发放到困难职工手中。不料这时，县里打来电话，说是要留下几名困难职工"送温暖"资金不要发放，等领导哪天来慰问时，再由领导亲自发放到困难职工手中。

一周过去了，左等右等都快要到腊月二十九了，困难职工所在的企业都快要放假了，还是见不到领导要来慰问的影子。我有点急了，困难职工的慰问金，无论如何年底前一定要发放到位，这样才能确保职工过年有钱花，才能解决困难职工的燃眉之急，甚至有的职工还等着这点钱过年呢。

于是我打电话到县里追问，领导到底什么时候能来。可秘书却说，领导这几天正忙着到别处"送温暖"去了，具体来的时间还不能确定。我说人家企业马上就要放假了，总不能让人家困难职工为那点钱不回家过年吧，要不领导就别来了，我把慰问金发给他们算了。秘书说，那可不行，领导上门慰问送温暖，这是政治问题，你可不能随心所欲啊。

时间一晃真的就到了腊月二十九，所有的企业都已经放假了，职工都已经回老家过年了。这时我才接到秘书的电话，说领导今天有空要来我们这里慰问困难职工。我说慰问个球啊，人都走光了，你还把钱送到人家老家去吗？秘书说这个我不管，这是领导决定的事，可不能更改，你自己看着办吧。

快中午的时候，领导终于到了原定的企业。我把事先准备好的慰问红包交给了领导。领导说人呢？我说在这儿呢！我带着领导来到了车间。只见一个五十多岁的老职工还在车间里忙着，看到一大群人朝自己走来，后面还跟着扛着长枪短炮的记者，他憨憨地笑了。我向领导介绍说，这是我们厂里困难职工老吴，孩子残疾，老婆患白血病，全家人都靠他一个人工资生活，家庭十分困难。领导紧紧抓住老吴的手说，你辛苦了！这是党和政府的一点心意，希望你坚定信心，战胜困难，努力工作。说着就把那个写着"600元"的慰问红包，塞给了老吴。老吴接过红包大大咧咧地笑笑，脸上并没有激动，也没有什么感激之情，像是领导应该给他红包一样，连一句谢谢的话也没有说。

晚上，领导慰问困难职工老吴的镜头在电视上出现了。这时就有人议论开了，老秦是困难职工吗？他也需要救助？他家里还有好几部小车呢，这里面一定存在着腐败。第二天，纪委就接到了举报电话……

你看这事办的，我真后悔不该让看门的老秦扮演那位已经回外地老家过年的困难职工老吴。

（原载《精短小说》2017年第7期）

绝　钓

行吟水手

蝉街上手艺人不多，有绝活儿的就更少，除了拉面的老梅，数来数去，还就是钓鱼的老海了。这两人都住蝉街，一在东，一在西，无事时常相互走动。有时是老梅切一斤牛肉，装了盘，上老海那去喝两盅；有时是老海弄一条鲫鱼，炖了汤，下老梅这儿咂几口。两人看似互不相欠，但实则都不是小气人，这只不过是他们的处事原则罢了。

老海身强体壮，每天，一个人，一条船，一钓竿，风雨无阻，出没于海河上。晴天丽日，人在船上，影在水里，像幅画儿。

老海钓鱼讲规矩，他从来都是钓大不钓小，钓公不钓母，每次都只钓三五条，维持生活而已。他会钓鱼，还会徒手捉鱼。遇到大事儿，需要一笔较大的开销，他就会去那水深流急处抓鱼。清水里只有普通的鱼，也不肥美，只有湍急的浑水里才有卖得上高价的大鱼。这时候船和钓竿就起不上作用了，他水性极好，迎着那翻腾的浊浪，一个猛子就扎了下去。更令人叫绝的是，他能在浑水里睁眼观物。这就非常不容易了。别人都是浑水摸鱼，他却能在水下瞅着抓鱼，且一抓一个准。蝉街人都称他这一手为绝钓（明明是捉，却称钓，不知什么道理？也许是因为老海平常就是个拿着钓竿钓鱼的吧），还送他一个称号：鱼老鹰。意即他和鱼鹰有得一拼。

蝉街有人眼红老海，问他，你钓鱼可没少挣吧？

老海说，哪里？我有几个钱？

可你给两个路倒送了终。

两口薄棺，值不了俩钱。只要有口气在，这样的事儿，我还要管。

害红眼病的那位一听，哑口无言，顺墙根儿溜了。

老海就是这样。每天钓鱼，卖鱼，吃鱼，再喝上点小酒，外加管点闲事，挺好的。

可平地也有起惊雷的时候。这天，几个独山上的土匪，卷了县城里一家商铺的一百块大洋，渡海河回山寨时，恰遇一股陡然而起的风浪，船被打翻了。几个家伙侥幸逃脱，装在布袋里的大洋却被卷下了河。那儿正好是一个深潭，水深浪急，三篙子都打不到底，水面上拧着一个又一个漩涡，看一眼就让人眼花缭乱，心惊胆战。虽然是伙亡命徒，可照样尿性，谁他娘的也没胆下去捞摸。这时，就有个小匪出主意，说离这儿二里地的蝉街上，有个叫老海的渔夫，水上、水下功夫了得，这事也只有他能办。几个土匪一嘀咕，发声喊，就找上门来。

当时，都知道是独山上的土匪来了，蝉街上一下子没了人影，家家关门闭户，只有嘶嘶的蝉鸣噪个没完没了。

几个匪徒使威风，咚地一脚就踢开了老海家本不结实的院门。老海当时就坐在院子里的一棵白果树下，正在就着一条鲫鱼过酒。几个土匪站在老海面前，都瞪着眼看老海不慌不忙喝酒。其中一个土匪语带讥诮，对老海说，哟，小日子过得挺热乎呢。老海视眼前几个匪徒如空气，仍旧吃一口鱼，喝一口酒。土匪没法儿，只好向老海说明来意。老海就一句话，海某人只会钓鱼，没本事捞钱。几个土匪软硬兼施，老海仍无动于衷。看看天色快要晏了，几个土匪怕有追兵，走前，有个匪徒抽出一把匕首，嗖一下削去了老海端着酒盅儿的三根手指，恶声说，看你还再钓得了鱼不？说罢，一伙人扬长而去。老海当即昏死在地。

三个月后，老海养好了伤。他的右手被匪徒致残，左手照样可以荡桨垂钓。蝉街人都佩服老海是条顶呱呱的汉子。

不久，一支解放军部队奉上级命令执行任务，从蝉街经过，顺便收拾掉了独山上的几个山匪。

蝉街又恢复了往日的宁静。只是，老海的眉头却越蹙越紧，一副郁郁寡欢的模样。蝉街上传出来一句话，说是独山上的土匪被解放军消灭后，老海趁机捞出了沉在深潭里的那袋银圆，据为已有。这话，有人信，有人不信。开拉面馆的老梅义愤填膺，说，日他姥姥，这是造谣，老海压根就不是那样的人！

一日，老海钓鱼归来，感觉身体不适，他自知不久于人世，便让人将早已备好的一套没有经过漂染的本白衣裤，拿了出来，给他穿上。临走前，撂下一句话，海某人一辈子没有做过亏心事，当得起这身白衣服。

后记：三十年后，有一位解放军的将军，在一本回忆录里写到了一件尘封已久的往事。三十年前，他带领一支部队执行上级下达的任务，路经蝉街时，顺手捣毁了独山上的一个匪窝，为当地老百姓除了一害。临离开蝉街那天夜里，有一个渔夫送来一百个银圆，说是土匪抢来的不义之财，沉到了深潭，被他捞出，现交给部队，用作革命经费。

文章的最后，将军不无遗憾地写道，可惜的是，部队当时就要开拔，我们没有来得及问他的姓名，只记得，那位渔民老大哥的右手缺了三根指头。

（原载《小小说月刊》2017 年第 4 期）

吴 公 子

潼河水

小霞喜欢到重岗山割草。其他孩子不喜欢去，说那里的草被茂密的树木遮着，草不肥，瘦了巴叽的。而小霞割回来的草却出奇地嫩绿。同伴们问她在山上哪里割的，她总是抿嘴笑笑，不说，且脸颊飞上两朵红晕。

小霞兄妹多，自己是老大。父母是老实巴交的农民，没什么能耐，供养孩子们读书很是不易。小霞上到二年级就主动不上了，说，让弟弟们读吧，男孩子有出息，女孩子读不读都一样。父母说，小霞啊，你成绩那么好，刘老师常夸你哪。小霞说，别听老师瞎说，我都是抄同桌的。父母不信，闺女啊，你的字写得好看哪，一笔一画的。小霞吃吃笑道，字本来就是一笔一画写的，谁都会。父亲说，读了两年书，会说话了，我说不过你。既然你铁了心不读书，就随你吧。以后不要怪父母狠心啊。小霞说，我自愿的，怪不得你们。

春天到了，小草刚刚露芽儿。小霞在山上的林子里穿来穿去，没有能割的草。小霞坐在一块青石上，用石子儿在上面练习写字。字写得歪歪扭扭，没有以前写得好看。小霞懊恼地用镰刀刮着字迹。字像扎了根，就是弄不掉。小霞想，如果有橡皮擦就好了。想着想着，再一看，字迹全无。只感觉耳边有一阵风吹过。小霞猛地转头，发现身后的不远处立着一个男人。小霞急忙起身，要走。男人说，姑娘，不要怕，我带你去割草。小霞打量了他一眼，高大魁梧，面色黝黑，双目炯炯有神，一身火红的衣裳，甚是醒目。小霞心里一惊，没想到在荒无人烟的山上，遇到如此俊男。小霞的心荡起了涟漪。她跟着男子到了一处山的背面，那里的草果然茂密，有萋萋芽，有灯笼棵，有兔子爱吃的毛害眼，还有很多小霞叫不出名字的草。男子帮她割草，一会儿篮子割满了。小霞问，你是哪里人？男子说，我是山东的。小霞呵呵笑道，山东的，那么远啊，跑来这穷地方干吗。男子说，我不是山东的，我是山的东边。小霞说，你胡说八道，东边哪有什么村庄啊。男子说，谁骗你谁是小狗。小霞还是不信。山的东边方圆十里都没有人烟，哪来的村庄。不信，我带你去看。男子拉着小霞的手，往山顶上爬。到了山顶，男子用手一指，你看，那里不是村庄吗？顺男子手指的方向，真的有个村庄，不大，有几户人家还冒着炊烟。小霞问，你叫什么名字？男子答，你就叫我吴公子吧。小霞说，你没有名字啊。男子说，我姓吴名公子，公子就是我的名字。小霞的脸上落上了几朵桃花，你的名字真好。吴公子问，小姐尊姓大名。小霞笑道，说话文绉绉的，我是目不识丁、足不出户的傻姑娘，没有名字。吴公子嘿嘿一笑，不说，我也知道，你叫小霞。小霞惊愕地看着他，你怎么知道？吴公子说，我猜的。

小霞每天都来这里割草，每天都会碰到吴公子。有时，小霞带来烤熟的红薯，很香，吴公子连说，好吃好吃；有时，小霞带来鸡爪子，吴公子的脸色陡然蜡黄，连说，我不喜欢吃这东西，以后千万别带。小霞说，鸡爪子好吃呢，是喝酒的上等菜。吴公子说，萝卜青菜，各有所爱，我从小吃够了，现在看到就反胃。小霞嘴一撇，哼，不吃拉倒，我自己吃。

吴公子不光帮小霞割草，还教她识字。两个人的感情越发深厚。小霞提出要到他家看看。吴公子说，家里没有人，父母都在泗州城做生意。小霞问，你怎么不去啊。吴公子说，我讨厌生意人，长着嘴就爱说谎话，胡侃八道。小霞说，做生意都是这样的。吴公子说，人的嘴除了吃饭，应该还会唱歌，说一些温暖的话。小霞的心里暖暖的，吴公子是她这辈子非嫁不可的人。

一天早上，来了许多伐树的人，他们说要在山上种庄稼。

小霞几次上山都没有找到吴公子。过了很久，树木伐完了，运走了，吴公子才出现。小霞问他到哪里去了，吴公子唉声叹气，不说话。吴公子的眼里满是泪水。小霞知道，吴公子可能有难言之隐。自己又不是外人，为什么不能说呢？在小霞的再三追问下，吴公子开口道，小霞，今天一面有可能是今生最后一面，我们全家准备搬走了。小霞问，搬到何处？吴公子哀戚地说，搬到很远很远的地方，一个你看不到的地方。

后来的几天，每当夜晚降临，重岗山头就会有一条火红的东西盘旋，有一丈多长。村民们甚是好奇，有的说，这是火龙；有的说，是灾星出世。此事惊动了官府。官府组织武装人员，到山下看守。官府说，只要它再敢出现，立马开枪，看看到底是何方妖孽。

山里的夜晚寂静可怕。蚊虫叮咬着战士们裸露的臂膀。他们的眼睛直直地盯着山头，神情紧张。正在这时，从山头的东边有一条火龙缓缓地飞来。队长一声令下，开火！子弹像愤怒的狮子，扑向火龙。被击毙的火龙像烟花一样徐徐降落，染红了半边天。

小霞头部好像被雷电猛击一下，她腾地从睡梦中坐起。她知道，亲爱的吴公子出事了，再也见不到了。

小霞早早地起床，往重岗山奔去。让她目瞪口呆的情景出现了，重岗山竟然变成了红石山。她跪在当初写字的那块石板上，泪如雨下。泪眼蒙眬再看东方，哪里有什么村庄和炊烟。

若干年后，我到这座山上扫墓，这里埋葬着我的祖母和祖父。这里大片的山体被建成了墓地，像一座城池。在墓地，我遇见了一位长相酷似我故事里的姑娘小霞。我问她，你叫小霞吗？她点点头。我又问她，你找到吴公子了吗？她摇摇头，悲戚地说，他是一只蜈蚣，一只想亲近人间烟火的蜈蚣。

（原载《小小说月刊》2017 年第 5 期）

母 爱 如 佛

姜铁军

从市里开完廉政会议回来，他坐立不安，他知道自己受贿的事早晚会东窗事发。可是，要向纪委坦白交代，还没那个勇气。他想，万一能侥幸过关呢？他信佛，相信有佛保佑可以渡过难关。在家里的小房间特意供奉了一尊佛像，那是他特意去普陀山"请"回来的，花了一万元。一起陪他去的民企老板"埋单"，还另外给他三万"旅游费"。寺庙的和尚说，只要诚心敬佛，一定会化险为夷的。他信和尚的话，每天回家，都虔诚地在佛像前敬上一炷香。他觉得这些年就是因为有佛的保佑，自己才平安无事的。

十八大以后，反腐败越来越深入。有的领导被"双规"，有的干部被查办。有一天，他得知给自己行贿的一个房地产老板被公安局抓进去了，心里咯噔一下，生怕被"咬"出来。回到家里，赶紧烧香拜佛。这时，六十多岁的母亲走进来，问他，你有什么亏心事，就当着佛说出来吧！他从来不敢把自己受贿的事情告诉母亲，害怕母亲担心。母亲说，做了亏心事还是说出来的好，佛也会原谅的。你对佛都撒谎，会有好下场吗？

听了母亲的规劝，他跪到地上，不敢看佛像，闭上眼睛把自己受贿养情妇的事情说出来。说完了，心情轻松不少。睁开眼，看到泪水从母亲的眼里涌出来。他忙说，有佛保佑，没事的！母亲摇摇头说，孩子，去自首吧，佛不会保佑坏人的。听妈的话，自首吧……

他没去自首，反倒想潜逃境外。在飞机场，他忍不住给母亲打电话告别。母亲嘱咐他，你在机场等我啊，怎么也要见一面啊，这次分别也许永远就见不到了。放下电话，他在机场等候母亲。没想到，机场的警察出现在他面前。他知道，是母亲把自己举报了。他恨母亲，虎毒不食子啊，当妈的怎么可以举报儿子呢？他在心里断绝了与母亲的关系……

他被判刑坐牢。

妻子离婚了，家里没其他人，只有舅舅到监狱来探望他。舅舅每次来，刚想张嘴说他母亲的事，他马上翻脸说，我们已经断绝母子关系，你要是提她就别来看我了！舅舅一脸黯然，无奈地叹着气走了。

在狱中积极改造，他被减刑两次，到第六年，提前释放出狱了。

出狱的时候，监狱门外有一辆轿车接他，他不认识司机。司机告诉他，他舅舅生病不能来了，公司老板让开车来接他。他糊涂了，不认识这个老板啊，怎么会派人来接自己呢？不好多问，先跟着走吧……

他跟司机走进老板的办公室，没等坐下，就问老板，素不相识，为什么派人接我呢？老板没说话，递给他一张报纸。报纸头版刊登一篇通讯《年迈老母捡废品为儿还"债"》。通讯里说，一位老母亲在儿子因受贿坐牢后，除了自己的养老金外，还一直捡废品卖钱，替儿子还那些被他挥霍的赃款……

老板对他说，我的资源再生公司下面有废品收购站，你母亲捡的废品都到这个废品收购站卖。你母亲想尽办法为你退还赃款，为你减刑创造了条件。有这样一位母亲，真是造化。他禁不住号啕大哭，让老板派车送自己回家看望母亲。老板告诉他，母亲半个月前因病去世了。之前她曾经找过老板，求老板给即将出狱的儿子安排一份工作，老板一口应承。他舅舅因为一直没能说服他理解母亲而十分内疚，为此病倒……

他找到母亲的墓地，跪在墓前给母亲磕响头，额头鲜血直流。

这一刻，他懂了，母亲才是真正的佛……

（原载《泉城文学》2017 年第 7 期）

到底谁是老板

晓 晓

老黄从小跟着父亲打猎，方圆百十公里的山山岭岭都钻了个遍，待到自己成年，也像父亲一样以打猎为生，一直到猎枪被政府没收，说是要保护野生动物为止。

除了打猎，啥也不会，以后的生计怎么办。苦思冥想一段时日之后，一个大胆的想法出来了。现在的人都喜欢吃野物，咱来个人工饲养野物如何？有一年，他活捉了一头野猪，在家养了一段时间，竟然让家猪怀上了，生出个杂交种来。当时就有这想法，只是觉得打猎更容易，就放下了。

说干就干，老黄一门心思扎在了最关键性的野猪与家猪的配种上。没白没夜地钻在猪圈里，啥招都想尽了，终于掌握到了诀窍，一下子就红火起来，家养野猪肉供不应求。政府出面大力支持，又是资金，又是荣誉，方便之门大开，只要老黄开口。证照领到手，"大别山原生态食品开发有限公司"正式宣告诞生，打猎的老黄成了法人代表。

俗话说：人怕出名猪怕壮。野猪肉受追捧，热销是好事，可各种各样的参观和指导实在头痛。老黄老百姓一个，笨嘴笨舌的，只知道实干，哪会应付那些玩意儿呢。

老黄对乡长说："我要养我的猪，别尽搞那些人来了。来了我也不接待。"

乡长说："那哪行。你这可是咱们乡的金字招牌，也是县里的骄傲，你说不接待就不接待？"

老黄拿劲了，说："那我不养猪了，关门总行吧？"

乡长皱着眉头一番苦思，拍板说："这样吧。我专门派一个人在你这上班，负责所有的接待，名义上算你的人，但工资由乡政府出。所有招待费用由乡政府承担，不要你掏一分钱。赠送的野猪肉，也由乡政府出钱。行不行？"老黄一琢磨，这样行，不用自己掏钱，随便你怎么折腾，我养我的猪好了。

接待专员到岗了，是办公室出身，把一切安排得周周到到。凡是来人，老黄只需要露个脸，握个手，简单回答几句就行，其余的详细介绍等全由他包了干。

一段时间过去，问题又来了。可能是像老黄的这样成功企业实在太少，而不同类别的评奖授牌和各门类的领导视察又多，县乡政府只好逮到啥标签都往上贴。发改委、环保等部门牵头的"生态经济示范企业"恰如其分，本身就是，自然当仁不让；民政部门的"复退军人致富典型"，儿子是当兵出身的，企业就落在了儿子头上；妇联也要挖典型，"三八红旗手"就成了媳妇的荣誉，企业成了媳妇的；孙子大学刚毕业，虽然人在外地打工，但"自主创业先进个人"还是非他莫属；孙媳妇曾经打过工，现在在家生孩子，"凤还巢工程榜样企业"就挂上了孙媳妇的名号；"优秀残疾人福利企业"又来了，老黄的老婆子前几年腿跌断了，匆匆忙忙办了个残疾证，企业又成了她的。

老黄纳闷上了，这企业到底是谁的呀？虽说是一家人，可也得有主有次吧。闷归闷，老黄也不是计较名利的人，何况，每一项荣誉到手，还有一些好处，也就无所谓。

这一天，突然就来了好多人，好像是比以往大得多的官。那大官在场地里转了一圈，频频赞许地点头，开玩笑地问："老板呢？不欢迎我们吗？"跟随的曾经来过的几个省市领导赶忙提前介绍，这个说老板是个能干的凤还巢女性，那个说老板是个很不容易的残疾人。正乱着，老黄被推了出来，尴尬地伸出了粗笨的双手，只是一个劲憨憨地笑。

人走了才知道，那是中央来的大领导。省里骂县里，县里骂乡里，乡里骂村里，骂得狗血喷头。乡长的主意又来了，让接待专员帮忙申办了几个营业执照，分别是老黄一家几口人的名字，门口的牌子也就挂了好几块。

在市场上混了几年的老黄，见识不同以往了。没事就在大门口晃悠，嘴上叼着烟，烟雾缭绕里，几块牌子看过来看过去，大脑里在思考着了。

看来政府是要让我成立集团公司了呀。咱这是当大老板了！

（原载《娄底晚报》2017 年 7 月 18 日）

作 价

刘月潮

东升把风铃给强睡了。

工地会餐，东升酒喝得上了头，人在半醉半睡半醒间，下半夜起床撒了泡尿，回工棚时摸上风铃床，借酒劲把风铃狠狠办了。

本来黑夜里床上的私密事，当事人风铃又肯吃哑巴亏，外人也只能装聋作哑，偏有人看不过眼，捅了出去。工地上就刮风起浪，一时说啥话的都有，说风铃贱；有说风铃没脸没皮的，满工棚人，只要张口喊一声，东升哪会得手；说东升跟有光当面兄弟，背后捅刀；说东升就是一畜生；还有说两人早有奸情，眉来眼去的……

众人的嘴谁也捏不住。

风铃眉眼低了，一脸难为情。

东升一脸无奈和难堪。

等有光从老家回来，东升打算把自己交给有光，杀剐全凭他。东升跟有光铁哥们儿，从小光屁股玩大，又一块出来打工，经过风吹雨打火淬的。他却做了牲口，造了孽，有光、风铃、一年到头在家累死累活的小雅，谁也对不住。

趁无人时，风铃拦住东升，悄声说，等有光回来我会跟他讲清楚，那天你喝多了酒把我当成小雅……

风铃在城里漂了好多年，却比城里女子多出几分水嫩和朴实。

瞅着眼前风铃，东升还想跟风铃再睡一回。这么多年他是喜欢风铃的，在心底早对风铃动了心，而风铃好像也不讨厌他。

东升被心头的欲火邪念吓了一跳。说到底，他就是个不要脸的强奸犯，连兄弟的女人都下得了手。要不是事后风铃饶了他，现在他早已蹲在号子里。

那天他的确喝了酒，但没让他大醉，却让他忘记了自己是谁。他一心摸上风铃的床，风铃轻声说，别造孽，你和有光可是兄弟。他不管不顾，在风铃推搡间做足了坏事。

有光回来，你别把所有事一人扛下，你也扛不动。东升说。

有光听到风声提前从老家赶回龙州工地。

东升想见有光一面，有光躲着不肯见。风铃看见他竟也远远地避开。东升心头敲起锣鼓，晓得和有光再也做不成兄弟，连风铃也忽然变了个人。

有光请工地上几个年纪大有威信的工友做中人。中人说，这事按老规矩，双方要是想和解的话，东升得封个利是给有光。双方谈妥价交讫后，就算一了百了。谁也不许反悔。

有光开出一口价十万。

中人问东升能接受吗？

东升呆了，瞄了瞄有光，又望了望风铃。有光仰着脸，望着黑咕隆咚的棚顶。风铃不安地瞟了东升一眼，又忙转向别处。

这事不能用钱来作价的。东升有些气短地说。

那你说什么可作价？有光大声地反问。

有光，我和你可是兄弟，几十年的兄弟。东升有些虚弱地说。

我和你是兄弟吗？是兄弟的话你咋就去害风铃呢？有光气鼓鼓地说。

东升，照你的意思，我跟你是兄弟的话，就该去害小雅？有光又补了一句。

有光，我不是这意思。

那你到底啥意思？

有光，我们几十年兄弟的情分，不能说没就没了吧。

啥情分呀，对兄弟的女人下手，你还有情分吗？！东升，你都活得没脸没皮了，以后谁跟你都没情分了。

有光，我对不起兄弟，对不起风铃，对不起小雅，我成了牲口，但这事不能用钱来作价。我害了风铃，但我喜欢她，平日喜欢归喜欢，但那晚喝了不少酒……东升巴巴地望着风铃，盼着风铃站出来说句话：东升酒喝多了。风铃当面表白过会跟有光讲清楚的，可有光一回城就揪着他不放。

风铃却埋着头，一声不作。

东升，你好像挺有理的，做了坏蛋还坏得有理儿，你喜欢风铃，这也成为你害人的理由。我还喜欢那些大牌女歌星呢，我也能去像你一样去害人吗？！喜欢一个人就去上别人的床，这是畜生干的事……

有光，别说了，我是畜生，真的是头牲口。东升突然绝望地说。

东升，记着，日后别再跟我扯什么兄弟，你他妈的就是一牲口。有光猛地吐了一口唾沫。

我真是头牲口。东升可怜巴巴地望着风铃。

风铃像尊雕像，一动不动。

十万，容我回去想一下。行吗？

行。十万贵吗？

不贵，真的一点不贵。东升踉跄着出去，像个醉酒的人。

两天后，两名警察来工地找当事人风铃了解案发情况。

工地开工时不见东升，大家都以为东升有事外出，没想到却是去投案自首。

大家都被东升投案打蒙了，这东升放着好好的生路不走，却去蹚一条绝路，一心要去蹲什么号子。

东升投案成了工地上大家挂在嘴边一个长久的笑话。

强奸案法院很快判下来，判了东升两年有期徒刑。

有光和风铃离开龙州工地，辗转去深圳一家工地打工。

小雅和东升离了婚。离开龙州回家时，小雅特地去看守所看了东升。

你这一闹腾，一大家子都没脸活人了。俩孩子也背上骂名，摊上一个强奸犯父亲。我同你离婚，是给俩孩子一张活下去的脸。你害了风铃，有光开价十万，真的一点不贵。这两年牢里的光阴不说，多少个十万也买不到一大家子名声。东升，我已不是你的女人，但老人我还替你侍候，儿女替你养着，家也替你守着……

小雅，我对不起你和孩子。我害了风铃，那是犯罪，风铃又一点不饶我，我这犯下的罪就真的不能作价。如果我犯下的罪作价十万，身体逃过罪罚，但心里怎么也逃不过。我永远还是个强奸犯，就会在心里一次次对风铃犯罪。

东升还想说，我是真的喜欢风铃，那也是不能作价的。

（原载《小说月刊》2016 年第 12 期）

阿　莲

阿　土

阿莲不是戴军歌里的阿莲，她是我的网友，结识两年多了，我和她只是停留在网上聊天，从未想过其他。虽然彼此都有视频，也都有着现代社会最便捷的通信工具，只是谁也没有用的意思。我们不像有些网友，我们喜欢纯粹，觉得网络应该保持神秘性，只有这样，有些东西才能更为长久。

我和阿莲并不经常聊天，却像约好了似的，每次只要想到对方就会不约而同地坐到电脑前，说几句关心或者彼此鼓励的话。我们时常会同时发出问候，之后又同时送上一个笑脸的符号，很默契的样子。我觉得有阿莲这样的网友是我的幸事。在网络里能有一两个心照不宣的朋友是很奢侈的，人的一生又能有几个真正的知己呢?

然而，阿莲最近几个月一直没有出现过，我的许多问候也如泥牛入海，杳然无音。

阿莲出事了。我是个直觉很强的人，常能预感到某些突然降临的危险，这种直觉让我躲过了好几次可能发生的灾难。我无法平静地对待阿莲的失踪，可我也不愿意用其他的方式想象阿莲。我开始后悔当初没有向阿莲索要手机号了。

每天我把 QQ 平铺在电脑上，不时地望一下，希望代表阿莲的头像会突然动起来……

等待是徒劳的，几个月下来我等来的只有心焦和不安。我为何如此关心阿莲呢? 我说不清，我们除了聊天比较相投，其他什么关系也没有呀。只是两年多来，每遇到不愉快或不顺利的事，我都要和阿莲倾诉一下。每次我都是安静地听着，在她倾诉完后讲一个女孩为救伤成植物人的男友而不惜去卖血的故事。我从未想过会有那样的爱情，觉得只有作家才能编出来。可每次又都愿意听，我喜欢阿莲声情并茂的文字，她的文字让我感动，让我很快忘记了自己的那点儿波折……

就在我渐渐失去耐心，慢慢由牵挂变成绝望的时候，阿莲的头像突然动了起来。看着不停闪动的头像，听着那许久不曾发出的"啾啾"声，我由于惊喜若狂而手足无措。我迅速移动鼠标，急不可待想要回复。可直到头像发出三遍啾啾声，我才点到信息接收栏……

"你好，我们是警察，有个问题想问问你，希望你能配合……"

我不由得愣住了，面前的信息栏里，是三条完全相同的信息: 如果你的存款被支取，请及时通知我们……

"怎么回事? 阿莲怎么啦? "

我迫不及待地追问着，心里瞬间冰冷!

"不要问那么多，先核对一下你的银行存款……"

我有些不知所措，却还是按对方的要求去了银行。

"我的存款没有任何问题! "

回来后我把信息反馈给了他们。

"你很幸运，在她的 QQ 好友里，你是唯一没有受害且没有留下任何通信方式的人。"

…………

不久，网上传出一条消息：一个叫阿莲的女子，把百余个网友账户里的钱骗得一干二净……

我一直无法相信那个阿莲就是我的网友阿莲，就像我一直不相信阿莲说的那个女孩为了挽救伤成植物人的男友而不惜去卖血的故事。

阿莲有一个动人的名字"滴血莲子"。

记得和我交流的时候，她曾说过：只要爱一个人，无论为之付出多少都是值得的……

（原载《文创达人志》2017 年第 6 期）

枫　桥

王生文

疯爷在庄刘河渡口当了大半辈子船公。

疯爷其实并不疯，当船公是关乎人命的大事，真要是疯，谁还敢让他摆渡。事实上，疯爷一舟一桨四十年，经他摆渡过河的人多以数万计，不论刮风下雨，还是汛期河水泛滥，从未出过一丁点儿闪失。疯爷唯一让人觉得疯的地方，就是一旦有十来岁的学生要渡河，他总是问上一句，你们来了，我的明娃怎么还没来？

这还得从四十年前说起。

庄刘河是一条弯弯曲曲的自然河，河东是庄家村，河西是刘家村。这两个村都是人家散落的小村，加一起也不到两千人，因而多年来一直是联合办学，庄家村办一、二、三年级，刘家村办四、五、六年级，隔河相望的两个村，就因了这朗朗的读书声而联系紧密了。早年，两村往来就靠一条木船。木船上也没有船公，船头船艄各拴着一条绳子，一头连着此岸，一头连着彼岸，你拉过去，我拉过来；赶上没人过河，就有几分野渡无人舟自横的荒凉景象了。

那年春上的一天，庄家村最后放学回家的几个孩子，提着一个书包来到了疯爷家——那时身强力壮的疯爷自然不叫疯爷——他们把书包递给疯爷，问，庄小明呢？疯爷一惊，连忙问，明娃没和你们一块回家？孩子们摇了摇头，说，没有，这书包是我们在船上捡到的……

雨后的庄刘河，正闹春汛。人们沿着河岸向下游仔细搜寻，始终没有发现庄小明的影子。几天后，疯爷就变了一个人，他解了船头船艄的绳子，守在船上，有人过河，他就摆渡，也就从那天起，只要是看见和庄小明一样大小的孩子，他便问，你们来了，我的明娃怎么还没来？而且，疯爷心目中的庄小明永远也长不大，永远和村子里一茬接一茬的孩子一般大。

疯爷就这样当上了船公。一晃几年过去了，大锅饭吃到了尽头，田开始分到各家各户，疯爷根本感觉不到时代的变化，依然早出晚归做他的船公。两个村的干部见那条渡船已是破烂不堪，便合资打造了一条新渡船，还特意在船上搭建弓棚供疯爷遮风挡雨。但疯爷不是村干部，拿不了工资，吃饭问题怎么解决？村干部试着征求他的意见，疯爷想了想，提出一个方案，学生过河免费，大人过河每次交五角钱。村干部一听，愣了，这么好的方案他是怎么想出来的？他不疯啊！

真的，疯爷不疯，要是他不再向学生问他的明娃，谁也不会把他往疯上面想。比如，船未停稳，谁如果急着要上岸，他就大声呵斥，慌什么慌，你就差这一步？如果一次性过渡的人多了，比如六个人，上了五个，最后一个人坚持也要上船，他会眼睛一瞪，翻船了你负责？尤其是疯爷收费毫不含糊，不论官民人等，包括偶尔下乡的县里干部，也不论你一天往返几次，每次五角你必须得出，如果遇上过渡人忘了带钱或是没零钱，他会在一个本子上替你记着，下次再找你收取……

人是很容易忘记别人的不幸的。日子一久，有些村民就眼红了，私下里计算疯爷这些年赚了好多好多钱，更有村民想取代疯爷，便去找村干部，凭什么就该他当船公？村干部也不含糊，旗帜鲜明地站在疯爷一边，凭什么？他在等明娃你不知道？村民们到底又记起了疯爷的伤心事，怅然而去，过河时该掏钱还得掏钱。

前年，疯爷的老伴去世了，孤独的他干脆把渡船当成了家，一篙一桨之外，疯爷添了一盏能照亮黑夜的风灯，风灯成了他漫漫长夜的伴侣。终于一个深秋的早晨，当学生们要过河时，疯爷强撑着想起身，可挣了几下又倒了下去。

村主任闻讯赶来要送疯爷去医院，疯爷微睁着眼睛，无力地摇了摇头。不一会儿，渡口聚集了越来越多的村民。疯爷用皲裂的手从枕头底下摸出一个布包，颤抖着交到村主任手上，村主任小心翼翼地打开，原来是一个存折和一个平时记账的本子。

主任，我收的钱……全在这里，本子上记的主要是……从我这里借钱的，你代我都收回来，这些钱……应该建得起一座桥了，摆渡……不安全，特别是……孩子们，万不可有闪失……

这回，疯爷竟没有提到他念叨了四十年的明娃。秋风萧瑟，红枫低垂，在场的人都想起了疯爷的儿子庄小明，想起了四十年渡口的风雨无阻，无不潸然泪下。

半年后，庄刘河渡口建起了一座钢筋水泥桥。为了纪念疯爷四十年的艰辛付出，村主任请文人为桥取了一个名，叫枫桥，而那条渡船则被村民们像珍贵的文物一样保存了下来……

（原载《天池小小说》2017 年第 3 期）

改　变

魏　黎

很多事情都会改变的。过了正月十五，小玲从老家赶到厂里上班，看到衣着光鲜的情人阿豪，跟他温存片刻之后，心里便改变了以前的看法。

阿豪是小玲的情人，在这个男女严重失调的工厂里，一些人都像小玲一样找到情人，没有情人的女人，就被说成是没有女人味的女人，是歪瓜裂枣。可小玲对待阿豪是很投机、很倾心的那种情人关系。

都是在一条线上作业的人，来自各个地方。阿豪不仅长得英俊，工作熟练，而且为人热情，乐于助人，好几次小玲线上的货堆成小山，急得手忙脚乱的时候，都是阿豪及时帮忙，使小玲感激破涕，不由得深情地望着阿豪，说晚上请他吃夜宵，表示感谢。

　　阿豪的妻子没有在这儿，小玲的丈夫在福建做泥水工。工作的单一、生活的孤单、青春的骚动，使两人慢慢地走得很近，望着阿豪那厚厚嘴唇上浓密粗黑的胡须根，小玲有点迷惑，便渐渐地把阿豪定为自己的情人。

　　不过，小玲不像其他人那样，找情人就像找个银行卡、找个支付宝，比如上街要买东西或者吃个夜宵，叫上了情人，便有人给你埋单。小玲不会这样，她不要阿豪的钱，有时还买东西给他吃。

　　可是这次过年回家后，改变了小玲以前的看法。特别是看到阿豪华丽的穿着，小玲便不由得想起她那在福建做泥水工的丈夫，她丈夫那么多水泥巴浆的衣服，她要扔掉时，她丈夫一把夺了过去说："不要，不要，留着我干活的时候穿。"

　　她说："扔掉，买新的。"

　　丈夫说："扔掉可惜。把钱留给小孩买新衣服，留给你买化妆品，再说，我们的房子还要月供……"

　　小玲久久地发呆……

　　还是回到这个厂，小玲还是把阿豪当作情人。

　　有一天，俩人去逛商场，小玲看上一条裙子，阿豪叫小玲试一下，小玲很是喜欢，可阿豪说有点老气，没有买成。小玲有点不高兴。

　　过了几天，小玲无意之中发觉阿豪独自一人把那条裙子偷偷地买下来，心里暗暗高兴起来：这个阿豪，想让我意外惊喜……

　　可事情并不是小玲想得那样。阿豪偷偷地买下那条裙子，并不是送给她的，而是寄给他的妻子。

　　小玲想了好久，她没有一点吃醋，她也没有资格去吃醋。她只觉得自己应该给丈夫寄几件新衣服了。

　　慢慢地，阿豪觉得小玲变了，变得跟那些人一样俗不可耐，把他当成银行卡或支付宝，什么都让他埋单，他便觉得以前的那些情意都很虚伪，便不再让小玲做情人了。

　　　　　　　　　　　　　　　　　　　　（原载《罗浮山》2017 年 5 月）

判 若 两 人

王溪中

是一个大雨过后的夏日中午，天气仍很燥热，混沌、污浊的空气里散发着难以描述的气味。尽管如此，张林的心情并不坏，因为他的工作近来又上了一个大台阶，还受到了单位领导的表彰。

张林骑着老式电车下班回家，嘴里哼着小曲儿。可是，在途经十字路口时，迎面疾驰过来一辆崭新的宝马车。张林猝不及防，一下被宝马车轮溅起的路面积水弄得半身湿透。透过车窗，张林依稀看见一张年轻人的胖脸。可气的是，那司机看了看张林，竟漠然地扬长而去了。张林急忙记住这辆车的牌号，心想，他一定让警察找到那司机的头上，至少罚那家伙个超速行驶！可话虽这么说，张林却没这么做。他怕人说自己小题大做。

天气虽热，张林的心却骤然结冰。

张林简直出离愤怒了，恨不能把那辆宝马车掀得四脚朝天，然后跨到那个狗东西身上，让他给自己当坐骑！

张林不由得愤世嫉俗了，心里大骂这世道人情的冷漠和人性的自私。

回到家里，张林赶快换上一身干衣服，午饭也没吃，睁着眼躺在床上，仍对那个可恶的司机恨之入骨、对那件事耿耿于怀。

本来很好的心情却被这件晦气的事儿给弄得荡然无存。气愤难平之余，张林又顾影自怜：自己苦苦奋斗了半辈子，如今仍使用着落伍的交通工具，捉襟见肘的经济条件根本不允许他产生购买小轿车的非分之想，哪怕是最廉价的小轿车，更别提什么宝马了！他想：如果自己也开着小轿车，也不至于被人溅了半身脏水后还遭蔑视吧？

张林鼻子有些酸，想哭，却无泪。

不管心情如何，张林还得按时去上班，而且还得微笑着面对自己的同事，还得以饱满的热情投入工作中。

想不到，在张林下夜班回家的路上，竟然发生了让他不敢相信、令他终生难忘的一件事儿。

还是途经那个十字路口，由于对中午的那件倒霉事儿心有余悸，张林下意识地加大了电量，不想，这一加电量不要紧，电车戛然而止——链条死死卡在了轮盘的缝隙里。这个地方路灯早就坏了，还没有修复，周围一片漆黑。张林不得不借助手机微弱的光芒试着把链条取下来，然后装上。他左手拿着手机，右手摆弄着链条，还看不清楚，所以非常吃力。更糟的是，这时偏偏下起雨来。

二十多分钟过去了，张林还是没有把链条弄下来，倒是折腾出一身臭汗，他心里万分急躁。

这时，一束炫目的光照射过来，随即是一声清脆的车鸣。张林吓了一跳，担心中午被飞车溅水的一幕再次上演。出乎他的意料，那车缓缓地停在了离他约莫一米的地方，车灯依旧开着，十分璀璨。张林很纳闷：自己并没有挡别人的道啊，小车怎么不动了呢？他正疑惑间，车窗开了，探出一个满面春风的年轻人的脑袋："大哥，我为你照明！你快忙吧！"

不知是雨水还是泪水，迅疾模糊了张林的双眼。

张林朝年轻的司机看去，惊讶地差点儿叫出声来：这不是中午的那个宝马司机吗？张林心想，这世界真小，再仔细想想，县城本身就不大，再次遇到此人也并不奇怪。

年轻的司机似乎也认出了张林，马上下了车，充满歉意地对张林说："大哥，真的对不住！中午，我开车太快了，溅了你一身水。可是，我不是故意的！实在是事出有因：妈妈心脏病突发，我不得不火速赶过去！实不相瞒，我一连闯了三次红灯！"

张林一下呆住了：孝子！他犯的是多么美丽的错误！

这次巧遇，让张林感觉年轻的司机前后判若两人，但他却真真实实是同一个人！

雨住了。

习习的风轻轻拂面，张林感觉十分惬意。

小城的夜色真美！

（原载作家网 2017 年 4 月 25 日）

旁　观　者

何学洧

　　阿宝开车是很小心的，但是没有想到这次撞了人。

　　这天，阿宝开车走在滨海大道上，见前方有人，便有意识地减速，但是没有想到，从侧方突然蹿出一人，撞上车，倒地不起。

　　阿宝一见，立刻停车。倒地的那人偏瘦，大约四十多岁，戴顶鸭舌帽，正哼哼唧唧地叫唤呢。阿宝上前准备扶人，并问道："咋样？要不要上医院？"鸭舌帽很生气地说："你是咋开车？哎哟……哎哟……"阿宝连连道歉："不好意思，我马上送你上医院。"鸭舌帽却不让扶，说："哎哟，不轻呀，你是不是很忙呀？我自己去医院吧，你看着给点钱如何？"

　　阿宝一怔，不会吧？难道是遇上碰瓷的？他仔细回想，觉得自己还真没有违章。鸭舌帽惟妙惟肖的表演，立刻引来很多人围观。

　　阿宝觉得不能这样给钱，坚持要送医院报警处理。鸭舌帽有点生气地嚷嚷道："报警也行，你还想赖吗？我身上的伤可是真的，到时我的误工损失啥的都得你赔，你可考虑好了。"阿宝便沉默了。鸭舌帽一见，有点得意地说："如何呀？给点钱多省事呀，别说我不讲理，不是你的事你得有证据啊。"

　　这时，从人群中挤进来一个三十左右的大姐，她对阿宝说道："这位大哥，你报警就行了，我来给你证明。"鸭舌帽一愣，问道："你咋证明？你们是一伙的吧。"阿宝连连摆手说："不不不，我不认识她。"大姐晃晃手中的手机，说："我在对面拍风景视频，正好拍到你了，如何？这个证据够吗？我们报警吧？"

　　鸭舌帽没吱声，看看阿宝看看大姐，犹豫片刻竟自己站起来走了。

　　阿宝这才确定真是碰瓷呀，他转身对大姐说："谢谢你，幸亏你拍到了，要不然……"

　　大姐突然扑哧一笑："呵呵，我诈他的，我根本就没有拍到。"阿宝有点迷糊了，一时不知道如何回答。大姐接着说："我看你这个情形就是遇上碰瓷的了，对这样的人不想个办法还行？我认得你，就不能让你吃亏。"阿宝更迷糊了，说："你认得我？我咋一点都没有印象呢？"大姐微微一笑道："我认得你的车呀，你是不是每天从花园小区门口经过？每次我带孩子经过人行道，你的车总是主动停车等我们经过后再走，不是吗？"

阿宝恍然大悟，笑了。

（原载《金山》2017 年第 2 期）

一 字 九 鼎

汤礼春

一天，尤书记在作报告时，念到"高屋建瓴"的"瓴"字时，舌头一下打了结。幸亏他脑子转得快，猜想是个"瓦"音，便接着念了下去。他见台下并没有哄笑声，心里落下块石头。

会后，他一是在心里埋怨小马不该用"瓴"这样生僻的字，差点出他的洋相；二来又隐隐担心自己是否念错了。他特地把秘书小马喊来，找了个由头，叫他把有"高屋建瓴"这一段念一遍。当小马念到"高屋建瓴"，也依然把"瓴"念成"瓦"音。尤书记这才放下心来，暗自庆幸在台上蒙对了。

这以后，尤书记注意到，在整个县委会，凡会议和学文件时，只要有"高屋建瓴"这个词时，大家都将"瓴"读成"瓦"音。

一转眼，几个月过去了。时逢尤书记的母校"育苗"小学举行校庆。尤书记应邀到会讲话。当他又念到"高屋建瓴"这个词时，他注意到台下几个校领导和教师相互看了看，又低下头交谈着什么。这冲淡了他的谈兴。稍稍停顿了一下。这时，一个大约十来岁的学生突然站了起来："尤伯伯，刚才你念错了，不是'高屋建瓦'，应该是'高屋建瓴'。"

他一下愣住了。幸亏校长及时把话岔开，他才没有当场陷入尴尬的境地。

这天，一回到家里，尤书记就找来女儿的字典，一查，果然"瓴"是读"玲"

音，而不是读"瓦"音。他心里不由得一颤：难道秘书小马这个"师大"毕业的高才生和县委会的一班秀才们都把"瓴"这个字念错了？！

第二天，尤书记在县委会的一次会议上，有意正确地运用了"高屋建瓴"这个词。

这以后，整个县委会包括秘书小马都不再错念"高屋建瓴"这个"瓴"字了。

（原载《今晚报》2017 年 6 月 4 日）

玉　纽　扣

马学全

二奶奶有五枚玉纽扣，形如枣核，色泽纯白，摸之光滑圆润，犹如凝脂。五枚玉纽扣，在太阳光下闪闪发光，就像五颗闪烁的星星。

玉纽扣是二奶奶和二爷的定情信物。

那时候，二爷爷还是一个毛头小子，是玉器店的学徒。二奶奶也是一个小姑娘，是玉器店老板的女儿。二爷爷十四岁进入玉器店，因读过几年私塾，脑子活泛，眼里有活儿，嘴也甜，深得玉器店老板喜爱。二爷爷名叫顺子，二奶奶叫英子，小二爷爷两岁。

顺子到玉器店当学徒的时候，英子还在上学。放学回来，喜欢跑到后院的作坊里玩耍，这儿看看，那儿摸摸，经常把自己弄得灰头土脸。有时候，她还像煞有介事地盯着玉石端详，嘴里咕叨着，这块玉可以雕白菜，那块料做玉佩好，甚至拿起工具敲敲打打。老工匠心疼她是女娃，劝她出去玩，可英子就是不肯走，除非答应她第二天还可以来，否则休想让她乖乖走出作坊。父母奇怪，一个小丫头，怎么会喜欢上大老爷们儿干的活。

英子长到十六岁，已经是一个大姑娘，不但身材有模有样，也开始害羞了。她很少去作坊，只有父母让她去送东西或者取东西的时候例外。顺子也长成了大小伙子，学得一手好手艺。老工匠老眼昏花，一些细活已不能胜任。再有客户送料来，老板就让顺子做。一开始客户不放心，老板就许诺，加工若有瑕疵，双倍赔偿。有了老板的承诺，客户放心了，顺子干活底气更足。一块粗陋无形的玉石，经他的一双巧手雕琢打磨，便成了有模有样的玉器，拿到市场上准能卖个好价钱。顺子十九岁的时候，便在玉器行里有了一定的知名度。

长成大姑娘的英子，已经不上学了，她放下书本，开始跟着母亲学做女红，刺绣针织、缝补浆洗样样拿手。夏天，英子搬只小凳，坐在阴凉里绣花，绣的是一对戏水鸳鸯，活灵活现，如真的一般，谁看了都夸。

有媒婆上门，要给英子提亲。男方家是城里数一数二的大户，英子若是嫁过去，过的可是衣来伸手、饭来张口的日子。但英子却一口回绝了。因为，她心里已经有人了。谁？英子把头往作坊那边一撇，父母便明白了。

顺子？坚决不行。

顺子八九岁的时候，母亲便去世了。他是家里的老小，上面还有两个哥哥，虽然那时候家里也算殷实，可这些年两个哥哥相继成家，加之父亲年老体衰，与大户人家相比，那是一个天上一个地下。

家人为了断绝英子的念头，断然将顺子辞退。顺子被辞后，背起行李头也不回地走了，但也带走了英子的心。英子整天坐在窗下，手里摩挲着五枚玉纽扣，那是顺子临走前偷偷交给英子的。

一个没有月亮的晚上，英子失踪了。家人去顺子家找，顺子也不见了。英子家托人四处打听，终究没有她的下落。

原来，顺子早就委托一个玉器商在千里之外的这个小城买了一处小院，带着英子离开后，两人来到这里，隐姓埋名住了下来。顺子表面上是个闲人，实际上由玉器商牵线搭桥联系活，他在自家院里干起了老本行。顺子手艺精湛，活做得又快又好，他们的日子过得有滋有味。

几年时间，他们陆续生下三个孩子。

英子一直把顺子送她的玉纽扣带在身边，但始终没舍得往衣服上缝。

那年春节前，顺子一家打算回趟老家，英子第一次把五枚玉纽扣缝在了新衣服上。他们先坐汽车后坐火车，经过一个多礼拜长途跋涉，终于回到老家。

英子家人见他们已经是三个孩子的父母，只能默认这门亲事。

过完年，顺子一家返回小城，继续做他的玉器加工。

中华人民共和国成立后，顺子被招进工艺美术厂，当上了技师。英子因为有文化，被安排到学校当了一名小学老师。从那时候起，人们在英子衣服上再也没有看到闪闪发光的玉纽扣。

他们的三个儿女长大后都考上了大学，毕业后留在大城市工作，逢年过节才回来一趟。

二爷爷和二奶奶相继退休后，便经常外出旅游，在三个儿女处分别待一段时间，回家再待一段时间，一年不知不觉就过去了。

两年前，二爷爷病逝，享年八十九岁。

二爷爷去世后，二奶奶一直待在家里，很少出门，儿女们请她去同住，她只说不想给儿女们添麻烦。

天气暖和的时候，人们时常看到一个身材娇小，满头银丝的老奶奶，坐在一只小凳上晒太阳，她的衣服上缝着五枚精致的玉纽扣。

（原载《小小说家》2017 年第 2 期）

置　气

刘江波

刚子打来电话，说国庆节不回来了，留着假期等过年一起休。老耿试探着问，过年还是一个人回来？听到儿子"嗯"了一声，老耿放下电话，嗓子眼里像卡着一块鹅卵石，堵得他喘不过气来。

如果不是那道疤，至于找不到媳妇？——只要一想起儿子英俊的脸上留了一道长长的疤，老耿的心又一次七裂八瓣。前几年儿子在集市上摆摊，回来时脸上就带着伤，说是和城管的人动手了。老耿说什么要去拼命，儿子却死命拦着，最后抱着他喊了一嗓子："别去了！是郭忠划的，也怪我，是我先动的手！他都要当队长了，就算了吧！"

老耿终于没去成，但他心里却留了一个疙瘩，当队长有什么了不起，当队长就能欺负人？气归气，钱还得挣，老耿抓了几只土公鸡装进笼里，奔向了城乡交界的十字路口。到了那儿，看已经有几个熟人摆好了摊，老耿便找了个位置，和周围的熟人打了声招呼，开始吆喝起来。未等开张，旁边卖水果的已经嚷起来，坏了，城管！

这伙人麻利地挑担子想溜，可是已经晚了，城管这回是两头堵截，谁也没跑了。一个年轻的胖城管推推搡搡，态度极为恶劣。老耿听到"城管"两个字就生气，一看巴掌推到自己身上，火苗子噌噌往上蹿，一言不合就动起手来。撕扯之下，胖城管一屁股坐在了鸡笼子上，这大块头像泰山压顶一般，里面的几只小土鸡无一幸免。一看老耿红着眼睛要拼命，再看旁边的人纷纷拿着手机在拍，城管让步了，胖城管也道歉了，还按市场价买走了这几只死鸡。

老耿拿到钱，觉得这些人还算讲理，可旁边有熟人递过来手机，还告诉他，胖子家有背景，是城管队长郭忠的儿子。

城管队长郭忠！老耿的心里着火了，这个名字他能记一辈子，这个名字毁了儿子的脸！好家伙，姓郭的爷儿俩轮番打自家爷儿俩呀！他抓过手机，打车直奔城管大队，要找郭忠讨个说法！

城管大队的人接待了老耿，告诉他郭队不在，让他找石副队长处理。老耿一进办公室，就看到了张熟面孔，石副队长竟然是儿子的同学，老耿叫他三喜子。

石副队长听到有人叫他小名，打量了一番，赶紧让座倒茶。一听老耿的来意，再看了手机中的视频，石副队长笑了，说，耿大叔，这点小事至于要说法吗？而且人家也道歉了，还赔了钱，我看就饶了那个小伙子吧，等我回头批评他！

老耿一拍大腿，不行，我不是告那个小伙子，我要告姓郭的，他儿子打人，就是仗了他的势，这是个贪官！不告倒他，我吃不下、睡不着！

石副队长诧异地看着他，又劝了几句，一看老耿横了一条心，便把门关上了，悄声说，要真想告，也不能到城管局来告，你得往上找，还得把这东西传网上去，还得……

老耿拿着手机就去了信访办，人家看了视频，觉得处理得还可以。老耿二话不说，回去先找个明白人，帮着把视频传到网上，题目就叫"我爸是郭忠"。接着，老耿让人把这五个字写在牌子上，往自己脖子上一挂，到市纪检委门口上访去了。

信息时代，老耿告城管队长的视频和图片迅速在微信里传播着，网民们几乎一边倒站在了老耿这边，对城管的不满情绪更是化作了成千上万的谩骂和指责。迫于压力，城管局领导坐不住了，郭忠带着礼物来看老耿，老耿连门都不开。郭忠又找人来商量，想出点钱，让老耿罢手吧。可老耿脖子一梗，给金山银山也不行！他心里暗骂：给多少钱，儿子脸上那道疤也下不去，非得告到底，非得置这口气不可！

就这么三闹腾五闹腾，市纪检委出面了，再不出面老耿就要到省里去上告了。调查组收了老耿的材料，郭忠的腐败事还真不少：以权谋私帮儿子办工作，挪用公款购私家车，借学习之机公款旅游……经过详细调查，老耿的举报基本属实，春节前夕传来消息，郭忠进了检察院，看来要在里面过年了。

老耿在门口放了一挂长鞭，扳倒了一个贪官不说，还给自己出了口恶气。石队长代表城管队来道歉，还给老耿买了一大堆慰问品。老耿欢喜地拉着他的手，一个劲儿地说，怎么还带东西来，要说我还得感谢你，要不是你那些——话音未落，门开了，刚子到家了，后面还领着个漂亮姑娘，进门就笑了，说，爸，给你个惊喜，这是你未来的儿媳妇……这回您老能睡个安稳觉了吧。

老耿激动地都说不出话来了，却见刚子和石队长寒暄几句，猛地给了他一拳，说，国忠，你小子混上正队长了，这得请客啊！

他叫啥？老耿猛地一震，好像听错了什么，不是三喜子吗？

刚子乐呵呵地说，爸，这是我同学，石国忠……上次拿秤盘子划破了我的脸，就是这小子干的，要不然我能放过他嘛！

是郭忠划的？石国忠划的？老耿的眼前一黑，这口气置的，怎么串味儿了呢……不过还好，总算扳倒了一个贪官。

（原载《小说月刊》2017 年第 7 期）

诱　饵

贺小波

老朱一脸严肃地坐在阳台上，专心致志地调试着架子上的望远镜。这部望远镜是他在部队当兵的儿子买的，军用的，十倍的焦距，站在楼上能把方圆百米内的东西看得一清二楚。

工夫不大，望远镜就调试好了，镜头内楼下那辆新买的电动车一览无余地呈现于眼前。老朱脸上这才有了笑意，顺手端起窗台上的茶杯，惬意地抿了口，然后又赶紧把眼睛对准了镜片。

望远镜里的那辆电动车，是老朱买的第三辆电动车，前两辆锁在楼下时被小偷偷走了。他决心抓住这个可恶的蟊贼，于是买了第三辆，天天锁在楼下当诱饵，然后用架在阳台的那部望远镜监控。

终于有一天，一个形迹可疑的人影进入视线，老朱兴奋起来。只见那人走到电动车前，左顾右盼地环视了一圈，然后迅速地蹲下身，也就有三五秒的时间，再站起来时，地上已跌落了一把玥玛锁。

老朱看得目瞪口呆，这开锁的速度也太快了吧，如果是一把普通的锁具还可相信，这可是一把有保险功能的钥玛锁呀！何况这把锁还经过有三十多年开锁经验的自己改装过的！

这时，那人推着电动车快到小区门口了，老朱猛然醒悟，急快站起身冲向楼下，边跑边喊："站住，你给我站住！"

那人听见有人在身后喊，回头就看见了追来的老朱，吓得也顾不上电动车了，撒腿就跑。老朱岂能让到手鸭子飞了，也不管躺在地上的电动车了，奋力朝前追去。

两人一前一后在马路上追逐起来，然而老朱毕竟是五十多岁的人啦，不大会体力就跟不上脚下的节奏了，眼看着那人就要消失在人流中，他才突然想起刚想着追了，倒忘记喊了。于是，张嘴喊了句："抓，抓，抓贼呀！"

也许大家都对窃贼怀有一种无名的痛恨，路边围观的人听到老朱的喊声后，迅速朝那人围拢过去。这时，在路边树荫下乘凉的一个环卫大爷，眼见那人跑到身边，猛然拿起扫把朝他腿下扫去，只听扑通一声，那人已趴在地上。围追的路人也到了跟前，拳头、无影脚瞬时如雨点一样落在那人身上，打得非常的惬意。

不大会儿，老朱也气喘吁吁地追了过来，他怕出人命，急忙制止大家住手。

"打死他，让他再偷！"人群中有人喊道。

"即使打不死，也让他长点教训。"有人应和。

大家又开始跃跃欲试，恰巧一辆巡逻的警车开过来，说话间，警察已把那人从地上拎了起来。

老朱这才看清那个蟊贼的脸，那是一张娃娃的脸，嘴角绒毛还淡淡的。他一脸的恐惧，左躲右闪着人群投来的愤怒目光。

看着这表情，老朱的心猛然间像被什么东西戳了下一阵收缩。

这时，警察掏出手铐正要给他铐上，老朱忽然面红耳赤地说："对不起呀，警察同志，这是我儿子，刚才在家跟我怄气，想离家出走，我追不上他，就想了这法让大伙帮我拦住他。"

警察半信半疑地看看老朱又瞅瞅男孩，问："是真的吗？"

男孩怯生生地点点头，下意识地往老朱身后挪了挪。

"真是你儿子？"

"是，是。"老朱肯定地点头。

警察收回手铐，训斥了几句后开车走了。大伙儿见是父子闹别扭，就为刚才下手过重向老朱道歉，老朱脸上堆着笑，连声说："不重不重，不然他不长记性，下次还会犯错。"

听这话，男孩的脸一下红了。老朱装作没看见似的，朝男孩屁股踢了一脚，神情暧昧地说："走，回家去！"

男孩没有拒绝，乖乖跟在老朱屁股后朝前走去。走了一会儿，男孩终于忍不住地问道："叔，你咋帮我呢？"

老朱站住身，定定地看了男孩一眼，语气平淡地说："我不是帮你，我是在挽救一棵刚破土的幼苗。因为我是个锁具匠，所以爱惜这个能几秒开我锁具的奇才。"

男孩不由自主地瞪大了眼睛，惊奇地看着这个说自己是奇才的男人，脸涨得通红。

老朱未理会他，继续说："年轻时谁没犯过错？犯了错，不去改，就会越走越远。其实，这辆车是我专门设的一个诱饵，就是为了抓住你。"说到这儿，老朱的眼睛一下温柔了，"孩子，克制心魔，就要从抵制诱惑开始呀！"

男孩没有说话，却深深地弯下了腰，给老朱鞠了个躬，然后含泪跑走了。

望着男孩远去的背影，老朱下意识地抬起只有四个手指的右手看了看，自言自语说了句："是呀，年轻都会犯错误，关键得给他一个改过的机会啊！"

（原载《山东文学》2017 年第 9 期）

私　奔

孙艳梅

康德奶奶不大对劲儿。

往常这时候，她躺在暖气片旁边的晃呀晃呀的摇椅里打盹儿，偶尔睁开眼睛，伸手拿旁边小木桌上的吃食塞进没牙的嘴里。桌上永远有吃不完的山楂糕密家点心，喝不完的有机牛奶，还有八宝粥。都是孙子买来孝敬她的。这小子，人精，知道她偏软偏甜的喜好。

今个，康德奶奶却坐立不安地来回走动，边走边朝孙子房间里逡巡。儿子媳妇按点儿上班走了。孙子按说也该上班了，不知为何却一直躺在屋子里呼呼大睡。她本来要等孩子们不在家做一件大事，一件惊世骇俗耸人听闻的大事。不等了，顺子爷爷恐怕在小区门口等急了，不能再让顺子爷爷等自己了，他已经等到七老八十，等得够久了，够委屈他了。康德奶奶挎起一早收拾好的蓝花布小包袱，木桌下她喂养的连眼珠都懒得转的黑猫懒洋洋地跟过来，她俯下身子摸摸它光滑的皮毛说，对不住咯。

鼻子一酸，康德奶奶撩起棉衣一角擦擦眼角。六十年前她挎起小包袱与顺子爷爷私奔的那个月朗星稀的夜晚，她轻轻打开院门，墙角那株蔷薇花都睡得正酣，家里喂养的猫却亲热地绕上来，她也是俯下身子摸摸它光滑的皮毛说，对不住咯。

果然满头白发的顺子爷爷已经推着三轮车等在小区门口。三轮车上放一个矮马扎，他扶着康德奶奶颤巍巍地坐上去，像个年轻小伙儿一样叮嘱说，坐好喽，若我骑快了，你坐不稳，就搂住我的腰。康德奶奶郑重地点点头。鼻子又是一酸。那年，她和顺子爷爷手拉手深一脚浅一脚地出村，天亮，刚到镇里唯一一个通往外面的汽车站，就被等候在那里的父母及三个哥哥逮住。她在哥哥的胳膊缝里一步一回头，一步一祈祷，祈祷来世再做他的妻。

以为和顺子爷爷从此相隔天涯，没想到闯关东的顺子爷爷竟回到故乡，还像六十年前一样，找到她，要她跟他去他的老宅居住。他说他这辈子就想和她一屋子过日子。和顺子爷爷一屋子过日子，也是康德奶奶一辈子的心愿，青丝落雪，纵赢得富贵又如何？可当年她的父母不同意他俩的婚事，如今她的儿子孙子，就会同意吗？人老了，活在晚辈手里。前段时间小区里的刘老太和王老头儿搞过一回"黄昏恋"，儿媳跳脚大骂，骂得那个难听啊，羞得老太太差点上了吊。顺子爷爷低着头喝着她倒的茶水说，不能再等了，说不定哪天，等着等着，我就走了。

因这句话，康德奶奶下定决心私奔，偷偷和顺子爷爷私奔到离城四十里的顺子爷爷的老家北斗村。顺子爷爷说，坐公交吧。康德奶奶心有余悸，咱们当年就是在汽车站被截住的。顺子爷爷说，那我骑三轮车来接你。

顺子爷爷带着康德奶奶慢悠悠地穿过繁华的街道，穿过一望无际的田野。康德奶奶指着远处一处盛开的黄花喊，蜡梅！康德奶奶的小名有个"梅"字，顺子爷爷顺着她的手指看过去，说，你等着。手脚并用从山坡上下去，少顷折回一枝。康德奶奶轻嗅，真香，你闻闻。顺子爷爷就凑近闻闻，是很香呢。

康德奶奶手握花枝，顺子爷爷带着她继续前行。忽然康德奶奶看到孙子骑着摩托车迎面而来，她慌张地低下身子用蜡梅遮面。很庆幸，孙子没有发现她，旁若无人地电闪雷鸣驰骋而去。

顺子爷爷骑累了，两人就坐下歇歇脚。康德奶奶的脚麻了，两人就在路上慢慢走。令人心焦地走走停停，终于在天上黑影的时候到达顺子爷爷的家。

顺子爷爷把钥匙从门梁上摸下来，一扇未漆的大门打开，一条短尾巴黑狗颠颠地亲热地迎上来。顺子爷爷打开堂屋门，屋子里，炉火正旺，火舌腾挪，炉火旁放着很多劈好的木柴。炉子旁有个晃呀晃呀的摇椅，摇椅旁的木桌上放着山楂糕、密家点心、有机牛奶，还有八宝粥。木桌底下的一只连眼珠都懒得动的黑猫蜷缩着。

康德奶奶满眼爱意地看着顺子爷爷。顺子爷爷挠挠头，想说什么，可是他骑了一天的三轮，他太累了。康德奶奶也累了。两人吃几块密家点心喝两罐八宝粥，坐在炉火旁打起盹儿来。

窗外，我静静地看着这一切。

我轻轻带上大门，跨上摩托车的时候，我情不自禁吹起口哨。

这一天可把我忙活坏了。

十点，我骑着摩托车来到北斗村，从门梁上摸出钥匙，打开未漆的木门，一条短尾巴黑狗狂吠，我扔给它一根肉骨头。我往里面搬了一只猫和很多东西。下午一点，我第二次来到北斗村，生好炉子，劈了一堆木柴，老人畏寒。做好这一切，我绕到两位老人身后，默默地跟着他们。他们慢悠悠走，我慢悠悠跟。

我叫康德。

（原载《微型小说月报》2017年第5期）

画　贤

刘怀远

第一次遇见小王的时候，他正在街上摆个地摊，售卖几张花鸟鱼虫的画。

张老虎偶然从此经过，见是画摊，不由得驻足，画作虽有灵气却显幼稚。刚抬起脚要走，忽然记起听人说过有个失去双亲以绘画为生的青年，忙又多打量了几眼画摊后的小王，见他清癯俊秀，穿着寒酸，环抱双臂。张老虎重新伫立下来，边翻看画卷边连呼上乘佳作，说特别是画满牡丹的花开富贵图，挂在家里就会招财进宝富贵吉祥啊！引来众人围观，张老虎给大家讲解每幅画的妙处后，又掏钱买了一幅牡丹。能得到张老虎赏识，岂是一般？画作立刻被众人抢购一空。

张老虎何以有这样大的威力？张老虎家道富庶，乐善好施，同时也是丹青高手，以擅画老虎奇石著名。不过他的画不卖，用他自己的话说，我不缺钱，就是图个乐。从此，小王和张老虎成了莫逆之交；从此，小王即使坐在家中，都会有人找来买画；从此，小王名气越来越大，成了远近闻名擅画富贵图的"牡丹王"。

小王的日子一下滋润起来，没事就提壶酒来找张老虎小聚。张老虎堪称酒中仙，每餐必饮，兴致上来，一次能饮一斤。酒后茶余二人切磋画技，张老虎书房前植有成片的牡丹，小王就观察勾勒一番。小王也虚心向张老虎请教画虎技法，经过张老虎的指点，牡丹王也能画出威风凛凛的老虎。再没多久，牡丹王除了卖牡丹，也开始出售虎虎生威图。画老虎是细活儿，要做到威风凛凛栩栩如生，除了画出气势和骨架，更要在细微处下足功夫，虎身上的每一根毛都要细细勾勒。这样，两个人聚会的时间就少了。有人和张老虎说，小王开始画虎了，那你张老虎以后画什么？张老虎呵呵一笑，我是玩儿，他是糊口，是买家让画什么他就得画什么，不由他。

下次再聚时，张老虎反倒更细心地给牡丹王讲解画虎的一些忌讳，悬挂虎图的人家虽都是为镇宅避凶，但还是根据主人状况有所区别。家有青年的堂前宜挂上山虎，上山虎要画瘦，精气神儿足，取步步高升之意。如果是中老年人，则适合挂下山虎，意指事业有成归来。下山虎肚子一定要肥，安详富态，因为饿肚子虎下山会伤人。但不管画哪种虎，虎头要冲向大门，不冲卧室。说得牡丹王连连点头。

又一日，一老友来访，张老虎设宴招待。菜过五味，酒也快喝下两斤，老友醋红着脸说，我此行一是拜访你，二来是找牡丹王买画。

买到了？

没有。他被人请去画中堂和影壁墙，要几日才能回来。唉，白跑了一趟。

已面如重枣的张老虎哈哈大笑，你不来，哪有咱哥俩儿的痛饮，怎么说白跑呢？来，别总我自己喝，你也再干一杯！

老友连连摆手，我早喝好了，只是给小儿布置的新房内想有一幅花开富贵图，时间紧迫。

这个好办，不就是一张画吗？

你有牡丹王的画？多大尺寸？

张老虎又把酒杯斟满，说，咱俩再连干三杯，我保证你能拿走花开富贵图，要多大有多大！

当真？

当真！

三杯酒下肚，张老虎移步书房，展开宣纸，提起画笔。

好友说，我不、不是要虎图。

张老虎大着舌头说，谁……给你画虎？画、画一只老虎最快也……也得九天！

勾、描、点、皴、擦、染，大朵大朵的牡丹酣畅地盛开纸上，花繁叶茂，宛有馨香。两块奇石护住根部，三五只蜜蜂绕逐花蕊，仿佛能听见嗡嗡之声。

老友大呼：原来你还藏着一手，你才是真正的牡丹王！

再看张老虎，伏在案上，鼾声大作。

第二天，张老虎余醉未消，又来访客，来客说，我是专程来求牡丹图的！

张老虎连连作揖，画老虎我还凑合，画牡丹是外行，您还是去找牡丹王买吧。

您就按昨日的再给我画一幅就行！

张老虎恍然记起昨日，一拍脑袋，懊悔不已：惭愧惭愧，昨日大醉，信手涂鸦纯属败笔，那幅画我马上就去收回。唉，豪饮误我失态失德，从此，我不但不画牡丹，连酒也绝不再饮！

果然，张老虎从此滴酒不沾。

再与牡丹王会面，华衣锦服的牡丹王问他，您那么大的酒瘾，怎么说戒就能戒了呢？张老虎竟羞赧地一笑。牡丹王又说，外面传您画牡丹也是一绝。张老虎连连摆手，误会误会，只有你才是牡丹王！

（原载《林中凤凰》2017 年第 3 期）

祖 传 金 镯

林华玉

王梅的儿子赵一平名牌大学毕业，现在在一家公司做白领，他一米八的个头，脸如雕刻般五官分明，俊美异常，可就是这么优秀的帅哥，婚姻却迟迟未动，到了二十八岁还没领个媳妇回来，王梅着急抱孙子，一个劲儿地催促儿子赶紧找媳妇。

一个周末，赵一平还真的领回家一名女子，姑娘名叫钱丽丽，和赵一平同岁，一张圆圆的鹅蛋脸，眼珠子黑漆漆的，两颊晕红，大眼睛，皮肤如雪，脑后露出一头乌云般的秀发，一米七左右的个头，苗条的身材，周身处处透着一股青春气息……总之，王梅对钱丽丽很是满意，暗地里催促赵一平加快速度，赵一平把眼睛一瞪，说："加快速度？您以为是建高楼建高铁呀，您总不能是让我把生米煮成熟饭吧？"王梅笑骂道："那就要看你小子的能力了！"

赵一平和钱丽丽很谈得来，关系发展得也很快，到了谈婚论嫁的阶段。王梅看在眼里，喜在眉梢，这天，在赵一平和钱丽丽去民政局领了结婚证后，王梅把钱丽丽叫到身边，从手腕上褪下一只金镯，说："丽丽，领了证，你就是赵家的儿媳妇了，这只金镯子是一平奶奶传给我的，我现在把它传给你！"钱丽丽说："这么贵重的东西，我哪能要呢，您还是留着吧！"王梅说："当时一平奶奶把这个金镯子给我时，说它也是她的婆婆传给她的，这样婆婆传儿媳不知道传了多少代，现在我也不能破了这个传统，你是我儿媳，我当然要给你！"钱丽丽一听王梅这么说，就道了声谢，要了。

王梅的丈夫叫赵福荫，去公园遛弯回来后，听说王梅把金镯子给钱丽丽了，脸色有些发白，他说："你怎么能把它给丽丽呢？赶紧要回来！"王梅说："你这话好奇怪，丽丽是咱儿媳妇，我不给她给谁，你先说个理由？"赵福荫说："也没什么，我就觉得它是我娘给你的，总是个念想，你这冷不防给了别人，我情感上接受不了。要不这样，你把那镯子要回来，我再买一个更大的回来，你再给丽丽！"王梅盯着赵福荫的眼睛，说："我从你飘忽的眼神看得出，你撒谎了，你跟我说实话，为什么要我把金镯子要回来？不然我跟你没完！"赵福荫低着头，好像在思考着什么，好一会儿没有说话。最后像是下了很大的决心，他抬起头，说："王梅，我和你说实话吧，那金镯子是假的！"

二十年前，赵福荫的娘得了重病，需要花一大笔钱，赵福荫到处找人凑钱，钱还是差很多，实在没法子，他盯上了王梅的金镯子。

除了结婚头几年，王梅一般不戴那个金镯子，她说戴着干活不得劲儿，她把它珍藏在床头的箱子里。这天，赵福荫趁王梅回娘家的空，打开箱子，取出那个金镯子，他首先找了一个金银匠，用一种类似于黄金的合金仿照着金镯子的样式打了一个，真金镯子经过上百年的佩戴，表面自然形成了一层包浆，这个假金镯子没有，为了能以假乱真，他还让金银匠用化学方法，使得那个假金镯子含有一层包浆，使它看起来几乎与真金镯子一模一样。

赵福荫把假金镯子包好，放在箱子里，之后将真金镯子卖给了一个家境比较富裕的朋友，换了不少钱，给他娘治了病。

这么多年，尽管王梅一直蒙在鼓里，但也像一块石头压在赵福荫心头，他想过几年生活好了，一定要再买一个，不，一对金镯子回来，向老婆赔罪。可那些年生活不好，他有心无力，现在生活好了，衣食不愁，他原本想着，在三十年结婚纪念日这天，买一对金镯子回来。没想到还没到日子，假金镯子被老婆送人了，现在的孩子都鬼精着呢，这人家要是去首饰店一做鉴定，发现是假的，不和儿子吹才怪。

王梅听完，说："你放心，这婚事黄不了！"赵福荫说："你怎么这么自信？"王梅说："实话告诉你吧，那只金镯子，是真的！"赵福荫说："这怎么可能，我当年亲自把真的卖了！"

原来就在那年，王梅看到婆婆重病，孝顺的丈夫急得就跟热锅上的蚂蚁似的，很是心疼，就决定把金镯子卖了，给婆婆治病，因为怕丈夫不肯，她瞒着他，找到一个朋友，问他要不要这金镯子，朋友一看，说："你家到底有多少金镯子？"巧的是，王梅找的朋友就是赵福荫卖给金镯子的那位，王梅见他话里有话，就问他到底是咋回事，朋友就告诉了王梅实情。

朋友被两口子的孝心感动，就把那个金镯子还给了王梅，说那钱就当他借给王梅两口子的，啥时有钱啥时还，王梅给他打了个欠条，那年她娘家拆迁，赔了不少钱，因为王梅是独生女，她父母给了她不少，她就把朋友的钱全部还了。

赵福荫听完，大为感动，也大为不解，他问："你为什么这么多年一直不告诉我？"王梅说："一来我觉得给老人治病是天经地义，没必要宣扬；二来，还不是为了不伤害你的自尊心！"赵福荫一把将王梅拉到怀里，热泪像断了线的珠子一样，在他脸上肆意流淌。

（原载《民间故事》）2017 年第 9 期）

妈妈替我收手表

代应坤

我打记事起，就没有见到过爸爸，妈妈说，爸爸走了，走到了一个不为人知的地方去了。

我上面有一个姐姐，一个哥哥，他们一直没能进入老庙集的那所小学读书，他们没有念书，我也不想念书，八岁那年，妈妈一巴掌打在我的小屁股上，我看她哭了，我也哭了，跟着她一前一后进了石狮子把门的小学。

姐姐和哥哥在家打猪草，一天几大筐，被限制猪身自由的小花猪，张开大嘴哼哼着，享受着绿色食品的供给，贪吃贪睡不干活，体态一月一个变，到年终，妈妈找来两位叔叔，捆捆绑绑把它送到食品站，猪一路嚎叫，我们兄妹三个跟在后面哭成了泪人，舍不得这个八戒啊。

叔叔把一卷钞票放在我家的土桌子上，妈妈看也没看，就把钱装进裤口袋，直奔生产队会计大胡子叔叔家，说是交透支款。不过，卖猪钱也没有全部交尽，还留下一点，说是给我们三个小孩买东西吃的钱。那天早晨，我背起书包，妈妈亲手递给我五角钱，嘱我买六根油条，剩余的钱，全部用于买盐。

盐是买了，油条没有买，我说，钱在买盐之后，弄丢了。

母亲睁大双眼，深陷的眼眶中掠过一丝悲哀；大我一岁的姐姐顺地打滚，哭得很伤心；哥哥不作声，立在原地，愣愣的。

几天后，我左胳膊戴上了一块塑料手表，神气活现地玩耍在小伙伴中间。

妈妈问："你的手表是从哪里来的？"

我说："是从同学那儿借的。"

"哪个同学？"

"……"

"啪！"妈妈一巴掌打在我的左脸上，我只觉耳门嗡嗡地响，眼一黑，就什么也不知道了。

醒来时，已是晚上，我躺在妈妈怀里，她给我讲了一个会计的故事。

多年前，一个生产队会计，家中孩子多，劳力弱，又加上当年他的母亲病逝，借公款几十元钱，所以，年终全体社员算账时，需要拿出近百元钱，交到账上。寒冬腊月，水冷草枯，到哪里筹这笔钱？会计一连好几个夜晚睡不着觉。一天夜里，他悄悄起床，拿出账本，在煤油灯下忙活了一宿，在账面上动了手脚，他家只需要拿出少数的钱。谁知，第二年的春天，四清工作队进驻村庄，一个漆黑的夜晚，会计被几个手举马灯的陌生人带走，几天后，送回来的是一个脖子上有勒痕，没有一丝气息的人。

妈妈讲完这个故事，抬眼望着我："莲儿，知道会计为什么会被带走吗？"

我摇摇头。

妈妈继续说："我告诉你，因为那个会计，吸了全生产队人的血汗，他贪污了公家的钱。他不就是一个生产队会计吗，他要是中央的会计，还不把全国的钱都贪了？"

我问："妈妈，什么叫贪污呀？"

妈妈说："把别人的东西，偷偷摸摸弄到自己手里，这就叫贪污。"

我问："贪污都得死吗？"

妈妈不语。

沉默了好一阵子，妈妈又说话了："莲儿，耳朵现在还疼吗？"

"还有一点点疼。"我说了个谎，其实，耳朵疼得还蛮厉害。

"你气妈妈吗？"

"不气。"

"为什么不气？"

"因为我做错事了。"

"你有什么错呀？"

"我不该吸哥哥姐姐的血。"

"你以后可会吸人家血了？"

"我不，打死我，也不……"我再次啜泣起来。

那个夜晚，我躺在妈妈的怀抱里，睡了一个又香又甜的觉。早晨起来，妈妈已不在身边，中午放学回来，我才知道，她上街道买油条去了，买了六根油条，妈妈没有吃，我们姊妹三个，一人两根。

时间的车轮缓缓碾过。二十一岁那年，我以优异成绩考取了中国青年政治学院，临近开学的那个傍晚，妈妈表情凝重地带我到一座坟茔前，她让我跪下，说，这就是那个生产队会计，给他磕几个响头吧，他孤单了这些年。我死后，你也得把我葬在这里。我磕了头，心中涌起一阵莫名的隐痛。

毕业后，我被分配在省直党政机关工作，十年后，又调回家乡所在的市任副市长，这些年来，我的手表换了一块又一块，但换下的皆被母亲收着，特别是当初的那块塑料手表。每次我更换手表，她老人家总要打听手表值多少钱，是不是自己买的。那年春节，我的一位高中同学，某房地产开发公司总经理，送给我一块劳力士表，妈妈立马翻了脸，拎起小包袱就要走，我只得把手表还给人家。

母亲驾鹤西去之后，遵其遗嘱，包袱内的破眼镜架、短布头等都成了陪葬品，唯独她把收藏了几十年的旧手表，交给了我，她说，经常看看这些手表，就会吃得饱，睡得香，平平安安。

（原载《六安新周报》2017 年 6 月 16 日）

月 下 村 姑

罗瑞花

　　那是一个星期六的下午，我正在看学生交上来的随笔。传来两声怯怯的敲门声，开门一看，门口站着一个头发蓬乱、嘴唇干裂的女人。

　　"哦，您找——"

　　"是我呀，栀子。"

　　"林小翠？"

　　她咧嘴一笑，嘴唇上渗出了血。我拉着她的手往屋里让，那是怎样的一双手啊！沾满了薯浆，长满了老茧，开满了裂缝。

　　我忙给她去倒茶，脑海里总是浮现十几年前那个"一双美丽的大眼睛，辫子粗又长"在祠堂里教小朋友们唱"娃哈哈，娃哈哈，我们的生活多愉快"的姑娘。

　　"小翠，听说你们村的小学撤了？"

　　"嗯，我早就被辞退了。出去打了两年工，给玩具画油彩，气味太刺激，老是晕倒，又怪想孩子的，就回来了。"

　　望着她黑瘦的脸和无神的眼睛，我不知说什么。

　　"栀子，你和……和乔羽还联系吗？"她轻慢地说。

　　乔羽？那已是一个遥远的记忆。

　　"他呀！还是从中央美院毕业那年给我打过电话，人家是踌躇满志，说是看了敦煌莫高窟，去了西藏，还准备——"

　　"他问起过我吗？"

　　"没……没有，小翠，你有事吗？"

"我家男人说啥也不送我家姑娘读高中了，要她出去打工，给两个弟弟赚学费。我那姑娘聪明呢，今年中考是川寨中学的第一名。"

"这么有出息的孩子不送书真可惜。都什么年代了，你男人还那么重男轻女。"

"也不全是重男轻女，他在恨我，在惩罚我。"

"怎么啦，小翠？"

林小翠完全跌坐在沙发里，泪如雨下，慢慢地絮叨着如烟的往事……

师范毕业的乔羽因为工作散漫被教育办下调到我们川寨小学后，脾气暴躁，意志消沉，整天是啤酒香烟不离手。我们学校是一座古老的祠堂，全校才五个教师，都是早去晚归的。有天傍晚，我去拿忘在教室里的没织完的毛线衣，见乔羽一个人待在灶堂边喝寡酒，怪可怜的。我就帮他生火做饭。那次他吃了三大碗饭，直夸我的菜炒得好吃。从那以后，我总是找机会陪他。晚上他画画，我就坐在一旁织毛衣，有时他画累了，就坐下来陪我说说话。他讲了很多我不明白但很有趣的事情。有一次，他还把他宝贝似的精美画册给我看，当我翻到一幅少女裸体图时，我吃惊地扔在地上，并骂他"不要脸"，他却笑笑，捡起，说我不懂艺术。

那天晚上，月光很好，我来找他去村头看电影。他正躺在椅上乘凉，未等我开口，他忽然从椅上弹起来，盯着我说："小翠，别动。"

他飞快地拿来了画架，笔盒，他让我倚靠着秋千架，在画纸上忙起来。忽然，他扔下画笔，跑过来抓住我的手说："小翠，今晚你真美。我一直想画一幅月下村姑图，你可不可以把裙子脱了……"

栀子，你知道吗？一年多来，他的英俊、他的才气早已征服了我，再加上当时，他的眼睛里全是真诚与渴望，我无法拒绝他。那天晚上，我也没回去……

不知何时，村里已闹得沸沸扬扬，父母给我定的婆家找上门来了。我爹气得不行，给了我两巴掌，把我反锁在家里。我爹又去学校找乔羽，把那幅"月下村姑"撕得粉碎，并扬言要剁了乔羽的右手，叫他永世不得画画，还要去教育局告他，砸了他的饭碗。我只好跪着求爹，答应他们给我安排的婚事。

母亲看到我喜酸，干呕，急得不行，赶紧找来算命先生择了黄道吉日，草草地将我嫁了，六个月后，我生下了孩子。我男人铁青着脸，一个月都没进卧室。我流着眼泪喂孩子，洗尿片，终于等到满月那天，我满心欢喜地抱着孩子回娘家，晚上我悄悄地来到学校，想要乔羽给孩子取个名字，没想到他的办公室除了一张空床，一张办公桌，半个纸片也没有留下。后来，我才知道，我去找他的三天前，他接到了中央美院的录取通知书，走了……他走得真干净啊！

　　栀子，我不怨他。他是只凤凰，迟早会飞走的。只是我耽误了女儿，怎么对得起她呢？这么多年，我总是做着同一个梦：早晨，我推开家门，乔羽站在门前，告诉我，他要送女儿上大学……"

　　我翻出了所有的通信录，终于从一个同学那里找到了乔羽的手机号码，忙拨过去。

　　"对不起，您拨的是空号，请查……"

　　"算了吧，栀子。我拼了命也要送女儿读高中的。"

　　望着那个越走越远的消瘦的身影，那幅被撕碎的"月下村姑图"在我的心里一点一点地拼合起来……

（原载作家网 2017 年 8 月 4 日）

月 亮 河

梅凤艳

　　这座超市的装修有些复古，像是二十世纪五十年代的建筑风格。咖啡色的外墙颜色，透明的落地门窗，配上门口红色的遮阳伞和红色冰柜，给人很温馨的感觉。

　　米奇大叔快活地走进超市，买了瓶牛奶，一袋全麦面包。穿超市工作服的大块头女人摇摆着奶牛般的屁股迎面走来跟他打招呼，早上好！他回了句，心里嘀咕着，这女人叫什么名字来着？玛莎，还是兰妮？唉，年纪大了，忘性就是大！她那肥胖的屁股活像他小时候农场里养的奶牛，他就偷偷叫她奶牛大嫂。要是她知道别人叫她奶牛，一定会暴跳如雷吧？这样想着，米奇大叔不由得扑哧笑出了声。见奶牛大嫂向他看来，他有些尴尬，挠了挠头上的白发。

　　米奇大叔把牛奶面包放在收银台，掏出钱来。收银的瘦小伙笑嘻嘻地跟他打招呼，米奇大叔又很尴尬。这瘦小伙好像是叫约翰。是不是约翰呢？他又有些吃不准了。那小伙子瘦高瘦高，长得像豆芽，就叫他豆芽小伙儿吧。可打招呼时又不能叫人家豆芽，多不礼貌啊！米奇大叔笑着打了个招呼。豆芽小伙笑容可掬地把东西放入包装袋，再把包装袋递给米奇大叔，说欢迎再来。米奇大叔拎着袋子满心欢喜地离开了超市。

米奇大叔拐杖一点一点走在街上，在电影院门前，他遇见了一个正在散步的驼背老奶奶。那老奶奶怎么那么眼熟？他绞尽脑汁想了半天，也想不起她的名字。唉，就叫她驼背奶奶吧，她好像小时候村里的邻居奶奶。那个奶奶也是这样的驼背。驼背奶奶左手托腰，用拐杖点地，慢悠悠地走着，右手还牵着只小花狗。米奇大叔看见小狗，喜欢极了，笑着跟驼背奶奶打招呼，然后问，小狗叫什么名字？驼背奶奶见有人问起小狗，眼睛立马亮了起来，脸上的皱纹也花朵般舒展开来，说，叫米奇。

米奇大叔扶了扶鼻梁上的眼镜，跷着大拇指说，好名字！好名字！他看着撒欢的小花狗，像中了邪魔一样，右手拄拐，左手托腰，跟着驼背老奶奶走了一段路，来到了咖啡馆。

驼背老奶奶牵着狗走进咖啡馆，米奇大叔亦步亦趋地跟着。咖啡馆门口，两个年轻女服务员笑着打招呼，似乎跟她俩很熟悉的样子。驼背奶奶径直走到钢琴前，坐在琴凳上，放下拐杖，捶了捶腰。米奇大叔也神差鬼使般坐在了她身边，放下拐杖，捶了捶腰。小狗乖乖地趴在钢琴附近的椅子下，像一条花地毯铺在地上。

驼背奶奶手指波浪般飞舞，弹奏起来。悠扬的琴声响起。米奇大叔脸上的表情丰富起来。他仿佛看到了一条宽阔的河流，一轮皎洁的月亮倒映在水里。他和恋人依偎着在河上泛舟。河水泛起粼粼金光，微风吹来阵阵花香，恋人的脸像花儿般美丽，他情不自禁地搂住了恋人。听着听着，米奇大叔闭上眼，脸上现出陶醉的神情，手不知不觉地搂住了驼背老奶奶的肩膀。老奶奶肩膀微微一颤，眼中似乎有了莹莹泪光。

小狗好像也听得懂音乐，眯缝着眼听得入神，叫都不叫一声。

两位女服务员远远地看着，一脸羡慕地悄悄耳语，这一对可真浪漫！米奇先生完全记不得自己的名字，也记不得驼背奶奶就是他妻子，可米奇夫人还是锲而不舍地每天在电影院门口出现，假装路遇米奇先生，然后带他来到咖啡馆，给他弹琴。

听说，这首《月亮河》，是他俩恋爱时听的第一首曲子。米奇先生没失忆前最爱听这首曲子了。

听说，米奇夫人给米奇先生弹琴的视频播出后，感动了全世界，很多国家都想学我们，说在我们这里，得痴呆症的老人晚年生活简直太幸福了，他们完全没有感觉到自己是病人，以为就是在过日常生活，不知道那些路人、超市服务员、电影院卖票员，还有我们，其实都是护理人员，连整个小镇，都是假的！

两个女服务员相互做了个鬼脸，捂着嘴哧哧笑了。白发苍苍的米奇先生搂着正在弹琴的米奇夫人的肩，正陶醉在美妙的音乐声中，对她俩的议论浑然不觉。

（原载《吴江日报》2017 年 6 月 11 日）

纸　人

桃　子

他打开一个油纸包，取出一张已经泛黄的老照片，照片上扎两条长辫子的女孩，朝他会意地笑着，他凝视了一会儿后放了回去，而后又打开又放回。油纸包里还有一块湖蓝色的格子手帕，照片和手帕都是小莲在十八岁那年送他的。他看了许久，终于将照片装进衣兜，发动了那辆代步的电动三轮车。

他要去县城，但他没有直接去县城，而是先绕道十几里去了小莲家。这条路他很熟，自小莲嫁到邻村之后，他经常鬼使神差地就走到这条路，又半路上折回来。今天他是直奔小莲家。天气不错，小莲在院子里，坐在一把竹椅上弯腰整理韭菜，刚从菜园里割来的韭菜夹着一些杂草，几只母鸡在她身边悠闲地啄食。小莲两条乌黑的长辫不见了，换成了灰白的齐耳短发，微胖的身子还透着女人的韵味。他在院墙外注视了好一会儿后悄悄离去，他不想让小莲看到他现在的样子。

在他读小学五年级的时候，爸爸病逝，有眼疾的妈妈再也看不见了，他只好辍学，妈妈和弟弟都靠他照料，村里人都夸他有志气。他长得好，大眼睛，国字脸，挺拔适中的个子，总是把自己收拾得干干净净的。

他和小莲一起长大，从小就是哥哥长、妹妹短的，一个眼神、一颦一笑彼此都心领神会。在吃饱最幸福的年月，只要有好吃的，都会省下来留给对方。终于在一个月圆的秋夜，在大队部后墙高高的稻草垛边，关不住的青春让他们拥有了彼此的初吻。

他一直忘不掉那个飘着雪花的日子，小莲浑身都打湿了，雪花飘落脸上和泪水混在了一起。"我俩的事我妈死活不同意。"小莲哭着塞给他一个油布包就逃开了。没过多久，小莲就嫁到了邻村。

一转眼弟弟也到了该成家的年龄，他东借西凑，在老房子西侧盖了两间楼房。喝上梁喜酒那天，他当着队长和亲友们的面，宣布和弟弟分家。他把新造的楼房分给了弟弟，老娘和造房子借的债留给了自己。他请族里的大伯和队长给弟弟保媒，平时愣头愣脑的弟弟，扑通一声给他跪下了。

弟弟第二年就成了家，之后生下一双儿女。他花了近十年才还清造房子欠的债。这中间有人劝他找个二婚的，或者花钱去外地物色一个，好歹成个家，他都笑着摇摇头，说是习惯了和老娘相依为命。

这样的两兄弟，居然为了一把锄头翻脸了。他喜欢干净，个子挺大可说话总是文绉绉的，他爱惜每一件东西，锄头、钉耙、箩筐等农具，都收拾得一尘不染，打了补丁的衣服也是洁净的。他有把锄头，用了好些年，已经比买来时短了三寸，木把手已润成了朱红色，锋口总是被他磨得铮亮，用起来非常顺手。而他弟弟的性格和他恰好相反，大大咧咧的，用了他的锄头没有清洗，随手一丢，几天后生了锈。他心疼这把锄头，数落弟弟不会持家，弟弟梗起脖子和他抬杠，从此以后，兄弟俩啥都分得清清楚楚，见面也不打招呼。

在县医院，医生拿着他的化验结果问他家里还有什么人，他一下子什么都明白了。

从医院回家没过多久，他就不能进食了，他用电动三轮载自己到医疗站打营养点滴维持。他让侄子把老娘接过去，他要给自己的后事做各种准备。先找人在村公墓建了石雕的楼房，以弥补生前没住上楼房的遗憾，而后给自己拍照，找画师画像，备下寿衣，还有准备好开豆腐饭的米、油、柴、搭棚子的油布，等等。现在一切都准备好了，连木柴都像用尺子量过一样，锯得一样长短，在墙边码得整整齐齐。

今天他要完成他最后一个心愿,剪一个和小莲一样的纸人,让侄子在头七那天烧给他。

从县城回来后的第三天,他把侄子叫来交代后事。他从一个木盒里取出一张存折交给侄子。侄子发现下面还有一个纸人,询问。他沉默了好一会儿说,算了,她有自己的子孙了,就不难为她了。

三天后的凌晨一点,他拉响了连通侄子房间的电铃,这是侄子在他病后特意装的,他说他想洗澡。弟弟进来了,他的眼睛亮了亮。洗澡的时候,兄弟俩的手终于握在了一起。侄子对他说,爸爸反复交代他,可以不孝顺爸,但一定要孝顺大伯。洗完澡,他悄悄地走了,走得很安详。

头七那天,小莲在墓地找了一个僻静处,一边烧纸钱一边和他唠叨。

（原载《太康月刊》2017 年第 3 期）

阴　差

贺清华

三桥村是个挺偏僻的小山村,这里的村民过着平静的生活。忽然有一天,一个年方二十岁的小伙子打破了山村的宁静。事情是这样的:

三桥村有个叫屈新的小伙子。一天,他独自来到村外水塘边钓鱼,钓着钓着,突然一头栽倒在水塘里,昏死过去。过了十来分钟,有两个同村的村民经过水塘边,一眼看到水塘里栽着一个人,头浸泡在水里,身子一动不动。两人慌忙过去,把人抬上了塘边,立马认出这人是屈新。一个村民试了试他的呼吸和脉搏,发现呼吸和脉搏都没有了。两人赶紧用土方法施救了一会儿,见他仍然没有反应,只好放弃抢救,双双去他家喊人。

时间一分一秒过去,躺在塘边的屈新形同一具尸体。可是,慢慢地,他的四肢竟然有了轻微的活动。待他家人和村民们赶到时,他已经翻身坐起。所有人都惊得目瞪口呆,特别是那两个把他从水塘里救上来的村民,更是惊得面面相觑。

屈新的父亲屈代坤是一个善读古书、颇具商业头脑的老农，他眼见儿子从死神手里莫名其妙捡回了一条命，脑子一转，计上心来，立刻有了一个敛财的主意。他先让人把屈新背回家，安顿在卧室里睡下，然后支走了所有人，关上门，对着儿子一阵窃窃私语。一个小时后，屈代坤打开房门，郑重其事地向村里人宣布：他的儿子屈新刚刚是去了一趟阴间，出了一趟"阴差"。

屈代坤解释说，所谓"阴差"就是跟鬼神打交道、替"阴间政府"办事的活人，现在他的儿子就是这样一个人。儿子在阴间见到了不少村里已故去的老人，有托他带话的，有问家人情况的。谁要是想知道自家故去亲人在阴间的情况，都可以来问屈新。

三桥村的人本来就有些迷信，听屈代坤这么一说，再加上救屈新的两个村民在旁添油加醋地述说，大伙都相信了，纷纷拥到屈家来询问。当然，依着规矩，大伙不是空手来的，有的提着鸡鸭，有的拿着香烟白酒。

屈新盘腿坐在自家堂屋八仙桌旁边的椅子上，无论谁来了，都先把带来的东西放在八仙桌上，然后再开口询问故去的亲人在阴间的情况。此时，屈新总是闭着眼睛，脑袋装模作样地一阵摇晃，嘴里念念有词。一会儿，他睁开眼，信口雌黄起来，有的说已经离开阴间投胎，有的说正在阴间受苦，还有的说已经在阴间当上了公务员，说得有鼻子有眼，不由别人不相信。

一时间，屈家人来人往，门庭若市。不但本村的人来，连外村的人也赶来了，乐得屈代坤嘴都合不拢。从收鸡收鸭到收人民币，从五元、十元，到三十、五十，屈家很快就"脱贫致富"了。

不久，又发生了一件奇事，让人们对屈新更信服了。

那天傍晚，屈新送走最后一批客人，见自家院里的橘子树已经挂果了，不由得馋涎欲滴。他两脚一蹬就上了树，准备摘橘子吃。哪知刚上树，就觉得一阵天旋地转，啪的一声掉了下来。

家人听到响声，赶过来一看，不由得大吃一惊，只见屈新趴在地上，头上摔得鲜血直流，人已昏死过去。家人赶紧七手八脚地把他抬进屋，又急急忙忙请来了村医马保。马保背着药箱赶到后，只见屈新闭着眼睛躺在床上，身子硬邦邦的，完全没有了呼吸。他拿起手电筒照了照屈新的眼球，没有任何收缩反应。通过这番简单的检查，马保发现屈新几乎没有了任何生命体征。但出于医生的职责，也因为屈新上次奇迹般的复活经历，马保给他缝合了伤口，并给他输液。可是，一天过去了，两天过去了，三天过去了……屈新还是像一具尸体一样，没有任何复活的迹象。屈代坤见状，急得头发都白了。

第五天，奇迹发生了，形同死尸的屈新竟然慢慢睁开了眼睛，活过来了。活过来后的屈新，却把自己上树摘橘子的事忘得干干净净，也不知道自己到阴间又完成了一件什么样的"阴差"。

村民们都觉得奇怪。屈代坤则得意扬扬地对他们解释说，这次屈新去阴间是完成一项非常重要的"阴差"，所以花了五天时间。现在任务完成了，阎王爷怕他泄露阴间秘密，故意让他"失忆"了。

这一下，屈新的名气更大了。甚至省城里都有人专程慕名而来。很快，省医院的李教授也知道了屈新这个人。李教授也是三桥村人，他跟家人通电话时，家人告诉了他这件旷古未闻的奇事。李教授当即请了几天假，来到了老家三桥村。

村民们听说从省城来了专家，都围在屈家周围看热闹。李教授见到屈新后，经过仔细观察，认为屈新有点不太正常。于是，他劝屈代坤说："你要相信科学，这世上哪有什么阴差？把屈新送到医院去检查一下吧，不然你会害了他。"

屈代坤听了李教授的话，非常气愤，叫道："一派胡言乱语。我儿子就是阴差，全村都可以做证！"

屈新也帮着父亲，说："我身体好得很，检查啥呀？"

正说着话，突然，屈新的嘴唇不住地颤抖，不到一分钟，他啊的一声怪叫，就倒在了院里，昏死过去。李教授想要上去抢救，屈代坤看了看四周围观的村民，咬咬牙，拦住李教授，道："你不用多事，我儿子是又去阴间办事了，要不了多久就会回来的……"说着就和家人一起把屈新抱回了卧室。

可是两天过去了，屈新仍然没能活过来，屈代坤有点慌了，就叫老婆偷偷地去请村医马保。很快，马保来了，身后还跟着李教授。原来李教授正在马保家闲坐，听说后就一起赶了过来。李教授和马保紧急对屈新抢救了半个小时，最终以失败告终——屈新死了。

经过尸检，李教授终于揭开了"阴差"之谜。原来，屈新是一名癫痫病患者。癫痫发病的临床表现有很多种，除了抽风、腹痛之外，还有一种叫"强直"。屈新的这种癫痫就叫"强直"。他第一次栽进水塘，如果是一般人肯定死掉了，但屈新是先发病后入水，他发病以后，全身骨骼肌肉都收缩得很紧，呼吸也停止了，鼻子自然不会吸进水,所以不会溺水。他被人救上来之后,症状还没有消失,依然处于昏迷之中。随着时间推移,病症慢慢消失,屈新自然就"活"了过来。

屈新第二次从树上掉下来,也是因为发病才掉下来的,掉下来以后摔成了外伤。村医马保每天给他输液,这些液体能保证他最基本的代谢需要。马保又给他缝合了伤口,减少了伤口感染的机会。这些看似简单的处理方法,却为屈新不吃不喝"死"五天后奇迹般活过来提供了有效帮助。

虽然侥幸"复活"了两次,但屈新的病情却在不知不觉中加重。最后一次发病后,因为没有及时救治,造成了脑水肿,最后呼吸衰竭而死亡。

村民们听了李教授一番合情合理的解释,终于恍然大悟,屈代坤更是后悔莫及。后来,村人常能看到他坐在屈新的坟头上,喃喃自语:"儿子,回来吧……"

(原载《金故事微型小说选刊》2017年第7期)

栀 子 花 开

乐忆英

那一年,新年临近,村民们忙着打年糕,杀年猪,到处洋溢着浓浓的年味。

他却一个人出了门,往村口走去。耳边还回响着舅舅的声音:"你别走远了,等会儿你母亲就要来接你回去。"

阳光明媚,他深深地吸了一口气,这个山脚下的村庄已有三年多没来。这里是他舅舅家。放寒假后,母亲就逼着他去舅舅家,说让他辅导三年级的表弟,其实他知道,母亲是想管住他的脚。自从上高中后,他变得贪玩了,成绩一直倒退,每天放学回家,就有同学来找他,不是踢足球就是滑滑轮,偶尔还会去网吧。

山村的静谧与城市的喧嚣形成了鲜明的对比,刚来时,他对一切都充满了新奇,上午辅导表弟做作业,下午就一个人去山里转悠。那天他在村口遇上她。他竟然还依稀记得,小时候,在舅舅家曾见过她。那时候的她,脸晒得黝黑,梳着两条小辫子，整天跟着一群男孩子玩耍。而如今的她，亭亭玉立，白皙的脸颊上泛着羞涩的笑。她跟他一样，下学期参加高考。

她对他说："我要走出大山，去远方。"

他问道："你最想去的地方是哪里？"

"北京。"她望着远方，加重声调说，"就去北京！"

她那坚毅的目光和充满自信的神情，让他突然之间有了一种心动的感觉。

第二天，他向舅母打听，舅母叹口气说："她母亲常年吃药，父亲外出打工，家里的事都是她打理，还要照顾十岁的弟弟，尽管这样，她的学习成绩却一直保持在前三名，那年中考还是全县第一名。"

随后的几天里，他都会在村口等她，上午她在家里忙碌，下午她会背着竹筐去山上打猪草，他跟着她上山，默默地帮她割草。

当他急切地来到村口，发现她已等在那里。昨天告诉她的，他要回家了。

村口有两棵三米多高的树，在他印象中，小时候就见过，只要远远看到那两棵树，就知道舅舅家到了。只是，他一直不知道这是什么树，她笑着告诉他："这树叫栀子树。"

他问："栀子树会开花吗？"

"当然，栀子花香味特浓，很远就能闻到。"她说，"当栀子花开的时候，也正是高考的时候。"

分别时，他鼓起勇气，把写有自己住址的小字条递给她，嗫嚅道："我、我可以和你做朋友吗？"

"好呀。"她大方地接过字条，说，"不过，我的要求可高啦。"

他搓着手说："你说。"

"下个学期，我们都参加高考。"她伸出手，"我们北大见。"

犹豫了一下，他还是握住她纤细的手，说："好，一言为定。"

回到小城后，他把足球和滑轮车都送给了同学，重新拿起了课本。

他的目光，仿佛深沉了，他的心地，变得宽容了。因为，有了秘密，他的心中向往一个地方，那就是北大！

初夏来临，他收到了她的信，拆开，是她画的一幅画《栀子花开》，上面是两株栀子树，白色的栀子花已经盛开。还附有一张字条，她写了两句话："我已经准备好了。你准备好了吗？"

她的来信无疑给他增添了斗志和勇气。忙于备考的他，每晚自修到深夜，也就没有给她回信。他暗暗蓄着劲：一定要携着她的手，一同走进北大。

终于，他等来了北大录取的通知书，便迫不及待地打电话给舅母，然后问起她的情况，舅母沉默了，好一会儿才说："忘了她吧。"说完就挂断了电话。

第二天，他去邻省的舅舅家，却得到一个不幸的消息。舅母告诉他，春节过后不久，她被查出得了急性白血病，虽然入院治疗，但她依然没能等到高考……

许多年后，她画的《栀子花开》被装入镜框，挂在他的书房里。

有一次，他的妻子打扫书房，无意中发现，画的右下角写着"林兰"两个字，便问他林兰是谁？妻子是他北大的学妹。他望着画，缓缓说道："我们那里，栀子花的别称就叫林兰。"

夜深人静的时候，当他从书本中抬起头来，就会看见她的画作：枝丫上，一朵朵白色的栀子花盛开着。于是，他感觉整个书房都充满了馥郁甜香的味道……

（原载《嘉兴日报》2017 年 8 月 9 日）

拯 救 良 知

王维新

北京和平里那地儿，是一个相对集中的办公区。在一栋老式大楼里挂着许多企业的牌子。

陈诚每天骑着自行车去那里上班。他是一个典型的 90 后青年，喜欢穿一件紫色夹克，一条牛仔裤，一双系带子的帆布鞋。他头上扣着一副耳机。

这是秋天的一个早晨，太阳刚刚出来，彩霞染红了东边的天空。陈诚迎着初升的朝阳赶往上班的路上。

走到和平里中街，他突然发现前面的绿篱旁边躺着一个白发老太太，急忙下车前去查看："大娘，您怎么啦？大娘……"

老太太右手捂着胸口，直翻白眼，说不出话来。旁边放着买菜拉的两轮车。

陈诚赶紧把老太太抱上自行车，推到附近的医院抢救。医生给她打了强心针，插上氧气，接上心电图监视仪，一边给她输液，一边让陈诚去缴费："你妈我给你全力抢救，你赶快去缴费。"

"不是我妈，我是路人。"

"原来是这样。"医生哦了一声，就给老太太消毒、扎针。

陈诚翻遍口袋只有二百多元钱，他到缴费窗口把钱递进去，说了句什么，就转身返回抢救室。他一看左腕上硕大的时装表，距离打卡签到的时间只差五分钟了。他焦急万分地对医生说："你们先给她用药，我得去上班，迟到了老板要扣我工资。"

医生转过身来，瞅了他一眼："那不行，你不能走，你走了我们找谁去！"

无可奈何，陈诚只好给老板打电话请了半天假，说他有急事脱不了身。

谢天谢地，两个小时后，老太太终于从昏迷中醒过来了，医生询问她的家庭情况，她说女儿叫刘芳，在网络公司上班，随即问了号码，让陈诚给她打了电话。

不一会儿，一个穿着时髦的姑娘骑着电动车来到了医院，她一看母亲躺在抢救室里，立刻脸色煞白，额头上汗珠密布，她盯着陈诚问道："是你撞了我妈？"

"哪儿！我没有撞她！"陈诚说，"我路过，看见她躺在那里，就把她送到医院来了。"

刘芳又问母亲："你看是不是这个小伙子撞了你？"

老太太有气无力地说："可能是吧，我眼前发黑，什么也不知道了。"

医生经过详细检查，发现老太太有许多并发症，必须住院治疗。刘芳说："那就住吧，给我母亲用最好的药，一定要把她治好。"

老太太在住院部住了二十八天，花费四万多元。刘芳坚持认为是陈诚撞了她的母亲，要他负担医药费用，陈诚不答应。他说："我好心好意救了你母亲，反倒有罪了，真是怪事！"

刘芳说："不是你撞的，你为什么把她送到医院，为什么掏钱给她抢救，你掏钱就说明你心里有鬼。"

两人为了此事纠结不清，最后起诉到法院。在审理过程中，双方都拿不出证明自己观点的证据，法官宣布休庭，让他们去补充资料。后来经过医院鉴定，老太太发病的原因是心脏病复发，身上并没有被撞伤的痕迹。从交警部门的监控录像中还原了老太太昏倒的全过程，是她自己发病到在路旁的，任何人都没有撞她。

医生对刘芳说："要不是小伙子及时把你母亲送到医院来，再迟五分钟，你就没有母亲了，北京人怎么还恩将仇报呢？"

刘芳满脸通红，觉得不好意思，口中喃喃地说："你看这事闹的！"

她打电话想约陈诚当面道谢，并表示歉意。陈诚不接她的电话，打得实在不行了，他撳了一下接听键："别找我，烦着呢！要钱没有，要命一条！"

自从那件事情发生后，陈诚半年没有消停过，他在扪心自问：难道我做错了吗？

有一年冬季的一天，寒风呼啸，面痛如割。他站在街口，等待绿灯放行，跟前站着一个背书包的小男孩竟然在吃雪糕，他很诧异："小朋友，这么冷的天，吃雪糕会伤了你的胃！"

那小孩转身瞅了他一眼："我爷爷活了一百零五岁……"

"是雪糕吃的？"

"不是。"

"那是什么？"

"他从来不管闲事！"

他本想善意地提醒一下他，没有想到反倒让他小屁孩给教训了一顿，他感到特别郁闷。

光阴如梭，时与年驰。转眼又到了炎热的夏季，老板派他到北京大饭店去给一个客户送资料，他从地铁口出来，发现那里围着几个人，一辆电动车倒在路旁，一个女人背朝公路坐在那里哭泣，地上有血迹。

据目击者说，一辆大货车转弯时挂倒了电动车，女人受伤了，肇事车辆逃逸。女人无助地哭泣着。旁边的人议论着。有人说："得赶快救她。"有人说："这种事情管不得，撇不清的麻烦！"

陈诚心里赞同后者的说法，因为他深有体会，他决心不管闲事，走自己的路。只走了两步，有一种声音在他的脑海里鸣响：古人云，救人一命胜造七级浮屠。见死不救，你还是北京人吗？他突然有了一种负罪的感觉。立刻掏出手机打120，他跑到伤者跟前，他惊呆了，竟然是刘芳，她看见他走过来了，有些尴尬地转过身去。

陈诚掏出面巾纸擦拭她手腕和腿上的鲜血。很快，救护车呼啸而来，他和医护人员一起，把她放在担架上，抬上救护车。

到了急救中心，医生在给她做外伤处理，他掏出钱包准备去缴费，刘芳把她的坤包扔过去："我有钱，怎么能用你的钱。"

陈诚说："你没有糊涂吧，我可没有撞你。"

刘芳苦笑着说："北京人还记仇啊？"

"北京的爷们儿无论如何都会见义勇为的。"

若干年后，刘芳成了陈诚的妻子。她对陈诚说："感谢你两次救了我们母女。"

陈诚说："我拯救的不是你们母女，是良知。"

北京一家人的故事在坊间被赞颂着、流传着。人们在常见的突发事件背后看到了更深层次的东西，反思和自省，使许多人懂得了救人就是救自己的普世意义。

（原载《衡水日报》2017年7月6日）

赵 一 眼

韦延才

赵小雅被人冠上"走了眼"的别号后，买卖说不上一落千丈，却也是大不如前。

赵小雅正是铜州城鼎鼎有名的古董店德宝坊的掌门人兼首席鉴宝师，到赵小雅手上时，已是第十二代传人了。那块古朴典雅的德宝坊招牌，见证了几百年来铜州城的荣衰。如今的繁荣兴盛世道，又让古董收藏与买卖极为红火。

因是几百年的老字号，又得祖上一代代鉴宝经验的累积，加上勤奋好学，赵小雅三十多岁就接过了德宝坊掌门的位子，这在历代掌门人中，他是执掌掌门位置最年轻的一个。别看那时赵小雅还是三十出头，在古董界却是声名鹊起，钟鼎瓷陶，书画古玩，到了他手里，不用半支烟的工夫，他就能说出个子丑寅卯，分个真假虚伪来。因为他的眼睛毒，故得了个"赵一眼"的雅称。在铜州城，只要是过了"赵一眼"眼睛的宝物，都差不离儿。因此，德宝坊的买卖从来不愁，买的卖的客人，都把门槛给踏平了。

这么好的生意，几百年的老店，有人说德宝坊是占了个好风水。其店铺位于江边的沙街，那是一个小山丘，前有一湾清澈明净的江水环绕，又正好是坐在了铜州城的龙脉之上，故得以几百年不衰。但也有人不信此说法，道德宝坊能延续几百年的兴盛，那是人家能力强，又为人厚道之故。前者便笑了笑，说风水轮流转，德宝坊也不是年年鲜红的花。

这话还真灵验。大约是七八年前，"赵一眼"的雅称悄然被"走了眼"这个别号取代，生意也从此走上了平淡之途。那时的赵小雅，已是年近七旬的人了。话说有一天，德宝坊里来了个四十上下的中年客人，一进门就迫不及待地说道："赵老师，今天给您带来了个宝物。"

"好，您请。"对爱宝、藏宝和相信德宝坊的客人，赵小雅一向十分尊敬，他微笑着，示意对方坐下，也不废话，像他干净利落的性格一样直入主题。中年人在椅子上落座，把手里提着的一个鼓鼓的包放到桌上，拉开拉链，小心翼翼地从包里取出一个包裹来。

赵小雅觉得来人眼熟，就问："贵客以前来过小店吧？"中年人把包裹轻轻稳稳地放到桌上，回道："都说'赵一眼'的眼睛毒，果然不错。"中年人一边解开捆绑着包裹的红绳子，一边看了眼赵小雅，不紧不慢地道："两年前进过贵店一趟，还记得吗，那个赵司机。"中年人如此一说，赵小雅脑中的印象逐渐清晰，这个赵司机当时是和他的"老板"一起来的。"老板"话不多，倒是这个赵司机像个话唠子，不停地和他攀起五百年前的本家关系来，并乱扯了一通不搭边不搭界的宝物知识，让赵小雅留下很深的印象。

赵小雅也经常关注新闻，那次相见之后，此本家之"老板"一路顺风，新闻中常见其影。就问："还帮'老板'开车？"中年人点点头："桐油罐还是得装桐油。"说话间已把包裹打开，只见一件古朴的瓷器在灯光下呈现出笨拙而又雍容华贵的气度。

这样的瓷器民间极为少见。赵小雅只一眼，就基本可以断定那是宋代景德镇官窑出产的一件梅花缠枝青花瓷，心中不禁叫了声"好！"，便一边看一边询问了起来："贵客是鉴定还是出手？"

中年人极爽快："出手！赵老板看值多少钱？"

一杯茶的工夫，东西已经鉴定完毕，赵小雅只是笑而不语。中年人又道："请赵老板给个价。"

赵小雅答非所问道："是您的还是代人问价？"中年人四下看了看，说："别管谁的，价钱好，咱们以后还有更多交易。"

赵小雅问："贵客意向多少？"

中年人伸出两个手指，十分自信："我查过，去年的拍卖会上，此宝物拍了二十三万元，咱要二十万，您看如何？"赵小雅摇了摇头，中年人见状，又降了两万，赵小雅又摇了摇头。中年人又是一番好说歹说，最后把价钱压到十五万，赵小雅依然是摇了摇头。无奈，中年人悻悻地离去。看着中年人的背影，赵小雅轻轻地叹了口气。

后来，中年人的青花瓷在德宝坊斜对面的天宝坊出了手，据说出手价二十五万元。不久，天宝坊又以三十万元的价格卖出。正是由于这个缘故，赵小雅便得了个"走了眼"的绰号。

此别号确实不是一个好名号。自此，德宝坊的生意大打折扣。也有人为赵小雅老先生辩护，说人有失手马有漏蹄，更何况"赵一眼"已近七十，看走眼一两件宝物不足挂齿。但这样的观点很快遭到反驳。反驳者旗帜鲜明："六七十正是经验老到，如果不是看走了眼，就是想以德宝坊的名气压价，成心骗人不厚道。"

各种不利言辞甚嚣尘上，赵小雅倒是泰然自若，并不将其放于心间，还是那样开了门，就在柜台里坐着，或看书，或干他的爱好刻篆书印章，有朋友来，就泡一壶龙井或普洱，叙叙旧。也有朋友问起那个青花瓷，是不是天宝坊故意使的坏，先拿一赝品给他过目，再把真品卖给天宝坊，来个瞒天过海，刻意炒作。

赵小雅对朋友一笑，说："你的想象力足够丰富。"说完，又为朋友续上一道茶。

又过了些日子。一天，天宝坊前围了不少人，警车在门前闪着警灯。据目击的客人说，警察押着落马市长的赵姓司机去了天宝坊指认现场，警察也从天宝坊取走了很多赵司机拿去那里出手的宝物。

"难怪很久没在电视上看见本家的'老板'了。"送走了客人，赵小雅自言自语地说了句，然后又埋头刻他的篆书印章。

（原载《玉林日报》2017 年 8 月 28 日）

张工和他的母亲

赵晏彪

张工的母亲是地主家的女儿，虽然她没有血债，也不讲吃，更不讲穿，生活简朴得很，唯独对饭菜的要求是绝对要合她的口味。她的口味，不是大饭店厨师手艺，也不是小饭馆的特色，是丈夫去世前培养出来的"胃口"——只吃丈夫做的福州菜。现在丈夫去了，她改为只吃儿子做的北京菜，偶尔有不合口味的时候，老太太就两个字：不吃。

张工的父亲一辈子就是这样侍奉妻子的，遗憾的是"文革"中父亲因为是地主的女婿，哥哥又在海外，而被离世。张工的母亲精神上受了刺激，从此，不看电视，不看报纸，不吃别人做的饭。张工还有一个姐姐，但自己是儿子一定要跟母亲一起过，从此遵守着母亲的"三不"原则。

张工是水利厅一个部门的处长，妻子是老师，儿子在美国读研，他和妻子与母亲共同生活，妻子很孝顺，特意请了一个保姆，母亲对这位五十岁左右的保姆很满意，她干活利索，人也勤快，但有一条，只要儿子在家，不让保姆做饭。张工几乎不出差，几乎不参加任何应酬，一旦非出差不可，他会提前准备好菜，放在冰箱里，保姆天天热一下饭菜即可。若是工作上有应酬必须前往，张工也要先回家给母亲做好饭，才去赴约。

张工已做了六年的处长，一直没有提拔，管人事的评价说："张工有能力，也有孝心，但是为了他妈耽误了不少事，是妈重要还是党重要？这样的共产党干部够格吗？"

一天领导找到张工的母亲，将张工的表现说了，也将组织要提拔她儿子的事说了，最后对张工的母亲说，听说您很爱张工，非他做的饭菜不吃，但您老也要想想，这样会影响儿子进步的。

不知道是儿子的领导来看望她激动的缘故，还是那句"这样会影响儿子进步的"的话刺激了老太太，晚上老太太没有吃饭，张工一连做了三种菜，可老太太一筷子都没动。

这下可把张工吓坏了，他一边问妈您哪儿不舒服，一连检讨自己最近太忙，饭菜是不是不可口呀。老太太就是徐庶进曹营——一语不发。

几个小时过去了，老太太见儿子儿媳妇急得够呛，这才慢慢地开了口："你给我做饭，就这点事还闹到单位去了？你领导说我耽误你前程了。"

张工一听心里咯噔一下，他不知道是哪位领导来的，都说了什么，但从母亲的脸色看，是真的生气了。

"妈，不是，我跟大家吹牛皮，说我做的饭菜香，妈只吃我做的饭，谁承想领导会误解了。"

"不是误解，是领导说得对，妈不应该这样，耽误你前程。"

"不是的妈，领导只是一说，一是我的能力有限，二是我已经五十多岁了，还有什么可提拔的，应该退居二线了。"张工一边说一边把饭菜递给母亲。

母亲还是没有吃，但老人家拉着儿子的手说："自从你爸走后，我突然脑子不清醒了，今天你们领导一来，我忽然又清醒了。儿子，从明天开始，让阿姨做饭，你好好工作。"

张工听了母亲的话，高兴得叫起来："妈，这和工作没有关系，还是我给您做饭，这么多年了，我什么工作也没有耽误，您放心，我会好好工作的。"

母亲笑了："吃饭。"

第二天张工回到家，却让他吃了一惊，饭菜居然都做好了，母亲笑眯眯地坐在饭桌前，正等着他一块吃饭。张工看了看桌上的饭菜，虽然还是那几样菜，一盘清蒸鱼、一碟肉炒小白菜和一盘素炒苦瓜、一盆西红柿鸡蛋汤。

张工觉得今天的饭特别好吃，既像自己炒的，又不像是自己炒的，总之味道特别香。

水利厅又开始选拔干部了。领导开了腔："根据中央精神，选拔有理想、有作为、敢担当、敬业爱岗的干部上来，现在李副厅长要退休，我们要提拔一名副厅级干部，刚才进行了分别谈话，大多数人的意见还是一致的，认为张工同志符合我们这几条要求，但也有的同志明确反对，说张工同志一心扑在他母亲身上，为了给母亲做饭从来不加班，从来不出差。"

会场鸦雀无声，大家都在等着领导下面的定音之语。

"一个连自己的母亲都不孝顺的人，他会爱党吗?!"

会场静默了几秒钟，掌声四起。

（原载《安徽文学》2017 年第 6 期）

寻 找 英 雄

陈振林

这两天，这座小城都在找一个人。

这个人是在一场火灾中出现的。三天前，在一栋居民楼的一楼，一位六十多岁的老太太使用液化气不当，她家的厨房冒出了火苗，火苗像长了獠牙一般，到处乱蹿。这时，有一个人冲进了火海，瞬间从火海中抱出了老太太。然后，这个人就像一阵风一样，转眼间就没了踪影。

电视台发布了寻人告示：寻找火海英雄，你在哪儿?

报纸也发出了声音：救人不留名，真心好英雄!

其实我知道，这个人是谁，这个人在哪儿。

很简单，这个人是我，我在我家中。那一天我去买米，正经过那儿，看见起火，就冲进了那房子。我名叫卜通，住在爱民路 9 号，三十三岁。

我这时候得去买菜，我家中的母亲忽然叫住一我："儿子，电视上说的冲进火海的那个傻瓜是不是你啊?"母亲当天就看到了我脑袋上头发被烤焦了一些，还有，我的右手肘有些受伤了，我一直用湿毛巾包着。我知道瞒不过母亲，点了点头。病重的母亲继续躺在床上养她的病，我还得上菜场去买一些减价菜。

可是，就在我从菜市场拎着几根胡萝卜和几个土豆回家时，我的家门口居然围满了记者。有个年轻漂亮的女记者跑得最快，她用话筒对着我，笑着对我说："请问您是卜通先生吗?"

我点了点头，我知道进厨房去做菜是不成了。我顾不上放下手中的胡萝卜和土豆，转身就离开了。我知道他们这些记者不好打交道，我骑上我的自行车，逃命一样离开了我的家。

我算是躲过了记者们的追赶，我以为我平安无事了。

想不到，当天晚上，电视台就播放出了关于我的采访。是那个年轻漂亮的女记者问我时的场面，但这场面只是出现了两秒。其他的画面是采访我家的邻居和居委会的干部。我家左边的邻居是王大妈家，王大妈本来就有些胖的脸上笑得更灿烂了，她开口就说："这个卜通啊，在我们左邻右舍中是出名的好人，我们家中要是有点什么小困难小事情，他总是跑在最前头呢。"画面接下来是对居委会李书记的采访，李书记说："这个卜通，做了居委会的义工三次，还为地震灾区和白血病患者捐过款呢。"

报纸我是第二天上午看到的，在头版头条赫然摆出了我的照片，然后是一行大的黑体字：英雄卜通是这样练成的。内容是对我读书经历的采访。有我高二的班主任刘老师，他介绍说："卜通读高中三年当时就是班干部，能力强，肯为班上的同学服务……"报社居然采访到了一个名叫陈大根的人，陈大根说："卜通从小就主持正义，认真学习，是好多学生学习的榜样。"

就在这一天的下午，我就被请到了县政府院内的会议室，原来是召开火海英雄颁奖会。会议时间不长，电视台、报纸的记者们也都来了。我成了主角，县政府的刘县长用肥厚的手掌握住了我的手，我不知道他对我说了些什么，只见他将一个红色的信封捧到了我的面前，塞到了我手中。那是奖金，之前县政府办的主任小声地跟我说过，是一万元钱。这个时候，其实我想拿话筒说几句话，可是话筒没有递给我。

但是，这话我还是要说，我只说给我一个人听。

我家和邻居们关系其实并不好，母亲和王大妈吵过架，吵架的原因是我小时不听话，我曾偷偷地将王大妈家的电给掐断了好几次，有一次让她家的小儿子给发现了，于是她和我妈吵了架。居委会李书记，我认识他，他根本不认识我。义工是做什么的我不知道，我也从没给人捐过款，因为我家本来就没有钱呢。

报纸上的内容我更觉得好笑。我高中没有读完，只读完了高二年级没有读高三，我当然没有做过班干部。至于陈大根，说是我的小学老师，我仔细回忆，他当时根本没有带过我的课程啊。

可是，这些话我只能对自己说了。

不过说话的机会也来了，那个年轻漂亮的记者又找到我家来了，她说："卜通先生，我知道这两天您很忙，但我们还是想请您谈谈，当时为什么您就冲进了火海了呢？"

"我什么也没有想啊，想什么想啊？想的话，还怎么去救人啊……"我倒反问她了。她对着我摇了摇头，对答案不满意，但一会儿她又点了点头。

我一直不明白，到底是谁将我是救人者最先说出去的。我知道我的母亲，她知道她的儿子会去做救人的事，但是，她不会主动说出去。就在这时，邻居王大妈来串门了，她的嗓门提高了八度："卜通啊，前天要是我不来你家激将你母亲，你母亲还不会说出你救人的事呢。那你的一万元奖金不就拿不到了吗？"

我不想理会，王大妈知趣地走了。躺在床上的母亲说："前天，她来我们家，说西城区有辆摩托车上午被盗了，就问你上午这个时间段在做什么，这不是气人吗？我就说，我儿子在火海里救人呢……"

我没有出声，只望着我家小小的餐桌。餐桌上，左边是装着一万元的红色大信封。大信封旁边，是我刚买回的菜，几根胡萝卜，几个土豆。

（原载《金山》2017 年第 4 期）

一张白面饼

赵向辉

十二岁那年，父亲每天步行三十多里到一处深山里挖石棉，干得多，挣得多，有时一个月就能拿回一百多块钱。

每次把钱交给母亲，父亲的脸上都会露出孩子般的笑，母亲更是像中了大奖一般，手哆嗦着把钱收起来时，有时会抹眼泪。

我知道，这钱要给奶奶看病，要给哥哥做学费，还要给至今独身且残疾的大伯留出生活费。

每天晚上，母亲会把父亲第二天在矿上的午餐准备好，有时是三四个窝窝头，或者玉米面菜团子，有时是几块小豆发糕或者红薯面饼子。

有一天早晨，我被吵醒了，迷迷瞪瞪地走了出去。院子里，还很黑很黑，也不知道几点。父亲好像已经吃过早餐，正收拾家什，准备出发。

进入厨房，我看见，母亲正把一张白面饼用布包了往父亲的挎包里面装，馋虫立即被勾了出来，好像挪不动步子了。

母亲看到了我的失态，摸着我的头说，好孩子，就烙了一张，你爹一直干这么重的活儿，吃食跟不上身体会受不了的，等过年时，咱们就都能吃上白面饼了。

我见过挖石棉，就是把一筐一筐的石头从很深的矿洞里背出来，不断往返很多次，有的人都累得吐了血，喷溅在石头上像一朵一朵的罂粟花。

我恋恋不舍地看着放白面饼的方向，只好重新上炕去睡觉了，但怎么也睡不着，眼前一直有好几张白面饼在来回晃。

父亲和母亲，屋里屋外，出去进来好几趟，一直在忙碌着。

乘他们都在院子里的当儿，我一骨碌爬起来，摸黑进入厨房，隐隐约约看到，给父亲包好的白面饼就放在案板上。我一伸手就抻了过来，三两下就回到了被窝里。

我蒙着被子，咬了一大口白面饼，真香，比玉米面、红薯面、高粱面的好吃多了。

院门处，父亲好像是在对母亲说，回吧，再睡会儿，还要伺候二子上学呢。

我就是二子，此时，我的嘴里塞满了白面饼，因为，我想在母亲回来前吃完它。

刚吃到一半，外间屋传来了开门的声音。紧跟着，母亲蹑手蹑脚爬上炕，囫囵着身子就躺下了。也许，她太累了，懒得再脱衣裳，也许，过不了多久，她还要起来做一家人的饭菜。

我一动不动，装着睡着了，嘴里却在倒腾着白面饼，有点倒不开的感觉，又不敢出声。

二子，起了，喝完粥赶紧去上学。每天，母亲就这样在炕头叫我起床。我用力睁开眼，发现手里还拿着那半张白面饼呢。

那时，因为都很穷苦，我们那地方的习惯，早晨只喝粥，一般是稠糊糊的玉米面粥，好些的可以喝到小米粥，或者玉米面掺一些小米的粥。

唉！我今天答应得格外痛快，起来得也格外利索，还主动把被子、褥子都叠好了堆放在墙角。母亲用惊讶的眼神看着我说，今天这是怎么了？这么勤快，是不是昨个讲这方面的课文了？嗯，是，我支支吾吾应对着。

中午放学后，我一蹦三跳地回到家，准备悄悄把剩下的半张白面饼吃掉。

刚进家门，母亲便急切地说，二子，咱家可能招贼了，留着中午吃的几个窝窝头不见了，这可怎么办？现蒸也来不及啊，下午还得上课呢。要不，你先喝两碗早晨剩下的粥，多吃点酸菜，凑合一下，晚上咱们做新的。

我不敢说话，也不敢看母亲，因为，我的脸，被母亲的话烫红了。

我默默走进里间屋，掀翻一堆被褥，从我的被子里掏出那半张白面饼。我走到母亲跟前，低着头，递给母亲，母亲一下子呆住了。

这是给你爹的，怎么在你手里？母亲咆哮着。我，我，我错了。我还是不敢看母亲。

母亲拿着半张白面饼，好像明白了什么。母亲说，吃饭吧，一人一半。我心情沉重地吃完了自己那一半，很快去学校了，不知道晚上该怎样面对父亲。

在星星的陪伴下，父亲回到了家。我冲到院子里叫了一声"爸爸"，然后低声说，我偷拿了你的午饭，我错了，你打我吧。父亲说，傻孩子，我饿不着，那就是我留给你和你妈的，妈妈的腿都肿过好几次了，营养不良啊，她更需要吃点好的。

母亲喊，都回来了，赶紧吃饭。父亲拉着我走进厨房，餐桌上，赫然放着午饭时妈妈那一半白面饼，已经分成了三份。

我的心一下子不知道该放在那里了，眼睛也像中了魔咒一样，颤个不停。

（原载《金山》2017年第2期）

选　择

汤景常

"砰！"老憨头儿气愤地关上门，把刘阿妹隔在门外。

"没声没响就跟人跑了，你还想到回来？"老憨头儿在屋里头骂道，"娃大了，会挣钱了，你来认亲了！"

弯月已经在东边的山上冒头了，刘阿妹把一袋水果搁在门边，说了句："俺会再来的。"坐上租来的摩托车悻悻地走了。

二十多年了，她第一次回来。

老憨头儿望着她离去的背影又骂起来："你就是来十回，也休想夺走俺的娃！"

天刚黑下来，小明骑着一辆浑身要散架的摩托车回来。

"爹，俺那个娘是不是又来过？"小明问。

"来过。俺没开门。"

"早先干吗去了？"小明说，"想起那些遭罪的日子，就不该理她！"

"不说她了，一说就烦人。"老憨头儿说，"小翠那边怎么样？"

"小翠说，她爸妈要咱在县城买房，说他们就一闺女，不愿看到她在乡下受苦。"小明一提起小翠，两眼就放光，神采立马飞扬。

"县城一套房至少四十多万，咱哪有那钱！"老憨头儿说，"咱这楼房也刚修几年，农村交通方便了，空气还比县城好，非要县城买房？"

"爹，人家就这么一个要求。"小明说。

"他们要你去摘月亮，你去摘呀！"

"只要小翠高兴，再难俺也去摘下来。"小明说，"爹，咱也买按揭的，俺每月挣钱供。"

"瞧你这点出息。"老憨头儿说，"按揭的也要十几万，咱的老底都花在这屋里了。"

"借也要借上。不行的话，把这住的也卖了。"小明嘟噜道，"俺不能没有小翠！"

"瞧你这点出息！"老憨头儿骂了起来，"男人迷着女子，迟早吃亏！"

"小翠是个好女子，不比俺那个娘。"

这时，弯月从云层中钻了出来，淡淡的光像一张轻纱笼着整个山村。老憨头儿抬头望了望天空，叹了口气。

当年她离家时也是这样的月光，吃过晚饭就不见了，老憨头儿在村里挨家挨户找了个遍也没找着。月亮都躲西山了，有人告诉他，在村口看见过她跟一个广东来的卖货郎走了。老憨头儿又在临近几个县找了一个多月，连个影子也没见着。

小明天没亮就起床了，骑着他的摩托车，借着车子微弱的灯光赶回工地上班了。

吃过早饭，老憨头儿下地里干活，锄头还没捂热，摩托车突突突的声音从村口传来，他一眼认出后座上的女子又是她！二十年来一直念想的她！老憨头儿急忙回了家，反锁了门。

"老憨头儿，你锁起门来做啥？"刘阿妹在门外喊道，"打开门来跟你说道说道。"

"老憨头儿，娃是俺身上掉下的肉团，虽在你手上焐了二十多年，焐大了。可没有俺你焐不着。"刘阿妹说，"到哪处去讲，娃俺有一半份子。"

"你没资格争！"老憨头儿说，"娃哭着到处找娘时，你到哪儿去了？农忙双抢娃累得差点吐血，你又在哪里？人家六七岁的娃还在娘的怀里撒娇，俺的娃又做饭又喂鸡。如今，你倒跑来抢娃了！"

一阵沉默后，老憨头儿听到了刘阿妹的抽泣声。

没想到她的娃遭受了这么多苦，这二十多年来，她没再生，亲手带大两女娃，在城里带娃都不容易。老公（当年的卖货郎）患癌症死后，两女娃都嫁到远远的，一年到头也难得回来。她想，不是亲生的不亲，她就想着乡下她亲生的来了。

近晌午了，老憨头儿开了门，由她进屋来。这时小明又返回家来。见到刘阿妹，小明装作没看见，脸上像霜打一样，直把他参拉到屋外，对他说："小翠说了，她父母下了死命令，县城没房，休想娶小翠！"

"不娶就不娶，非要被一条藤缠死！"老憨头儿也恼了。

"爹，俺就要这条藤缠死！"小明的犟劲也上来了，"娶不了小翠，俺打一辈子光棍。"

"没出息的东西！看俺不打死你！"老憨头儿弯腰脱下布鞋，朝小明打过去，小明赶紧跑开，骑着他的摩托车，一摇一晃地开走了。

父子俩的谈话，刘阿妹都听到了，她说："你把娃的地址给俺，俺去劝他。"

几天以后，火红的太阳刚刚爬过山来，小明骑着一辆崭新的摩托车回来了。

"爹！"人还没到，亲切的声音早已传进屋里。

老憨头儿迎出屋来，讥讽说："骑着人家的新车，看把你美的。没出息的东西！"

"爹！"小明严肃起来，"新车是俺的！小翠也答应嫁给我了！"

小明把刘阿妹如何找到他，给他买了新车，又如何在县城订房的事一五一十地跟他爹说了一遍。

老憨头儿听了，猛地举起巴掌，要拍过去，突然又像触电一般怔了一下，无力地放下来，想了想，自言自语地说："俺跟她复婚去。"

（原载《小说月刊》2017 年第 3 期）

修 鞋 摊

左 岸

五十二岁的于守桥临近下班的时候，手机铃声响了。是小枣来的电话，说有急事找他。

小枣是来自乡下的小姑娘，长得像一瓶未开封的纯净水，表情简单，语言金贵，在这个城市的城乡接合部的一个角落，摆了一个三平方米大小的修鞋摊。

老于天生八字步，两只脚后跟外侧先着地，时间长了鞋就容易磨偏，偏大了，老于就去找小枣修鞋，一来二去就和小枣熟了。

老于是个好善施乐的人。他了解到小枣上面有三个哥姐出生不久都先后夭折，她娘怀她的时候，爹又患病离世；剩下孤儿寡女，家境愈加贫寒，促使年纪轻轻的小枣一狠心撇下娘，一跺脚去了很远的这里。了解小枣的不幸遭遇，老于义不容辞经常帮助小枣这个那个的，也成了他业余爱好的一部分，小枣感激不尽，但嘴笨，只会说"大叔歇歇，喝口水咧"。

别瞧小枣一个女娃家，能吃苦耐劳，鞋修得好，远近闻名，男女老少异口同声公认，小枣服务态度绝对够上四星级标准，甚至有的老客户搬走后还特意坐公交来她这里修鞋。

孩子出啥事了？于守桥一边寻思一边急匆匆往小枣的鞋摊赶。到了跟前一看小枣独自坐在修鞋用的马扎子上，泥胎似的，低头愣愣地发呆。

"小枣，谁惹你生气啦？"老于迫不及待地问。小枣抬头，见老于像遇到救星，止不住豆大的泪珠往下掉。"快说，你急死人了"老于越加狐疑。"俺娘病重了，爬不起炕。""家里再没别的亲戚了吗？""没。俺只有回家。"小枣狠狠咬了一下自己的嘴唇。

"那，你走后，这个鞋摊怎么办？"

"我就为这个，找你来出个主意。"

老于明白，这个不起眼儿的小摊摊一个月的收入起码两千多元，对底层的人来说，这块宝地，谁见谁眼红。她一走，铁定就有人占。

"大叔，俺想好了，你帮俺看个把月的，等俺娘病见强了，俺还会回来。"

说着小枣冲老于扑通一声跪下。

老于见此景一把将小枣扶起："别上火，这事包在我身上，赶紧收拾收拾走吧。事发突然，我也没准备，喏，这是随身带的三百元钱，你拿去急用吧。"

事不宜迟，小枣收下老于的钱，擦吧擦吧眼泪，千恩万谢，一步一回头地从老于的视线里消失了。

回家路上老于心里犯起嘀咕，话好说，事难办。这难有二，一是他有份在事业单位的工作。二他对修鞋一窍不通。思来想去，直琢磨得脑袋昏沉沉的，也没想出个子丑卯寅来。

第二天一大早，他向单位领导申请了半个月的休假顺当地批下来，足见老于在单位表现不二乎眼。

老于来到修鞋摊开始上班了。他脱下西装，扎上蓝布围裙，换上胶鞋，支开小马扎，打开一人高的铁制工具箱，各种器具一应俱全，什么手摇补鞋机、砂轮机、鞋匠锤、拔钉钳、胡桃钳、高跟鞋钉跟钳、铜制手锥、强力胶、铁钉、剪刀、刷子、钩针、胶皮割刀。磨刀石等几十种家把什，他挨个摩挲着、熟悉着，心想，老伙计们，多关照。

修鞋是个又脏又累的手艺活，他老于虽说钳工出身，可毕竟隔行如隔山，最初艰难的日子可想而知，给人家修坏了不少鞋，有时一天下来，累得头痛眼花，不但没挣到钱，反而还得包赔损失。今天手指磨破了，明天手掌叫改锥扎了。还有一个让他头痛的问题，由于不会修鞋，来的顾客一天比一天少了，照这样下去，小枣回来他怎么交代呢。他急中生智，把小枣的遭遇和临时看摊的原有以及在小枣没来期间他免费修鞋用毛笔字写下，挂起来，这一招果然灵验。顾客非常理解老于，都向他伸出大拇指。

其间老于间或小枣打过电话。告诉小枣鞋摊一切都好，叫她放心，还问了小枣娘病情。

一个月眨眼过去了，小枣来电话告诉老于说她娘的病愈加重，回不来，叫他再替她看着摊。

时光荏苒，转眼三个月过去了。小枣仍然没回来。老于再也没有向和单位请假的借口了，他辞掉了工作。老于老伴发现老于脸晒得黢黑黢黑，刚参加工作的儿子瞅着老于的手粗糙不堪，都禁不住问老于怎么搞的，老于支支吾吾说最近单位搞土建整的，没事。

事情早晚是要露马脚的。一天，单位的科长给老于家里打电话，老于老婆接的电话，叫老于抽空到单位领取辞职后的相关补助费。老婆听罢顿时炸了锅，立即给老于挂了电话，叫他立马回家，说个清楚。

老于是个老实巴交的人，面对老婆把自己如何认识小枣，帮助小枣看摊修鞋辞职的事情一五一十交代出来。老婆听完立即气得背了气，老于见状又是掐人中又是捶背，老半天，老婆缓过神来，骂他老不要脸的准是叫那只小狐狸精给迷住了，转而一把鼻涕一把泪，说老于得精神病了，正常人哪有无故砸了自己的金饭碗呢。

一星期后，老婆与老于办理了离婚手续。

打那以后，老于更加专注这个鞋摊。尽管这期间，已老长时间打不通小枣的电话，他认为小枣的手机停机是因为没钱续了，他甚至后悔当初怎么就没有留下小枣家的地址，好给她寄些钱去。

不知不觉，三年时光在老于叮叮当当的鞋锤声里溜掉了。小枣的身影始终没有出现。老于对于这个，似乎习以为常。有些迟钝的他，常常把烟卷燃火的那头误放自己的嘴里，烫得他傻笑不已。

一天，一辆银灰色的桑塔纳轿车在老于鞋摊不远处停下，从后车座里走出一位着装时尚的少妇，嘴里咬着一根女士香烟。

"维娜，那双鞋有必要修理吗，我再给你买一双不就得了。你也不怕麻烦。"老公显然对少妇的举动有奉承的成分。

叫维娜的少妇没有理会，扭着腰肢朝鞋摊走来。把一只高跟鞋递给了正在埋头钉鞋的老于的脚下。

老于仰起脸，用他那粗大的手指使劲地揉着眼睛，打眼细瞅，不由得惊呆了："你是小枣？"

（原载《语文月刊》2017 年 1 月号）

幸 运 大 奖

黄大刚

一到镇上，亚旺就打听哪里卖头盔。

最近出的几起交通事故，让豆花变得有点神经兮兮。天一亮便给亚旺几十元钱，催他去买头盔。亚旺虽然很烦老婆，但是也没办法。

寻到摩托车配件店，店内空无一人。

"老板，老板呢？"亚旺喊了两声，店门口烟摊后一个胖女人指了指街对面围着的一圈人，"听人讲码去了。"

亚旺迟疑一下，走了过去，踮起脚跟往里面看，一个中年男人戴着耳麦，腰别着小喇叭，唾沫横飞，边讲边拿着红色和蓝色的笔在纸上写写画画，唯我独高地演算出前期头奖号码。

"这个人预测号码很准的，前期开出的头奖号码和他预测的号码一模一样。"有人对亚旺说。

"有人中吗？"亚旺问。

"信的就中了，有个农村老伯爹，本来是要买农药回去喷虫的，听师傅讲码后，把买农药的钱全买了彩票，中了十多万，回去庄稼也不管了，享福去了。"

"是吗？"亚旺感觉心脏在怦怦乱跳。他想到了那黑旧得像一坨牛屎的老房子。

亚旺不由得踮高了脚跟，抻长了脖子，紧紧盯着讲码人推算出的数字，可是讲码人不讲了，下期的头奖号码包在一个信封里，五块钱一份。五块钱一份，亚旺觉得有点贵，但看到那么多只手争先恐后伸向那个人，场面有点失控，有点要抢的意思。亚旺着急起来，也加入了抢购的行列。费了老大的劲，买到一份信息，打开一看，有十五个号码，心底掠过一丝失望。原以为就一个号码的，没想到竟这么多。也好，毕竟多个号码中奖机会更大些，况且前期的头奖号码就是从这些号码中产生的，上期出奖的规律这期还是要走的。他宽慰自己。

亚旺看见那些买了信息的冲锋般奔向彩票销售点，慌忙加快了脚步。

好不容易才排队到，可已下满注了。他心急如焚地冲到下一个彩票销售点。

这个销售点就在摩托车配件店里，那一顶顶色彩鲜艳的头盔整齐排在柜台上，他看了一眼，就把目光移开了，他紧盯前面买奖的人。

还好，轮到他时，注还没下完。

"还有多少注？我全部买完。"他把口袋里的钱都掏了出来。

看到后面的人失望的神色，亚旺得意地笑了。

亚旺把彩票小心翼翼地放到贴身的衣袋，用手拍了拍，胸脯不由得挺了起来，似乎口袋里装的是几十万元巨款。

亚旺跨上摩托，惬意地吹着小曲，不时摸一摸装在口袋的彩票。到了一个急转弯处，他还没明白怎么回事，就飞了起来，重重地撞在路沟里。

亚旺睁开眼睛，时间已过了三天三夜。

一阵疼痛感随着意识的清醒占据了亚旺整个神经系统，他感觉头上被白色的纱布包裹得像个粽子，腿也包裹着纱布，吊了起来，浑身动弹不得。

"医生，情况怎样？"是妻子豆花的声音。

"主要是脑部，其他都是小问题。哦，前次交的费已完了，你得赶紧续交。"

"还要交钱？"亚旺一阵紧张，费力地问。

"亚旺，你醒了，你醒了。"豆花扑了过来。

"中，中奖了吗？我口袋里的彩票。"他拼了力气，可声音还是很微弱。

豆花愣了一下："彩票？噢，中啦中啦。"

"太好啦，这下医药费不愁了。"亚旺费力地露出了笑容。

"嗯嗯，你好好养病就是。"豆花朝他点头。

几个月后，亚旺出院了。

豆花上了链条般，上午忙完地里的农活，下午又跟人家摘香蕉，豆花说这样见钱快。

亚旺则跟着六叔去贩菜，赚的钱一回家就交给豆花。

两年不到，将豆花借的看病钱都还光了。

两口子都感觉浑身一阵轻。

豆花说："这两年你也受苦了，烟酒茶什么的都没沾，这回我炒几个菜，你也喝两杯酒。"

亚旺喝到尽兴处，对豆花说："豆花，我现在想想，那次的彩票其实我是中奖了的。"

"亚旺，你不会还有后遗症吧。"豆花装着吃惊，又忍不住笑起来。

亚旺像是哭着说："经过那件事，我才知道，娶到你，就是一辈子得了大奖。"

"喝多了吧？说什么呢。别喝了，多吃菜。"

豆花夹了一块肉送到了亚旺碗里，赶紧低头吃饭，眼里还是掉下了泪水。

（原载《椰城》2017 年第 5 期）

小　样

汪全辉

小样打从小就没有人把他当正人看，没人信任过他，他的行为、他的说话都一样，他被全村的人看成一个社会遗弃的豆腐渣子。

原因是他小学一年级时丢失了一支铅笔，那时他家太穷，记得那支铅笔还是他爸爸提着鸡蛋跑了十几公里路到县城换的，他上课要做作业，铅笔丢了怎么办？他听说同桌同学有好几支铅笔，于是他趁下课期间同桌同学不在就从他书包里偷了一支，后来在写作业时被那同学发现了，于是那同学就状告老师说小样偷了他铅笔，这样小样就成了贼，从此全班人都跟他远而疏之的，后来传遍了全村，再又因读书的成绩差，村里的大小人都用另一种眼光审视着轻蔑着他。渐渐他也开始对自己没有什么信心了，决定破罐子就破摔了，他开始讨厌学校，后来讨厌村里人，长大了渐渐讨厌起整个社会上的所有人！他不管到哪儿，好像哪里的人都在拿别样的眼神看着他、提防着他一样。他好早就离开了学校，他务不来农田活，更找不到正经工作，他父母先后因病去世，他只有到处游手好闲了，是他赖以生存，才把他造就成不得不开始小偷小摸这个样子了。乡下渐渐地再容不下他了，他近四十岁了，还是个单身。

　　他从乡下走进了这个小城市县城，他也想找份能养活自己的职业干干，可接受的人一听到他的过去和阅历，却连板凳都没让他坐热就说："我这已经有了人了。"

　　他到处碰壁，他不得不在城里的社区里四处小偷小摸了。他不敢去打劫，因为那毕竟是别人的劳动成果，再说他也知道那样做抓着了会坐牢的，他听到不少那般干事的故事，他最多是骗些老人或者小孩的小钱，不过他会想办法弄些假东西换的，他不敢把假东西当真古董一样去骗钱。

　　这不，他又游荡在了城区四小大门前的马路上。他可能又没有了下餐生存的资源，不然他也不会这般急切搜寻猎物或者猎寻下手的对手的。

　　他今天不知是到底饥饿太久了还是多年没犯什么大事胆子越来越大了，他突然发现隔着马路那边好远处一个十一二岁的小孩在打手机，他竟然心动起来了，他要把它抢夺过来归于自己好去换得不少的钱来吃饭用，他决定盯着那小孩不放了，因为那小孩穿着很得体，像个很有钱家人的孩子，不然这么小怎会玩得起手机，而且着装也很昂贵，这种人家大人不会在意某些东西的得失，他只在意自家的小孩别伤着就会算了放弃了事的。

　　马路上这一路人太多了些，小样决定跟踪一段路，等没什么人的地方再实施行动。拐过了一条马路，小孩挂了电话，把手机抓在手心，蹦蹦跳跳起来，眼看就要进入一小巷，这时小样与小孩还是远远隔着一马路离很多距离，小样也知道这是猎人捕猎的安全办法，这样也就不会惊动任何人对他的企图。

　　正这时，马路两旁都没见着任何行走的人了，小样四处扫了一眼后便向小孩招呼了一声："喂！"声音很清晰，小孩听得像是叫自己，小孩顿时停下来，回头，他看到小样，笑笑。小样好远向他正对面极步而来。

　　小孩没顾左右，便也向小样走向马路中间来……

　　"嘎——"一辆小车正朝向着小孩飞去。"这下完了，我闯大祸了。"小样的脑中突然闪出了一个悲凄的惨剧，他顾不了许多，他的脚步比箭还要快，他扑过去一把抱着了小孩，顷刻，他像龙卷风一样滚卷到马路的一边，他失去了知觉，小孩却只是左肩膀处擦伤了一点皮，小孩回过神来，他的手机还抓在手中，他向大人打电话："爸爸，我在路口闯祸了，是一位叔叔把我救了，可他现在像是死了。快！爸，你快来救他呀！……"

救护车把小样送进了附近一家大医院。

在医务人员的抢救下，第二天他清醒过来了，他发现自己躺在病床上，还打着点滴，身上有几处被纱布包扎。在他身边还坐着一位端庄俊拔的同自己年龄相仿的中年汉子，他颤抖了起来……

"别动，你睡醒了！"中年汉子问。

小样的眼直盯看中年汉子的脸，嘴正想说什么。

中年汉子笑了，接着说："太谢谢你了，是你救了我的儿子！"小样刚要跳出咽喉的心这才放下了。

中年汉子起身到一边的桌子上倒上了一杯不是太热的茶水端过来，他弯下腰递到小样的嘴边说："喝口水吧！"

"谢谢！"小样感觉到自己并没什么大碍一样，他坚强着坐躺了起来，小样双手接了水杯。

中年汉子接着说："好好养伤吧，你的医疗费我会出，真感谢你救了我的儿子！"

小样喝了两口水，他把水杯递还了中年汉子，他说："不，太谢谢你把我送进医院里来救治。"小样的良心像是受到了灵魂的谴责。

中年汉子好大度，他安慰着小样说："别说了，你才刚清醒过来，还是好好养伤吧。"小样脸红了，他慢慢地躺回了被襕中，他用被褥把头蒙到了被窝里。

他快快地哭了。

（原载《玉茗花》2017 年第 1 期）

一只莲花碗

张 弘

严富军是 A 市规划局局长，在官场中摸爬滚打半辈子，却从来没有犯过原则性的错误。他不像其他官员，他不喝酒、不抽烟、不常应酬，最主要的是，他从来不收礼。每逢过节，总有一些大小公司的老板通过多种方法多种渠道送上自己的"诚意"，但是，严富军没有收过一次，哪怕是意思意思一下。各大小报刊都报道过严富军的事迹，他俨然一个大清官。

然而，这样一位人们心中的清官，却有一个富豪才能具备的爱好——收藏古玩。

他的家虽不大，却摆满了各种古玩，猛一看，你会以为走进了哪个大富豪的私人博物馆。但是，但凡懂点的人都能看出来，那些随意摆着的古玩都是地摊上买来的赝品。让人费解的是，严富军却对它们疼爱有加，他每天起床的第一件事就是擦拭他的那些"宝贝"。他还总对他的妻子说，这些宝贝是他的身家性命。

一天，严富军像往常一样早早地来到古玩市场淘货。逛着逛着，他看上了一只仿真度很高的莲花碗。严富军也知道，莲花碗是不可能在这种地方出现的，真的那只现在正安静地躺在台北故宫博物院里。严富军一向不在乎东西的真假，于是，在一番讨价还价之后满意地抱着那只莲花碗回到家中。

近段时间，A 市没发生什么大事，百姓们茶余饭后谈论最多的是名扬房地产公司。说起这个公司，那可是 A 市最大的房地产公司，它总能把钱投到最好的地皮上。前几年，名扬房地产在 A 市的最北边开发一个别墅群。当时，业内人士都认为名扬是在自寻死路，因为那里不通水电，不通公路，基础设施全无。但让大家意想不到的是，市政府竟然修了一条通往那片别墅群的公路，名扬的别墅群也立马升值，名扬也因此大赚了一笔。

前段时间，名扬又在 A 市的东郊盖了一个小区，那里同样是交通不便。人们在猜想，市政府又要修公路了。

名扬的董事长杨明也喜欢收藏古玩，他家中的摆设都是在拍卖会上拍得的。不同于严富军家中的那些赝品，那些可都是不折不扣的精品。

一日，《A晚报》报道，据可靠消息，一只汝窑真品莲花碗流落在A市，望市民留意，如若获得，请联系A市文化局。当然，严富军也看到了这条消息，不过他没留意，就当作一条炒作新闻。然而，第二天，《A晚报》对这篇报道进行了跟踪报道，称一位古玩市场小贩前段时间将一只莲花碗卖给了一位中年男子，据描述，该男子貌似规划局局长严富军。这下，严富军可慌了，因为，那只莲花碗现在已经不在了。至于怎么没的，只有他自己心中清楚了。

媒体的力量果然强大，第二天，立马就有记者来到了严富军的办公室，对他进行了采访，当然少不了那个小贩。那个小贩一眼认出了严富军，称千真万确。

严富军这下傻眼了，一时不知如何是好，对记者的提问是一概不理。严富军越是闪烁其词，媒体就越是觉得事情有蹊跷、有噱头，更能吸引读者。一连几天，《A晚报》对莲花碗事件进行了大肆的报道。很快，有读者爆料，广利拍卖行前段时间曾经拍卖过一只仿真度很高的莲花碗，但是它的成交价却很高。经过大家的联想和猜测，自然想到，那只莲花碗就是报道中提到的那只。虽然拍卖行有义务对买家和卖家的身份进行保密，但是，在文化局的强力施压下，买家和卖家还是为大家所知了。买家是名扬的董事长杨明，卖家自然是严富军。

当文化局的领导随媒体找到杨明的时候，杨明也只好拿出那只莲花碗。让文化局领导失望的是，那只莲花碗根本不是真品。媒体也只好不了了之，而那个小贩也不知所踪。

这在人们眼中看似一场闹剧，在检察院眼中却不是。检察院立马成立了工作小组，对严富军进行了调查。果然，没多少时间，严富军的罪行就暴露了出来。

原来，严富军是通过在拍卖行拍卖廉价赝品的方式进行受贿的，当然，那些廉价赝品在杨明眼中却是一桩桩生意。杨明之所以能够在合适的地点投入合适的金钱，一切都是因为严富军在规划局的那一两句话。

东窗事发后，严富军被"双开"了，并受到法律的严惩，杨明也因为行贿被判了刑。

市规划局原副局长符再起自然坐到严富军的位置上，顺利地当上了规划局的局长。而杨明的名扬房地产公司被淮铭房地产公司收购了，老总是高一兆。最巧合的是符再起和高一兆都是铁杆古玩迷，他们俩在古玩市场摸爬滚打已多年，早是一对铁哥们儿。

事情过了数月，A市规划局经过反复讨论论证，把修一条直达东郊的公路作为重点项目来抓。当然，淮铭房地公司产自然是大赚了一笔。

一天，高一兆在家中拿起那只莲花碗，笑得咧开了嘴，随即果断地将莲花碗摔到地上。一声脆响，莲花碗剩下的只是碎片。他嘴中念念有词：杨明啊杨明，就知道你舍不得这只莲花碗。

莲花碗不复存在，但碎片静静地躺在地上，每一块碎片映出了高一兆的嘴脸，但有点扭曲。

（原载作家网 2017 年 9 月 6 日）

仙 人 掌

左军明

她得了癌症，并且，还是晚期。想想自己会在痛苦中蛇一样扭动着身躯，她不寒而栗。就在这时，她想到了乡下的娘。

生活就像一本破画册，唯独娘如长在沙漠里的仙人掌，此时，她极想得到娘的庇护。她万念俱灰，只有娘或许能保护她。

娘来了，一个普通得不能再普通的乡下女人。脸上的皱纹密密麻麻，一双不大的眼睛卧在皱纹里，像两个句号书写着岁月的沧桑。

看到娘，她委屈得像个小孩子。娘走进她的大居室，还难以适应。她坐在沙发里喊了一声娘，就憋屈得泪如雨下。娘拍拍她的肩，俯下身，像她小时候和她四目相望。只不过，娘俯下身更矮，她站着一下高大了。她阴暗的心打开一道缝儿，一丝阳光挤了进来。

娘还是闲不住，拖地板，擦桌子，抹凳子，忙里忙外。她心烦地又喊了一声娘。

娘抬起头，看着她，又继续忙乎。

她已经病入膏肓，家里不缺收拾家务的人。

房里渐渐有了生机，一缕阳光照在她脸上，晃得她半闭着眼睛。她的心还是乱乱的，有魔鬼在里面走动。

娘打了一盆热水，不由分说给她洗头。她的发丝浸泡在水里，娘的手指在她头皮与发丝间游走。

她始终认为娘有些偏心。小时候，瘦弱的哥哥淘气，不听娘的话，到河里洗澡不见了踪影。娘冲撞着夜色扑到河边，跪在河堤上，朝着河里喊魂儿。

黑黢黢的河水打着漩儿向前流淌，仿佛，四周集聚了无数妖魔鬼怪，在庆贺它们把娘的儿子打进阴曹地府。

娘披头散发，一声连一声地呼唤着自己的儿子。娘椎心泣血，喊得筋疲力尽的时候，儿子怯生生地站在她面前……

哥是在去年得了肝癌去世的。哥的去世让她心生恐惧，最终，她也难逃一劫。

娘的手指在她的头上揉搓，仿佛在驱赶她腹内的癌症。娘说："别怕，有娘在，什么灾难都会跑得无影无踪。"

娘给了她信心，但是，她的面前还是有一道深不见底的鸿沟，她站在死亡的悬崖胆战心惊。美好的世界就要把她隔离，死亡的气息弥漫开来。她触摸到死亡的绳索，只差一步就能把她死死地套牢，她在做垂死挣扎。

娘似乎把她的病看得很轻，完全是一副置身事外的表情。娘说："死，究竟那么可怕吗？人人都有死的那一天，你越不在意，死神就躲得你远远的，你在乎了，死神就会不请自到。"

她撇了一下嘴，不置可否。娘继续说："看我们老家的仙人掌，干涸得吸收不上水分，用自身仅存的养分顽强地活着。"

她不愿意听娘婆婆妈妈的唠叨，只想得到她的庇护。娘似乎在这方面也无能为力，所以，才用不着边际的励志来搪塞她。她和娘大吵了一回，这是她穷途末路的挣扎。

娘说："你像要死的人吗？要像仙人掌一样坚强。"

"别说了。"她愤愤地顶撞娘，看到娘的脸蜡黄蜡黄，但她还认为娘不可理喻。

娘不辞而别。

她又陷入了恐惧，求生的意念像一条绳儿，牵引她走进大医院做全面复查，复查的结果让她虚惊一场。她从噩梦中醒来，感觉一切都那么美好。她又过回了从前的生活，日子像阳光一样灿烂。过了些天，她想到了娘。

娘已经长眠在地下，安葬在村口的一角。原来，娘去看她时，娘已是癌症晚期。她泪流满面，看到娘的坟墓上长出一株仙人掌，她固执地认为：是娘。

（原载《小小说时代》2017 年第 1 期）

透明的城市

金　波

犯罪分子切尼尔一踏进 M 市，就挎着小包，蹬着高跟鞋，扭着动人的曲线走进一家银行，像往常一样准备提取现金。他左右瞄了瞄，然后掏出银行卡，插进 ATM 机里，准备输入密码。这时，喇叭孔里突然传来一个声音："您好，本机只接受裸指按键。"切尼尔只好摘下手套，小心翼翼地按了一下，冷峻的声音再次传来："您好，您的指纹不支持您的银行卡。请用本人的银行卡取款。"

切尼尔惊出一身冷汗，确信四周没人注意，这才掏出本人的银行卡，再次进行操作。然而，耳边响起的声音令他大惊失色："对不起，您的身份记录显示，您是一位正在被通缉的在逃犯，建议您速到警方自首！"

切尼尔丢掉银行卡，迅速逃离银行。没想到，自己这么快就暴露了，他真后悔使用自己的银行卡。可是，不用自己的银行卡，就取不出现钱，怎么办？这时，远处骤然响起了警报声，无疑就是冲他而来的。警车的嗡鸣声也从远处传来，从四个方向同时靠近银行。切尼尔迅速而又镇静地跑到一个胡同里藏起来。

许久，他才钻出来。可是刚在大街上出现，头顶上的摄像头又说话了："注意，通过步态识别，此人就是在逃犯切尼尔，建议市民将他扭送到公安机关！"

切尼尔抬头一看，大街上到处都挂着摄像头。远处，警笛声又响了起来。

他赶紧逃跑，左拐又绕，藏在一个偏僻的女厕所里，在那里蹲了两个小时的茅坑，直到夜色降临，才像老鼠一样溜了出来。

他专门走没有路灯的小胡同。走着走着，就感觉肚子饿了，才想起已经三顿没有吃东西了。他假装瘸着一条腿，"艰难"地走进一家超市，挑选了许多食品。在收银台，切尼尔出示了银行卡："这不是我本人的银行卡，但知道密码，可以用来支付吗？"收银员回答："可以，但需要留下您的个人信息。您是想通过指纹，还是想通过虹膜验证身份？"切尼尔想起了银行那一幕，便指了指眼睛。可是，刚靠近虹膜仪，上面的红灯就骤然亮了起来，一个声音随后响起："请保安立即控制这个人，他是警方正在通缉的犯罪分子切尼尔。"切尼尔吓了一跳，一把推开收银员，像兔子一样冲出了超市。四周的警报声尖厉地响起来，他迅速钻进一辆公共汽车，向郊区驶去。

街道上、马路交叉口和行人多的地方，已明显加大了警力。旅馆肯定是进不去了，饭店也不是个安全的地方，况且自己已身无分文。看来，自己应该马上离开 M 市，但又不能去车站，那里应该是警方重点布控的地方，而且他连车票也买不起啊！

他突然想起了医院。一天前，他在逃亡途中摔了一跤，腰部扭伤，至今还在隐隐作痛，警方还没有掌握这个重要信息，不妨去那里逗留一段时间。警方难道对病人也要怀疑不成？何况他真的有病！于是，他改变了走路的姿势，首先钻进了公共厕所，脱去假发、假胸和女装，撕掉脸上的贴膜，恢复了男人的面目。

在医院，切尼尔请大夫进行了初步诊断，果然需要住院，并准备进行 X 光透视、B 超检查和拍片观察。切尼尔去收费处交款。他问："可不可以将银行卡抵押在这里呢？"收费员点点头，但需要留下身份证明。切尼尔说："我没有拿身份证、户口簿或工作证。"收费员说："你可以选择签字、按指纹、留下声音，一种即可。"

指纹是不敢再留了，签字？看到收费员递来的电子签字板，一根电线正连着电脑，切尼尔又心虚了。还是留下声音吧。声音不是可以造假吗？面对着收费员递来的话筒，切尼尔捏着嗓子说："我叫……"话筒里立即打断了他的话："对不起，您的声音存在虚假成分，请用母语或本色语言。"收费员也不耐烦了："你连平常的话都不会说了吗？""这个……"切尼尔犹豫了一下，话筒里突然吼起来："您是一位正在通缉的犯罪分子，建议您立即到警方自首！"切尼尔掉头就跑，冲出医院，迅速消失在人群之中。

　　切尼尔胆怯了！他这才明白，任何人只要在任何仪器上一露面，它马上就会显示你的全部信息。你的一颦一笑都记录在案，所以你永远难以造假。

　　切尼尔只好赶紧逃离这座噩梦般的城市。现在，逃跑的唯一途径就是步行了。好在夜晚的天气不是很凉，他选择了乡间小道，向一座山岭跑去。停在树林里，他随便摘了一些野果充饥，又到河边喝了一些水，觉得体力正在恢复。于是，他打开了身上的手机，准备与同伙取得联系。当他面对着彩屏操作时，突然手机响了，是短信！切尼尔打开一看，吓了一跳：公安机关提示您，您的面部资料显示，您是犯罪分子切尼尔，请立刻投案自首，争取宽大处理。切尼尔立即把手机扔在了地上。很快，手机又响了，切尼尔再次打开手机查看，短信是这样的：卫星定位系统通过手机已确定了您的位置在城郊山上，警方正在向您靠拢，请主动投案自首！切尼尔赶紧把手机关了！

　　然而，四周很快就响起了警笛声。站在山顶，可以看见四面八方的马路上，一队队车灯在车顶上闪烁。警笛声也越来越近了。全副武装的武警一跳下汽车，就向四周散开，一步一步向山逼近。切尼尔绝望了，他打开手机，拨了报警电话，然后气急败坏地吼道："我是切尼尔，请不要这样兴师动众，我下山投降好啦！"

（原载《知心姐姐》2017 年第 9 期）

我的邻居金银海

云中雀

　　"知道吗？金银海他妈妈，是干那个的。"

　　"干哪个的？"

　　"就那个呗。"四楼的小胖不怀好意地笑着，一手比指、一手握拳比画了几下。

　　"那是什么啊。"二楼的诗柔一边啃着卤鸡腿，一边一脸困惑地发问。

　　"就是你现在吃的啊！"直勾勾地盯着诗柔手上鲜嫩多汁的鸡腿，小胖解释着，"我妈妈说，做鸡的女人都不是好女人。"

"鸡？什么叫做鸡啊，是做卤鸡腿吗？"

"做鸡啊……"

"啪！"合上书本，我再也无法忍受下去了，现在的小孩子都是这样子的吗，议论别人的家事、隐私？不，也不能怪他们，他们懂什么呢？一定是孩子们的家长。言传身教多么重要！是家长没做好榜样。

金银海，我记得他，那个衣服老是穿不好、浑身脏兮兮、个头矮小却跑得飞快的少年。

这栋老楼，我自从升了高中搬进校舍后，就只有周末才会过来住两天。每到周末，别的孩子——四楼的小胖、二楼的诗柔还有一楼的那对双胞胎，都被各自的父母，领着去公园、去游乐场。只有金银海，总是孤零零一个人蹲坐在楼梯口，揪着一棵草，敲着一块石头，像一只被抛弃的小狗。我知道，他的家境不好，事实上，住在这里的人家，又有谁家境特别好呢？可别的小孩子，还有着亲人的陪伴呵护，金银海呢？

记得有一年下大雪，全市的中小学都停课了，我们也不例外。恶劣的天气，我一点赏雪的心情都没有，只想快点回去看书。走到大平台，我瞥见金银海，披着一件不合身的羽绒服，衣领处的扣子半开着，靠在楼道里，手里有一下没一下地拨弄一个劣质的打火机。

"他这是干什么呢？"我微微蹙眉，"又要胡闹了吗，可不要把什么东西烧着了才好。"

摇摇头，我快速地转动钥匙，这天！实在是太冷了！

"吱呀。"门开了，我刚要进去，金银海突然三步并两步凑到我家门口，用一种小心翼翼的渴望的眼神望着我。"怎么，他还想来我家做客不成？"我挑着眉，没理他，干脆利落地关门落锁，又禁不住好奇，趴着门眼向外看。金银海果然没有离开，而是在我家门口站着，表情看不出是不是沮丧。只见他又掏出那个绿色的廉价打火机，滑了好几下，终于咔嚓一声跳出一簇火苗，他马上把手凑上去，在火苗旁边移动着，又将手伸进衣服内搓揉着，反反复复，直到打火机打不出火。我的心咯噔一下，这孩子，竟是用打火机来取暖吗？是了，他在自家门口徘徊了许久，估摸是家人不在，才在别处游荡，这样冷的天气，谁有心思出来玩呢。

我有些不忍，决定开门让金银海进屋暖暖身子。刚要拉开门锁，那金银海竟一蹿一蹿地跑走了。

后来，我的学业忙碌起来，便好久没去注意金银海了。直到高二放暑假，我居然碰见了金银海的妈妈。那是个沧桑的女人，穿着艳俗滑稽的裙子、头发烫得焦黄、涂得鲜红的嘴唇也掩不住一脸的疲惫。她似乎是急急赶回来的，见了我，便叫着"陈家姑娘！"快步走上来，温柔地寒暄着："陈家姑娘，好久没见啊，一晃眼，都长这么大了。"我点点头，问了声好，便想离开，她却拉住我，有点尴尬、有点局促地说："陈家姑娘，我，我想求你件事。"然后从包里掏出两百块钱，"金银海这死孩子不知跑哪儿去了，我钥匙没带回来，现在又有事要走，这点钱，你能帮我转交给他吗？"她恳切地看着我，讨好地笑着，补充道："我知道，陈家姑娘是个懂事的"。

"好的。"我接过她的钱，"等金银海回来了，我就给他。"

"谢谢！谢谢！"金银海妈妈握着我的手，真诚地向我道着谢。

我的心有点难受。这也是一个被生活折磨得黯淡无光的人啊，不管她从事什么职业，她又伤害过谁呢？整整一栋楼，竟没一个人愿意跟她说话，愿意跟金银海做朋友。人们冷漠地隔离着这对母子，仿佛他们是什么病毒。

傍晚时分，金银海回家了。还是像往常一样，不知从哪里野回来，脏兮兮的。我敲开他家的门，说明来由，金银海睁着黑白分明的大眼睛，闪过身，让我进了屋。

这屋子，地上是多久没打扫了，东西扔得到处都是，还有股奇怪的味道！

我把钱放到桌子上，正欲转身离开，金银海却拉住了我。

"姐姐。"他忽然开心地笑了，"我捡了一只小猫，你要不要看看。"

我对小猫小狗向来没兴趣，不过金银海莫名其妙的快乐让我觉得很有意思，便跟着他去看小猫。果然，是一只和金银海一样的，脏兮兮的猫，好像还淋了雨，毛粘在一起，倒是眼睛溜溜地发亮，但总的来说是一点也不可爱！我登时没了心情，敷衍了几句便匆匆离开了。

再后来，我高中毕业了，和姥姥搬离了老楼，自那以后便再没回去过。只是有一次，猛地馋起曾经家楼下那间干果铺的栗子，特地坐了车去买，竟在那碰到了金银海。

他已经长得很高了，还是脏兮兮的，整个人更加阴沉了，像是笼上了一层雾。在旁边买菜，除了问价递钱，一句话也没有。我凑过去，打了声招呼："金银海？"他见了我，也怔了一下，半响回道："姐姐？"

"啊。"我应着,忽然又不知该说些什么,便客套着问他:"你抱回来的那只猫呢?"

金银海听见,望了我好一会儿,低声答了句:"死了。"没再说什么就提着菜离开了。

我拎着一兜子的栗子,愣住了。

一股从未有过的酸涩涌上心尖,这种感觉,是后悔。

(原载作家网 2017 年 4 月 23 日)

体 验 坐 牢

徐均生

我供职的是一家监狱医院。医院大院最里面有一幢两层小楼。这幢小楼,对外称康复中心。康复的人员不是病人,而是刑期剩下两三个月的服刑犯人,他们要在这里经过几个月的学习,以适应回归社会。

这年国庆节前几天,康复中心里的犯人都回家团聚去了。整幢楼就空了,我的工作也就空了,国庆节可以回家过。谁知道,国庆节前一天下午,我的五位大学室友,说要来看我,还说如果有可能要体验一下坐牢的感觉。

我当即表示:"好哇!"

我请示监狱领导,谎称室友们是作家,想体验一下生活。监狱领导非常重视,破例同意了,还让管教队长来实施管教。而我作为随队医生全天候陪护。

管教队长让室友们限时打完电话后,就收缴了他们的手机,说:"从今天开始,你们正式进入监狱的入监教育,你们每一个人都要遵守监纪监规,谁也不能违反。当然,我知道你们是来体验生活的。但是,为了让你们有更切身的体会,我希望各位能坚持做到。"

室友们就这样被关进了康复楼,铁门咣当一声紧紧地关上了。

康复楼里面有活动室,乒乓球、棋牌、健身房都有。室友们玩得很开心,很投入，也有水准。第一个晚上相安无事。

第二天早上，他们起得很早，跟着管教队长到院子里来活动筋骨，还跟着跑步，跑着跑着，就有室友气喘吁吁，不肯跑了。管教队长就喝道："你，3号，给我快点，你，还有你5号，你在干什么？你给我快点跑！"

我站在一边忽然觉得想笑，你想啊这五位室友有当处长主任的，最小也是个科长了，他们哪里经历过这种场面，他们心里肯定不好受！

早饭后，室友们要进行学习，学习相关的监纪监规。每个人还要做笔记，下午还要考试。这些都是必需的，也是非常简单的。

这天晚餐后，室友们要打电话，管教队长说："你们是来体验真实生活的，连一个电话都熬不住，还体验什么呢？这五天时间里，我希望各位作家能真正地体验一番。"

话说到这份上，室友们没面子再要求了，只好私下里央求我给他们的家里打电话报平安，问问有没有什么要事急事。我也一一通了电话，报了平安。

体验到了第三天，室友们有些不耐烦了，管教队长的话听不进去了，乒乓球也不打了，棋也不下了，牌也不打了，他们大多数时间会站在铁窗前，仰面看着天空出神，或独自坐在一边想心事。

我悄悄地来到他们的身边，拍拍他们的肩头，然后悄悄地离开，不说一句话。我知道他们在想什么，尽管是体验坐牢，但每个人肯定都在想坐牢有关的事。对了，从第三天开始，室友们的伙食完全跟犯人们一样，饭菜比较简单，一荤一素一汤。酒当然没了。

第四天，室友跑步跑得很快了，他们一点声音也没有，默默地跟着管教队长跑，没有一个掉队的。跑完步，就去洗脸擦汗。

就在这一天晚上，上级领导来突击检查，路过医院见康复中心亮着灯光，就一路进来了。监狱领导连忙通知我和管教队长，让我们赶快安排好。

领导进来时，室友们已经换成囚衣排成一队，他们一见领导就喊道："首长好！"领导摆摆手，就往里面走去。室友们也跟随进去。

领导要跟室友座谈，领导问室长："你是怎么进来的？"室长的脸红红的，低下了头，说："接受钱物，判了五年。"领导严肃地说："你要好好改造，重新做人，早日回归社会。"室长连忙表示："我一定听首长的话，好好改造，重新做人，早日回归社会！"

领导们回去了，室友们忙换下囚衣，室长却没有换。他抱着自己的脑袋，痛苦地低了下去，眼泪默默地流淌下来……

（原载《东方剑》2017 年第 1 期）

逃　兵

田诗范

小镇上、百草堂药店陈老太和伙计鹿子关住门，在店里专注着镇外的枪炮声，枪炮声渐渐弱下来，陈老太说："看来川军顶不住了！"

鹿子说："这川军是国军序列装备最差的，你看北风刮了两个月了，他们还穿着单衣单裤，脚穿草鞋，但说实话，他们战斗是最英勇的，打了这么多天，就是死战不退，要不、咱镇子早遭殃了！"

陈老太说："看来他们也要撤退了。"

不久，真的一队川军撤了下来，在街口集合，听长官在喊："报数！"

"一、二、三、四……"报数不很顺畅，断断续续，因为有的被人扶着，有的坐着，有的头上缠着半边绷带，有的吊着胳膊，有的挂着枪，衣服全都破破烂烂，人已疲惫不堪。

"二十八——"报数的人半躺着，浑身是血，看不清面目。

"报告团长，三连实际人数一百六十八，实到二十八，阵亡一百三十九。"连长报道。

团长："还有一人？"

连长："失踪！"

团长："是吴三娃吗？格老子！"

连长："是，狗日的可能是个逃兵！"

团长："算了，他的两个哥哥已在这次战斗中为国捐躯了，给他家留个种，也给咱川军留个种！"

连长："团长，咱这支被人叫作垮杆队伍的川军把鬼子一个师团抵在这里十天十夜，为其他部队围歼敌人创造了条件，我们已经胜利完成了任务，让我们保护师长突围吧！"

团长："师长在这之前已经殉国了！"火光中，团长含泪向大家行了一个军礼，继续说："我们已经弹尽粮绝，别无退路！"

连长拔出大刀，振臂高呼："弟兄们，我们跟狗日的鬼子拼了！"

一阵喊杀声轰然响起，卷起大地一阵尘烟，最后静了下来。

"笃笃笃！"有人在敲门。

"鬼子进村了，快操家伙！"鹿子说。

门拉开，一个军人滚进来，是个川军。

那人趴在地下，对陈老太说："救救我，我崴了脚——"

鹿子连忙把他拉进来，赶忙关上门。

陈老太蹲下来，一边看他的脚一边问："你是伤兵还是逃兵？"

那川军慌忙抬起头，睁着惊恐的眼问道："是伤兵咋样？是逃兵咋样？"

陈老太说："是伤兵医好伤，是逃兵剁掉脚！"

那川军惶惶恐恐！半天才从嘴里挤出："是、算是、算是逃兵，因为掉进弹坑崴了脚，我没跟上队伍。"

陈老太哼了一声："好，有勇气！"接着回头对鹿子说："把他绑在拴马桩上！"

鹿子上来把他拖进院内，解下他的一根绑腿缠住上身，又解下另一根绑腿一头拴住脚踝，一头拴在门环上，紧了紧，脚下再给他垫了坨木墩，然后退了下去。

陈老太慢慢上前，蹲下身，摸了摸他的脚，伸出右手，对鹿子说："拿斧子来！"

鹿子递上一个三指宽，两指厚，一把黑乎乎的斧子来，她先量了量距离，又用指甲在要剁的地方画了一条线，对他说："我要砍了！"然后高高地举起了斧子。

"啊——"那川军闭着眼睛，撕心裂肺地喊了一声，接着脚本能地一抽，那陈老太把斧子一丢，趁势扳住那只脚，用力一拧一捏，只听咔吧一声，那伤骨就复了位。

陈老太站起来，拍拍手上的土，对鹿子说："把咱家最好的正骨水给他抹上，叫他起来走走吧！"

那川军真的站了起来，跳了跳，说："没事了！"然后再打上绑腿，整理下衣服，提起枪，挺起胸对陈老太和鹿子敬了个军礼。

陈老太问："你叫吴三娃？"

那川军一挺胸："是！"

"咚咚咚。"又有人在砸门，鹿子说："是鬼子！"

那吴三娃推开两人说："你们快走，让我去！"

说着，他走到门边，对二人努了努嘴，猛地拉开门，两个鬼子跌了进来，那吴三娃唰唰两刀结果了两个鬼子，他见一群鬼子向他拥来，就像一头发疯的公牛，连冲带撞，一直跑到街心，他面若无人，从容砸断了那支没有子弹的套筒步枪，面对围上来的鬼子吼道："来吧，狗日的小鬼子，老子不是逃兵，咱川军没有俘虏！"

当那队鬼子逼近，十几把刺刀把他挑起时，他猛地撕开衣服，鬼子见他胸前一束手榴弹在嗞嗞地冒着青烟。

轰隆一声，整个镇子山摇地动，街上的店面簌簌地掉着瓦片、碴子，鬼子的尸体躺了一地，待青烟散尽，唯独不见了吴三娃，只有那树枝上挂着两条长长的绑腿在寒风中飘荡，像一面招魂幡在昭示中国军人不屈的军魂！

陈老太和鹿子扯下那绑腿，含泪说："是那川军娃子的！"

（原载作家网 2017 年 4 月 7 日）

她 的 名 字

葛成石

最近，达瓦绒人热烈又不无焦虑地讨论着一件事情。他们说多吉老师疯了，成天腋下夹半块牦牛皮，又哭又闹，喊着要状告自己，再不想想办法，孩子们会一直没有老师上课……

半个月前，多吉在达瓦绒草坝上见到了她，她的名字叫任红。那天的阳光在枝头摇曳，地上的带着乳香味儿的草屑直往鼻子里钻，多吉感觉到自己的脚步比哪一天都要轻快，好像要飞起来。

任红的身子被 T 恤衣和牛仔裤紧裹着，绷出和青春有关的气息。她的肤色特别白，白里又透出点红，就像冬日里涂了斜晖的雪原。她还是大二的学生，坐了好几天的车，来山里支教。她的同学则去了附近的学校。她是被人簇拥着走近多吉的。多吉是达瓦绒小学的老师，是村里汉语说得最顺的人。

"你好，任红！"多吉将"任"字咬出很清楚的"人"音。

任红很满意多吉的发音，她的目光应该在赞扬他。她靠近多吉，向他伸出白皙的手，并不在意他身上的马粪味。

从草坝到达瓦绒小学，要走五里山路，且只能步行。多吉中途还绕了个弯，朝对面的山梁走去。那里有多吉的家。任红并不知道走了弯路，就像城里的出租车司机带游客遛弯儿，谁知道呢？多吉取了邮递员压在草垛上的当天的报纸，送进屋里去。让任红知道他是村里唯一订了报的人，那一刻，他很骄傲。多吉又从草垛上取了半张牦牛皮，他想会用得着的。任红拿起手机就拍起来，刚好从屋里走出来的多吉的姐夫也被任红摄进镜头里去了，而多吉的姐夫那一刻还露出了黑黑的牙齿在笑，真倒人胃口。

任红像燕子一样，忽前忽后，在上坡的时候她还大方地将手伸给多吉。多吉抓住她细腻柔滑的手，紧张得直想哭。谷底有孩子们的嬉笑声，那些"泥猴子"猜出了这个稀客是谁，他们肯定几天前就在议论了，所以他们朝着山上一遍遍地喊："任红、任红、任红……"他们喊的是"任务"的"任"，而多吉则一遍遍地纠正为"人红、人红、人红……"任红却顽皮地喊"摆布、摆布、摆布……"然后她大笑，多吉突然想到"任人摆布"，也跟着大笑。

山路越爬越高。任红坐下休息，多吉将半块牦牛皮给了她垫坐。多吉告诉任红，要么得快点进山，要么先出山待明天再走，等天完全黑了，他们就不能前行，随时有坠崖的危险。任红说还想和白云飞鸟再交流会儿。她大声地喊起来，山谷留下她的回音。

"你们不知道，她的声音有多么清脆，你们不知道从此山里将有多么爽朗的笑声，你们不知道……"多吉一遍遍向人们讲述，又一次次地啜泣。这个有着卷曲头发、黝黑脸膛的汉子，和此刻的神情是很不谐调的。

"可是，山谷里留下的是她最后的回响，天已经黑了，我甚至没能看清她坠崖时的那道凄美的弧线……都是我不好，本来天黑之前可以去到学校的，我不该绕个大弯儿回去取牦牛皮。"多吉终于失声痛哭。

村主任一遍遍地告诉多吉："我咨询过律师了，你不能告自己，要告也该由任红的家人来告，可她的家人已经和有关部门自行调解了，再没你的事儿了。"多吉纠正了"任"的读音，纠正完还是闹。

为了让孩子们有老师上课，村主任又求律师想办法。律师说："多吉老师，如果判你输了，要罚你将这半张牦牛皮赔给村里。"

多吉停止了哭闹，大声反驳："没这道理！应该赔给学校！上面要写上任红老师的名字，写上她任教的课程，还要罚我代她的所有课程！要召集全村人来看着将牦牛皮挂到学校的墙上去。"

全村人都同意了这个"判决"。

那天达瓦绒小学挤满了人，多吉不让他们嬉闹。为了让孩子们有老师上课，村人只好听多吉的。多吉对着挂在土墙上的写了任红名字的牦牛皮喃喃道："任红，你知道吗？你是连夜被人运出山的，你的同学也被召回了。我天天读报，希望看到关于你的消息，可是一个字也没有！你是以教师的名义来的，一个人的梦想是应该得到尊重的，只要在报上出现你的名字，称呼你为老师，其他什么都不说，我也能接受！"多吉抹了眼泪，又低声说："我仅有的能耐，就是让达瓦绒的所有人都能记下你的名字，你的姓应读作'人民教师'的'人'，而不是'任人摆布'的'任'。"

达瓦绒的阳光是金黄色的，多吉看见任红的名字也被阳光装扮得金黄金黄。在多吉看来，任红老师虽然没在这里上过一节课，但她一直走在通往课堂的山路上。

（原载《太湖》2017 年第 2 期）

算　计

陈志江

夏天的天气真是变幻莫测，早上还是万里晴空呢，中午时天色就变了。小镇的上空阴云密布，一副山雨欲来的模样。吴老头儿蹲在巷口，身边的纸箱上面横放着一把雨伞，纸箱上歪歪扭扭写着几个大字：雨伞，35 元。他抬头望望天，精瘦的脸上露出喜色。

哎，这雨伞是新的吗？一个男青年在小摊子前停下了脚步，手里抓起雨伞问道。吴老头儿抬头瞅了他一眼，只见这男青年穿戴时尚，脖子上挂着一条粗大的金项链，黄灿灿的光晃得他眼睛都眯缝起来。

当然是新的，你看看，包装还是完好的，洋货，好用。吴老头儿用手点了点雨伞包装上的那两行洋文，夸道，这雨伞特好卖，一箱子只剩下这一把了。

骗鬼呢，随便印上两个洋文就冒充洋货。男青年也不是那么好糊弄的，不屑地说，你以为我没上过学吗？这几个汉语拼音我还认得出来。三十五太贵了，顶多给你二十，卖不？

不卖！吴老头儿斩钉截铁地摇了摇头。

二十五。男青年抬头看了看天，眉头皱了皱。

三十五，少一分钱也不卖！吴老头儿气定神闲地说，反正只剩下这一把了，我不愁卖不出去。

好，三十五就三十五！男青年咬了咬牙，恨恨道，你这是趁火打劫呢，一把破伞也卖得这么贵。

大叔，这雨伞四十元卖给我吧。忽然一阵香风袭来，摊子前多了一个风姿绰约的少妇，一上来就抬高了价钱，声音娇媚地说，快下雨了，不要淋湿了我这身高档的连衣裙，香港买回来的呢。

行，你给四十元把雨伞拿走吧。财神爷从天而降，吴老头儿不由得喜形于色。少妇也很爽脆，从香肩上取下小坤包，拉开拉链就要付钱。

慢！男青年一声大喝，制止了他们的交易，愤愤地说，这雨伞是我先看上的，做事总要讲究先来后到吧？懂不懂规矩？少妇不屑地撇了撇嘴，哟，你这小伙子真是不讲理呀，买东西都是价高者得，这规矩你不懂？

哼，你以为自己有几个臭钱就很了不起吗？本大爷最看不惯的就是拿钱砸我！好吧，我出五十，这雨伞我要定了。男青年寸步不让。

七十！少妇白了他一眼，说，好男不与女斗，给点风度好不好？

一百！奶奶的，我出一百！男青年似乎是豁出去了，铁了心要争到底。他从身上摸出一张百元大钞，神气地说，大爷我有的是钱。吴老头儿急不可耐地从男青年手上抢过钞票，一把揣进口袋，高兴地说，哈哈，你们俩也不用争了，这事情我可以做主，这雨伞毕竟是小伙子先谈价的，小伙子，一百元成交了。

有毛病！男青年的顽固，似乎也让少妇偃旗息鼓了，狠狠地瞪了男青年一眼，扭着屁股走了。男青年抓起雨伞，抬头看看阴沉沉的天色，也急匆匆从另外一个方向走了。

吴老头儿掏出一根烟点上，脸上带着狡黠的笑，从纸箱里再掏出一把雨伞放在箱面上。少妇一阵风似的从巷口闪出来，笑嘻嘻地问，爹，女儿这招是不是挺管用？

管用，管用，嘿嘿，就你鬼点子多。

吴老头儿笑吟吟地说。伸手从口袋里掏出那张百元大钞，递给少妇，喜滋滋地吩咐道，去打一斤酒买半只烧鸡，我今晚要喝上两盅。

少妇接过钱，摸了摸手感不对，又举到眼前看了看，忽然脸色都变了，爹，你怎么不仔细看看，这张是假钱！

两人追出巷口，可是哪里还有男青年的影子？狂风呼啸着，宛如嘲弄的笑声。

（原载《小说选刊》2017 年第 1 期）

送　米

孟宪歧

傍晚，老林来了。

老林是党的地下交通站站长。

柳溪归老林直接领导。

跟老林来的一个人挑来两袋粮食。

老林说："清凉洞的伤员没粮了，你把这一百斤小米送过去。"

柳溪点点头。

老林又说："今晚就走，越快越好。"

老林走了后，柳溪把两袋小米打开，他把双手伸进小米里抚摩着，那种感觉真好！

他家断顿了，他已经吃了两天野菜团了。

十岁的儿子见到小米，高兴地问："爸爸，这回咱家可以吃小米干饭了吧？"

柳溪摇摇头："不可以的。这米不是咱家的，是给东家的。"

儿子噘起了小嘴说："一顿也不能吃吗？"

柳溪说："东家的米，一粒也动不得。"

老婆颤巍巍地问："你看，咱就留一点点，给娃熬口粥喝。大人好对付，娃受不了啊，行不？"

柳溪叹口气："不行。这是救命粮，动不得啊！"

老婆默默给柳溪拿过两个菜团团。

柳溪装起一个，把另一个递给儿子："我一个就够了，这个给你。"

老婆又从儿子手中把菜团要过来说："穷家富路，来回一天一宿，一个菜团咋够？"

柳溪说："我会在路上想法的！"

在老婆幽怨的目光里，在儿子祈求的眼神里，柳溪果断地挑起了两袋米，隐进夜色中。

柳溪家距清凉洞约七十里，过了乔家镇全是山路，树木参天，荆棘丛生。柳溪挑着米，困苦可想而知。

天亮后，柳溪来到乔家镇。

多半夜的奔波，柳溪已经没有力气了，他摸摸怀里的菜团，舍不得吃。

他知道，进了山里，才更累，这菜团可是他的救命粮啊。

柳溪把米袋停在一家面馆前，进门跟掌柜说："赏我一碗热水吧！"

掌柜看看门口的两袋米问："啥呀？"

柳溪答："给东家还的米。"

掌柜嘿嘿笑："你这人真傻，拿着金碗要饭吃。这样吧，你拿小米换我的面汤，咋样？一斤换一碗。"

柳溪摇头："东家的小米，万万动不得。"

掌柜沉了脸："你的小米动不得，我这热汤也喝不得。"

柳溪转身挑起小米就走。

掌柜喊："还东家的小米多一斤少一斤该咋着？你死心眼啊？"

柳溪边走边说："我死心眼。反正这米不能动。"

出了乔家镇，就进山。

柳溪实在是走不动了。

路边有小溪，他跑过去，双手捧起水来，喝个痛快。

喝了不少水，肚子饿的滋味小了些。

他坐在路边，发现了一株小黄花，一看，是苦麻子，这东西能吃，就是特别苦，管败火的。

柳溪乐了。嘿嘿，这里有野菜，就饿不着我。

他吃了苦麻子，又看见了婆婆丁，还有羊妈妈，这都是他小时候最喜欢吃的野菜，不一会儿，就吃得满口青绿色。

有东西填了肚子，柳溪的劲儿又来了。

刚走几步，柳溪见一个男人一瘸一拐地走过来。

男人问："你挑的啥东西？"

柳溪答："小米。"

男人问："卖点给我吧？家里没吃的了。"

柳溪答："东家的小米，我哪敢卖呀？"

男人仍不死心："你给我一半米，我给你两块大洋。"

柳溪想：一百斤小米也就值一块大洋，现在五十斤小米给两块大洋，这买卖合适呀。

柳溪说："这样吧，今儿这米不能动，明儿我给你送来，咱一手交钱一手交货，行不？"

男人面露难色："可是，我这会儿缺粮啊。"

柳溪只好说："这我可帮不了你。"

男人一瘸一拐走了。

柳溪心里难受。

他想，这小米如果不是送给八路军伤员的，他说啥也要卖给这男人点儿，一家人挨饿，那滋味他尝过啊。

柳溪望一眼前面的大梁，拿出菜团，大口吃起来。

他知道，翻过大梁，就到了清凉洞。

吃完菜团，他顿觉又来了劲，挑起小米，跨步翻梁。

站岗放哨的战士发现了柳溪。

十多个伤病员一同来到洞口迎接着他。

陈连长握着柳溪的手说："柳哥，你辛苦了！我代表大家谢谢你！"

说罢，陈连长给他敬了一个军礼。

陈连长吩咐赶紧熬小米粥，柳大哥一定饿急了。

这时，一个男人一瘸一拐走进来，柳溪一看，是路上遇见的那人。

陈连长说："这是新来的张排长，粮食没运来，肯定是有困难，我们自己也得想法，我就派他出山买粮。"

张排长把经过一说，大家都哄堂大笑。

柳溪喝了一顿香喷喷的小米粥。

（原载《小小说·大世界》2017 年第 8 期）

拾　荒

万吉星

深秋的凌晨，天气已经转凉，离天亮还有一个多小时，大街上冷冷清清的，昏黄的路灯把王婆婆孤单的身影拉得又细又长，她沿街仔细翻找着每一个垃圾箱，将易拉罐、塑料瓶、废纸箱凡是能卖钱的东西统统装进那个破旧编织袋。

今天比往常早起半小时，环卫工人还没有来清运垃圾，收获不小。

她有些吃力地拖着那个鼓鼓囊囊沉重的袋子，从垃圾桶旁直起佝偻的身躯，用一只手握成拳头用力地捶打着酸痛的腰。这时隐隐约约听到一阵断断续续、细小而无力的哭声，循着声音，目光不由自主地瞄到了不远处路灯杆下的一个小纸箱，以及被几件旧衣物包裹着只露出一个头的婴儿，她环顾了一下四周，除了阴冷的风吹着地上的落叶到处乱跑，鬼影子都没有一个。她把孩子抱起来，脸色青紫，柔弱得像一只筋疲力尽的流浪猫，气若游丝。

王婆婆解开自己的衣襟，把婴儿贴身捂在怀里，一股透心的凉从皮肤瞬间直达五脏六腑，她不禁打了一个寒战，内心涌起一丝悲凉。

全家人的生活被这个从天而降的弃婴彻底打乱了，本来就过得十分拮据的日子更是雪上加霜。不到一周，儿媳就给她下最后通牒："这日子没法过了，要么你把婴儿扔了，要么我走，人家亲生父母都不愿养，你操哪门子心？说不定孩子有什么绝症。"

"好歹也是一条命啊！怎么舍得扔了呢？"王婆婆叹息着，但看到儿子儿媳整天为这个弃婴吵得不可开交，最后还是不得不妥协了，带着弃婴寄居到一个拾荒老乡那儿。好景不长，真应了儿媳的那句话，孩子出现状况了：面色苍白，嘴唇青紫，经常憋着一口气喘不过来。

医生一检查，说这是先天性心脏病，得赶紧做手术。王婆婆摸了摸缝在贴身衣兜里的两千块钱，这可是她这些年来起早贪黑拾荒换来的棺材本啊！可一看到孩子那清澈的眼神，她心一横牙一咬，撕开了衣兜，双手颤抖着揭开一个用塑料布一层又一层包裹着的小袋子，就像一层层剥开自己的心。

但即便倾其所有，也只维持了三天。第四天，医院再次通知她续费了，说之前交的钱只够这几天的医药费，手术费还差得多呢。王婆婆打电话给儿子，可还没等她把话说完，儿子就不耐烦地说："我看你是吃饱了撑的，没事找事。"话音刚落便挂断了电话。

王婆婆抱着婴儿独自一人精神恍惚地坐在医院悠长的走廊上，不禁老泪纵横。一束阳光从窗户里斜射进来，像舞台上的追光灯，正好打在她蓬乱、花白的头发上，慈祥、庄严、肃穆。这一场景，引起了一个戴眼镜、胸前挂着照相机的年轻人的注意，他悄悄举起相机，迎着走廊的侧逆光，按下了快门。

第二天，当地的都市晚报上发出了一条《七旬拾荒老人拾弃婴，身患疾病盼救助》的新闻报道，还配上了王婆婆抱着弃婴坐在医院走廊里一脸愁容的照片。随后，电台记者来了，电视台也扛着摄像机来了，越来越多的陌生人来了，铺天盖地的爱心向老人和这个弃婴涌来，短短一周，三十多万元的爱心捐款就送到了王婆婆的手上。

然而，这浓浓的爱心并没有挽留住孩子幼小的生命。一个月后，在付出十多万元的医疗费之后，孩子还是走了。

在王婆婆心痛欲绝的时候，儿子儿媳来医院找到她，态度诚恳地向她承认错误，把她接回了家，还破天荒地做了一大桌丰盛的菜，还不停地往她碗里夹菜，饭后，儿媳向她诉起苦来："妈，你看孩子们渐渐大了，长期租房也不是个事儿，听说下月房租又要涨了，我看不如我们按揭买一套六十平方米的房子吧，首付也就十多万元，你那儿不是还剩……"

王婆婆没有说话，苦笑了一下，然后头也不回地走出了家门。

一年后，老家大山深处的那所乡村小学新教学楼落成，孩子们兴高采烈地从四面漏风的危房搬进了宽敞明亮的新教室。王婆婆依然在这个陌生的城市，拖着一个破旧的编织袋，捡拾垃圾，以及人们在不经意间丢弃的某些东西……

（原载《时代文学》2017 年第 5 期）

抢　险

胡礼东

明明是第十三号强台风，却还有个怪怪的洋名，叫什么"克里空"。克里空几乎是按照气象部门的预告，准确无误地袭击了海湾市。台风扫过，连降暴雨，山洪暴发，山体滑坡。

北山县的谷县长，连夜开会，再动员，再部署，要求各级领导干部，全力以赴，抢险救灾。会后，谷县长没回家，也没等到天亮，就和分管农村农业和民政工作的郝副县长一起，带着县政府办公室的吕主任，还有民政局的赵局长，农业局的程局长，林业局的孙局长，水利局的吕局长，交通局的钱局长，供电局的侯局长，等十多个委办局的主官，冒雨赶往灾情严重的山口镇，察看灾情，组织抢险。

到了山口镇的黑龙河边，天亮了，十几辆越野车，停了下来，列成巨蟒一样，伏在黑龙桥头。

这是一座危桥，新立了告示，禁止通行。桥头，已安排了专人值守。

风，呼呼地刮，雨，还在沙沙地下。坐在越野车副驾上的县政府办公室吕主任，推开车门，溜了下来，然后，赶紧拉开了后车门，让谷县长从车上下来。后尾的越野车上，跟着的各位局长，也穿好了雨衣，依次地从车上下来了，很有次序地伴了谷县长的身后。一个个都把雨衣捂得严严实实的，如鱼鹰般地站在黑龙桥头，眼睁睁地看着对岸的镇政府，一时都没敢冒险，从这危桥上过去。桥下，是不断上涨的洪水。眼看瞬间，洪水就要把这危桥吞没了。混浊的水面上，死鸡、死猪、家具、枯枝、树叶、垃圾等，源源不断地从上游漂下来，一层接着一层地被阻挡堆积在桥墩周围。

突然，有人惊呼，上游似是有个女人漂下来了，一浮一沉地在挣扎，说时迟，那时快，郝副县长掀掉了雨衣，却来不及脱衣服，扑通跳进洪水里……

谷县长的脑子空白了，惊得目瞪口呆。众人慌乱，大呼大喊，焦急失措。这时，不知是谁，冒险地快速走到了桥上，及时地向郝副县长抛去了一根绳索，把郝副县长和那个女人一起拉上桥上来了。

还算侥幸，落水的女人和郝副县长都得救了。谷县长却非常恼火，当着众人的脸，狠狠地批评了郝副县长："你是县政府的重要领导，是抢险救灾的重要指挥，怎能如此轻率，不要命了？"

郝副县长冻得瑟瑟发抖，还有点后怕地嗫嚅，我没想到那么多。

县政府办公室的吕主任，听出谷县长的意思了，郝副县长是奋勇跳河，舍己救人了，然而，在场的谷县长，却怎么说？还有，跟随的新闻媒体，一当把这郝副县长的英雄壮举报道出去，这郝副县长岂不是抢了谷县长的头版头条？

吕主任的脑子辘辘地转，即刻与跟随报道的媒体记者，一个一个地打招呼。然后，又亲自打了电话给报社和电台电视台的领导，要他们亲自叮嘱值班的编辑，务必把好稿件的政治关。吕主任特别强调说，一定要把握好舆论的正确导向，确保统一的宣传口径，准确、深入、突出地报道好谷县长指挥抢险，组织救人的英雄壮举。

很快，连篇系列的报道，图、文、声、像，都见诸媒体了。尤其是报纸上的标题，非常醒目，夺人眼球。谷县长看了，对吕主任的跟进协调和新闻媒体的配合，感到非常满意。

民政局的赵局长，农业局的程局长，林业局的孙局长，水利局的吕局长，交通局的钱局长，供电局的侯局长，都看电视看报纸了，他们关注了所有的报道，所描写的内容，都是谷县长如何在第一时间，奔赴抢险救灾的第一线，如何周密组织，指挥有方，奋力救人，而郝副县长冒着生命危险，扑进洪水的那一瞬间，所有报道，均只字没提。

克里空消失了，抢险救灾也告一段落。海湾市的各个县区，没有因为灾情影响考察换届。谷县长提拔当了副市长。郝副县长依然是分管农村农业和民政工作的县政府领导。

（原载《精短小说》2017 年第 5 期）

岐　黄

揭方晓

河络街虽然只是一条长约百米的小街，可在整个陇西郡却鼎鼎有名。因为这条街的两端，各有一位知名郎中，他们的医术出神入化，名动大江南北，被称为"河络双神"。不论是富贾贵胄，抑或平头百姓，大凡遇上什么疑难病症，别处瞧不好的，只要来到这两位郎中这，一号脉、一开药，包管药到病除。

街南的这位，姓齐，是中医世家，祖上以"一勺蜜"的故事名扬天下。说是有一天，一位唇焦口燥、高热不退、精神萎靡的病人前来瞧病。齐祖一眼便知这位体有邪热，需用泻药助其解出干结的大便。但病人体质极虚，用强烈的泻药恐身体受不了。他沉思半晌，取来一勺蜜，微火煎熬成黏稠团块，待其稍冷，捏成一头稍尖的细条形状，然后将尖头朝前轻轻地塞进病人的肛门。一会儿，病人就拉出一大堆腥臭的粪便，病情顿时好了一半。

街北的这位，姓黄，亦中医世家，祖上以"一根葱"的故事广为人知。说是有一次，一位得了尿闭症的病人找他瞧病。黄祖上见他腹部像鼓一样高高隆起，痛苦不堪，便想先助其将尿排出来，可到哪儿去找那种又细又软、能插进尿道的管子呢？他眼光一扫，突然看到厨房里有一根剩下的细葱，便将其取来，切下尖头，小心翼翼地插入病人的尿道，病人的尿液从葱管里缓缓流了出来，身体也好受多了。

　　两位郎中虽医术了得，可每人还是各有侧重。齐郎中尤善妇孺之术，妇科杂症、小儿疑难，俱皆手到擒来；黄郎中主攻虫咬之术，毒蛇咬刺、蚊蚁叮伤，自有独家秘方。

　　一天，齐郎中山中采药，不小心让当地一种名叫"萝卜头"的小蛇咬伤了脚。他并不以为意，自己虽说不是特别善长治蛇伤，可好歹也懂得一些。当即挤去蛇毒，在伤口上涂抹好药膏，休息了一下，看没什么反应，就回家了。没想到的是，当天晚上，脚就肿了起来，身体也发起了烧。妻子担心地说："要不要请街北的黄郎中来看看。"齐郎中摆了摆手，轻声说道："没事，这点小毛病难不住我。"就自个儿开起了药方，煎药、服药，忙碌了一晚。第二天，齐郎中病情不见好转，反而满身乌黑，命若游丝。

　　齐妻慌了，顾不得脸面，悄悄来到黄郎中这求救。黄郎中打开齐郎中开的药方，钉是钉、铆是铆，完全没有毛病。他又仔细向齐妻子询问了齐郎中出事的详情，略一沉思，提笔在药方里加了一味剧毒的木须子，并再三叮嘱齐妻不得将实情告诉齐郎中。齐妻按这新方子抓药、煎药，并服侍齐郎中喝下，几天后就康复如初。

　　黄郎中是位大孝子。多年的操劳使母亲身患妇热之病，辗转于席褥之间，痛苦不堪。黄郎中虽穷尽一切手段，只勉强使母亲可以起身行走，病根始终未能除尽，时不时发作一阵。母亲知黄郎中自尊心强，忍着痛苦始终不提去街南的齐郎中那里瞧瞧。

　　黄郎中为此事烦恼，经常去街头的二马酒馆喝闷酒。有一次，正醉眼蒙眬之际，突然听到隔壁有人在高声说着一事。说是他们那盛产一种叫小胡笼的藤本植物，性阴而不寒，街南的齐郎中常去采摘，用以医治妇热之病。黄郎中一激灵，拍案而起：自己替母亲治病，多以阴寒之物攻其湿热之气，可母亲年老体衰，受不了大寒，因此自己用药不敢太猛，所以绝不了病根。这小胡笼阴而不寒，不正是治母亲之病的良药吗？黄郎中便在自己的药方里加了这种小胡笼，几济药汤下去，母亲彻底康复。

　　多年后的一天。黄昏时分，暖暖的夕阳照在河络街上，房屋、槐柳以及行人都消融在了淡淡的金黄里。齐郎中自南向北踱着步，黄郎中由北而南随性走，不多时就碰上面了。在擦肩而过的一刹那，齐郎中开口道："那年我被蛇咬伤，是你帮着治好的吧。我查看了药渣，多了一味木须子，只有你才会如此用药，以毒攻毒。"黄郎中也开口道:"是你故意让人在我耳边提起小胡笼吧,多亏了这东西,治好了我母亲的病。"

可两人说归说,始终没正眼瞧对方一下,一个朝南,一个向北,微笑着远去。

(原载《小小说月刊》2017 年第 6 期)

暖

王 巍

林秀英瘦得皮包骨,胸围如同男人的标志,没有任何做女人的风韵。就是这样,她还不能看自己的丈夫老翁。

我之所以没用"嫌弃",是因为林秀英确实不愿意"看"到自己的男人,这事儿我们一个村的人都知道。

也难怪,老翁三十的时候就秃顶驼背,身上的大雀子像黑夜不小心掉下来的星星布满脊背,捏捏他的肉,皮下还有几处囊肿。林秀英跟自己的娘说,她吃也吃不胖,就是因为看见老翁就呕心,当初怎么就瞎了眼。她娘说,嫁鸡随鸡嫁狗随狗吧。

婚后几十年,林秀英都不和老翁同床,还有一个不能明说的理由是,老翁若有机会和林秀英在一起时,林秀英会如上刑一般。

老翁每日里不大言语,家里地外的活儿全干完,也得不到林秀英的正眼相看。每次吃饭老翁都端上碗,把大馍掰开中间夹上菜,远远地蹲在墙根下吃一口喝一口。邻居看见了打招呼说:"老翁,吃饭啦?"

老翁嘴里有饭,两颗大黄牙一扬,就"嗯,嗯"两声,赶忙端起脚前的稀饭吸溜一口,对着人家的背影说:"恁吃过啦——?"

他的三个孩子常常觉得老翁可怜,埋怨林秀英不该这样对待父亲。林秀英说:"他一个孤儿,我来到他家给他生下两儿一女,这辈子够他的了。"几个妇女一起赶集时,林秀英就把这话倒给同伴们听。

同伴就说："林秀英，你们家大事小事，老翁都让着你。你不看人家，不理人家，人老翁没一句怨言，可现在都五六十岁的人了，你该对人家好点。再说啦，老翁从小没爹没娘的，够可怜了，摊上你这个女人，没得好气。"

林秀英就拢拢头发，说："唉，我也不知道，就是不能看他，咋觉着别人家男人都比他强。"

"一家不知道一家，"一个妇女说，"哎，秀英，你们长年累月不在一起，当初三个孩子怎么来的呀？"

妇人们一致来了兴趣，说："是啊是啊，你还说从不和老翁沾？"

林秀英布满皱纹的脸迅速红了一下，道："那还能没有个一回两回的嘛！"

"哈哈……哈哈……"

三个孩子陆续成家后，林秀英依然不能看老翁，更是月把二十天两人不说一句话。林秀英做好了饭，像唤小猪一样敲敲盆，吼一声："吃饭！"这时，无论老翁在哪个角落里缩着，都会很快走过来把自己的饭端走。

这样的日子，两个人都习惯了。

突然，有一天，林秀英病倒了，是肺癌。她自己说，都是日子不顺心，气的。

孩子们来看看，到晚上都走了，林秀英依然不愿意看到老翁在她面前磨来磨去。老翁若坐在床边，林秀英一准给他个瘦骨嶙峋的背，老翁心疼，想去摸摸，又不敢。

他忽然想，林秀英若是先走了，自己怎么办，要不要再去找个女人弥补这几十年的冷落。想到这儿，老翁就想到了张寡妇，张寡妇每次迎见自己，都不看他的脸，眼睛的光总是落在他身体正中间的部分，又快速地移开，那意思，老翁懂。

那一夜，雨，不停地下。老翁养的鸽子咕咕地鸣叫，显得哀鸣。

"老翁——"

老翁两手抱着头正昏昏欲睡，一声呼唤，就像不说话的老牛突然轻唤牛郎一样，老翁猛地抬起头，林秀英的眼睛正切切地看着他，那是老翁从没见过的眼神，竟让他浑身舒爽，血液奔流。老翁激动得嘴唇哆嗦，问林秀英："你，你可是喊我？"

林秀英没说话，伸过来一只手，老翁一把攥住了，两手握得紧紧。

"我走了……你就再找一个吧……人家一定比我好……"林秀英吃力地说。

老翁低下了头，张寡妇就映入他的大脑屏幕里，恩爱。他又仓皇地摇了摇头，想说：说的啥话呀。

林秀英却攥了老翁的手，看着老翁的脸，说："他爸……我……对不起你——！"林秀英说出这句话时，泪也从眼角同时滑落，湿了一枕。这一声"他爸"，这一声道歉，这一行眼泪，只把老翁想要向往的梦搅得粉碎，蹲在林秀英的床边，放声就哭，哭得彻心彻肺，那声音像小孩子受尽了委屈被大人理解一样。

林秀英发丧时，老翁还攥着林秀英的手不放，一句话不说。妇女们说，林秀英那样对他，他竟还舍不得。老翁自己知道，林秀英生命最后的一句话，温暖了他一辈子冷却的心。

老翁今年八十了，还是一个人……

（原载作家网 2017 年 3 月 6 日）

求　婚

李　海

那年，阿九是酒作坊里的帮工伙计，年纪仿佛十八九岁，眉清目秀，身强力壮。

阿九每天赶着马车要到十几里外的山涧中取泉水酿酒，一天往返不计其数，这就是阿九的工作，阿九高兴呀，实在累了，就停住马车，一个人躺在山坡的草地上打个盹儿，阿九还不断地把山坡上的花草带回来，栽在自己住的厢房门前，有的花草死了，有的还活着。

阿九有心计，马鞭抽得也漂亮，山里的小动物只要从阿九身边跑过，阿九扬鞭一声脆响，小动物们就得死在鞭下，阿九就说：师傅，又逮着一只野兔，孝敬您的。

酿酒师接过野兔笑笑，心里嘀咕着：阿九呀，有心计啊。

阿九也慢慢地得到酿酒师的待见，酿酒的酒计，阿九也慢慢地略知其二。

酒作坊老板的女儿正传，年方十八，窈窕淑女，亭亭玉立。

正传在京城读书已有十好几年没回过家，这年秋天放假回来，也是酒作坊老板再三捎信劝说下，女儿正传才勉强回来的。

女儿正传铿锵有力地说：爹！您老说的千变万化，女儿是不会嫁人的，等我学业完成了，再说！

那天，阿九赶着马车去送正传上学，两人一见，面面相觑，真是一见钟情，阿九心想：十几年没见，长得这般水灵。

阿九心里从此再也放不下正传了，整天心里嘀咕：我啥时候再能见到她呢？

正传心里明镜，阿九再是自己的知音，也不会成终身伴侣，阿九只是她家的伙计。

可是从那天起，正传每年都要回来几趟，学校一放假，正传就回。

正传憋屈，明知道自己爱阿九，可一见到阿九，心里就烦，烦得还透顶。

那天，作坊老板喊道：阿九呀，套好马车，去车站接正传吧，放假了，路上小心点。

回来的路上，阿九再也憋不住了，把马车停在山坡上，来到正传面前泪流满面：正传妹妹你愿意嫁给我吗？

正传一时大发雷霆：小伙计，臭男人！黄鼠狼吃天鹅蛋——痴心妄想！

阿九碰了一鼻子灰，一句话没说，赶着马车向酒庄走去。

正这时，山坡上蹿出一帮人来，挡在路中有十五米远处，只听大喝一声：要想活命，把马车留下！

正传吓得双手紧抱着头，阿九对正传说：小妹别怕，坐稳！

阿九一声响鞭，飕地站在马车前沿，左手拉住马缰绳，右手握住马鞭，白龙马一个跃身，飞蹿起来。

山贼一看大势不好，急躲两边。阿九不到三米远处，唰——右边一声，倒下一个山贼！唰——左边一声，倒下一个山贼！唰——右边一声，倒下一个山贼！唰——左边一声，倒下一个山贼！

白龙马一口气跑了十几里，甩掉山贼，阿九大喝一声：吁——！白龙马哎哎嘶地叫着，扬起前蹄，立马停了下来。

酒作坊的老板和正传都十分感激，日后报答。

阿九趁机提起婚事，酒作坊老板吼道：别想，一百个不答应！要不是看在你救正传的分上，撵出你酒作坊。

正传一句话没说，只是潸然泪下。

阿九死了心，夜里躺在铺上，痛哭流涕。说来也怪，阿九透着灯光，看到自己从山坡上移来的那唯一存活下来的两棵山花开放了，十几年来，一点就没有要开放迹象的山花开放了，阿九惊喜：我一定有喜事来身，双喜临门！

酒作坊老板同意阿九正传的婚事了。其实，阿九是酒作坊老板捡来的没爹没娘的孤儿。

办喜事那天，酒作坊老板说：阿九呀，今天是你和正传的大喜之日，你就赶着马车带着正传在酒庄兜一圈风就算完婚了。

那天酒庄停工一天，酒庄内喜气洋洋，锣鼓喧天。

阿九赶着马车，带着新娘在酒庄内兜一圈，阿九问：正传妹你喜欢我吗？

正传说：要不是看在你救过我的分上，我压根就不喜欢你！

阿九听罢，转身回到了自己住的厢房，看到那两棵山花仍然开放着，阿九蒙了。

阿九和往常一样，帮着酒庄打点，从不偷懒，酒庄老板和酿酒师也很器重阿九。正传一走，从学校再也没回过家。

过了十几年，正传回来了，她告诉爹说：我同意嫁给阿九，并愿意打理酒庄。

十几年来，正传跑遍了大江南北，入驻了几十个当时有名的酒庄，高薪收买了酒庄的酿酒师的酿酒技术，带回自己的酒庄。

后来酒庄的老板和酒庄的酿酒师相继死去，死的那一刹那，阿九住的厢房前的山花也同时凋谢了。

从此，酒庄就有阿九和正传正式接替，改名为：阿九正传酒庄。

酿出的酒命名为：阿九正传。

有了根基，有了姻缘，阿九又把山坡上的各种山花和树果加入酿酒池里，酿出的酒具有花香型和果香型，花香果香和酱香融为一体，酿出阿九正传酒。

阿九正传酒，发扬光大，至今名扬海内外。

（原载《小小说大世界》2017 年第 8 期）